Bernhard Nentwich

Schneeball

der zweite Fall für Kriminaloberkommissar
Abbo Reichel, LKA Berlin

Bibliografische Information der Deutschen Nationalbibliothek: Die Deutsche Nationalbibliothek verzeichnet diese Publikation in der Deutschen Nationalbibliografie; detaillierte bibliografische Daten sind im Internet über http://dnb.dnb.de abrufbar.

Die automatisierte Analyse des Werkes, um daraus Informationen insbesondere über Muster, Trends und Korrelationen gemäß §44b UrhG („Text und Data Mining") zu gewinnen, ist untersagt.

Coverfoto von Bernhard Nentwich, bearbeitet durch Nico Siedler

Verlag: BoD · Books on Demand GmbH, Überseering 33, 22297 Hamburg, bod@bod.de

Druck: Libri Plureos GmbH, Friedensallee 273, 22763 Hamburg

ISBN: 978-3-8192-4506-0

Schneeball, der:

Ein Schneeball ist ein kugelförmiges Gebilde aus Schnee, das mit den Händen zusammengedrückt oder über verschneites Gelände gerollt wird, wobei es durch Anhaften neuen Schnees immer größer wird.

aus www.wikipedia.de

Nach vielen wahren und noch mehr unwahren Begebenheiten. An vielen echten und auch einigen nicht ganz so echten Örtlichkeiten. Alles in allem also eine frei erfundene Geschichte.

Montag, 4. Juni 2018, 9.02 Uhr

„Frau Berntsen, Sie sind zu spät. Die Obduktion war für 9.00 Uhr angesetzt, es kann ja wohl nicht so schwer sein, pünktlich zu erscheinen. Glauben Sie denn, unsere Leichen warten auf Sie?" Wie immer am frühen Morgen und erst recht montags war Prof. Dr. Mario Jürges nicht gerade bester Laune. „Ich hätte Sie vielleicht doch nicht für mehrere Wochen an das LKA ausleihen sollen, das scheint den Charakter zu verderben. Muss wohl mal mit dem Scholz sprechen, der scheint seine Leute nicht im Griff zu haben. Jetzt aber zack zack, umziehen und dann wird geschnippelt, unser Publikum steht schon bereit", und zeigte damit auf die zehn Studenten, die seinen Auftritt mit leichter Irritation zur Kenntnis nahmen, sofern sie nicht vor lauter Nervosität oder Ehrfurcht oder was sonst auch immer mit anderen Dingen beschäftigt waren. „Denken Sie daran, ein eher unappetitlicher Fall, mal sehen, wie viele von Ihnen heute umfallen oder mindestens anfangen zu kotzen. Die zu schlagende Quote liegt bei 50 %." Das kam jetzt mit einem schon maliziös zu nennenden Grinsen, offensichtlich reine Vorfreude auf das, was kommen würde.

Isabelle Berntsen drehte sich wortlos um, ging in den Nebenraum und erschien zwei Minuten später in der für Obduktionen vorgesehenen Montur.

„Ich sehe, meine gute Schule war doch nicht gänzlich erfolglos, das ging ja ziemlich schnell. Apropos schnell, die Doktorarbeit ist gut, sehr gut sogar. So gut, dass ich mich mit der Prüfung beeilt habe, wir können demnächst einen Termin für die Verteidigung vereinbaren. Aber jetzt erst einmal zur Sache, also zu unserer Leiche hier." Damit wandte sich Prof. Dr. Mario Jürges an die rund um den Edelstahltisch stehenden Studenten: „Meine Damen und Herren, wir haben hier eine Wasserleiche, nebenan auf dem anderen Tisch eine weitere. Sie werden gleich sehen, Wasserleichen sind so ziemlich das Unangenehmste, was wir Ihnen bieten können, machen Sie sich also bereit. Sehen Sie sich bitte um, wo das Ihnen am nächsten gelegene Spülbecken ist. Nur dort, ich betone es ausdrücklich, nur dort können Sie sich

7

auskotzen. Wenn mir jemand von Ihnen eine meiner Leichen versaut, kann er oder sie sich einen anderen Studiengang suchen. Und wenn jemand umfällt, dann bitte so, dass es keine Beschädigungen gibt, weder an unserem Mobiliar, das allerdings anerkanntermaßen stabil und in der Hinsicht auch mehrfach erprobt ist, noch bei Ihnen." Er war jetzt richtig in Fahrt und fuhr fort: „Wie gesagt, Wasserleichen sind nicht gerade angenehm, wenn Ihr Geruchssinn einigermaßen funktioniert haben Sie das sicher schon wahrgenommen. Auf Deutsch, es stinkt, und zwar gewaltig. Also, schauen wir mal, was wir da so haben", und zog damit schwungvoll die grüne Abdeckung von der Leiche.

In Sekundenbruchteilen lichteten sich die Reihen der Studenten, drei fielen um und fünf drehten sich um in Richtung der im Raum verteilten Spülbecken, verbunden mit lauten Würgegeräuschen. „Sehen Sie, Frau Berntsen, eindeutig ein neuer Rekord. Fürs Protokoll, 80 %." Gefolgt von einem: „Oh."

Nach einem weiteren „oh" eilte er zu Isabelle Berntsen, die wie fünf der Studenten über einem der Spülbecken hing und ebenfalls kotzte. „Na immerhin hat keiner auf die Leiche gekotzt, das kann man durchaus als Erfolg sehen", und an die beiden noch am Obduktionstisch stehenden Studentinnen gerichtet: „Frauen sind wie immer härter im Nehmen, Sie schnappen sich bitte das Verbandszeug, finden Sie dort oben im Wandschrank, und verarzten Ihre umgekippten Kommilitonen."

„Was ist denn los mit Ihnen, Frau Berntsen? Ich sehe schon, das LKA ist Ihnen nicht bekommen, Sie sind zu sensibel geworden. Ich muss wirklich mal mit dem Scholz sprechen, die Mitarbeiter des LKA müssen abgehärtet werden. Wir machen eine kurze Pause, alle richten sich ein wenig her und um exakt 9.15 Uhr geht es weiter oder besser gesagt, es geht los."

Isabelle Berntsen stammelte nur: „Peinlich, echt peinlich."

Montag, 4. Juni 2018, 9.15 Uhr

„So, meine Damen und Herren, alle wieder fit und bereit für das, was jetzt kommt?" Nach dieser eher rhetorischen Frage fuhr Prof. Dr. Mario Jürges sichtlich gut gelaunt fort: „Sie haben gesehen, auch gestandene Mitarbeiter, und Frau Berntsen hat immerhin schon drei Jahre ihrer Facharztausbildung bei uns hinter sich, sind nicht davor gefeit. Es ist keine Schande, sich bei uns auszukotzen und die drei Umfaller haben sich wohl auch keine dauerhaften Schäden zugezogen. Auf jeden Fall ist unser Mobiliar heil geblieben und Sie haben uns einen neuen Rekord beschert, 80 %, tolle Leistung. Sehen Sie sich bitte jetzt unsere Leiche genauer an, ganz frisch hereingekommen. Na ja, ganz frisch eher nicht mehr. Gestern am späten Nachmittag von der Wasserschutzpolizei an der östlichen Seite der Pionierinsel gefunden und bei uns heute früh abgeliefert. Wenn jetzt jemand von Ihnen weiß, wo die Pionierinsel ist, gibt es einen Pluspunkt von mir."

Zu seinem großen Erstaunen antwortete eine der Studentinnen, und zwar eine von den beiden, die weder umgefallen war noch gekotzt hatte: „Das ist ein kleines Inselchen direkt vor der größeren Insel Eiswerder und liegt in der Oberhavel nördlich der Spandauer Zitadelle. Und wenn Sie wissen wollen, woher ich das weiß, ich trainiere da regelmäßig. Mein Ruderverein, der Berliner Ruderklub Brandenburgia, hat sein Bootshaus gleich südlich von Eiswerder. Mein Name ist übrigens Luisa Fechtner, nur so, für die Notierung des Pluspunktes."

„Sehr gut Frau Fechtner, der Pluspunkt ist notiert", und zeigte mit seinem rechten Zeigefinger auf seinen Hinterkopf. „Einen weiteren Pluspunkt können Sie ergattern, wenn Sie zu mir an den Tisch kommen und Ihren Kommilitonen schildern, was Sie sehen. Eigentlich wäre das der Job von Frau Berntsen, aber die sieht mir noch recht blass um die Nase aus." Prof. Dr. Mario Jürges hatte sichtlich seinen Spaß an der Situation und ergänzte noch: „Aber nicht zu dicht, da zappelt noch etwas."

Entsetzen machte sich bei einigen der Studenten breit, eher wieder bei den männlichen.

9

„Keine Sorge, die Leiche zappelt nicht, die ist tot, mausetot, und das nicht erst seit gestern. Das ist auch genau der Grund, warum es in der Leiche zappelt, die wurde sozusagen wiederbelebt, als neues Biotop. Könnte man auch Wiederverwertung in der Natur nennen, erleichtert uns hier in der Rechtsmedizin auf jeden Fall das Leben. Je nachdem, wo eine Leiche liegt, wird sie ganz schnell Teil der Natur. Würmer, Insekten, Wildschweine oder wie in unserem Fall hier Fische, vor allem Aale, finden Leichen sehr schmackhaft und wir können anhand verschiedener Parameter feststellen, wie alt unsere Leiche ist, also wann der Todeszeitpunkt war. Also, Frau Fechtner, was sehen Sie?"

„Tja, das war mal ein Mann, wenn auch ziemlich angefressen, aber man erkennt es noch. Wirklich ziemlich eklig. Alle Weichteile sind mehr oder weniger angefressen, die Bauchdecke ist offen, die Öffnung ist etwa 35 bis 40 cm lang und da wimmelt es ziemlich, sieht mir tatsächlich nach Aalen aus. Ich glaube, ich werde in meinem Leben nie wieder Aal essen. Wildschwein aber auch nicht."

„Bist ja auch nicht Obelix" meinte jetzt ein Scherzkeks aus der zweiten Reihe.

„Ah, einer der Umfaller ist wieder ganz auf der Höhe. Aber Sie haben recht, wie Obelix sieht Ihre Kommilitonin nun wirklich nicht aus, nicht einmal wie Jellosubmarine, die ja bekanntermaßen die Frau des Fischhändlers Verleihnix ist, womit wir wieder beim Thema wären. Wer von Ihnen hat denn eine wenigstens rudimentäre Allgemeinbildung und kann da jetzt weitermachen? Das können Sie doch eigentlich übernehmen" und zeigte auf den Scherzkeks.

„Ich kann mich zwar ehrlich gesagt nicht daran erinnern, dass es bei Verleihnix auch Aale zu kaufen gibt, aber das hier scheinen tatsächlich welche zu sein. Mit Fischen kenne ich mich aber nicht sonderlich gut aus, mit Comics schon eher."

„Bevor wir jetzt völlig vom Thema abkommen, übernehme ich lieber wieder. Sie haben beide recht, es handelt sich tatsächlich um Aale, die es sich hier im Inneren unserer Leiche gemütlich gemacht haben, sozusagen ein geschützter Bereich und dann noch mit reichlich Nahrung. Und sozusagen ein Wechsel vom Jäger zum Gejagten, eine Ironie des Schicksals. Laut dem Protokoll der Wasserschutzpolizei hatte unsere Leiche hier eine Angel in der Hand und am anderen Ende der Angel hatte sie, also die Leiche, einen ziemlich großen Wels und den finden Sie auf dem anderen Sektionstisch. Damit zog Prof. Dr. Mario Jürges auch hier die grüne Abdeckung schwungvoll beiseite. Ein penetranter und modriger Fischgestand breitete sich sofort im gesamten Obduktionssaal aus. „Die Wasserschutzpolizei meinte wohl, uns gleich auch sozusagen den Mörder mitliefern zu müssen und unsere Fahrer hatten auch nichts Besseres zu tun, als dieses freundliche Angebot anzunehmen. Also eine echte Premiere, einen Wels hatten wir hier noch nie auf dem Tisch, erst recht nicht so ein prachtvolles Exemplar, das Viech ist 193 Zentimeter lang. Damit übrigens immer noch mehr als einen halben Meter kleiner als das bisher größte in Berlin gefangene Exemplar."

Montag. 4. Juni 2018, 16.15 Uhr

Isabelle Berntsen drehte den Schlüssel herum und öffnete die Tür zu ihrer Wohnung. Noch bevor sie ihre Handtasche auf dem Flurschränkchen abstellen konnte, tönte es aus der offenen Tür zum Wohnzimmer: „Was machst du denn schon hier, ich dachte, du machst heute länger wegen einer aufwändigen Obduktion."

„Mir ist schlecht geworden und ich habe im Sektionssaal gekotzt, echt peinlich. Mir ist immer noch ganz komisch. Der Jürges hat dann lieber selbst obduziert und mich gleich nach der Obduktion nach Hause geschickt, das Protokoll wollte er selbst schreiben. Der hatte dabei echt gute Laune, na ja, sein Rekord wurde auch gebrochen. 80 % der Studenten haben gekotzt oder sind umgefallen. Und ich dann auch noch, wie gesagt, neuer Rekord. So etwas liebt er. Dafür hatten wir sowohl das Opfer als auch den Mörder oder besser gesagt die Mörderin auf dem Tisch."

„Kann doch gar nicht sein, dann wären wir informiert worden, wir sind mit dem nächsten Fall dran. Oder war es so etwas simples, dass die zuständige Direktion es alleine machen will?"

„Wieso bist du eigentlich schon zu Hause?"

„Wir haben alle beschlossen, dass wir keine sonderliche Lust haben, uns mit alten Fällen zu beschäftigen und dafür lieber Überstunden abbummeln. Außerdem wollte ich mit Mama noch einmal telefonieren und das Büffet für die Hochzeitsfeier am Sonnabend besprechen, bisher war ja nur klar, dass es skandinavisch werden soll."

„Auf keinen Fall Aal und Wels!"

„Hä?"

„Hatten wir heute beides auf unseren Tischen. Kann man kaum glauben, aber unsere heutige Leiche hatte einen fast zwei Meter langen Wels an der Angel. Der Wels hat ihn dann von seinem Kahn gezogen und Angler und Fisch haben sich bei Eiswerder im Ufergestrüpp verhakt. Der Angler hat es dem Fisch allerdings auch leicht gemacht, er war nämlich ziemlich alkoholisiert. Deine Kollegen von der Waserschutzpolizei haben an

Bord seines Kahns reichlich leere Flaschen gefunden, nicht nur Bierflaschen. Die Angelschnur hatte sich um seine Beine gewickelt. Jedenfalls beide tot, ungefähr eine Woche im Wasser gelegen und ziemlich unappetitlich. Und vermisst hat den wohl auch keiner, also den Angler."

„Wer vermisst schon Angler?"

„Herr Kriminaloberkommissar Reichel, etwas mehr Ernst bitte. Immerhin haben wir es mit einem Tötungsdelikt zu tun, wenn auch mit ziemlicher Sicherheit ein Fall von, nun ja, kann man durchaus als Notwehr bezeichnen. Wenn es Mord gewesen wäre, hätte er in jedem Fall wieder zur Verbesserung der Frauenquote bei den Mördern beigetragen, der Wels war nämlich eine Welsin, oder wie heißt das auf Deutsch?"

„Keine Ahnung, ich glaube, da gibt es keine weibliche Form. Komisch eigentlich. Müsste sich darüber nicht irgendeine überkandidelte Genderaktivistin aufregen? Aber egal, also kein Wels für das Büffet, die schmecken aber eh nicht. Und warum kein Aal?"

„Die tummelten sich in der Bauchhöhle der Leiche, die war aufgeschlitzt, mit ziemlicher Sicherheit durch eine Schiffsschraube, also ideal für Aale."

„Bäh, aber überzeugt, also auch kein Aal, die sind sowieso zu fettig. Und das war so eklig, dass du kotzen musstest?"

„Dafür gab es einen anderen Grund, wird aber wahrscheinlich in nächster Zeit öfter mal passieren."

In Abbo Reichels Gesicht bildeten sich deutlich sichtbar diverse Fragezeichen, bevor er nach zwei bis drei Sekunden freudestrahlend fragte: „Ist es das, was ich gerade denke?"

Statt ihm eine Antwort zu geben, hielt ihm Isabelle Berntsen ein Plastikröhrchen vor die Nase, bei dem eine rote Markierung deutlich sichtbar leuchtete. „Habe ich mir in der Mittagspause besorgt und gleich getestet. Ja, Herr Kommissar, Sie haben richtig kombiniert."

Wortlos und ganz vorsichtig zog Abbo Reichel Isabelle Berntsen zu sich auf das Sofa, nahm sie noch vorsichtiger in den Arm, küsste sie innig und streichelte ihren Bauch. ‚Meine Güte,' dachte

13

er, ‚noch ein neuer Rekord für die Familie Reichel, nicht einmal eine Woche bis zur Heirat, keinen Monat bis zum Hauskauf, auch wenn der noch nicht endgültig ist, und jetzt das.'

Abbo Reichel hatte aber nur gedacht, dass er das gedacht hatte, in Wirklichkeit hatte er seine Gedankengänge laut ausgesprochen.

Jedenfalls kam sofort von Isabelle Berntsen: „Wenn du mich heute wieder fragen würdest, würde ich glatt wieder ja sagen. Sofort!"

„Hm."

„Was heißt hier hm?"

„Weiß ich selbst nicht so genau. Aber warum sollte ich dich fragen, ich habe dich ja schon, und das für den Rest meines Lebens."

„Stimmt auch wieder. Und ab 22. Januar zu dritt."

„Wieso 22. Januar, warst du auch schon beim Frauenarzt?"

„Ich bin Ärztin, schon vergessen? Demnächst sogar eine promovierte. Professor Jürges hat mir gesagt, dass meine Doktorarbeit akzeptiert wird und demnächst die Verteidigung ansteht. Und rechnen kann ich auch, der Termin ist der 22. Januar 2019, das ist ein Dienstag. Du kannst also schon einmal Urlaub anmelden und dafür sorgen, dass es da keine Morde gibt. Und erst einmal bleibt das unser Geheimnis."

Mit tiefer Stimme und grinsend antwortete Abbo Reichel: „Ich werde schweigen wie ein Grab."

„Blödmann."

Sonnabend, 9. Juni 2018, 15.20 Uhr

Es herrschte hektische Betriebsamkeit auf dem Gelände des Kanu-Club Nord-Berlin, als Isabelle Berntsen und Abbo Reichel vorfuhren, strahlender Sonnenschein und eine Temperatur von mehr als 30 Grad waren nicht gerade die schlechtesten Voraussetzungen für eine gelungene Hochzeitsfeier. Auf der Rasenfläche standen mehrere große Pavillons und boten Schatten für die vielen Bierzeltgarnituren. Direkt hinter ihnen fuhr der Lieferwagen von Ney's Partyservice auf das Gelände. ‚Oh, oh, mit Deppenapostroph,' dachte Abbo Reichel als sein Vater aus dem Bootshaus kam und lauthals meinte: „Oh, oh, oh, mit Deppenapostroph, aber wenigstens können sie gutes Essen liefern." Die beiden Mitarbeiter von Ney's Partyservice ließen sich aber nicht irritieren und brachten gefühlt 1.000 Schüsseln und Platten in das Bootshaus und bauten dort das Büffet auf.

Nach nicht einmal 30 Minuten war alles fertig und Petra Reichel meinte zu Isabelle Berntsen und Abbo Reichel: „Jetzt macht ihr euch auch langsam mal fertig, die ersten Gäste kommen gleich. Um den Rest kümmern wir uns."

Und tatsächlich, schon einige Minuten vor 16.00 Uhr erschienen die ersten Gäste, Federica und Harro Thiem aus Bremen. „Der Fußweg vom Hotel hierher war kürzer als gedacht, macht doch aber nichts, oder?" fragte Harro Thiem. „So, das ist Federica, ihres Zeichens meine immer noch geliebte Gattin" und schon hatte er ihren Ellbogen in der Seite.

„Einfach ignorieren, den alten Spinner", meinte sie und umarmte erst Isabelle Berntsen und dann Abbo Reichel lange und intensiv, bevor sie einen italienischen Wortschwall auf Isabelle Berntsen losließ.

„Aha, mindestens drei Kinder sollt ihr haben, nur so als Übersetzung für diejenigen, die kein italienisch können", kam es jetzt von Karine Berntsen, die mit ihrem Mann und der gesammelten dänischen Verwandtschaft direkt dahinter aufgetaucht war. Bevor sie allerdings ihre jüngere Schwester umarmen konnte, drängelte sich Ettore Mardini vor, der Großvater der vier

15

Berntsen-Schwestern, drückte Isabelle Berntsen lange und fest, bevor er auch Abbo Reichel an sich drückte und ihm einen kurzen Satz auf Italienisch zuraunte. Abbo Reichel drehte sich hilfesuchend zu seiner Frau um, aber Federica Thiem kam ihr zuvor: „Mindestens vier, meinte er, mindestens vier, nicht nur drei, aber auf jeden Fall Töchter."

Innerhalb kürzester Zeit war das Vereinsgelände ziemlich voll und alle Sitzplätze belegt, als Bertram Reichel sich lautstark mit einer Kuhglocke Gehör verschaffte: „Liebe Freunde, liebe Verwandte, liebe Kollegen von Isabelle und Abbo, also alle hier Anwesenden. Als Vater des Bräutigams muss ich wohl ein paar Worte an euch richten, aber versprochen, ich mache es kurz. Kurz, das ist auch das richtige Stichwort. Die Vorbereitungszeit für Petra und mich war wirklich extrem kurz. Kaum lernt der Kerl seine Isabelle kennen, schon ist er verheiratet und wir haben eine Schwiegertochter. Das ist in jedem Fall rekordverdächtig, mal sehen, was da noch kommt. Wir wünschen euch beiden alles Gute, und Abbo, du siehst an mir, man kann es mit einer Frau durchaus ziemlich lange aushalten, unsere bisher 35 Jahre sind also zu toppen. Und bevor ich mir noch mehr mörderische Blicke von Petra zuziehe, höre ich jetzt lieber auf. Wie ich sehe, will auch Isabelles Schwester etwas sagen."

Damit ergriff Karine Berntsen das Wort: „Als älteste Schwester muss ich wohl auch etwas sagen. Aber erst einmal ein Hinweis von Opa, den er mir eben zugeraunt hat: ‚Man kann auch mehr als 60 Jahre in einer Ehe verbringen und muss sich dabei nicht unbedingt gefangen fühlen, das hätte jedenfalls bei ihm und Oma bisher meistens geklappt.' Ansonsten liebes Schwesterchen, ich muss mich wie dein Schwiegervater ein wenig wundern. Erst jahrelang keinen Freund und dann alles so schnell, das lässt den Verdacht aufkommen, dass du keine alte Jungfer werden wolltest. Ich freue mich für euch beide jedenfalls riesig und bevor ich weiteren Unsinn rede, gebe ich das Wort lieber zurück an deinen Schwiegervater."

„Da erhebe ich jetzt einfach mal Protest und übernehme", ließ sich jetzt Petra Reichel vernehmen, „ich eröffne hiermit das Büf-

16

fet und ihr braucht keine weiteren Reden über euch ergehen lassen."

„Halt, bevor ihr euch alle auf das Büffet stürzt, möchte ich auch noch etwas sagen, zumindest so lange, wie ich das überhaupt noch darf." Mit vereinzeltem Gelächter wurde diese Aussage von Abbo Reichel quittiert. „Keine Sorge, ich habe nur ein paar kleine organisatorische Dinge und ein großes Dankeschön für euer Kommen, Isabelle und ich freuen uns auf eine gelungene Feier. Ihr habt alle ein Namensschild mit eurem Vornamen bekommen, ich soll euch im Namen des Vereins ausdrücklich darauf hinweisen, dass es hier auf dem Gelände verboten ist, Nachnamen zu verwenden, also haltet euch bitte daran. Das Büffet, das meine Mutter etwas voreilig schon freigegeben hat, ist ein skandinavisches, also mit viel Fisch, aber auf ausdrücklichen und nachvollziehbaren Wunsch von Isabelle ohne Wels und Aal. Eine nähere Erläuterung dazu wird nur Tammo, und das auch nur unter vier Augen, von Isabelle bekommen. Und jetzt dürft ihr essen und trinken."

Wie es so mit Geheimnissen ist, sie bleiben in den seltensten Fällen Geheimnisse. Sehr schnell breitete sich unter den Gästen die Neuigkeit aus, dass die mehrfach wiederholten Wünsche nach Kindern schon von der Planungs- in die Umsetzungsphase übergegangen waren. Ein nur in Folie verpackter Modellkinderwagen, garniert mit einem 500,-- Euro-Gutschein für einen Kinderwagen nach Wahl aus einem Kinderwagenladen nach Wahl, auf dem Geschenketisch ließ nur wenig Raum für Spekulationen. Zumal auch klar erkennbar war, dass Gabriela und Prof. Dr. Mario Jürges die Spender dieses Gutscheines waren. Gerüchten in der Rechtsmedizin zufolge war Ursache für das großzügige Geschenk der Rekord vom vergangenen Montag und die mittelbare Beteiligung von Isabelle an diesem Rekord.

Fast genauso schnell sprach sich der Grund für das Fehlen von Aal und Wels auf dem Büffet herum, dies wurde aber eher mit Erleichterung aufgenommen.

17

Montag, 9. Juli 2018, 8.55 Uhr

„Guten Morgen, willkommen zurück im Alltag. Nach vier Wochen Flitterwochen wirst du ja gut erholt und bereit sein, deinen Aufgaben hier wieder nachzukommen. Obwohl, kann natürlich auch sein, dass du jetzt erst recht erholungsbedürftig bist", so wurde Abbo Reichel von Steffen Tietz beim Betreten des gemeinsamen Büros begrüßt. „Thomas hat es immerhin geschafft, uns während deiner Abwesenheit vor allzu unangenehmen Aufgaben zu bewahren. Bis Freitag haben wir die Kollegen des LKA 113 in einem Fall unterstützt, der ist aber inzwischen geklärt. Du sollst um 10.00 Uhr zusammen mit Thomas zu Oliver kommen, er will mit euch die weiteren Aufgaben klären. Klang aber irgendwie nicht so, als ob da etwas Brandeiliges wäre. Ich tippe eher darauf, dass wir uns mit irgendwelchen ungeklärten Uraltfällen beschäftigen sollen."

„Genau so sieht es aus", bestätigte Thomas Kablow, der gerade das Büro betrat. „Hat Oliver mir auch gerade auf dem Flur zugerufen, nähere Informationen bekommen wir nachher. Klingt nicht so spannend, ist dann aber so."

Abbo Reichel fuhr seinen Rechner hoch und loggte sich in seinem E-Mail-Account ein, nur 337 E-Mails in den vier Wochen seiner Abwesenheit. Das sah erst einmal so aus, als ob er die nächsten zwei oder sogar drei Tage nur mit Lesen beschäftigt sein würde. Nach seiner Einschätzung war das meiste davon inzwischen sowieso veraltet, von jemand anderem erledigt worden oder es handelte sich um spannende neue interne Regularien, die genauso schnell gelesen wie wieder vergessen waren. Bevor er aber mit dieser wichtigen Arbeit anfangen konnte, ging die Bürotür auf und Aylin Yildirim und Julia Rochow betraten den Raum.

„Wir alle erwarten, dass du uns heute in der Mittagspause ausführlich über eure Hochzeitsreise berichtest, wir haben schon am Freitag für heute 13.00 Uhr in der Kantine einen Tisch für uns reserviert", ließ sich Aylin Yildirim vernehmen. „Und von uns gibt es auch einige Neuigkeiten, aber erst später", damit waren die beiden kichernd wieder entschwunden.

Unisono meinten Steffen Tietz und Thomas Kablow: „Wir haben einen Maulkorb verpasst bekommen, uns wurde angedroht, dass bei Verstößen die Dienstwaffen an uns ausprobiert werden." Steffen Tietz ergänzte noch: „Das will ich lieber nicht riskieren. Ich hatte letzte Woche mein jährliches Schießtraining, übrigens wieder ganz knapp bestanden, aber nach mir war Julia dran. Und ehrlich, das war fast unheimlich, die hat alles getroffen und mit Bestnote bestanden." Mit einem breiten Grinsen fügte er noch hinzu: „Der möchte ich auf keinen Fall vor die Knarre geraten."

Montag, 9. Juli 2018, 9.54 Uhr

Abbo Reichel und Thomas Kablow wollten sich gerade auf den Weg zu Kriminalrat Oliver Scholz machen, als ‚Sweet Lucy' von Raul de Souza aus Abbo Reichels Handy erklang.

„Hier ist mal wieder die uniformierte und dich jetzt über die neuesten Neuigkeiten informierende Kollegin aus der Leitzentrale und auch heute hat sie für dich eine schöne Leiche – wenn ich die Kollegen richtig verstanden habe, ist sie, also die Leiche, auf jeden Fall nicht so unappetitlich wie eure letzte am Casinoturm in Frohnau. Ist vielleicht der Bonus so kurz nach den Flitterwochen. Ist aber auch egal, ihr seid auf jeden Fall dran, jedenfalls laut meinem Dienstplan, den ich hier vor mir zu liegen habe. Die Uniformierten sind schon vor Ort, ein Kollege von der örtlichen Kripo der Direktion 1 auch und die Rechtsmedizin und die Spurensicherungsgruppe sind unterwegs, ihr solltet euch also beeilen. Ich habe angekündigt, dass euer komplettes Team anrückt. Einen Wagen habe ich für euch reserviert, der steht bereit. Ach so, nach Tegel müsst ihr, in die neue Siedlung in der Straße Humboldtinsel, die Hausnummer habe ich mir blöderweise nicht notiert, aber findet ihr bestimmt, ihr seid ja nicht auf den Kopf gefallen. Die Leiche hängt da jedenfalls tot überm Zaun, witzig, oder? Ganz frisch ist sie übrigens auch, muss wohl gerade eben passiert sein. Na egal, ihr solltet sofort los. Die Jungs und Mädels von der Wasserschutzpolizei sind auch schon unterwegs, unsere Uniformierten haben die angefordert, warum auch immer, werden sie euch aber bestimmt noch erklären. Bevor du wie beim letzten Mal protestierst, der Kollege von der Direktion 1 hat gleich abgewunken, eindeutig ein Mordfall und damit Zuständigkeit LKA. Er bleibt aber immerhin noch vor Ort bis ihr auftaucht und übergibt den Fall dann formal an euch. Alles klar?"

Bevor Abbo Reichel in irgendeiner Form reagieren konnte, tutete es aus seinem Handy, die Anruferin hatte wieder aufgelegt. Irgendwie kam ihm die Art und Weise der Benachrichtigung über einen neuen Fall bekannt vor. Er nahm sich vor, bei nächster Gelegenheit mal in der Leitzentrale am Platz der Luftbrücke vorbeizuschauen und sich diese Kollegin live und in Farbe anzusehen. „Planänderung", rief er Steffen Tietz zu, „du gehst zu Oliver, wir anderen fahren alle nach Tegel, ein neuer Fall für uns. Näheres später." Damit ging er in die Nebenbüros und informierte Thomas Kablow, Julia Rochow und Aylin Yildirim.

„Das war's dann wohl mit einem ruhigen Wochenbeginn", maulte Julia Rochow ein wenig, aber nicht sonderlich ernst gemeint, „und dann natürlich wieder ohne Musik und Lichtshow, so wie ich dich kenne. Aber ich fahre!"

„Humboldtinsel, wo ist das denn?" fragte Thomas Kablow. „Müssen wir da mit einem Boot fahren?"

„Die Kollegen von der Wasserschutzpolizei sind zwar wohl unterwegs zum Tatort, aber wir brauchen kein Boot", antwortete Abbo Reichel, „die Straße heißt Humboldtinsel, ist aber auf dem Landweg erreichbar. Also los."

21

Montag, 9. Juli 2018, 10.32 Uhr

Der Tatort war in der Tat nicht schwer zu finden, die halbe Straße war durch mehrere Polizeifahrzeuge, einen VW-Bus der Spurensicherungsgruppe der Kriminaltechnik des LKA und einen Krankenwagen der Berliner Feuerwehr blockiert, wobei der Krankenwagen gerade versuchte zu wenden, um die Straße wieder zu verlassen.

„Da ist die frischgebackene Witwe drin. Die Gute hat verständlicherweise einen Nervenzusammenbruch erlitten. Ansonsten meine Hochachtung, neuer Rekord, der Tod ist gerade mal vor einer Stunde eingetreten und das gesamte Kommissariat steht uns im Weg herum", brummelte Ellen Nessmer Abbo Reichel mehr oder weniger freundlich an. „Als ob uns nicht schon die Uniformierten und der Kollege von der Kripo der Direktion 1 reichen würden. Na wenigstens kannst du uns nicht wieder durch das Blut latschen, das hier ist mal ein ziemlich unblutiger Mord."

„Dafür können deine Leute keine Betonplatte zerschmeißen", und an Aylin Yildirim und Julia Rochow gerichtet: „Ihr beide fahrt bitte dem Krankenwagen hinterher und seht mal zu, ob ihr die Dame schon befragen könnt. Ansonsten im Krankenhaus mal nachhaken, wann das möglich sein wird. Weil's eilig ist, könnt ihr auch mit Musik und Lichtshow fahren, macht der Krankenwagen schließlich auch." In Julia Rochows Gesicht leuchteten sofort die Augen auf, auch wenn der Weg von der Humboldtinsel zum Humboldtkrankenhaus nicht weit war.

„Touché, wieder 1:1 unentschieden. Isabelle ist übrigens unterwegs, müsste in ein paar Minuten auftauchen, sie hat mich gerade angerufen, dass sie mit ihrem Team an der Autobahnabfahrt Holzhauser Straße im Stau steht. Mercedes bekommt wohl gerade eine Lieferung neuer Autos und die Deppen mit den LKWs blockieren da alles. Mario meinte am Telefon, er schickt Isabelle, schließlich seid ihr beide ja ein gut eingespieltes Team. Nett, der Herr Professor, oder? Ist übrigens ganz angenehm, dass man seit eurer nachgeholten Hochzeitsfeier einige Leute mehr als vorher duzen kann. Wir haben die Leiche noch nicht angefasst oder irgendetwas verändert. Sieht aber auf den ersten Blick nach einem großen Pfeil oder ähnlichem aus. Der eine von den beiden Uniformierten meinte, dass das nach einer Harpune aussieht. Woher auch immer er das wissen will. Jedenfalls haben die beiden sofort auch die Wasserschutzpolizei informiert, damit die den Tegeler See nach einem Taucher absuchen. Schaden kann's ja nicht, aber ob die gleich mit drei Booten kommen mussten? Hatten wahrscheinlich Langeweile oder wollten bei dem schönen Wetter ihre Schiffchen mal spazieren fahren. So, dann kommt ihr beiden bitte mit, aber schön die Überzieher über die Schuhe."

Die Leiche hing tatsächlich überm Zaun oder eher über dem Geländer, das die Terrasse der ziemlich neu und ziemlich exklusiv wirkenden Doppelhaushälfte zum Tegeler Hafen abgrenzte. Mit Blick auf die direkt gegenüberliegenden und nicht ganz so exklusiv wirkenden Hochhäuser auf der anderen Seite des Hafenbeckens. Es war unschwer zu erkennen, dass es sich wirklich um eine Leiche handelte. Ein Pfeil oder eine Harpune, jedenfalls etwas langes und spitzes, ragte unübersehbar mehr als 30 Zentimeter aus dem Rücken heraus.

Ellen Nessmer fuhrt fort: „Die beiden Rettungssanitäter haben den Tod eindeutig festgestellt, da gibt es keinen Zweifel. Beim Todeszeitpunkt gibt es auch keine Zweifel, zwischen 9.15 Uhr und 9.30 Uhr."

„Wenn ich mich mal einmischen darf", ließ sich jetzt jemand vernehmen, der bisher im Schatten einer der großen Kübelpflanzen gestanden hatte, „ob da Zweifel vorliegen oder nicht, obliegt wohl eher unserer Einschätzung. Mein Name ist übrigens Hartmut Keiling, Kripo der Direktion 1. Aber wenn ich sehe, dass es sich das LKA leisten kann, gleich mit vier Leuten aufzutauchen, kann ich den Fall hiermit auch gleich übergeben. Wir in der Direktion 1 sind so oder so voll ausgelastet beziehungsweise eher überlastet. Dann können Sie auch gleich selbst die Einschätzung des Todeszeitpunktes vornehmen. Falls Sie noch Fragen haben, können Sie mich anrufen. Oder fragen Sie gleich die Uniformier-

23

ten, die waren schließlich als erste vor Ort." Damit drückte er Abbo Reichel seine Visitenkarte in die Hand, drehte sich ohne jeglichen Gruß um und verließ den Tatort.

Man sah Ellen Nessmer deutlich an, dass sie kurz vorm Explodieren war. Sie riss sich zusammen und wartete ab, bis Hartmut Keiling definitiv außer Hörweite war.

„Meine Güte, was für ein Idiot. Faul und unfähig noch dazu, jedenfalls eine optimale Mischung. Mit dem Trottel hatte ich in der Vergangenheit schon mehrfach zu tun, war fast immer unerfreulich. Wieso dürfen die eigentlich mit einem roten Kripo-Dienstausweis die Gegend unsicher machen. Für die wäre eine eigene Farbe sinnvoll, rosa oder so. Aber weiter im Text, das eben war sowieso unsachlich, aber wenn ich mich über irgendetwas ärgere.... Ohne diesen Herrn vorher um Genehmigung zu fragen habe ich mir jedenfalls erlaubt, mit der Frau des Opfers zu sprechen. Laut ihrer Aussage ist ihr Mann ziemlich genau um 9.15 Uhr auf die Terrasse gegangen, weil er eine rauchen wollte. Drinnen darf er nicht. Sie ist sich mit der Uhrzeit ganz sicher, weil sie da gerade die beiden Zwillingstöchter zur Tagesmutter losgeschickt hatte. Sie hat sich dann gewundert, warum er so lange draußen bleibt, er wollte eigentlich gleich los in sein Büro. Jedenfalls ist sie dann raus auf die Terrasse und hat ihren Mann so vorgefunden. Sie muss wohl laut losgeschrien haben, dadurch ist die Nachbarin aufmerksam geworden und die hat dann um exakt 9.30 Uhr die 110 angerufen. Die erste Streife war genau drei Minuten später hier, die waren gerade in der Karolinenstraße unterwegs. Der eine von den beiden meinte sofort, dass es sich um eine Harpune handelt und hat deswegen außer euch, uns und einem Krankenwagen zusätzlich die Wasserschutzpolizei angefordert. Die suchen jetzt mit drei Booten den Tegeler See nach einem Taucher ab und erstatten euch nachher Bericht. Der Idiot von der Direktion 1 war übrigens nur zwei oder drei Minuten vor euch da, obwohl sein Weg hierher deutlich kürzer als eurer war. Merkwürdigerweise hat er aber offenbar schon vorher der Leitzentrale die Info gegeben, dass das LKA einzuschalten sei. Der Tote heißt übrigens Balthasar Maria von Hansmann. So, jetzt verschwindet ihr bitte von hier, Isabelle kommt da gerade, lasst uns erst einmal unsere Arbeit machen. Wir melden uns bei euch, wenn wir fertig sind. Ich schätze mal, wir werden mindestens zwei Stunden benötigen."

„Hallo Steffen, hier Abbo. Unser Toter heißt Balthasar Maria von Hansmann, klingt ein bisschen nach katholischem Landadel. Bitte schon mal möglichst viel über diesen Herrn recherchieren. Isabelle und Ellen mit ihrem Team fangen gerade an, Leiche und Tatort zu untersuchen, das wird wohl noch dauern. Die Witwe hatte einen Nervenzusammenbruch und wurde ins Humboldt gefahren, Aylin und Julia sind hinterher um zu sehen, ob man sie schon befragen kann. Thomas und ich werden uns hier mal umsehen. Was wollte eigentlich Oliver von uns?"

„Der war ganz entspannt und meinte nur, dass sich das wohl durch den neuen Fall erledigt hätte. Ich denke mal, er wollte nur besprechen, in welcher Reihenfolge wir uns die Altfälle vornehmen, aber wie gesagt, hat sich erst einmal erledigt. Wenn alles klappt, bekommen wir ab morgen Unterstützung, eine neue Kollegin, die erst am 1. Juli in Berlin angefangen hat, kommt wohl aus Stuttgart, aber definitiv keine Anfängerin. Sobald ich den Namen habe, lasse ich für sie alles einrichten, E-Mail, Zugang zum Rechner, Dienstausweis und so weiter und so fort. Auf jeden Fall kann sie den freien Platz bei Aylin im Büro einnehmen. Und ich soll euch von Oliver ausrichten, dass wieder der Thoms aus dem Stab der Polizeipräsidentin als Aufpasser dem Fall zugeordnet ist. Der hat uns und ihn immer noch auf dem Kieker, da werde ich wohl wieder tägliche Statusberichte schreiben dürfen. Von Seiten der Staatsanwaltschaft haben wir es mit Bodo Harbauer zu tun, hätte also deutlich schlimmer kommen können. Für morgen früh hat Oliver eine erste Teambesprechung anberaumt, aber erst um 10.30 Uhr, du kannst Ellen und Isabelle entsprechend informieren. Harbauer und Thoms wollte Oliver selbst anrufen."

Das Telefonat war damit beendet und Abbo Reichel meinte zu Thomas Kablow: „Lass uns doch erst mit den beiden Kollegen sprechen, die zuerst vor Ort waren, dann mit der Nachbarin. Für die Anwohnerbefragung sollten wir möglichst die Uniformierten einsetzen. Wenn ich mir die Häuser gegenüber so ansehe, wird das ziemlich aufwändig."

Montag, 9. Juli 2018, 10.58 Uhr

„Guten Morgen die Herren, mein Name ist Abbo Reichel und das hier ist Thomas Kablow, beide vom LKA", dabei hielt Abbo Reichel seinen roten Dienstausweis hoch. „Sie waren ja wirklich schnell vor Ort und haben hier gute Arbeit geleistet. Vor allem auch die Absperrung schön weit vorne vorgenommen, da wird uns die Presse wohl erst einmal nicht allzu sehr auf die Pelle rücken können. Schildern Sie uns doch bitte mal kurz, was bisher vorgefallen ist."

„Tja, also wir beide, der Herr Polizeiobermeister Marco Erdmann und ich, mein Name ist Linus Brand, auch Polizeiobermeister, wir waren gerade auf der Karolinenstraße unterwegs, als uns über Funk der Notruf erreichte. Wir waren so schnell vor Ort, dass sich die Anruferin noch ziemlich gewundert hat, wie das mit rechten Dingen zugehen kann. So schnell hätte sie mit uns nicht gerechnet, hat sie gesagt. Die Frau Götsche, also die Anruferin und Nachbarin der Frau von Hansmann, haben wir gebeten, sich für ein Gespräch mit Ihnen bereitzuhalten. Den Toten haben wir natürlich gleich bemerkt und auch gesehen, dass da nichts mehr zu machen ist, der war eindeutig tot."

„Dafür braucht man auch kein Medizinstudium, um das festzustellen", warf jetzt der zweite Uniformierte ein, der ihnen als Marco Erdmann vorgestellt worden war. „Auch nicht, um festzustellen, dass die Frau von Hansmann in ein Krankenhaus muss, so hysterisch, wie die auf uns gewirkt hat. Verständlicherweise. Wir haben für sie einen Krankenwagen angefordert. Sie wurde dann aus dem Nachbarhaus bei der Frau Götsche abgeholt, es erschien uns besser, sie erst einmal dort und nicht in ihrem eigenen Haus zu belassen. Außerdem haben wir per Funk die Wasserschutzpolizei angefordert und gebeten, nach einem Taucher oder einem Boot mit einer Harpune an Bord zu suchen. Der Kollege von der Kripo aus unserer Direktion war nicht so richtig hilfreich. Hat auch ganz schön gedauert, bis der endlich aufgetaucht ist und hat keinen Mucks von sich gegeben. Hat uns

27

nur kommentarlos seinen Dienstausweis vor die Nase gehalten. Aber was soll's, jetzt ist er ja wieder weg."

„Wenn ich Sie mal kurz unterbrechen darf", meldete sich Thomas Kablow zu Wort: „Wie kommen Sie auf einen Taucher als Mörder?"

„Im Toten steckt eindeutig ein Harpunenpfeil und da liegt der Verdacht doch sehr nahe, dass der von einem Taucher abgeschossen worden ist oder vielleicht auch von einem Boot aus. Außerdem, sehen Sie doch selbst, so wie der Tote über dem Geländer hängt, kann der Pfeil eigentlich nur vom Wasser aus abgeschossen worden sein. Sie können mir glauben, dass ich einen Harpunenpfeil auf Anhieb erkenne, ich war erst vor kurzem mit meiner Frau in Kroatien zu einem zweiwöchigen Tauchurlaub und da haben wir auch das Harpunenfischen ausgiebig kennengelernt. Deswegen habe ich die Kollegen von der Wasserschutzpolizei um Unterstützung gebeten und die sind jetzt auf der Suche, sie haben mir per Funk zugesagt, dass eines der Boote nachher hier anlegt und Ihnen Bericht erstattet. Wenn Sie wollen, kann ich nachfragen, wann das in etwa sein wird."

„Sehr gut meine Herren. Mal sehen, ob die Kollegen etwas finden und was die Rechtsmedizin und die Spurensicherung dazu sagen. Herr Kablow und ich werden erst einmal mit der Nachbarin sprechen. Sie halten hier bitte bis auf Widerruf erst einmal die Stellung und sorgen vor allem dafür, dass sich niemand dem Tatort nähert, vor allem die Presse fernhalten. Stellen Sie bitte auch sicher, dass in etwa einer Stunde möglichst viele Kollegen für eine Anwohnerbefragung zur Verfügung stehen, wenn ich mir die Häuser auf der anderen Seite des Hafenbeckens ansehe, wartet da viel Arbeit auf uns alle. Wenn die Wasserschutzpolizei fertig ist oder etwas findet, möchten die mich bitte auf dem Handy anrufen."

Damit klingelte Abbo Reichel an der Hausnummer 51. Sein Finger hatte den Klingelknopf noch nicht wieder verlassen, als sich die Tür ruckartig öffnete und eine zirka 40-jährige und sichtlich emotional mitgenommene Frau erschien.

„Entschuldigen Sie bitte, aber ich kann es nicht fassen, was hier passiert ist. Wer macht denn so etwas und vor allem, warum? Kommen Sie bitte erst einmal herein. Nehmen Sie im Wohnzimmer Platz, ich bringe gleich etwas zu trinken. Mein Name ist übrigens Stella Götsche, aber das wissen Sie sicherlich längst."

Thomas Kablow und Abbo Reichel ließen sich nicht lange bitten, gingen in das Wohnzimmer und nahmen auf einem der beiden hellen Sofas Platz, mit Blick auf das Tegeler Hafenbecken und die gegenüberliegenden Hochhäuser. Die Einrichtung wirkte passend zum Äußeren des Hauses und der Wasserlage recht gediegen, aber auch ziemlich seelenlos, ohne jegliche persönliche Note, eher wie aus einem Möbelhausprospekt hierher übertragen.

„Entschuldigen Sie bitte nochmals, aber ich musste mich erst einmal fassen, es ist alles so schrecklich." Dabei blickte sie aus der Terrassentür in Richtung der anderen Doppelhaushälfte. Details konnte man auf der Terrasse nebenan nicht erkennen, nur mehrere Gestalten in weißen beziehungsweise blauen Einweganzügen. Trotzdem war ein leises Stöhnen die Konsequenz.

„Ich verstehe, dass das für Sie sicherlich nicht einfach ist, soll ich die Vorhänge zuziehen?" fragte Abbo Reichel.

„Gerne. Wer sind die und was machen die da?"

„Erst einmal, mein Name ist Abbo Reichel und das ist mein Kollege Thomas Kablow, wir sind die ermittelnden Kommissare des Landeskriminalamtes. Das da draußen sind unsere Kollegen von der Spurensicherung, die in den weißen Anzügen. Im blauen Anzug ist die Rechtsmedizin. Es lässt sich leider nicht vermeiden, aber unsere Kollegen müssen so schnell wie möglich alle Spuren sichern. Genauso müssen wir Sie und auch Frau von Hansmann so schnell wie möglich befragen. Je schneller, desto besser. Umso besser sind die Chancen, den Täter zu fassen. Das ist nicht nur in Krimis so, sondern auch im echten Leben."

„Von Leben kann man ja kaum noch sprechen." Sie wies mit ihrer rechten Hand in Richtung der jetzt blickdichten Terrassentüren. Offensichtlich hatte sich Stella Götsche etwas gefasst, sie

29

fuhr fort, nachdem Abbo Reichel sich wieder gesetzt hatte: „Ich war gerade dabei, mir einen Espresso zu machen und wollte in mein Arbeitszimmer nach oben gehen, als ich einen markerschütternden Schrei gehört habe. Der Begriff klingt vielleicht etwas überkandidelt und unrealistisch, aber hier passt es, es passt wirklich. Jedenfalls bin ich sofort auf die Terrasse gestürzt und habe Antonia, also Frau von Hansmann, gesehen, wie sie auf ihrer Terrasse zusammengebrochen ist. Balthasar, also Herrn von Hansmann, habe ich erst gar nicht wahrgenommen. Ich bin dann aus dem Haus heraus, habe noch geistesgegenwärtig den Ersatzschlüssel für nebenan mitgenommen und bin durch den Flur und das Wohnzimmer auf die Terrasse. Da lag sie, die Antonia. Und erst in dem Moment habe ich auch Balthasar gesehen, wie er mit dem Pfeil aus dem Rücken ragend über dem Geländer hing. Ich habe mich zu Antonia heruntergebeugt um zu sehen, was mit ihr los ist. Sie hat mich ganz irre angeschaut und mir zugeflüstert, dass sie wie jeden Morgen um 9.15 Uhr die Zwillingstöchter zur Tagesmutter in die Gabrielenstraße geschickt hat. Mit der Uhrzeit war sie sich deswegen ganz sicher. Ihr Mann ist zur gleichen Zeit auf die Terrasse gegangen, weil er eine rauchen wollte. Das hat ziemlich lange gedauert, deswegen ist sie dann auch auf die Terrasse gegangen, um nach ihm zu sehen. Ich habe sofort die 110 angerufen und einer Dame alles so geschildert, wahrscheinlich ziemlich wirr, aber es hat wohl ausgereicht. Jedenfalls stand ganz schnell ein Streifenwagen vor der Tür und zwei Ihrer Kollegen dann auch gleich auf der Terrasse, ich hatte wohl in der Aufregung die Haustür offen gelassen. Einer der beiden hat dann mit mir gemeinsam Antonia zu mir hierher gebracht oder eher geschleppt, sie war kaum in der Lage, auf ihren eigenen Beinen zu stehen. Wir haben sie auf das Sofa gelegt, auf dem Sie gerade sitzen. Gleich darauf kam dann der Krankenwagen, den hatte wohl der zweite Polizist gerufen. Zwei Sanitäter haben Antonia auf eine Trage gelegt und sie ins Krankenhaus gebracht. In welchem ist sie denn eigentlich? Kann ich sie besuchen und ihr zur Seite stehen? Was passiert denn mit den Kindern? Außer dem Krankenwagen waren auch noch ganz schnell weitere Polizeiwagen da, die halbe Straße steht ja voll davon, aber das haben Sie ja selbst gesehen. Wie im Fernsehen, man glaubt es ja nicht, aber so ist es."

„Können die beiden Kinder erst einmal bei Ihnen bleiben, wenn sie von der Tagesmutter kommen", fragte Thomas Kablow nach, „oder sollen wir uns um eine Betreuung kümmern?"

„Das ist kein Problem, die beiden sind sowieso oft bei mir."

„Wir informieren Sie, sobald wir wissen, wann Frau von Hansmann aus dem Krankenhaus entlassen wird. Sie wurde übrigens ins Humboldt gebracht. Wenn Sie Unterstützung, vor allem wegen der Kinder, benötigen, rufen Sie uns bitte an." Damit übergab ihr Thomas Kablow seine Visitenkarte. „Ansonsten melden wir uns nachher noch einmal bei Ihnen."

Vor der Haustür wurden sie sofort von Polizeimeister Marco Erdmann angesprochen: „Die Presse war ziemlich aufdringlich, zwei unserer Kollegen mussten die hinter die Absperrung zurückdrängen. Die Absperrung haben wir ganz nach vorne an die Brücke über das Tegeler Fließ verlegt, da stehen die Kollegen jetzt Wache. Aber wie Sie sehen", und zeigte damit auf die andere Seite des Hafenbeckens, „die haben jetzt da drüben Aufstellung genommen. Gibt nachher im Internet und morgen in den Zeitungen bestimmt hässliche Fotos. Ich habe die Wasserschutzpolizei gebeten, unter der Sechserbrücke abzusperren, damit von den Geiern da drüben keiner auf die Idee kommt, mit einem Boot hier heranzufahren und Fotos aus nächster Nähe zu machen. Wir wussten ja nicht, wie lange die Spurensicherung und die Rechtsmedizin brauchen, bis die Leiche abtransportiert werden kann. Mit uns beiden sind übrigens insgesamt 10 Kollegen vor Ort, die Ihnen für die Anwohnerbefragung zur Verfügung stehen. Es gibt nur den einen Zugang zur Straße, da vorne an der Brücke, der wird ja bewacht. Hinten von der Sechserbrücke aus kann man nicht hierherkommen, da gibt es keinen Zugang."

Abbo Reichel wusste erst gar nicht, was er sagen sollte: „Ich bin ja fast sprachlos, perfekt. Bleiben Sie beide bitte trotzdem hier in der Straße und befragen die Anwohner. Teilen Sie dann auch die anderen Kollegen für die Befragung gegenüber in den Hochhäusern, den Vereinen und in den Kleingärten auf der anderen Seite des Tegeler Fließes ein. Ich befürchte, das wird alles ziemlich langwierig werden, da drüben sind ganz schön viele Wohnungen. Können Sie uns dann bitte die Protokolle gesammelt zur Verfügung stellen und auch dafür Sorge tragen, dass alle nicht anwesenden Anwohner in den nächsten Tagen befragt werden? Für morgen und übermorgen Vormittag hätte ich gerne mindestens zwei Zweierteams, die zwischen 9.00 Uhr und 10.00 Uhr sowohl hier als auch gegenüber und auf der Sechserbrücke alle Hundebesitzer und Jogger ansprechen. Erfahrungsgemäß sind vor allem die Hundebesitzer regelmäßig zur immer gleichen Zeit unterwegs, vielleicht hat ja jemand etwas beobachtet. Wenn Sie etwas ermitteln, bitte sofort eine Info an Herrn Kablow oder mich. Genauso bitte, wenn Ihr Vorgesetzter eine formelle Anweisung des LKA für die Einsätze haben will. Für Donnerstag würde ich es begrüßen, wenn Sie beide an unserer Teambesprechung im LKA teilnehmen und über Ihre Ergebnisse berichten. 9.00 Uhr in der Keithstraße 30."

Sichtlich stolz nahmen die beiden sowohl das Lob als auch die Aufträge an. „Das wird schon in Ordnung gehen, ich glaube nicht, dass unser Revierleiter Probleme mit den Einsätzen hat", ließ sich jetzt Linus Brand vernehmen. „Dafür sind wir doch da, das ist unser Job". Damit waren sie schon unterwegs zu ihren Kollegen.

„Wow", war nur die Anmerkung von Thomas Kablow, „dann lass uns jetzt mal mit Isabelle und Ellen sprechen." Weiter kam er nicht, weil schwungvoll ein Boot der Wasserschutzpolizei heranfuhr und direkt an der Terrasse des Hauses Humboldtinsel 49 festmachte.

„Moin ihr Landratten. Na, Thomas, immer noch so wasserscheu?" Mit diesen Worten kletterte einer der Polizeibeamten von Bord und kam auf sie zu. Bevor Thomas Kablow antworten konnte, schüttelte er Abbo Reichel die Hand und stellte sich vor: „Moin, Sascha Hesse mein Name, Kapitän dieses tollen Bootes, der Mollymauk. Nur Kapitän und nicht Flottillenadmiral, auch wenn diese Landratte das immer behauptet", und zeigte damit auf Thomas Kablow. „Aber Thomas wird ja schon schlecht, wenn er nur ein Boot oder Schiff sieht, stimmt's?"

„Leider. Und bevor du weitere Geheimnisse ausplauderst, wolltet ihr nicht nach Tauchern suchen?"

„Das erledigen meine Kollegen mit den anderen beiden Booten. Wenn die etwas finden, berichten Sie an mich als ihren Flottillenadmiral", dabei grinste er Thomas Kablow an. „Die Uniformierten hatten gebeten, dass wir an der Sechserbrücke absperren um euch Pressebesuch zu ersparen. Ich habe mir gedacht, hier macht es mehr Sinn. Mit unserem Schiffchen können wir denen gut die Sicht nehmen und die Spurensicherung kann in Ruhe arbeiten. Wenn ihr an Bord kommen wollt, bekommt ihr auch einen Kaffee und Kekse finden sich bestimmt auch. Keine Sorge, Thomas, der Kahn schaukelt nicht, heute ist es fast windstill. Also los, an Bord, da können wir alles Weitere besprechen."

Damit kletterte er am Bug der Mollymauk über die Reling und deutete den beiden Kommissaren an, dass sie ihm folgen sollten. Abbo Reichel nahm aus dem Augenwinkel wahr, dass Isabelle Berntsen etwas verwundert der Aktion zusah.

33

Montag, 9. Juli 2018, 13.15 Uhr

„Ah, Landratten an Bord, wenn das man kein schlechtes Omen ist", wurden sie von einem älteren Beamten der Wasserschutzpolizei begrüßt. „Ist ja mal was Neues, das wir einen Tatort vor der Presse abschirmen müssen. Ich kann mich nicht entsinnen, dass wir das schon mal hatten. Mein Name ist übrigens Michael Lindemann, Steuermann der Mollymauk und Bordältester und damit verantwortlich für den Kaffee, den Sascha euch bestimmt schon angeboten hat. Vielleicht sollten wir aber erst die Gardinen auf der Wasserseite zuziehen, sonst gibt es noch hübsche Fotos von uns beim Kaffeetrinken mit entsprechenden gehässigen Kommentaren."

„Zieh' bitte die Vorhänge auf beiden Seiten zu, sonst sieht uns die Leiche beim Kaffeetrinken zu. Außerdem ist es ein bisschen unfair gegenüber der KTU und der Rechtsmedizin, wenn sie draußen arbeiten müssen und uns hier sitzen sehen", meinte Sascha Hesse und fügte grinsend hinzu: „Ich weiß ja durchaus, dass ihr Landratten alle der Meinung seid, dass wir nur zu unserem Vergnügen herumschippern und viel weniger Arbeit haben als ihr. Und dann sind noch unsere Mützen viel schicker als die blauen Dinger", und zeigte dabei nach draußen, wo gerade eine Reihe Uniformierter von den POM Brand und Erdmann in ihre Aufgaben eingewiesen wurde. Mit Schwung zog er die Gardine zu und ergänzte: „Wenn wir dann noch mit einem Boot namens Mollymauk herumschippern, nehmt ihr uns ganz bestimmt nicht sonderlich ernst, stimmt's, Thomas?"

„Du wirst es vielleicht nicht glauben, aber das habe ich mir damals gemerkt, fällt aber unter die Rubrik ‚Wissen, was die Welt nicht braucht.' Eure Kähne wurden früher immer nach Wasservögeln benannt. Wenn ich mich recht erinnere, ist Mollymauk irgendeine Albatrosart."

„Wow, stimmt genau. Du hast damals also doch etwas gelernt, ist aber schon fast 20 Jahre her, als wir diesen Lehrgang für den gehobenen Dienst gemacht haben. Unterwegs sind noch die beiden Schiffe Kranich und Seeadler, seriösere Namen also. Wir werden ja noch erfahren, ob die etwas finden. Viel Hoffnung habe ich aber ehrlich gesagt nicht."

Bevor er weiterreden konnte, klopfte jemand an eine der Scheiben und Aylin Yildirim und Julia Rochow erschienen.

„Ah, Kaffee, sehr gut", meinte Aylin Yildirim zur Begrüßung, „den kann ich jetzt gut gebrauchen. Julia fährt mit Musik und Lightshow noch chaotischer als sonst."

„Aber immer unfallfrei", kam als Antwort.

„Trotzdem nicht gut für das Nervenkostüm deiner Mitfahrer, du musst auch mal an die anderen denken."

Abbo Reichel sah sich genötigt, jetzt einzugreifen: „Alles bekannt, Julia hält auf Dauer den Pokal des LKA 117 für die rasanteste Fahrweise, aber habt ihr etwas herausbekommen?"

„Nee, jedenfalls nichts Neues. Der Arzt meinte, vor morgen Nachmittag wird da nicht viel zu machen sein. Frau von Hansmann wurde mit Medikamenten ruhig gestellt. Wir haben mit ihm vereinbart, dass wir morgen gegen Mittag anrufen und dann weitersehen. Ein Kaffee wäre jetzt wirklich nicht schlecht."

Es klopfte wieder an die Scheibe und Isabelle Berntsen und Ellen Nessmer erschienen, ohne ihre Einweganzüge.

„Typisch, wir arbeiten und ihr trinkt Kaffee", brummte Ellen Nessmer.

„Ellen, da muss ich dir eindeutig widersprechen, wir werden ja dauernd gestört. Langsam wird der Kaffee kalt und Michael muss neuen kochen. Mehr von euch kommen jetzt aber hoffentlich nicht, ist schon ziemlich voll hier."

„Keine Sorge, und wir sind auch gleich wieder weg. Wir haben schließlich noch zu arbeiten. Hier sind wir fertig und die Leiche wird gleich abtransportiert. Die Obduktion soll in einer Stunde losgehen und ich fahre mit in die Rechtsmedizin. Isabelle ist nicht bereit, mir den Harpunenpfeil schon jetzt zu überlassen, der soll erst bei der Obduktion entfernt werden. Ich werde deswegen daran teilnehmen, übrigens meine erste Obduktion." An die Kollegen der Wasserschutzpolizei gerichtet ergänzte sie noch: „Ihr könnt die Suche nach einem Taucher oder einem Boot einstellen. Isabelle und ich sind uns einig, dass der Mörder mit,

35

wie heißt es doch so schön, an Sicherheit grenzender Wahrscheinlichkeit von Land aus den Pfeil abgeschossen hat. Die noch an 100 % fehlenden 0,5 % werden wir nach der Obduktion und der Untersuchung bei uns im Labor nachliefern. Aber ihr könntet noch ein gutes Werk tun, nämlich das Tegeler Fließ nach der Mordwaffe absuchen. Mit eurem Dickschiff hier passt ihr da allerdings nicht rein. Die Jungs vom Anglerverein gegenüber leihen euch vielleicht einen ihrer Kähne dafür aus."

Sascha Hesse gab sofort per Funk an die Schiffe Kranich und Seeadler die Anweisung weiter, dass die Suche einzustellen und dass dafür das Tegeler Fließ nach einer Harpune abzusuchen sei. Auf Begeisterung stieß diese dienstliche Anweisung nicht. „Ist schon ganz gut, dass man als stellvertretender Leiter der Wache West nicht selbst mit einem geliehenen Ruderboot herumschippern muss. Wird mich aber beim kommenden Sommerfest wohl eine Kiste Bier kosten. Die Kollegen werden jetzt bestimmt untereinander ausknobeln, wer diesen unbeliebten Auftrag ausführen muss."

Montag, 9. Juli 2018, 14.05 Uhr

„Ich denke, wir machen jetzt mal weiter, ihr könnt auch wieder ablegen, Sichtschutz ist nicht mehr erforderlich. Danke für eure Unterstützung. Abbo und ich kommen in den nächsten Tagen mal bei euch auf der Wache vorbei, die Bierschulden begleichen. Deine Kollegen waren beim Anglerverein wohl erfolgreich. Ich meine, ich hätte da drüben gerade einen Kahn mit zwei Polizisten an Bord gesehen."

„Die Kiste Bier könnt ihr natürlich gerne vorbeibringen, wird auch ganz sicher nur außerhalb des Dienstes und außerhalb der Wache getrunken. Ich werde nur noch kurz nachsehen, was die Jungs da drüben machen. Falls sie etwas finden, rufe ich euch an. Ansonsten sind wir gleich weg. Schade eigentlich, war mal eine nette Abwechslung. Zwar 'ne Leiche, aber wenigstens keine Wasserleiche. Die letzte Wasserleiche liegt mir noch echt im Magen, bei der Bergung vor Eiswerder musste selbst ich kotzen. Ist gerade mal ein paar Wochen her."

„Wie, du auch? Meine Frau, also Isabelle, also die Rechtsmedizinerin, auch!"

„Uih, das eben war deine Frau? Na ja, von uns, beziehungsweise von den anderen beiden Wachen, wird sie regelmäßig mit Nachschub versorgt. Wasserleichen haben wir mehr oder weniger regelmäßig. Puh, wäre nicht mein Ding, die aufzuschneiden. Schon die Bergung ist alles andere als vergnügungssteuerpflichtig. Gehört halt leider mit zu unserem Job, der aber durchaus auch seine angenehmen Seiten hat."

„Mal sehen, ob Steffen für uns schon irgendetwas herausgefunden hat", damit griff Abbo Reichel zu seinem Handy. „Hallo Steffen, hier Abbo. Hast du schon Infos über unseren Toten? Moment, ich stelle das Handy auf laut."

„Wir sollten uns nicht wundern, wenn dieser Fall Wellen schlägt. Du lagst übrigens richtig, ist katholischer Landadel und zwar aus Österreich. Ist 2008 nach Berlin gezogen und hat mit einer ehemaligen Kommilitonin hier ein Start-up gegründet, die statimPAY AG. Wenn ich das alles richtig verstanden habe, wi-

37

ckeln die Zahlungen vor allem für die Gastronomie ab. So ganz durchblicken tue ich da noch nicht, da müssen wir wohl noch Experten befragen. Ich werde bei den Kollegen der Wirtschaftskriminalität nachfragen. Die Firma hat auf jeden Fall ihren Sitz am Paul-Lincke-Ufer 39/40 in Kreuzberg. Diese Kommilitonin, eine gewisse Katharina von Prinzersdorf, ist dort in leitender Position tätig. Unsere Leiche ist beziehungsweise war der Vorstandsvorsitzende dieser AG. Ich habe mal angerufen, die Mitgründerin ist heute auf jeden Fall im Haus, habe ihr aber keinen Hinweis auf den Mord gegeben. Das wollte ich lieber euch überlassen. Zur statimPAY gibt es dermaßen viele Informationen im Netz, dass ich gut Unterstützung gebrauchen könnte. Das könnt ihr jetzt gerne als eine Art Hilferuf ansehen, der ist es nämlich."

Bevor Abbo Reichel reagieren konnte, antwortete Julia Rochow: „Aylin und ich machen uns auf den Weg. Du musst uns dann allerdings einweisen, was und wo wir suchen sollen. Den undankbaren Job in Kreuzberg überlassen wir gerne Thomas und Abbo. Wir setzen die beiden am U-Bahnhof Alt-Tegel ab, mit der BVG geht's auf jeden Fall schneller und am Landwehrkanal findet man sowieso keinen Parkplatz."

„Als ob dich das schon mal gestört hätte", ließ sich Thomas Kablow vernehmen, „aber in Ordnung, machen wir so."

38

Montag, 9. Juli 2018, 15.25 Uhr

„Ich habe noch nie verstanden, was die Leute an dieser Gegend so toll finden. Hast du das eben auf dem U-Bahnhof gesehen, die dealen offen mit allem möglichen Zeugs. Die Kollegen vom Drogendezernat scheinen völlig überlastet zu sein, wenn das so abläuft, schöne Scheiße. Wenn ich mir vorstelle, dass ich hier mit Kindern wohnen müsste und die jeden Tag an diesen Typen auf dem Weg zur Schule vorbei müssten, nee danke." Abbo Reichel konnte sich so richtig echauffieren, auch wenn ihm natürlich klar war, dass man das Problem wohl nie in den Griff bekommen würde. In Berlin schon einmal gar nicht, wie so vieles andere auch nicht. Aber dass man es nicht einmal richtig versuchte, ärgerte ihn, und zwar gewaltig.

„Komm, lass uns gehen. Am Paul-Lincke-Ufer sieht die Welt gleich viel besser aus. Wirst sehen."

Nur hundert Meter vom Kottbusser Tor entfernt wirkte die Welt schon zivilisierter, erst recht am Paul-Lincke-Ufer. Gepflegte Altbauten mit jeweils mehreren Hinterhöfen säumten das nördliche Ufer des Landwehrkanals. Die zahlreichen Straßenbäume dämpften den Straßenlärm und die Schankvorgärten der vielen Restaurants waren alle mehr oder weniger voll besetzt.

„Wenn sich deine Laune gebessert hat, können wir anschließend gleich um die Ecke bei einem Griechen essen gehen. Der ist echt gut. Ehrlich gesagt habe ich ganz schön Hunger. Wir sollten es bei dieser Zahlungsverkehrsbude zügig machen und die Dame dann lieber für morgen ins LKA einladen."

„Hm, gut. Dann übernimmst du das Gespräch. Diese ganze Drogenscheiße geht mir halt tierisch auf den Geist. Wieso kennst du dich hier in der Gegend eigentlich aus? Ich denke, du wohnst in Charlottenburg."

„Schon vergessen, es gab mal einen Thomas Kablow 1.0 in der Version Ehemann mit zwei kleinen Töchtern. Und diese Version hat auf der anderen Seite des Landwehrkanals in der Friedelstraße gewohnt, zwei Etagen über dem besagten Griechen. Das waren nicht die schlechtesten Zeiten. Die Version 2.0 vergessen wir mal lieber, die aktuelle 3.0 im Übergang zur Version 4.0 ist schon wieder deutlich besser. So, da sind wir, Paul-Lincke-Ufer 39/40, mal sehen, wo die Bude genau sitzt. Ganz schön viele Firmen hier. Laut dem Schild ist die statimPAY im zweiten Hinterhof in der zweiten Etage."

„Die Nummerierung nach Versionen muss ich mir merken, passt außerdem gut zu dieser Internetbude hier."

Sowohl der Bau selbst als auch die Durchgänge zu den hinteren Höfen wirkten gepflegt, alles offensichtlich noch aus wilhelminischen Zeiten und entweder schadlos über den Krieg gekommen oder stilgerecht wieder aufgebaut. Das Treppenhaus im zweiten Hinterhof wirkte etwas düster, ebenso die Stahltür, an der ein großes Schild mit der Aufschrift statimPAY AG und einem nichtssagenden Logo angebracht war. Auf das Klingeln von Abbo Reichel hin passierte erst einmal nichts, ebensowenig auf das zweite. Erst beim dritten Versuch summte es und die Tür öffnete sich automatisch.

„Entschuldigt bitte. Ich musste noch einen Angriff meines Kollegen abwehren." Abbo Reichel und Thomas Kablow sahen sich so irritiert an, dass es die Dame hinter dem Rezeptionstresen sofort bemerkte. „Nicht wie ihr denkt", und wies mit ihrer linken Hand in Richtung eines Kickertisches, der mitten im Raum stand. „Beim Kickern. Ich musste meinen 3 : 2 Vorsprung verteidigen. Kommt selten genug vor, dass ich gegen den Vogel da drüben vorne liege. Um was geht's, was kann ich für euch tun?"

Abbo Reichel und Thomas Kablow zückten zeitgleich ihre roten LKA-Ausweise und hielten sie der ziemlich aufgedreht wirkenden Person mit leuchtend lila Haaren, flächigen Tätowierungen auf beiden Armen und einem ausgesprochen tiefen Dekolleté vor die Nase. „Thomas Kablow mein Name, das hier ist mein Kollege Abbo Reichel, beide vom Landeskriminalamt Berlin. Wir möchten gerne Frau von Prinzersdorf sprechen."

„Oh", war die einzige Antwort und das war's.

„Und zwar auf der Stelle. Geben Sie ihr bitte Bescheid. Wir haben keine Zeit und wir warten nicht gerne."

„Äh, ja, sofort. Bitte warten Sie einen Moment." Damit kam sie hinter dem Tresen hervor und war in den Tiefen der loftartigen Räumlichkeiten verschwunden.

„Polizei bedeutet offenbar die Verwendung der Anrede Sie, schon merkwürdig. Muss ich auch mal bei IKEA ausprobieren", meinte Thomas Kablow leicht grinsend.

Bevor er weiter über die institutionalisierte Duzerei lästern konnte, kam die etwas merkwürdige Empfangsperson wieder zurück, mit einer deutlich seriöser und konventioneller wirkenden anderen weiblichen Person im Schlepp.

„Guten Tag, meine Herren. Ich bin Katharina von Prinzersdorf, COO der statimPAY AG, was verschafft uns die Ehre eines Besuchs durch das LKA?" Das Ganze war in einem leichten, aber nicht zu überhörenden Wiener Dialekt gesprochen.

„Thomas Kablow und mein Kollege Abbo Reichel. Wir würden uns gerne kurz ungestört mit Ihnen unterhalten." Mit Blick auf die offenen Räumlichkeiten fügte er hinzu: „Sie haben hoffentlich auch irgendwo einen separaten Raum."

„Wir arbeiten hier sehr offen und fair miteinander und haben keinerlei Geheimnisse vor unseren Mitarbeitern, aber folgen Sie mir bitte." Mit einem leicht säuerlich wirkenden Gesichtsausdruck ging sie voran durch endlos wirkende, verwinkelte, aber offene Räumlichkeiten ohne jegliche Zwischenwände. Abwechselnd gab es große Gruppen von dicht an dicht stehenden Schreibtischen, Kickern, Billardtischen, Tischtennisplatten und Sitzgruppen mit schwarzen Ledersofas, garniert mit Theken, auf denen riesige Espressomaschinen thronten. Ein Großteil der Schreibtische war belegt, der Geräuschpegel ziemlich hoch. Das Durchschnittsalter der Mitarbeiter schien maximal bei 30 Jahren zu liegen. Nach gefühlt 100 Metern Fußweg und um mehrere Ecken herum erreichten sie einen durch Glaswände von den restlichen Räumlichkeiten abgetrennten Besprechungsraum mit einer im Vergleich zur sonstigen Einrichtung sehr konventionell wirkenden Möblierung. Die irritierten Blicke von Abbo Reichel und Thomas Kablow während des Marsches durch die Bürolandschaft waren bei Katharina von Prinzersdorf nicht unbe-

41

merkt geblieben. „Manchmal braucht man für Gespräche mit Kunden oder Lieferanten eben auch etwas Ruhe. Bei unseren Mitarbeitern ist die Erwartungshaltung aber nach Räumen und Pausenmöglichkeiten, wie Sie sie gesehen haben. Der Konkurrenzkampf um gute Mitarbeiter ist schon recht heftig, da braucht man so etwas. Egal, ob einem selbst das gefällt oder nicht. Ich arbeite übrigens auch an einem dieser Schreibtische, keine Extrawürste für mich als COO. Um was geht es denn nun?"

Verabredungsgemäß übernahm Thomas Kablow das Gespräch: „Eine nicht erfreuliche Nachricht, Herr Balthasar Maria von Hansmann wurde heute früh in seinem Haus in Tegel ermordet."

Sie schlug die Hände vor ihr Gesicht, keine weitere Reaktion, kein Ton, nichts.

„Frau von Prinzersdorf, geht es Ihnen gut?"

Sie riss die Hände herunter, das Gesicht wirkte verheult und sie blaffte: „Wie kann es mir gut gehen, wenn unser Founder und CEO Balthasar ermordet wurde? Das kann ja wohl nicht ihr Ernst sein." Etwas ruhiger fügte sie hinzu: „Und warum und weswegen? Das kann doch gar nicht wahr sein."

„An der Tatsache, dass Herr von Hansmann ermordet wurde, besteht leider überhaupt kein Zweifel. Weiteres wissen wir noch nicht und genau deswegen sind wir hier. Wir benötigen so viele Informationen wie möglich über Herrn von Hansmann und die statimPAY und das so schnell wie möglich. Das ist für die Suche nach den Motiven und damit dem Mörder von elementarer Bedeutung."

Offensichtlich hatte sich Katharina von Prinzersdorf ein wenig gefangen, jedenfalls sprudelte es aus ihr nur so heraus: „Balthasar ist das Herz der statimPAY AG, er ist der Founder und CEO. Ich bin COO. Wir sind der führende Mobile Point of Sale Anbieter in Europa und gestalten die Payment-Branche aktiv mit. Neue Payment-Devices werden sofort in unsere Applikation integriert und unsere Kunden erhalten ihre Zahlungen sofort, binnen Sekunden. Das sind echte Unique Selling Points."

„Entschuldigen Sie, wenn ich Sie unterbreche. Aber ich verstehe nur Bahnhof, meinem Kollegen wird es nicht besser gehen. Ich denke, sowohl Sie als auch wir müssen erst einmal alles sacken lassen und unsere Gedanken sammeln. Wir würden es deshalb begrüßen, wenn Sie uns morgen um 14.00 Uhr im LKA in der Keithstraße 30 besuchen. Dann können wir alles in Ruhe besprechen. Und zwar so, dass auch wir es verstehen. Einverstanden?" Damit gab er ihr seine Visitenkarte. Auf ihr fast unmerkliches Kopfnicken standen Thomas Kablow und Abbo Reichel auf und verließen den Besprechungsglaskasten und die Räumlichkeiten der statimPAY AG. Zehn Minuten später und 500 Meter weiter saßen sie in der Taverna Odysseus in der Friedelstraße 37. Sie hatten damit die Bezirksgrenze von Kreuzberg nach Neukölln überschritten.

Montag, 9. Juli 2018, 16.15 Uhr

Seit dem Betreten der Räume der statimPAY AG kam jetzt die erste Aussage von Abbo Reichel: „Wenn das Essen nur halb so gut ist wie der Geruch hier, bin ich zufrieden. Eigentlich ist es aber auch fast egal, ich bin jedenfalls tierisch hungrig. Mir ging es übrigens ein bisschen besser als dir, zumindest ein paar Dinge habe ich verstanden." Mit einem leichten Grinsen fügte er hinzu: „Da macht es sich vielleicht doch bemerkbar, dass mein Papa bis vor kurzem bei der Berliner Sparkasse gearbeitet und uns manchmal mit solchen Themen genervt hat. Das war nämlich sein Zuständigkeitsbereich. Der kennt bestimmt auch die statim-PAY AG und kann uns etwas dazu sagen. Ich werde ihn mal befragen."

Die Rechnung mussten sie zu ihrer Überraschung bar bezahlen, Kartenzahlung war für den Wirt ein Fremdwort.

Dienstag, 10. Juli 2018, 9.00 Uhr

Abbo Reichel betrat um Punkt 9.00 Uhr sein gemeinsames Büro mit Steffen Tietz. Ein Blick durch die Glaswände in die Nebenbüros ließ ihn erkennen, dass er der Letzte des Teams war. Auch die angekündigte neue Kollegin saß schon nebenan.

„Lass uns gleich loslegen, vor der großen Runde nachher sollten wir euch mit der neuen Kollegin bekannt machen und die Aufgaben verteilen", meinte Steffen Tietz und rollte mit seinem Schreibtischstuhl nach nebenan. Aus dem dritten Büro kamen Julia Rochow und Thomas Kablow und setzten sich auf die Besucherstühle.

„Nun gut, ich werde versuchen, nicht immer als Letzter zu kommen. Ich denke aber, für eine kurze Vorstellungsrunde wird die Zeit reichen und auch für die Aufgabenverteilung. Für 10.30 Uhr ist die große Besprechung angesetzt." Und an Loredana Schmittke gerichtet, ergänzte Abbo Reichel: „Unser Neuzugang fängt bitte an."

„Wenn ich unseren Chef richtig verstanden habe, ist es hier üblich, sich zu duzen. Kein Problem, mein Vorname ist Schmitti. Falls jemand meinen Namen laut Ausweis verwendet, haben die Kollegen der anderen Mordkommissionen einen ganz einfachen Fall. Ich müsste dann nämlich meine Dienstwaffe einsetzen und mal wieder ausprobieren. Nun schaut nicht so entsetzt, das war kein Scherz. Quatsch, war doch ein Scherz! Loredana Schmittke ist einfach zu blöd, also bitte Schmitti."

„Entschuldige bitte, wenn ich dich gleich unterbreche, Schmitti. Deine Dienstwaffe kannst du gleich nebenan bei Steffen und mir in einem der Fächer im Stahlschrank deponieren. Das ist dann für uns weniger gefährlich. Aber im Ernst, wir brauchen die Dinger nicht. Berlin ist schließlich kein gefährliches Pflaster. Jedenfalls kein Vergleich zu Stuttgart."

„Soll mir recht sein. Selbst in Stuttgart lag das Teil auch immer verschlossen im Schrank. Ja, ich bin seit dem 1. Juli in Berlin und wie ihr hört, kann ich sogar hochdeutsch. In Stuttgart war ich mehrere Jahre bei der Kripo, die letzten beiden bei der Mordkommission als Kriminaloberkommissarin. In Berlin bin ich gelandet, weil mein Mann vom Daimler nach Berlin versetzt wurde. Zum Glück habt ihr hier ja reichlich Vakanzen, mit meinem Wechsel nach Berlin gab es keine Probleme. Der Herr Kriminalrat Scholz wollte eigentlich, dass ich für mehrere Wochen die einzelnen Kommissariate durchlaufe, aber aufgrund des neuen Falls hat er mich jetzt euch zugeordnet. Das gilt erst einmal bis auf Widerruf, mindestens aber bis Ende des Jahres. Er meinte auch, dass ich bei euch bestens aufgehoben sei. Ich freue mich jedenfalls auf eine gute Zusammenarbeit. Die Einstandslage kommt dann später, kann aber etwas dauern, da unsere Wohnung nicht ganz fertig ist und vor allem die Küche immer noch nicht geliefert wurde."

Nachdem sich alle Teammitglieder vorgestellt hatten, übernahm Thomas Kablow: „Wir haben ja gleich unsere große Besprechungsrunde, da wirst du noch einige andere kennenlernen. Ich gehe mal davon aus, dass wir anschließend gemeinsam in die Kantine gehen. Speziell wegen dir gibt es heute laut Speiseplan Käsespätzle. Mal sehen, ob wir Alteingesessenen so etwas genießen können", und ergänzte grinsend: „Ansonsten gibt es ja wie jeden Tag die Notnahrung Curry mit Pommes. Für die weitere Aufgabenverteilung schlage ich vor, dass Steffen und Abbo um 14.00 Uhr das Gespräch mit Frau von Prinzersdorf übernehmen. Steffen hat mit Sicherheit im Vorfeld das beste Wissen zu von Hansmann und zur statimPAY, da macht das Sinn. Julia und Aylin wollten sowieso noch einmal nach Tegel fahren und mit Frau von Hansmann sprechen. Entweder ist sie dann schon wieder zu Hause, ansonsten fahrt ihr halt ins Humboldt-Krankenhaus. Für Schmitti und mich habe ich gedacht, dass wir uns den Tatort ansehen, den kennt sie ja noch nicht. Ansonsten schauen wir mal, was sich aus der Besprechung gleich noch ergibt. Wenn jetzt niemand widerspricht, können wir rübergehen."

46

Dienstag, 10. Juli 2018, 10.30 Uhr

Der große Besprechungsraum war schon ziemlich voll, als Oliver Scholz als letzter der vorgesehenen Teilnehmer den Raum betrat und mit einer präsidial wirkenden Aktion den noch freien Platz an der Schmalseite des langen Besprechungstisches einnahm.

„Nun schauen Sie nicht so irritiert. Ich hatte noch einige Telefonate zu erledigen, schließlich wollen Sie oder besser vielleicht ihr wissen, wie es mit dem Kommissariat LKA 117 weitergeht. Der Einfachheit halber übernehme ich deswegen erst einmal die Sitzungsleitung. Es sind einige neue Gesichter dabei, deswegen bitte am Anfang eine kurze Vorstellungsrunde. Auch da fange ich der Einfachheit halber bei mir an, ich bin Kriminalrat Oliver Scholz und Leiter des LKA 1. Bevor jetzt die Herren Reichel und Kablow irgendwelche Falschinformationen hinsichtlich ihrer Funktion von sich geben, dazu ein paar Neuigkeiten. Die sind so neu, dass mit Sicherheit selbst der Kollege Thoms sie noch nicht kennt. Ich habe sie aber auch gerade erst endgültig mit der Polizeipräsidentin telefonisch abgestimmt. Die aktuelle Struktur des LKA wie auch der gesamten Berliner Polizei ist streng hierarchisch, sie soll künftig mehr in Richtung Teams inklusive veränderter Leitungsstrukturen gehen. Das Kommissariat 117 wird dafür der Testfall im LKA. Thomas und Abbo, ihr seid mit sofortiger Wirkung gleichberechtigte Leiter des LKA 117. Eine förmliche Bestätigung wird es auch noch geben, aber das wird wohl wie üblich noch etwas dauern. Für euch beide ist das eigentlich nichts wirklich neues, ihr habt bei eurem Fall Casinoturm de facto schon so agiert und das hat die Polizeipräsidentin sehr wohlwollend zur Kenntnis genommen. Also weiter so."

Timo Thoms schüttelte seinen Kopf und unterbrach Oliver Scholz: „Gegen meinen ausdrücklichen Rat. Und auch gegen das übliche Procedere. Schon alleine die unterschiedlichen Rangstufen Kriminalhauptkommissar und Kriminaloberkommissar sprechen doch eindeutig dagegen", und schüttelte erneut seinen Kopf.

„Das überlassen Sie mal ruhig unser aller Chefin. Im Übrigen hat sie das auf meinen ausdrücklichen Rat hin so beschlossen", fügte er mit einem leicht süffisanten Grinsen hinzu. „Da war mein Rat wohl besser." Fast allen anderen Teilnehmern an der Runde war damit wieder klar, dass Timo Thoms und Oliver Scholz nicht unbedingt als die besten Freunde bezeichnet werden konnten. „Lasst uns jetzt aber einfach mit der Vorstellungsrunde weitermachen."

„Kriminalhauptkommissar Thomas Kablow und seit eben einer der beiden Leiter des LKA 117."

„Abbo Reichel, Kriminaloberkommissar, und ebenfalls seit eben einer der beiden Leiter des LKA 117. Äh, Zwischenfrage an dich, Oliver. Gilt das jetzt nicht mehr nur kommissarisch?"

„Sorry, das hatte ich vergessen zu erwähnen. Ja, das gilt für euch beide auf Dauer. Frau Neumann wird nach ihrer Rückkehr aus dem Sabbatical Anfang 2019 das neue Kommissariat LKA 118 als Leiterin übernehmen und Herr Rückert als ihr bisheriger Stellvertreter hat als Folge seines schweren Unfalls um Versetzung in den Innendienst gebeten. Wann und wo er künftig eingesetzt wird, ist allerdings noch nicht abschließend entschieden, da müssen wir erst seine Genesung abwarten. Damit war die Leitung des LKA 117 offen und ist mit dieser Entscheidung geklärt."

„Steffen Tietz, Kriminaloberkommissar LKA 117."

„Ellen Nessmer, Leiterin LKA KTI 21 – Tatortgruppe, meine Mitarbeiter und ich haben gestern vor Ort alles aufgenommen und uns die gesamte Nacht mit einigen Versuchen um die Ohren geschlagen. Die bahnbrechenden Erkenntnisse kommen dann gleich."

„Mein Name ist Julia Rochow, ich bin Polizeiobermeisterin in der Direktion 1 und offiziell immer noch zu einem Praktikum im LKA." Mit einem leichten Grinsen fügte sie hinzu: „Auf allgemeinen Wunsch hin habe ich mich allerdings offiziell für eine dauerhafte Tätigkeit im LKA beworben und Oliver hat mir letzte Woche bestätigt, dass er sämtliche Einflussmöglichkeiten nutzen wird, um das umzusetzen. Bis auf Weiteres bleibe ich damit im LKA 117."

Oliver Scholz nickte nur bestätigend, während Timo Thoms mit einem missmutigen Gesichtsausdruck zur Kenntnis nahm, dass die von ihm als hierarchieuntergrabend angesehene Duzerei um sich griff.

Bodo Harbauer sah das offensichtlich gänzlich anders, jedenfalls ließ er sich vernehmen: „Bodo Harbauer, Staatsanwaltschaft Berlin. Für fast alle hier Anwesenden bitte künftig Bodo, das erscheint mir einfacher. Auch dieser Fall ist mir zugeteilt worden und ich muss sagen, ich freue mich auf die erneute Zusammenarbeit. Der Fall Casinoturm war doch letztendlich erfreulich, wenn sich mein Berufsleben so dem Ende zuneigt, kann ich sehr zufrieden sein. Damit möchte ich weitergeben an Frau Mandy Friedrich, die mich seit dem 1. Juli unterstützt."

„Ja, mein Name ist Mandy Friedrich. Ich schließe mich Bodo an, für fast alle Anwesenden bitte Mandy, auch wenn das nicht unbedingt ein optimaler Vorname ist. Wie Bodo schon sagte, bin ich seit dem 1. Juli als Staatsanwältin zu seiner Unterstützung in der Turmstraße und freue mich ebenfalls auf die Zusammenarbeit."

„Wenn schon Mandy als nicht optimaler Vorname bezeichnet wird, das kann ich locker toppen. Mein Name ist Loredana Schmittke, genannt Schmitti. Schmitti ist sozusagen mein inoffizieller Vorname, die Kollegen des LKA 117 wissen das schon seit vorhin. Ganz frisch aus Stuttgart in Berlin eingetroffen und noch frischer als die Neue dem LKA 117 zugeordnet."

„Ich bin Aylin Yildirim."

„Was?", kam es zeitgleich von Isabelle Berntsen und Abbo Reichel.

Bevor Aylin Yildirim fortfahren konnte, übernahm Oliver Scholz breit grinsend: „Abbo, ich muss feststellen, dass dir mit dem Heiraten wirklich die Übung fehlt. Nach deiner eigenen Hochzeit wusstest du nicht, dass Isabelle ihren Namen behalten hat und bei deiner Mitarbeiterin weißt du nicht einmal, dass sie geheiratet hat. Das könnte man durchaus als Heiratsbanausen

49

bezeichnen. Aylin, mach aber bitte weiter, das Thema Heirat könnt ihr nachher vertiefen."

„Ja, weiter im Programm. Wie gesagt, mein Name ist Aylin Yildirim. Seit Mai hier aushilfsweise im LKA und hoffentlich auch auf Dauer, genau wie Julia. Meine Bewerbung läuft jedenfalls."

„Isabelle Berntsen, Ärztin und zur Facharztausbildung Rechtsmedizin an der Charité bzw. dem Landesinstitut für gerichtliche und soziale Medizin Berlin. Die Obduktion haben wir schon gestern durchführen und gemeinsam mit Ellen und ihren Mitarbeitern haben wir daraus und aus den Untersuchungen der KTU einige Informationen gewinnen können. Weiteres dann gleich von Ellen und mir."

„So, ich bin dann ja wohl mal wieder als der Letzte dran. Mein Name ist Timo Thoms vom Stab der Polizeipräsidentin. Sie alle stehen unverändert unter besonderer Beobachtung der Polizeipräsidentin und nicht nur unter ihrer. Sogar die Wirtschaftssenatorin hat sich eingeschaltet. Es dürfte allgemein bekannt sein, dass die Start-up-Szene und die FinTech-Unternehmen für die Berliner Wirtschaft eine hohe Bedeutung haben und da passt der Mord nicht so recht ins Bild. Es gilt also wieder, dass ich über alle Ermittlungsergebnisse auf dem Laufenden gehalten werden will, auch über die Termine der künftigen Teambesprechungen. Ich behalte mir eine jederzeitige Teilnahme vor. Einen Zugang zu ihren Dateien hätte ich gerne noch heute. Auch wenn es Ihnen nicht gefällt, es lässt sich nicht ändern."

„Damit sind wir mit der Vorstellungsrunde durch und Isabelle und Ellen können loslegen, die Arbeit fängt also an", sagte Oliver Scholz. „Zusätzlich wird uns wieder Jonas Kleinert aus dem Stab des Polizeipräsidiums für das Thema Öffentlichkeitsarbeit unterstützen. Er konnte an dieser Besprechung allerdings nicht teilnehmen, da er wegen dieses Falls zur Wirtschaftssenatorin musste, Herr Thoms hat ja eben angeführt, dass sie sich eingeschaltet hat. Ihr seht, auch hier habt ihr wieder die volle Aufmerksamkeit, näheres ist mir aber noch nicht bekannt."

„Einspruch", ließ sich gleich Ellen Nessmer vernehmen. „Ich hatte es eben schon erwähnt, wir haben uns für euren Fall die gesamte Nacht um die Ohren geschlagen und können euch eine ganze Menge Informationen liefern. Es ist also nicht so, dass die Arbeit jetzt erst anfängt. Zuerst sollte aber Isabelle berichten, das wird schneller gehen."

„Stimmt, seht euch bitte mal das Foto vom Tatort an." Sie wies auf den großen Ausdruck, der an der Glaswand zum Flur angeklebt war. „Es dürfte auch für Laien unschwer zu erkennen sein, dass der Tod sofort eingetreten ist. Der Schütze hat exakt das Herz getroffen. Zum Todeszeitpunkt ist auch nichts hinzuzufügen, die Angabe zwischen 9.15 Uhr und 9.30 Uhr kann von unserer Seite bestätigt werden. Ihr wisst wahrscheinlich alle, dass wir die Leiche so wie vorgefunden abtransportiert haben, also mit dem Pfeil im Körper. Unsere beiden Mitarbeiter fanden das nicht so prickelnd, weil sie nicht wie sonst üblich den Zinksarg benutzen konnten. Ellen hat uns ins Institut begleitet und war bei der Obduktion dabei, und das war auch gut so. Willst du dann weitermachen?"

„Verwertbare Spuren haben wir am Tatort nicht gefunden. Keine Fußabdrücke, auf dem Harpunenpfeil keine Fingerabdrücke, rein gar nichts. Alles sehr sauber, sehr professionell. Direkt neben der Terrasse ist nur eine winzige Rasenfläche und ein asphaltierter Wagenabstellplatz. Da der Wagen des Opfers auf diesem Parkplatz stand, gehen wir davon aus, dass der Täter über die Rasenfläche gelaufen ist. Leider aber ohne verwertbare Spuren. Für den Harpunenpfeil gilt das Gleiche, keine verwertbaren Spuren. Zum Pfeil konnten wir aber trotzdem einiges feststellen. Erstens ist die Spitze nachgeschliffen worden, das Teil ist wirklich extrem scharf. Allerdings ist festzuhalten, dass das offensichtlich nicht mit dafür ausgelegten professionellen Geräten sondern eher heimwerkermäßig ausgeführt worden ist, trotzdem sehr effektiv. Zweitens handelt es sich laut Gravur auf dem Schaft um einen Pfeil des Fabrikats Aquatec Harpoon aus den USA. Diese Firma hat laut unseren Recherchen die Geschäftstätigkeit vor ungefähr 20 Jahren eingestellt. Es handelt sich übrigens um sogenannte Gummizugharpunen, das kann man sich so ähnlich wie eine Zwille vorstellen. Man legt den Pfeil in das Gerät ein, spannt einen Gummizug und löst dann aus. Es gibt dann noch Geräte, die funktionieren mit Druckluft, aber Aquatec Harpoon hat ausschließlich Gummizugharpunen hergestellt. Die Gummizüge sind weitgehend einheitlich für alle möglichen Fabrikate. Das heißt, selbst für diese alten Teile gibt es auch heute noch passendes Material. Man kann sie also problemlos weiterhin benutzen, was hier ja unzweifelhaft auch gut funktioniert hat. Mit einer Harpune hat man nur einen Schuss, der muss sitzen. Der Mörder muss also mit dem Gerät ausgesprochen gut umgehen können, soviel kann man mit ruhigem Gewissen behaupten. Isabelle, jetzt kannst du wieder übernehmen."

„Die erste Vermutung war ja, dass der Mörder vom Wasser aus geschossen hat. Deswegen haben eure Kollegen die Wasserschutzpolizei informiert, die die Umgebung nach einem Taucher oder einem Boot mit einer Harpune an Bord abgesucht hat. Allerdings ergebnislos, was nach unseren gemeinsamen Untersuchungen auch nachvollziehbar ist. Fakt ist, dass die Reichweite einer Harpune nur wenige Meter beträgt, Ellen wird das noch näher erläutern. Das heißt, dass es kaum möglich gewesen sein dürfte, den Schuss aus dem Wasser heraus abzugeben. Bei der Untersuchung des Harpunenpfeils ist auch eindeutig festgestellt worden, dass der keinen Kontakt mit Wasser gehabt hat, ein Taucher kommt damit als Mörder nicht in Frage. Ein Schuss aus einem Boot heraus kommt auch kaum in Betracht, da das viel zu wackelig wäre. Bei nur einem möglichen Versuch also ausgesprochen unwahrscheinlich. Und dann kommt noch das Entscheidende, die Position der Leiche. So wie sie über dem Geländer hing, kann der Schuss nicht vom Wasser aus abgegeben worden sein. Ellen und ihre Leute haben dazu ein wenig herumexperimentiert."

„Genau, es ist uns gestern gelungen, eine vergleichbare Harpune aufzutreiben. Einer meiner Mitarbeiter konnte sich erinnern, dass vor gar nicht so langer Zeit genau so ein Teil beschlagnahmt worden und in der Asservatenkammer gelandet ist.

Dazu müsst ihr wissen, dass man die Dinger in Deutschland zwar kaufen und besitzen, aber eben nicht benutzen darf. Wenn man dabei erwischt wird, ist es strafbar und das Teil wird beschlagnahmt, also in diesem Fall Glück für uns. Isabelle war sich gleich nach ihrer ersten Einschätzung vor Ort ziemlich sicher, dass der Schuss von Land aus abgegeben worden ist und zwar mit hoher Wahrscheinlichkeit aus einer leicht seitlichen Position, also ungefähr vom Standort des Autos des Opfers aus. Auf unserem Rückweg ins Labor haben wir deswegen einen Abstecher zum Forstamt Tegel gemacht und den Revierförster überredet, uns ein gerade frisch erlegtes Wildschwein zur Verfügung zu stellen. Wir haben jedenfalls dann den ganzen Abend über in unserem hübschen Keller mit dem Wildschwein und der beschlagnahmten Harpune Schießübungen veranstaltet. War mal eine völlig neue Erfahrung, so etwas hatten wir auch noch nicht. Hat ehrlich gesagt auch ein bisschen Spaß gemacht. Wird bestimmt in die Annalen der KTU eingehen, vielleicht sogar in die Lehrbücher, mal sehen. Jedenfalls sind wir uns ziemlich, nein eigentlich sogar sehr sicher, dass der Schuss von Land aus abgegeben wurde und zwar aus einer Entfernung von drei, maximal vier Metern. Der Schuss war ja, wie ihr anhand des Fotos klar sehen könnt, sozusagen ein Volltreffer. Und für diejenigen, die in Bio nicht ständig geschlafen haben, dürfte bekannt sein, dass das Herz links sitzt. Wenn also unser Herr von Hansmann an das Geländer gelehnt geraucht hat und in dieser Position getroffen wurde, wurde er durch die Wucht des Aufpralls quasi herumgeschleudert. Ergebnis war, dass er damit über dem Geländer hing, mit Blick oder besser gesagt ohne Blick, in Richtung der Hochhäuser gegenüber. Dass er beim Rauchen auf sein eigenes Haus geblickt hat, schließen wir aus der Tatsache, dass die Zigarette auf der Terrasse lag. Wenn er beim Rauchen aufs Wasser geschaut hätte, wäre sie mit ziemlicher Sicherheit im Wasser gelandet. Wie gesagt, unsere Schießübungen mit dem Wildschwein lassen die Schlüsse eindeutig zu. So eindeutig, dass wir in unserer Stellungnahme ganz klar aussagen, dass der Schuss von Land aus vorgenommen wurde. Dazu kommt noch, dass wir an dem

53

Pfeil keinerlei Wasserrückstände feststellen konnten, das hatte Isabelle ja schon erwähnt. Wenn der Schuss von einem Taucher abgegeben worden wäre, hätten wir das definitiv feststellen können. Wir hätten euch dann sogar sagen können, ob das Wasser aus dem Tegeler See oder beispielsweise aus dem Müggelsee stammt. Die trockenen Rückstände sind eindeutig einzelnen Gewässern zuzuordnen. Und wie gesagt, von einem Boot aus ist es ebenfalls nahezu ausgeschlossen. Der Obduktionsbericht von Mario passt dazu auch perfekt. Isabelle war sich vor Ort schon sehr sicher, dass es so gewesen sein muss. Meine Leute haben deswegen die gesamte Straße von der Sechserbrücke bis zur Brücke über das Tegeler Fließ inklusive Spielplatz, aller Gärten und auch die Ufer auf beiden Seiten der Straße abgesucht, aber leider keine Harpune gefunden. Denkt daran, dass so ein Teil nicht gerade unauffällig ist. Immerhin deutlich mehr als einen Meter lang, also selbst in einer passenden Tasche unhandlich und deutlich sichtbar. Das muss doch eigentlich irgendwer dort gesehen haben. Am helllichten Tag! Die Straße ist eine Sackgasse und kaum jemand außer den Anwohnern läuft da lang. Unseren Bericht habt ihr bis heute Nachmittag in eurem Ordner. Wieso heißt der eigentlich Feuerball?"

„Dann kann ich ja mal weitermachen", ließ sich Steffen Tietz vernehmen. „Vor ein paar Tagen lief im Fernsehen einer der uralten James-Bond-Filme, Feuerball aus 1965. Da kommt es ganz zum Schluss zu einer Unterwasserschlacht mit Harpunen. Ich fand, da passt Feuerball ganz gut als Name für unseren Fall. Im Ordner sind schon eine ganze Reihe von Berichten abgelegt. Die Kollegen von der Wasserschutzpolizei mit dem Ergebnis, dass sie nichts gefunden haben. Dafür aber mit der Anmerkung, dass sie in der heutigen Presse gut vertreten sind. Keine Fotos von der Leiche, aber dafür reichlich von der Mollymauk vor dem Tatort. Von der Anwohnerbefragung sind auch schon viele Protokolle vorhanden, aber ebenfalls ohne verwertbare Ergebnisse. Niemand hat irgendjemand beobachtet. Eingestellt hat die gesammelten Protokolle Polizeiobermeister Marco Erdmann. Der hat mir vorhin noch telefonisch mitgeteilt, dass sie am Ball blei-

54

ben wegen der Anwohner, die sie gestern nicht angetroffen haben. Er meinte noch, dass er ein bisschen Hoffnung auf die von euch angeordnete Befragung der Hundebesitzer und Jogger setzt. Wenn sich etwas ergibt, meldet er sich sofort bei uns. Die Kollegen sind mit ziemlichem Engagement bei der Sache. Ist wohl mal was anderes als der übliche Streifendienst. Insgesamt sind es weit mehr als 200 Wohnungen und Häuser, in denen die Anwohnerbefragung durchzuführen ist. Angetroffen haben sie bisher erst knapp die Hälfte. Das wird also noch dauern. Zum Herrn von Hansmann und seiner Firma, der statimPAY AG, habe ich eine ganze Menge ermittelt, das könnt ihr aber besser alle nachlesen, die entsprechenden Dossiers findet ihr im Ordner."

„Der Fluchtweg des Mörders kann eigentlich nur über die Brücke über das Tegeler Fließ in Richtung Gabrielenstraße gewesen sein", ließ sich jetzt Thomas Kablow vernehmen. „Der Kollege Hesse von der Wasserschutzpolizei hat uns gezeigt, dass zwar hinter dem Kinderspielplatz am Ende der Straße eine Treppe zur Sechserbrücke vorhanden ist, die ist aber mit einem massiven Gitter und einem Sicherheitsschloss versehen. An den Seiten kann man auch kaum auf die Brücke klettern, da sind ebenfalls massive Gitter vorhanden. Man müsste also verdammt sportlich sein, um von dort aus auf die Brücke zu gelangen. Außerdem wäre das mit Sicherheit aufgefallen, über die Brücke laufen ständig Fußgänger. Wir sollten aber prüfen, wer Schlüssel für das Gitter hat. Die Wasserschutzpolizei hat übrigens auch von der Wasserseite aus nach der Harpune gesucht und nichts gefunden. Ich habe gerade eben noch mit dem Kollegen Hesse telefoniert, die haben gestern noch eine weitere Suchaktion unternommen, mit einem neuen Spielzeug, wie er meinte. Die Wasserschutzpolizei hat seit kurzem einen extrem starken Elektromagneten, den sie an einer Art Angel ferngesteuert unter Wasser führen können. Gefunden haben sie alles Mögliche, aber keine Harpune. Auf der Hafenseite drei Fahrräder, zwei Einkaufswagen, mehrere unterschiedlich lange Metallrohre und direkt unter der Sechserbrücke eine Makarow, die wohl noch nicht allzu lange dort

55

gelegen haben kann. Sie ist schon unterwegs zu Ellen. Der Verdacht liegt nahe, dass sie einer Straftat zugeordnet werden kann. Insofern war die Suche vielleicht doch nicht gänzlich erfolglos, wenn auch nicht für unseren Fall. Im Tegeler Fließ haben sie weniger gefunden, aber immerhin drei Dampfbügeleisen. Kann mir mal jemand verraten, welche Idioten da Dampfbügeleisen reinwerfen? Es waren übrigens drei unterschiedliche Fabrikate. Echt bescheuert."

„Der Besuch von Thomas und mir bei der statimPAY war nicht sonderlich erfolgreich, außer, dass sämtliche Vorurteile, die man gegenüber diesen ganzen Internetbuden hat, tatsächlich bestätigt wurden. Ein Büroloft in einem ehemaligen Industriegebäude, natürlich in Kreuzberg, jede Menge ,Spielzeug' für die Mitarbeiter wie Kicker, Billard, Tischtennis und so weiter und so fort. Fehlte eigentlich nur noch ein Bällebad wie bei IKEA, dazu natürlich Sofaecken und riesige Espressomaschinen. Die Arbeitsplätze sind dafür aber so dicht an dicht, dass das eher an Massentierhaltung erinnert. Schien die Mitarbeiter aber nicht zu stören. Die entsprachen aber auch jedem Klischee. Kaum einer über 30, fast alle tätowiert, viele Vollbärte und mindestens genauso viele Honeckerhütchen. Teils schon ziemlich lächerlich. Na ja, egal, nicht unser Thema. Mal sehen, was nachher bei dem Gespräch mit der Frau von Prinzersdorf herauskommt. Wir haben sie für 14.00 Uhr zu einer Befragung eingeladen. Und abwarten, ob die Kollegen in Tegel noch etwas ermitteln können."

„Meine Damen und Herren, Sie scheinen mit Ihren Ausführungen fertig zu sein", ließ sich jetzt Timo Thoms vernehmen. „Wenn ich das Ganze nicht völlig falsch interpretiere, haben Sie nichts oder nur wenig mehr als nichts. Das ist eindeutig zu wenig, das ist entschieden zu wenig. Und das, obwohl die uniformierten Kollegen nur wenige Minuten nach dem Mord vor Ort waren und Sie auch nur unwesentlich später. Da hätten Sie fast schon über den Mörder stolpern müssen. Es ärgert mich außerordentlich, dass einige Ihrer Formulierungen darauf hindeuten, dass Sie den Fall nicht ganz ernst nehmen. Ich weise Sie nochmals ausdrücklich darauf hin, dass Sie alle unter besonderer

Beobachtung stehen. Der Fall hat für Berlin eine erhebliche wirtschaftliche und politische Bedeutung, das werden Sie sicherlich anhand der Tatsache gemerkt haben, dass Herr Kleinert der Wirtschaftssenatorin Rede und Antwort stehen muss. Sehen Sie sich außerdem die heutigen Schlagzeilen an. Hier, die Bild: ‚Mord à la James Bond'. Die BZ: ‚Der Frosch mit der Maske in Tegel'. Die Berliner Zeitung: ‚Mord am Tegeler Hafen'. Die Berliner Morgenpost: ‚Harpunenmord in Tegel'. Und der Tagesspiegel: ‚Start-up-Gründer in Tegel ermordet'. Wenigstens hat es keine der Zeitungen geschafft, Fotos des Toten zu veröffentlichen. Die Texte sind allerdings für das Renommee der Berliner Polizei nicht unbedingt zuträglich, das muss für die Zukunft unbedingt unterbunden werden. Wir brauchen mehr positive Nachrichten, nicht so etwas. Und wir brauchen schnelle Ergebnisse, da will ich zack zack etwas sehen. Ich werde an Ihren nächsten Besprechungen teilnehmen, Sie werden an der kurzen Leine gehalten."

Es war Abbo Reichel anzumerken, dass er Mühe hatte, nicht zu explodieren. Es gelang ihm aber, sehr ruhig und fast gelassen zu antworten: „Sehr geehrter Herr Thoms, wenn Sie der Meinung sind, irgendwelche Texte in der Presse unterbinden, also de facto zensieren zu wollen, sind Sie hier an der falschen Stelle, vielleicht sogar im falschen Staat. Im Übrigen macht es meines Erachtens keinen Sinn, hier über Pressefreiheit zu reden. Wenn Sie uns für unsere Arbeit oder die Art und Weise, wie wir sie erledigen, kritisieren wollen, steht Ihnen dies selbstverständlich zu. Für uns, und ich denke, dass ich für alle hier im Raum spreche, steht das Ergebnis im Vordergrund. Wenn wir dabei eine aus Ihrer Sicht etwas lockere Wortwahl verwenden, ist das unsere Angelegenheit, nicht Ihre! Derartige Anmerkungen können Sie sich und uns für die Zukunft ersparen. Ihre Unterstellung, dass wir unsere Arbeit nicht ernst nehmen, ist allerdings eine bodenlose Frechheit. Ich kann, werde und will Sie nicht daran hindern, an unseren künftigen Besprechungen teilzunehmen. Sie werden sich allerdings nicht in unsere Arbeit einmischen, das gilt ohne wenn und aber. Ihre Anmerkung zur ‚kurzen Leine' ist schon ziemlich dreist, für uns aber gegenstandslos. Die nächste Besprechung ist morgen früh um 9.00 Uhr. Wir, und damit meine ich ausdrücklich nicht Sie, gehen jetzt gemeinsam in die Kantine und stärken uns für unsere weitere Arbeit. Einen guten Tag!"

„Dem ist nichts, aber wirklich absolut nichts hinzuzufügen", sagte Oliver Scholz. „Ab in die Kantine."

Dienstag, 10. Juli 2018, 12.15 Uhr

„Meine Güte, was für ein Arschloch. Das fällt übrigens nicht unter die Rubrik Beleidigung, sondern sachliche Feststellung. Nur Arschlöcher verhalten sich wie Arschlöcher", meinte Thomas Kablow beim Betreten der Kantine, immer noch sichtlich erregt.

Oliver Scholz versuchte, die Wogen ein wenig zu glätten: „Du hast ja durchaus Recht, das war absolut inakzeptabel. Die Replik von Abbo war gut. Ihr müsst vor allem ruhig bleiben und dürft euch nicht provozieren lassen. Ersparen kann ich euch leider nicht, dass er an den Besprechungen teilnimmt. Ich würde mich aber nicht wundern, wenn er das nicht lange durchhält. Aber jetzt ein anderes wichtiges Thema: Wer sucht einen großen Tisch für uns und wer nimmt was?"

Fünf Minuten später saßen sie an drei zusammengeschobenen Tischen, vor sich jeweils eine große dampfende Portion Käsespätzle. Aus der Reihe fiel nur Loredana Schmittke mit ihrer Curry mit Pommes. Entschuldigend meinte sie nur: „Ich wollte mal die Berliner Küche testen."

„Eindeutig ein Fehler, eigentlich sogar zwei", kam als Antwort von Julia Rochow. „Aber das wirst du schon noch lernen. Erstens gibt es Curry mit Pommes hier jeden Tag, ist sozusagen die Notnahrung, für den Fall, dass dir das normale Programm nicht gefällt. Ist aber nur noch selten erforderlich, seit der Koch aus meiner alten Direktion hier im LKA gelandet ist." Sie fügte grinsend hinzu: „Das war fast der Hauptgrund, dass ich mich für die Versetzung ins LKA beworben habe. Zweitens ist eher Döner typisch für die Berliner Küche, auch wenn Aylin jetzt bestimmt wieder protestieren wird. Außerdem hast du jetzt das Problem, dass wir alle nach Knoblauch stinken und du nicht. In den Käsespätzle ist nämlich reichlich davon."

„Auweia, da habe ich nicht dran gedacht. Dann wird mich die Schreiner gleich wieder mit einem vernichtenden Blick begrüßen."

Dieser Kommentar von Oliver Scholz zu seiner Sekretärin wurde mit allgemeiner Erheiterung aufgenommen. Es war allseits bekannt, dass die Schreiner alles und jeden kritisierte und kein Blatt vor den Mund nahm. Leiden konnte sie keiner.

„Sag mal Aylin, was ist denn jetzt mit deinem Namen und deiner Heirat? Irgendwie komme ich da nicht so richtig mit", fragte Abbo Reichel.

„So schnell wie Isabelle und du waren Türel und ich nun wirklich nicht. Andererseits seid ihr beide auch nicht ganz unschuldig. Ohne die Vermittlung des Mietvertrages für deine alte Wohnung hätten wir nicht heiraten können. Wir müssen uns da sowieso noch abstimmen, unser Mietvertrag läuft ab 1. August. Türel ist fleißig am herumtelefonieren wegen Helfern für deinen Aus- und unseren Einzug. Ja, und geheiratet haben wir letzte Woche Donnerstag, das ging schneller als geplant. Nachdem das mit der Wohnung klar war, habe ich wegen eines Termins mit dem Standesamt telefoniert. Die hätten welche in zwei Monaten gehabt oder gleich am nächsten Tag. Da war jemand abgesprungen, das soll wohl vorkommen. Jedenfalls haben Türel und ich den Termin sofort genommen. Ihr wisst ja alle selbst, wie schwierig das hier mit den Behörden ist. Unsere Eltern waren stinksauer, die wollten eine riesengroße Hochzeitsfeier für uns, wir aber nicht. Das ist uns damit erspart geblieben, echt gut. Jedenfalls sind wir jetzt verheiratet und ich heiße Yildirim. Du darfst aber weiter bei Aylin bleiben", fügte sie grinsend hinzu. „Im Gegensatz zu euch wollen wir auch keine Feier nachholen, sonst haben wir doch noch so eine riesengroße türkische Hochzeit am Hals, das muss nun wirklich nicht sein. Euch alle laden wir dann aber nach unserem Umzug zum Essen ein. Aber nur, wenn ihr versprecht, es unseren Eltern gegenüber nicht zu verraten. Die waren eh schon schwer genug zu beruhigen. Vor allem auch, weil wir die Nacht nach unserer Hochzeit in einem Hotel verbracht haben."

„Oh Mann, mit türkischem Migrationshintergrund ist es offenbar wirklich nicht so einfach. Da habe ich es mit meinem dänischen Migrationshintergrund doch etwas leichter", sagte Isabelle Berntsen und ergänzte lachend: „Schneller waren Abbo und ich sowieso, aber das ist auch kaum zu toppen."

Dienstag, 10. Juli 2018, 13.00 Uhr

„Dann lass uns doch erst einmal einen telefonischen Ausflug in die Berliner Bürokratie machen. Wenn ich ehrlich bin, habe ich keine Ahnung, wer einen Schlüssel für die Gitter auf der Sechserbrücke haben könnte, aber das wird sich wohl kurzfristig klären lassen."

40 Minuten später und inzwischen ziemlich genervt, musste sich Thomas Kablow eingestehen, dass er mit seiner Einschätzung ziemlich daneben gelegen hatte.

„Schmitti, das ist jetzt für dich Lektion eins im Hinblick auf die Berliner Bürokratie. Erstens erreichst du nie irgendjemand, zumindest nicht in der Mittagszeit. Die Mittagspause ist einfach wichtiger. Zweitens ist nie irgendjemand zuständig und drittens weiß auch nie jemand, wer zuständig sein könnte. Und das wichtigste, Punkt vier, wenn du jemanden erreichst, der zuständig ist, hat der keine Ahnung. Das nennt man dann in eingeweihten Kreisen die organisierte Verantwortungslosigkeit. Wie gesagt, in Berliner Behörden ausgesprochen weit verbreitet. Von Ausnahmen, wie der Polizei und dabei besonders dem LKA 1, mal abgesehen", ergänzte er grinsend. „Aber was soll's, wir fahren jetzt nach Tegel. Ich denke, es ist sinnvoll, wenn du dir einen persönlichen Eindruck vom Tatort und der Umgebung machen kannst. Außerdem können wir mal sehen, ob und was die Kollegen inzwischen bei der Anwohnerbefragung erreicht haben."

Dienstag, 10. Juli 2018, 14.00 Uhr

Exakt um 14.00 Uhr klingelte das Telefon auf Abbo Reichels Schreibtisch. „Hier Polizeiobermeister Müller vom Eingang. Ich habe hier eine Frau von Prinzersdorf, die zu Ihnen will. Bitte schnell abholen, die Dame erscheint mir ein wenig missgelaunt."

Steffen Tietz holte die Dame am Eingang ab. Als er mit ihr im gemeinsamen Büro erschien, deutete er gegenüber Abbo Reichel per Handzeichen an, dass er den Part böser Bulle übernehmen würde.

„So, Frau Prinzersdorf, jetzt noch einmal die offizielle Begrüßung. Meinen Kollegen Reichel kennen Sie ja bereits. Mein Name ist Steffen Tietz. Herr Reichel und Herr Kablow haben Ihnen ja bereits gestern gesagt, dass wir so viel Informationen über Herrn Hansmann und die statimPAY AG wie möglich benötigen. Je mehr, desto besser. Desto besser vor allem die Chancen, dass wir den Mörder schnell finden."

„Von Prinzersdorf bitte, und von Hansmann, soviel Zeit muss sein", antwortete sie mit einem ausgesprochen zickig wirkenden Tonfall und dem dazu passenden Gesichtsausdruck.

„Wenn ich den Daten des Einwohnermeldeamtes trauen darf, sind sowohl Sie als auch Herr Hansmann österreichische Staatsbürger, und zwar ausschließlich. Oder sind unsere Meldedaten unvollständig und Sie haben weitere Staatsangehörigkeiten?"

„Ich weiß zwar nicht, was das soll, aber ich habe ausschließlich die österreichische Staatsbürgerschaft und meines Wissens galt das auch für Herrn von Hansmann."

„Gut, dann ist das ja geklärt Frau Prinzersdorf."

„Von Prinzersdorf", kam es jetzt ziemlich erregt.

„Nein, Frau Prinzersdorf. Mit dem Adelsaufhebungsgesetz vom 3. April 1919 wurden in der Republik Österreich sämtliche Adelstitel abgeschafft. Es ist seither und bis zum heutigen Tag unverändert verboten, diese zu führen, das gilt auch für ein schlichtes ‚von'. Ich sehe Ihrem Gesichtsausdruck an, dass Ihnen das nicht gefällt, aber Sie müssen bitte akzeptieren, dass Herr Reichel und ich uns als deutsche Beamte an die gesetzlichen

63

Regelungen halten werden. Also, Frau Prinzersdorf, was können Sie uns zu Herrn Hansmann und zur statimPAY AG berichten?"

Es folgte ein längeres Schweigen. Abbo Reichel blickte irritiert von Steffen Tietz zu Katharina Prinzersdorf und zurück. Er verstand erst einmal nur Bahnhof.

„Gut, das Recht kann man in diesem Fall durchaus als Unrecht bezeichnen, aber es ist auf Ihrer Seite. Leider. Was genau wollen Sie wissen?"

„Alles, von Anfang an."

„Balthasar und ich kennen uns schon vom Gymnasium her, auch wenn wir damals keinen großen oder regelmäßigen Kontakt hatten. Das lag vielleicht auch daran, dass seine Familie im Gegensatz zu meiner recht vermögend und reichlich dünkelhaft war und wahrscheinlich auch noch ist." Die letzte Aussage klang ziemlich spöttisch. „Jedenfalls haben wir uns nach der Matura eine ganze Weile nicht gesehen, erst Monate später in der Mensa der Universität in Wien. Balthasar hat Betriebswirtschaft studiert und ich Informatik. Wie das Leben so spielt, kam er am gleichen Abend in das Kaffeehaus, in dem ich damals zur Finanzierung meines Studiums gejobbt habe. Kurz danach waren wir ein Paar und sind nach einigen Monaten zusammengezogen, sehr zum Ärger seiner dünkelhaften Eltern. Es hat sie überhaupt nicht interessiert, dass meine Familie eine viel längere Geschichte hat als ihre. Sie waren nur am Geld interessiert und ihrem Gutshof in der Wachau. Und so etwas nennt sich dann adelig."

„Aber der Adel in Österreich wurde per Gesetz vor fast 100 Jahren abgeschafft."

„Auf dem Papier ja, in der Realität nein. Was glauben Sie, warum man in Österreich so titelsüchtig ist? In Deutschland ist das allerdings auch nicht wesentlich besser. Es hat schon seinen Grund, dass Balthasar und ich hier immer mit unserem ‚von' aufgetreten sind. Hat auch nie jemand moniert, Sie sind der erste."

„Recht bleibt Recht. Da Sie kein' von' führen dürfen und in Ihren Papieren als Name Katharina Prinzersdorf eingetragen ist, ist die Verwendung eines anderen oder abweichenden Namens auch in Deutschland nicht rechtmäßig. Ehrlich gesagt, ist uns beiden das egal. Wir werden das nicht weiter verfolgen, sofern Sie uns alle gewünschten Informationen liefern."

„Gut. Wie gesagt, wir waren ein Paar. Jedenfalls so lange, bis seine heutige Ehefrau oder besser gesagt seine jetzige Witwe auftauchte. Das war 2008, kurz nachdem wir nach Berlin gezogen sind und Balthasar hier die statimPAY AG gegründet hat. Immerhin haben wir es geschafft, die privaten Probleme nicht auf die Firma zu übertragen. Das war weiß Gott nicht einfach, vor allem am Anfang. Man gründet mehr oder weniger gemeinsam zusammen eine Firma und dann so etwas....."

„Wie genau ist die Gründung der Firma von statten gegangen oder besser gesagt, wie sind Sie auf die Idee gekommen und was unterscheidet die statimPAY AG von den vielen anderen Zahlungsdienstleistern?"

„Da muss ich jetzt ein wenig weiter ausholen, damit Sie das auch wirklich verstehen können. Balthasar und ich waren ziemlich am Anfang unseres Studiums für ein paar Tage in Berlin, das muss 2002 oder 2003 gewesen sein, so genau weiß ich das nicht mehr. Jedenfalls waren wir beide unangenehm überrascht, dass wir kaum irgendwo bargeldlos bezahlen konnten. Genau da, wo die meisten Touristen unterwegs sind, in Berlin-Mitte, konnte man in nur wenigen Restaurants oder Kneipen mit Karte bezahlen. Das war schon ziemlich hinterwäldlerisch. 2006 waren wir beide mit dem Studium fertig und haben mit einem geliehenen Wohnmobil eine Reise durch Europa unternommen. Gleich am Anfang waren wir an Rhein und Mosel, Touristengegenden par excellence. Viele Amerikaner, aber auch Briten, Holländer und Belgier. Aber fast nirgends konnte man bargeldlos bezahlen. Wir waren noch nie so oft an Geldautomaten wie in dieser Woche an Rhein und Mosel. Ganz anders die Situation bei unserer restlichen Reise. In Belgien, Frankreich und auch in Italien konnte man überall mit Karte bezahlen. Selbst im kleinsten Kaff, in jedem Restaurant und auch auf den Campingplätzen und das auch bei kleinen Beträgen. Selbst in Österreich funktioniert das, bloß nicht in Deutschland."

Jetzt mischte sich erstmalig Abbo Reichel ein: „Das kann ich bestätigen, das ist heute auch nicht viel anders. Erst gestern musste ich bei einem Griechen in Neukölln bar bezahlen. Als ich nach Kartenzahlung gefragt habe, hat der mich angesehen, als ob ich vom Mond komme. Und den Laden gibt es schon seit Jahrzehnten."

„Sehen Sie, genau das wollen wir mit der statimPAY AG ändern."

„Dann waren Sie aber wohl nicht sonderlich erfolgreich. Sie sagten doch eben, dass Sie Ihre Firma bereits 2008 gegründet haben."

„Das ist ein langfristiger Prozess. Es ist zwar richtig, dass die statimPAY AG 2008 gegründet wurde, aber mit unserem Produkt sind wir erst 2011 auf den Markt gekommen."

Steffen Tietz übernahm wieder die Gesprächsführung: „Entschuldigen Sie bitte, wenn ich Sie unterbreche. Auch sieben Jahre sind ein langer Zeitraum. Das passt für mich alles nicht so richtig. Ich habe natürlich im Vorfeld ein wenig zur statimPAY AG, zu Herrn Hansmann und auch zum Zahlungsverkehr im Allgemeinen recherchiert. Ich bin zwar kein Banker, aber ich bin mir sicher, dass gerade in diesem Bereich die Innovationsgeschwindigkeit ausgesprochen hoch ist und sich Start-ups beziehungsweise FinTechs entweder schnell am Markt durchsetzen oder eben wieder verschwinden."

„Sie haben offensichtlich wirklich keine Ahnung von der Materie, aber ich will Sie gerne aufklären. Auch Unternehmen, die heute jedes Kind kennt, haben natürlich klein angefangen und Jahre gebraucht um das zu werden, was sie heute sind. Denken Sie nur an Amazon, PayPal, Facebook und wie sie alle heißen. Sie brauchen Geld, Geld und nochmals Geld, um die potenziellen Kunden von ihrem Produkt zu überzeugen. Noch mehr Geld brauchen Sie, um sich gegen die Konkurrenz durchzusetzen und vom Markt zu verdrängen. Das gilt auch dann, wenn Ihr Produkt besser als alle anderen ist. Sie müssen nicht nur besser sein, Sie müssen auch billiger sein und unheimlich viel Geld in Marketing und den Vertrieb stecken. Uns ist es insbesondere in den letzten zwei Jahren gelungen, hierzu namhafte Investoren an Bord zu holen und vor allem auch viele Privatanleger von uns zu überzeugen. Wir sind das nächste deutsche Unicorn."

„Unicorn? Was soll ein Einhorn mit Ihrer Firma zu tun haben?"

Die Antwort kam prompt und schnippisch: „Sie haben sich gerade geoutet als absolut Nichtwissender. Das dürfte wohl typisch sein für einen deutschen Beamten. Als Unicorn bezeichnet man Start-ups, die nicht an der Börse notiert sind, aber einen Marktwert von mehr als einer Milliarde US-Dollar aufweisen."

„Und wie wird dieser Marktwert ermittelt und welchen Marktwert hat die statimPAY AG?"

„Der Marktwert ist der Preis, den Investoren dem Unternehmen zubilligen und den sie bereit sind, für eine Beteiligung zu bezahlen. Wie gesagt, wir werden das nächste deutsche Unicorn sein. Auch wenn das jetzt viel schwieriger werden wird, Balthasar war als Founder und CEO natürlich das Aushängeschild. Den aktuellen Marktwert werde ich Ihnen selbstverständlich nicht nennen, das fällt unter die Rubrik Betriebsgeheimnis."

„Da Sie uns ja als Nichtwissende ansehen, erläutern Sie uns doch bitte Ihre Begriffe Founder und CEO. Und für das weitere Gespräch bitte jeweils gleich die entsprechenden Erläuterungen. Vielen Dank."

„Founder ist schlicht und ergreifend der Gründer der Firma, in diesem Fall Balthasar von Hansmann. Seither ist er auch der CEO, also der Chief Executive Officer, auf Deutsch der Vorstandsvorsitzende. Ich bin COO, also Chief Operating Officer und damit für das operative Geschäft zuständig. Wenn Sie einverstanden sind, komme ich jetzt wieder auf die Anfänge zurück. Wie bereits erwähnt, haben wir Anfang der 2000er-Jahre mehrfach unangenehme Erfahrungen mit den Bezahlmöglichkeiten in Deutschland gemacht und aus einer Laune heraus überlegt, was man da besser machen könnte. Balthasar aus seiner Sicht als Betriebswirtschaftler und ich als Informatikerin. Uns war von Anfang an klar, dass wir mindestens einen eindeutigen

Unique Selling Point benötigen, also ein Alleinstellungsmerkmal, über das keiner der vorhandenen Anbieter verfügt."

„Das haben Sie dann auch gefunden?"

„Nicht nur eines, wir haben mehrere Unique Selling Points, die uns von der Konkurrenz abheben. Erstens bieten wir unseren Kunden für die Akzeptanz von Karten- und Handyzahlungen eine extreme Bandbreite an sogenannten Terminals an, je nach deren Bedarf und jederzeit austauschbar, falls sich der Bedarf ändert. Zu diesem Punkt muss ich allerdings zugeben, dass die Konkurrenz durchaus von uns gelernt und nachgezogen hat, zumindest teilweise. Zweitens, und das bieten ausschließlich wir an, jedes neue Zahlverfahren auf dieser weiten Welt wird sofort in unsere Anwendung integriert und steht unseren Kunden damit zur Verfügung. Ohne dass sie sich darum kümmern müssen. Vielleicht haben Sie schon von ApplePay oder dem chinesischen Zahlverfahren AliPay gehört. Unseren Kunden stand das sofort zur Verfügung, ohne neue oder zusätzliche Verträge oder sonst irgendwelchen Aufwand. Drittens, das ist das Beste und weltweit einmalig, unsere Kunden bekommen ihr Geld sofort. Stellen Sie sich vor, Sie sind in einem Restaurant und bezahlen Ihre Rechnung per Kreditkarte. Der Inhaber kann dann bei allen anderen Anbietern lange auf sein Geld warten, das dauert oft vier bis sechs Wochen. Nicht unsere Kunden. Beim Start von statimPAY hatten unsere Kunden das Geld spätestens am nächsten Werktag und seit der Einführung der SEPA-Echtzeit-Überweisung im November 2017 binnen weniger Sekunden. Sie als Gast haben das Lokal noch nicht einmal verlassen und der Inhaber hat das Geld schon auf seinem Konto. Wie gesagt, weltweit einmalig und ein echter, fast schon unbezahlbarer Vorteil für unsere Kunden."

„Aha, das war also das, was Sie bereits gestern Herrn Kablow und mir versucht haben mitzuteilen, wir aber nicht verstanden haben."

„So ist es!"

„Sie sagten, dass Herr Hansmann und Sie die statimPAY AG 2008 gegründet und mit Ihrem Produkt 2011 auf den Markt gekommen sind. Drei Jahre ohne Einnahmen, dafür aber mit Kosten, dürften nicht ganz einfach gewesen sein. Woher stammte das Geld dafür?

„Balthasar stammt wie gesagt aus einer alten adeligen und immer noch sehr vermögenden Familie, die ihm für die Firmengründung zwei Millionen Euro zur Verfügung gestellt hat. Sie sehen, unsere damalige Idee ist von Anfang an auf fruchtbaren Boden gestoßen."

„Laut den uns zur Verfügung stehenden Informationen sind Sie mit 20 % beteiligt, Herr Hansmann mit noch 30 % plus zwei Aktien und diverse andere Beteiligte mit den restlichen knapp 50 %. Stammen Sie ebenfalls aus einer vermögenden Familie, die Ihnen Geld zur Verfügung gestellt hat? Wenn man gerade mit dem Studium fertig ist, verfügt man doch ansonsten üblicherweise über kein Vermögen."

Die Antwort kam wieder extrem schnippisch: „Das geht Sie zwar eigentlich nichts an, aber ich habe nichts zu verbergen. Nein, meine Familie ist zwar wesentlich älter als die von Hansmanns, aber leider nicht mehr vermögend. Balthasar hat mir bei der Firmengründung die 20 %-Beteiligung übertragen. Dafür habe ich mich vertraglich verpflichtet, mein gesamtes Know-how in die Firma einzubringen. Das ist auch genau meine Aufgabe als COO. Die gesamte technische Umsetzung basiert auf meinen Ideen und meiner Programmierung. Da Sie es sowieso erfahren werden, kann ich es Ihnen auch gleich sagen: Seine Familie fand das völlig unangemessen und hat ihn deswegen mehr oder weniger verstoßen. Auch wenn ich mich wiederhole, diese neureiche Sippe existiert erst seit 300 Jahren und ist der Meinung, dass nur Geld zählt und nichts anderes."

„Wie wird es jetzt mit der Firma weitergehen? Ich gehe davon aus, dass die Witwe die Anteile erbt und dann das Sagen hat."

„Zum Glück nicht, jedenfalls nicht ganz. Es ist vertraglich festgelegt, dass in so einem Fall weitere 5 % plus eine Aktie auf mich übergehen. Das heißt, dass sowohl Antonia als auch ich jeweils über eine Sperrminorität verfügen, nämlich 25 % plus eine Aktie."

„Moment, haben wir das jetzt richtig verstanden? Sie bekommen durch den Tod von Herrn Hansmann 50 Millionen Dollar geschenkt oder erben sie oder wie auch immer, ist das korrekt?

„Wie kommen Sie auf 50 Millionen Dollar?"

„Sie haben uns doch eben selbst erzählt, dass die statimPAY AG das nächste deutsche Unicorn sein wird. Auch ein Kriminalbeamter kann durchaus rechnen, auch wenn mich die vielen Nullen ein wenig schwindelig machen. Ich komme jedenfalls bei 5 % von einer Milliarde auf 50 Millionen. Es wurden schon Morde für einige Nullen weniger begangen. Wo waren Sie gestern zwischen 9.00 Uhr und 10.00 Uhr, also bevor mein Kollege hier und Herr Kablow Sie in Ihrem Büro besucht haben?"

„Unterstellen Sie mir jetzt allen Ernstes, dass ich Balthasar ermordet haben könnte?"

„Wir unterstellen gar nichts, aber Sie müssen selbst zugeben, dass 50 Millionen Dollar durchaus ein Grund sein könnten. Also noch einmal, wo waren Sie gestern zwischen 9.00 Uhr und 10.00 Uhr. Als Ergänzungsfrage: können Sie tauchen?"

„Ihre Fragen empfinde ich als ausgesprochen impertinent, aber als Zeichen meines guten Willens will ich Sie Ihnen auch ohne Einschaltung eines Rechtsbeistands beantworten. Ich war gestern gegen 8.30 Uhr im Büro, also ziemlich früh und als eine der ersten. Ich kann Ihnen nicht sagen, wer zu diesem Zeitpunkt schon da war, aber einige waren es mit Sicherheit. Die Frage nach dem Tauchen verstehe ich zwar nicht, kann sie aber eindeutig verneinen. Ich kann nicht einmal richtig schwimmen, ich hasse Wasser und finde deswegen auch die Lage von Balthasars und Antonias Haus ganz furchtbar. Bei mir hat es nur zum Frühschwimmerzeugnis gereicht."

„Ihr Alibi werden wir noch überprüfen und dazu kurzfristig Ihre Mitarbeiter befragen. Ansonsten war es das für heute. Rechnen Sie aber damit, dass wir bei Bedarf erneut auf Sie zukommen. Wenn Ihnen noch etwas einfallen sollte, melden Sie sich bitte bei uns."

Sichtlich irritiert, dass die Befragung schon zu Ende war, ließ sich Katharina Prinzersdorf von Abbo Reichel zum Ausgang des LKA bringen.

„Und, hatte ich Recht?" ließ sich POM Müller vernehmen. „Die war doch wohl echt missgelaunt und so wie sie eben aussah, hat sich ihre Laune bei euch nicht gerade gebessert."

Grinsend antwortete Abbo Reichel: „Das ist auch nicht unbedingt unser Job. Außerdem hat sich der Kollege Tietz auch redlich Mühe gegeben, die Dame ein wenig vorzuführen. Durchaus erfolgreich, wie man gesehen hat. Aber ehrlich gesagt, weiß ich im Augenblick nicht so richtig, warum er das gemacht hat."

Dienstag, 10. Juli 2018, 14.45 Uhr

„Ist das eigentlich der berühmte Berliner Sommer oder habt ihr hier auch mal vernünftiges Wetter? Für mitten im Sommer finde ich nicht einmal 20 Grad und Nieselregen ganz schön mies. Na ja, ich will mal nicht meckern. Immerhin liegt Berlin deutlich dichter an Sibirien als Stuttgart und dafür ist das Wetter wahrscheinlich sogar als gut zu bezeichnen."

„Anstatt froh zu sein, dass dein Mann und du der schwäbischen Provinz und vor allem der Kehrwoche entkommen konntet, wird auch noch gemeckert. In der Hinsicht hast du dich den Berliner Gepflogenheiten immerhin schnell angepasst, gut so. So, hier sind wir richtig. Hausnummer 49 ist das Haus derer von Hansmann, in Nummer 51 wohnt die Freundin, die wir schon befragt haben. Wir klingeln einfach mal bei ihr und lassen uns den Haustürschlüssel geben."

Gesagt, getan und keine zwei Minuten später standen sie im Wohnzimmer. Genau in dem Moment klingelte das Telefon von Thomas Kablow mit einem nervtötenden Sirenenton.

„Hier Aylin, Julia und ich sind gerade im Humboldt-Krankenhaus. Frau von Hansmann wird voraussichtlich erst morgen Nachmittag entlassen, war aber immerhin wieder ansprechbar. Neue Erkenntnisse haben wir trotzdem nicht. Sie hat uns die Uhrzeiten noch einmal ausdrücklich bestätigt. Und sie hat keine Ahnung, wer ihren Mann umgebracht haben könnte. Sie ist sich auf jeden Fall sicher, dass sie und ihr Mann niemand kennen, der eine Harpune besitzen könnte oder taucht. Immerhin das war aus ihr herauszubekommen, aber mehr nicht. Sie macht auf uns beide immer noch einen reichlich verwirrten Eindruck, kann man ja auch verstehen. Für eine vernünftige Befragung müssen wir mit Sicherheit bis morgen oder übermorgen warten. Derzeit bringt das nichts. Bist du jetzt eigentlich mit Schmitti in Tegel? Dann könnt ihr ja gleich mal sehen, ob ihr erste Ergebnisse von der Anwohnerbefragung bekommen könnt. Julia und ich fahren dann zurück ins LKA. Wenn wir da lebend ankommen, sehen wir mal zu, wie wir Abbo und Steffen unterstützen können." Die letzte Aussage wurde von einem lautstarken und energischen Protest aus dem Hintergrund begleitet, bevor das Telefonat abgebrochen wurde.

Loredana Schmittke hatte das Gespräch mitbekommen und meinte: „Fährt die etwa noch chaotischer als du? Ich wollte sowieso vorschlagen, dass ich bei der Rückfahrt fahre."

Thomas Kablow ging darauf erst gar nicht ein und erwähnte vor allem nicht den Verdacht von Abbo Reichel, dass Julia und er im internen Wettstreit um den Mitarbeiter des Monats mit den meisten Verstößen gegen die Straßenverkehrsordnung waren. Dafür öffnete er die Tür zur Terrasse und zeigte seiner Kollegin den genauen Tatort. Beide waren sich nach eingehender Inspektion der Örtlichkeiten einig, dass die Schlussfolgerungen von Isabelle Berntsen und Ellen Nessmer zum Tathergang absolut nachvollziehbar waren.

„Es kann doch gar nicht sein, dass hier am hellen Tag ein Mord geschieht und niemand etwas gesehen hat. Vor allem nicht, wenn derjenige eine Harpune mit sich herumträgt, so ein Ding ist doch nun wirklich nicht unauffällig. Der Mörder muss sie doch bei sich gehabt haben, sonst hätten die Kollegen die mit Sicherheit gefunden. Eigentlich hätten doch die beiden Kollegen Brand und Erdmann fast über den Mörder stolpern müssen, die waren spätestens 18 Minuten nach dem Mord vor Ort. Aber das wäre ja nun wirklich zu schön gewesen. Befragen wir die beiden, sie müssen sowieso hier irgendwo in der Nähe sein, ich rufe sie mal an."

Wenige Minuten später saßen alle vier auf edel wirkenden, aber ziemlich unbequemen Esstischstühlen um einen massiven Eichenholztisch im Wohnzimmer der Familie Hansmann. Als erster ergriff Linus Brand das Wort: „Mehrere Zweierteams sind drüben auf der anderen Hafenseite unterwegs und befragen die Anwohner. Bis vor ungefähr einer halben Stunde aber ohne Ergebnis." Auf den fragenden Blick von Thomas Kablow ergänzte er: „Wir haben uns da zu einer kurzen Einsatzbesprechung getroffen. Zwei andere Kollegen haben hier vorne in den Mehrfamilienhäusern herumgefragt, auch ohne Ergebnis. Eine ganze

73

Reihe von Anwohnern haben wir allerdings nicht angetroffen, das ist alles dokumentiert und wir bleiben bei denen am Ball. In den Einfamilienhäusern hier haben Marco und ich die Befragungen vorgenommen, auch ohne greifbares Ergebnis. Einzig und allein in Haus Nummer 39 haben wir niemand angetroffen. Dabei ist Marco eingefallen, dass gestern genau vor dem Haus ein weißer Handwerkerwagen gestanden hat, als wir angekommen sind."

„Genau, ich weiß aber ehrlich gesagt nicht, was für ein Firmenname darauf stand. Der Wagen war auf jeden Fall ein paar Minuten später weg, als wir die Straße abgesperrt haben. Mann, hoffentlich war das nicht der Mörder und wir waren so blöd, den laufen zu lassen."

„Wartet mal einen Moment, ich gehe mal nach nebenan zu Frau Götsche. Vielleicht kennt sie ja den Nachbarn und weiß, wo der arbeitet", ließ sich jetzt Loredana Schmittke vernehmen.

Zehn Minuten später erschien sie wieder: „Berlin ist doch nicht so anonym wie ich befürchtet habe. Frau Götsche kennt den fraglichen Nachbarn gut, wusste, wo er arbeitet und hatte sogar seine Handynummer. Er heißt Martin Dittmer und arbeitet als Sozius in einer großen Steuerberaterkanzlei in der Friedrichstraße. Ich habe mit ihm telefoniert und er hat mir bestätigt, dass gestern früh ein Servicetechniker im Auftrag von Miele bei ihm war. Sein Geschirrspüler war defekt, zum Glück noch innerhalb der Garantiezeit. Er hatte deswegen gestern Home-Office gemacht und laut seiner Aussage nichts von dem Mord und dem ganzen Drumherum hier vor Ort mitbekommen. Erst abends will er davon aus den Nachrichten erfahren haben. Zur Entschuldigung hat er angeführt, dass er gleich, nachdem der Handwerker weg war, in sein Arbeitszimmer gegangen ist. Das geht zur Hafenseite raus. Außerdem war er in einen total komplizierten Fall vertieft und deswegen auch froh, den in aller Ruhe zu Hause bearbeiten zu können. Zumindest am Telefon klang er immer noch ziemlich geschockt. Die von Hansmanns und seine Familie waren zwar nicht befreundet, aber man kannte sich als Nachbarn natürlich. An den Namen des Handwerkers kann er sich nicht

74

mehr erinnern, meinte aber, das sei irgendein Allerweltsname gewesen. Meyer, Müller, Schulze oder so etwas. Wenn er heute Abend zu Hause ist, will er den Auftragszettel einscannen und uns zuschicken, da müsste der Name angegeben sein. Ebenso wie der Name der Firma, den konnte er mir auch nicht nennen. Irgendwie ein wenig verpeilt, der Gute, aber immerhin bekommen wir die Angaben. Seine Frau kann er nicht bitten das für uns herauszusuchen, die ist mit den Kindern schon im Ferienhaus auf Usedom, er will am Wochenende auch dorthin. Schließlich seien ja Sommerferien."

„Dann sind wir hier erst einmal fertig und können den Schlüssel wieder bei Frau Götsche abgeben. Ich zeige dir nur noch kurz den Weg bis zur Sechserbrücke und dann fahren wir zurück ins LKA, von mir aus kannst du auch fahren."

„Der Kollege Erdmann und ich machen noch auf der anderen Seite vom Tegeler Fließ weiter. Ich denke, dass in den Kleingärten und bei den Vereinen jetzt nachmittags die Chance am größten ist, dass wir jemand antreffen. Wenn wir etwas Relevantes erfahren, schicken wir eine E-Mail, ansonsten kommen wir beide am Donnerstag zur Besprechung ins LKA und berichten über die gesammelten Ergebnisse. Ihr Kollege hat gestern auch ein wenig Hoffnung in die Befragung von Joggern und Hundebesitzern gesetzt. Vielleicht haben wir morgen damit mehr Glück als heute."

Eine Viertelstunde später hatten sie den Haustürschlüssel wieder bei der Nachbarin abgegeben und standen auf der Treppe hinauf zur Sechserbrücke.

„Ich sehe schon, du hast recht, da oben kommt man wirklich nicht ohne Kletteraktionen und ohne gesehen zu werden auf die Brücke. Lass uns jetzt bitte zurück ins LKA fahren, ich bin schon ganz nass. Vielleicht haben wir dann ja Erfolg und erreichen jemand wegen des Schlüssels zur Brücke."

Dienstag, 10. Juli 2018, 15.15 Uhr

„Hast du irgendwie bemerkt, dass ich die nicht ausstehen konnte?" Damit begrüßte ihn Steffen Tietz bei seiner Rückkehr in das gemeinsame Büro.

„Das fällt unter die Rubrik ‚blöde Frage', das war wohl kaum zu übersehen. Immerhin weiß ich jetzt, dass du den ‚bösen Bullen' gut geben kannst. Nicht einmal Kaffee hast du ihr angeboten."

„Nee, hat die auch nicht verdient. Eigentlich würde ich sie liebend gerne auf Platz eins der Liste der Verdächtigen setzen. Aber wenn ich ihr sonst nichts glaube, dass sie nicht schwimmen kann, das glaube ich ihr."

„Aha."

„Bei meinen Recherchen bin ich unter anderem über Zeitungsartikel gestolpert, die sich auf die Weihnachtsfeier der statimPAY im vorletzten Jahr beziehen. Diese Internetbuden müssen bei solchen Gelegenheiten wohl immer etwas ganz besonderes machen. Weihnachten 2016 haben die im Stadtbad Neukölln in der Ganghoferstraße gefeiert. Das Ganze natürlich standesgemäß mit reichlich Prominenz und auch einigen Journalisten. Dummerweise ist unserer guten Frau Prinzersdorf dabei ein Fehltritt passiert und sie ist ins Schwimmbecken gefallen, übrigens ohne Alkoholeinwirkung. Im Trubel ist das nicht sofort aufgefallen. Jedenfalls ist sie ziemlich leblos aus dem Becken gezogen und vorsichtshalber in ein Krankenhaus gebracht worden. Schwimmen kann die tatsächlich nicht. Passt also. Der Vorfall ist dann recht hämisch in der Presse kommentiert worden."

„Trotzdem sind 50 Millionen ein guter Grund. Eine Harpune kann man auch benutzen, wenn man nicht schwimmen kann. Außerdem wissen wir inzwischen, dass die Harpune von Land aus abgeschossen wurde. Dass sie nicht schwimmen kann, ist also keine Entlastung. Warten wir erst einmal die Überprüfung ihres Alibis ab."

„Theoretisch sind 50 Millionen wirklich ein Grund, aber dafür müsste die Bude auch etwas wert sein, sonst lohnt sich das nicht.

Außerdem, wäre dann nicht eine andere Waffe einfacher? Wenn ich nicht total danebenliege, ist die statimPAY aber nicht viel oder gar nichts wert. Jedenfalls eher kurz vor der Pleite als ein Unicorn. Die Prinzersdorf ist eine begnadete Märchentante. Sie und der Hansmann sind echte Genies in der Selbstvermarktung. Genaueres werden wir aber morgen wissen. Die Kollegen aus dem Wirtschaftsderzernat recherchieren auf meine Bitte hin und werden uns morgen Nachmittag berichten. Die Kollegin Eva Lindemann meinte, dass das klappen müsste, sie will um 15.00 Uhr zu uns kommen. Sag mal, hatte nicht dein Vater mit dem Thema beruflich zu tun gehabt? Vielleicht kann der uns auch weiterhelfen."

„Stimmt, den werde ich heute Abend mal befragen. Schaden kann's ja nicht."

Dienstag, 10. Juli 2018, 20.08 Uhr

„So, wenn wir jetzt mit dem Abendbrot fertig sind, kannst du ja mal erzählen, was ihr eigentlich wollt. Gehe ich recht in der Annahme, dass ihr zu dem Mord an dem von Hansmann und zur statimPAY Fragen habt?"

„Warum warst du eigentlich bei der Sparkasse und nicht bei der Polizei?"

„So ganz blöd bin ich nicht und kann eins und eins durchaus zusammenzählen. Rechnen lernt man eben bei der Sparkasse. Zeitung lesen kann ich übrigens auch. Selbst die Segnungen moderner Kommunikationsmittel wie Internet kenne ich."

Abbo Reichel hob beschwichtigend seine Arme, seine Mutter und seine Ehefrau sahen dem Geplänkel amüsiert zu. „Dann leg bitte los, ich höre."

„Wenn ich ehrlich bin, wundert es mich, dass die statimPAY nicht schon längst pleite ist. Aber der von Hansmann ist, ich korrigiere mich, war ein begnadeter Verkäufer seiner selbst und seiner Ideen. Der hatte Visionen. Aber wie hat schon Helmut Schmidt gesagt: ‚Wer Visionen hat, sollte zum Arzt gehen.'"

„Papa, bitte sachlich bleiben."

„Als ob Zitate eines Altbundeskanzlers nicht sachlich wären. Egal, weiter im Text. Was die statimPAY macht, werdet ihr ja wohl mit euren Bordmitteln recherchiert haben, das kann ich mir doch hoffentlich ersparen? Wir hatten die jedenfalls Anfang letzten Jahres, das muss Ende Januar oder Anfang Februar gewesen sein, zu einer Präsentation im Max-Liebermann-Haus. Da waren ungefähr zehn Start-ups aus der FinTec-Szene. Neben der statimPAY waren es noch drei oder vier andere, die sich mit Bezahlverfahren für Händler und ähnlichem beschäftigt haben. Zwei waren im Auslandszahlungsverkehr unterwegs, das hat mich nun überhaupt nicht interessiert, da habe ich selbst keine Ahnung. Die restlichen haben sich mit Handybezahlverfahren beschäftigt. Alle wollten uns ihre Verfahren verkaufen oder Vertriebskooperationen mit uns eingehen. Kein Wunder, wir sind schließlich die größte deutsche Sparkasse und wenn die bei uns einen Fuß in der Tür haben, klappt es erfahrungsgemäß auch bei vielen anderen Sparkassen. Und fürs Renommee solcher jungen Unternehmen ist es immer gut, mit uns zusammenzuarbeiten. Lange Rede, kurzer Sinn, im Endergebnis haben wir einige Monate später mit einem anderen Start-up eine Vertriebskooperation vereinbart. Bei denen ging es um ganz simple und für unsere Kunden billige Terminals in Verbindung mit einer Handy-App, so dass jeder auch ganz kleine Händler mit sehr geringem Aufwand Kartenzahlungen akzeptieren kann."

„Und warum nicht mit der statimPAY? Laut deren Angaben ist deren Angebot einmalig und nicht zu schlagen."

„Sagte ich doch, der von Hansmann und die von Prinzendorf oder so ähnlich sind beide begnadete Verkäufer. Dafür aber ein wenig entfernt vom realen Leben, so würde ich es jedenfalls ausdrücken. Die Ideen als solche waren ja auf den ersten Blick durchaus gut, aber eben nur auf den ersten Blick. Allerdings auch nicht so wirklich innovativ oder konkurrenzlos. Das einzig wirklich neue war, dass die Zahlung sofort erfolgt, aber das bringt für die meisten Vertragspartner mehr Nachteile als Vorteile."

Jetzt mischte sich Isabelle Berntsen ein: „Wieso das denn? Wenn ich Abbo richtig verstanden habe, bekommen die Kunden der statimPAY ihr Geld sofort, innerhalb weniger Sekunden. Bei allen anderen Firmen dauert das wohl manchmal mehrere Wochen."

Das ist richtig, aber für die Kunden ist das meistens eher von Nachteil."

„Verstehe ich nicht. Wenn ich das Geld sofort bekomme, ist das doch besser."

„Könnte man denken, ist aber trotzdem falsch. Ihr müsst berücksichtigen, dass es sich meistens um nicht allzu hohe Beträge handelt. Wenn das dann immer eine einzelne Buchung ist, kostet die auch jedes Mal eine Kontoführungsgebühr und damit ist der vermeintliche Vorteil ganz schnell ein Nachteil. Sonst ist das einmal im Monat oder alle paar Wochen eine Sammelbuchung, die dann auch nur einmal kostet. Ihr seht, das klingt zwar auf

79

den ersten Blick gut, ist es aber nicht. Und dann kommt noch hinzu, dass sich die statimPAY von Anfang an auf die Gastronomie spezialisiert hat. Das war dann aus meiner Sicht der zweite große Fehler. Gerade in der Branche ist es mit der Steuerehrlichkeit nicht so sonderlich weit her und damit auch kein Interesse vorhanden, alle Zahlungen über die Buchführung laufen zu lassen. Und Kartenzahlungen laufen nun einmal über die Buchführung. Da nützt auch ein noch so guter Vertrieb nur wenig. Meine ehemaligen Vertriebskollegen aus dem electronic Banking können ein Lied davon singen. Jedenfalls hat mich die ganze Präsentation damals überhaupt nicht begeistert. Mit viel Mühe konnte ich meinen Vorstand davon überzeugen, dass wir mit denen keine Vertriebskooperation eingehen. Ein paar Wochen nach der Veranstaltung ist mir übrigens zu Ohren gekommen, dass die statimPAY eigentlich fast pleite ist und auf sagen wir mal dubiosen Wegen versucht, weitere Investoren für sich zu gewinnen. Aber das sind alles mehr oder weniger nur Gerüchte. Ihr habt doch auch ein Fachkommissariat für Wirtschaftsdelikte, die können euch dazu vielleicht Näheres mitteilen."

„Seid ihr jetzt mit euren leidigen dienstlichen Themen fertig? Ich würde viel lieber endlich mal von meinem Herrn Sohn oder der Schwiegertochter erfahren, wie denn der Stand zum Thema Hauskauf ist. Hilko hat mir gestern am Telefon erzählt, dass das wohl alles ganz gut aussieht. Mit mehr wollte er aber nicht herausrücken und meinte nur, dass er erst einmal mit euch reden wollte. Pah, als ob das wichtig sei."

„Dazu kann ich etwas sagen. Abbo hat ja mit seinem neuen Fall reichlich um die Ohren. Mein Part dazu ist bereits erledigt, aufgeschnippelt, untersucht und wieder zugenäht. Ging ziemlich flott, war ein einfacher Fall. Mit Hilko und Tabea habe ich gestern Abend telefoniert. Abbo hat davon allerdings nichts mitbekommen, der ist vorher auf dem Sofa eingeschlafen. Die Flitterwochen waren für ihn wohl zu anstrengend", fügte sie grinsend hinzu. „Mit Herrn Frehse habe ich heute Vormittag telefoniert, alles geklärt und, für dich zur Kenntnis, am Freitag haben wir um 9.00 Uhr einen Notartermin. Es muss alles zack zack gehen, im Januar sind wir schließlich zu dritt. Tabea meinte, die Umbaumaßnahmen müssten problemlos bis November erledigt sein, einem Umzug noch in diesem Jahr würde nichts im Wege stehen. Sie und Hilko würden sich um alles kümmern."

„Aha, Hilko hat also genau so viel zu melden wie ich. Oder habe ich das jetzt völlig falsch interpretiert?"

„Wenn wir Frauen das nicht übernehmen, würde das alles viel zu lange dauern. Deswegen haben wir sozusagen das Kommando übernommen, jedenfalls beim Thema Hauskauf und Umbau." Völlig unschuldig blickend ergänzte sie noch: „Wir waren uns doch vollkommen einig, dass es dieses Haus sein wird, wenn die Bedingungen stimmen – und die stimmen eindeutig. Der Preis stimmt, die Umbaukosten sind zwar nicht gerade niedrig, passen aber auch noch und wenn ich Hilko und Tabea richtig verstanden habe, können wir den kompletten Umbau über zinsgünstige Darlehen der KfW finanzieren. Das geht dann über Programme zur Energieeinsparung und für altersgerechte Umbauten."

Bertram Reichel lachte lauthals los: „Altersgerechte Umbauten! Immerhin wird der Herr Sohn im Dezember schon 30, das passt also."

Bevor Abbo Reichel sich aufregen konnte, griff seine Mutter ein: „Ihr könnt euch abregen, das stimmt schon. Die Programme ziehen, wenn die Umbauten weitgehend barrierefrei erfolgen. Das Alter der Bauherren ist dabei unerheblich. Um die ganze Finanzierungsgeschichte kümmere ich mich, das wird ja wohl kein Problem werden. Um wie viel geht es denn?"

„Das Haus kostet 335.000,-- Euro, die Umbaukosten taxieren Hilko und Tabea auf rund 150.000,-- Euro. Das wäre dann auch der Betrag, den wir nach Tabeas Aussage finanzieren sollten. Damit würden uns noch Reserven für die Nebenkosten und eventuelle nicht geplante Ausgaben bleiben. Uns würde das jeden Monat deutlich weniger als die Miete für meine jetzige Wohnung kosten."

„Unsere Wohnung!"

„Blödmann."

„Kinder, jetzt nicht streiten."

„Mama, das ist kein Streit, das ist normal. In Dänemark werden die geliebten Ehemänner offenbar öfter mal so bezeichnet. Ist jedenfalls eines von Isabelles Lieblingswörtern."

„Blödmann." Damit wurde ihm sogar noch die herausgestreckte Zunge gezeigt.

„Bevor das hier eskaliert, gehe ich mal in den Keller und schaue nach, ob ich eine Flasche Sekt finde. Ich glaube, das haben wir uns alle verdient. Außer Isabelle natürlich, die bekommt nur Wasser."

Mittwoch, 11. Juli 2018, 8.52 Uhr

„Steuerberater muss man auch nicht unbedingt sein, da scheinen die Arbeitszeiten nicht sonderlich familienfreundlich zu sein. Die E-Mail von Martin Dittmer mit dem Auftragszettel ist um 0.38 Uhr eingegangen."

„Oder er hat's vergessen und es ist ihm kurz vor dem Schlafengehen wieder eingefallen. Egal, zeig mal. Aha, Hausgeräte-Service GmbH, der Monteur war ein gewisser Ronny Maier. Immerhin ist sogar dessen Handynummer angegeben. Ruf den doch gleich mal an."

„Guten Morgen Herr Maier, hier Abbo Reichel vom Landeskriminalamt Berlin. Sie waren am Montagvormittag in Tegel, bei Herrn Dittmer, Humboldtinsel 39. Wegen der Reparatur einer Miele Geschirrspülmaschine – korrekt?"

„Korrekt, aber was habe ich mit der Kripo zu tun?"

„Eigentlich nichts, außer, dass Sie eventuell am Montag etwas beobachtet haben könnten. Es hat dort einen Mord gegeben."

„Nee, echt nicht, oder? Sie veräppeln mich doch."

„Absolut nicht. Wann genau waren Sie bei Herrn Dittmer, wie lange, was haben Sie dort genau gemacht?"

„Tja, war ein ganz simpler Fall, eigentlich war nur am Einschaltknopf der Stecker hinten abgefallen. Den hatten die bei der Produktion wohl nicht richtig aufgesteckt, sozusagen Pfusch. Kommt bei Miele aber selten vor. Es muss gegen 9.20 Uhr gewesen sein, dass ich dort war, müsste eigentlich auf dem Auftragszettel stehen. Gedauert hat das Ganze ungefähr 15 Minuten. So lange auch nur deshalb, weil ich den neuen Stecker im Werkstattwagen suchen musste. Das Ding lag nicht in der Schublade, in die es gehört. Jedenfalls war ich schnell fertig. Anschließend habe ich den Werkstattwagen zu Renault in der Roedernallee gebracht, der muckte schon seit ein paar Tagen beim Gasgeben herum. Danach bin ich mit der U-Bahn vom Paracelsusbad aus in die Firma zurückgefahren und habe dann mit einem anderen Werkstattwagen meine weiteren Aufträge abgearbeitet. Die Aktion mit Renault hat mich fast zwei Stunden gekostet, deswegen hatte ich erst so gegen 19.00 Uhr Feierabend."

„Okay, Ihre Angaben stimmen mit dem Auftragszettel überein. Aufgefallen ist Ihnen ansonsten nichts?"

„Da ist wirklich ein Mord passiert? Ich glaub es nicht! Aber gesehen habe ich nichts, wirklich nicht. Halt, warten Sie mal. Am Nordgraben sind mir einige Polizeiwagen mit Blaulicht entgegengekommen, hatte das damit etwas zu tun?"

„Wenn Ihnen sonst noch etwas einfällt, melden Sie sich bitte bei uns, ansonsten war es das erst einmal."

„Wäre ja auch zu schön gewesen. Die Zeiten stimmen auf jeden Fall mit dem Auftragszettel überein. Und wenn die Kollegen Brand und Erdmann ohne Blaulicht und Sirene gefahren sind, ist es durchaus wahrscheinlich, dass er nichts gesehen und gehört hat. Die müssen wir auf jeden Fall gleich befragen. Hast du die Nummer von den beiden?"

Anstatt eine Antwort zu geben, griff Steffen Tietz zum Telefon und wählte: „Hallo, hier Steffen Tietz vom LKA, nur eine kurze Frage. Sind Sie am Montag mit Blaulicht und Sirene am Tatort vorgefahren?"

Die Antwort befriedigte ihn sichtlich nicht, so jedenfalls seine Mimik. „Scheiße, nur bis direkt hinter die Kreuzung Karolinenstraße/Waidmannsluster Damm. Dann kann es wirklich so sein, dass der Herr Maier nichts mitbekommen hat." Grinsend fügte er hinzu: „Das darf auf keinen Fall Julia mitbekommen, sonst will die immer mit Musik und Lichtshow fahren."

Mittwoch, 11. Juli 2018, 11.17 Uhr

Abbo Reichels Handy meldete sich mit den ersten Takten von ‚Sweet Lucy', am Apparat war POM Marco Erdmann mit einer erfreulichen, wenn auch verwirrenden Information.

„Wir haben etwas für Sie, aber weder der Kollege Brand noch ich verstehen, wie das alles sein kann. Sie haben es ja wahrscheinlich selbst gemerkt und alle Anwohner der Humboldtinsel haben es uns ausdrücklich bestätigt: Es läuft kaum jemand diese Straße entlang. Weder Anwohner noch Ortsfremde. Anwohner nicht, weil die fast immer mit dem Auto oder in selteneren Fällen per Fahrrad unterwegs sind und Ortsfremde nicht, weil es erstens eine Sackgasse ist und zweitens das Schild ‚Privatstraße' am Anfang scheinbar abschreckt. Zu Fuß sind also nur die wenigen Hundebesitzer unterwegs. Andere Fußgänger fallen schon auf. Und aufgefallen ist am Montag zur fraglichen Zeit tatsächlich jemand. Aber wie gesagt, schon ziemlich merkwürdig. Gesehen wurde eine schwarz gekleidete Person, normale Größe, normale Haltung, normales Tempo, also alles normal. Es war nicht eindeutig erkennbar, ob Mann oder Frau, da die Person eine schwarze Mütze oder Kapuze auf hatte. Es war auch nicht erkennbar, ob die Person eine Tasche oder ähnliches dabei hatte. Wenn ich meinen Kollegen aber richtig verstanden habe, ist so eine Tasche für eine Harpune lang und schmal und eher unauffällig. Jedenfalls so, dass man sie aus der Entfernung leicht übersehen kann. Diese schwarz gekleidete Person wurde aber zwei Mal gesehen, und zwar zur gleichen Zeit, nämlich ziemlich genau um 9.30 Uhr. Dafür aber an unterschiedlichen Positionen und in unterschiedliche Richtungen gehend. Das kann doch nicht sein, mein Kollege Brand versteht es auch nicht. Die eine Sichtung war von einem der Kleingärtner auf der anderen Seite des Tegeler Fließes und zwar ziemlich genau gegenüber der Hausnummer 39. Unser Zeuge, ein gewisser Michael Törner, hat die beschriebene Person dort entlanglaufen sehen, in Richtung Gabrielenstraße. Laut seiner Beschreibung wirkte die Person ein wenig ziellos, wie auch immer man das sehen will. Mit der Uhrzeit ist er sich sehr sicher, weil im Radio gerade auf Radio 1 im Rahmen der Sendung ‚Der schöne Morgen' die Nachrichten gekommen sind. Und jetzt kommt's: Fast zeitgleich wurde eine genau so beschriebene Person in die entgegengesetzte Richtung gehend gesehen, und zwar auf Höhe des Spielplatzes am Ende der Straße. Laut diesem Zeugen, einem Joachim Habermaß, war diese Person eher zielstrebig unterwegs und zwar in Richtung der Sechserbrücke. Das kam dem Zeugen merkwürdig vor, da er weiß, dass man dort nicht weiterkommt. Bei der Uhrzeit ist er sich auch absolut sicher, genau 9.30 Uhr. Er ist beim Tegeler-Kanu-Verein losgepaddelt und hat beim Ablegen am Steg noch auf seine Uhr geschaut, ob er pünktlich ist. Die Kanuten aus den drei Vereinen im Tegeler Fließ treffen sich wohl jeden Montag um 9.30 Uhr direkt unter der Sechserbrücke und er war etwas zu spät dran. Glück für uns, aber nützt uns oder eher Ihnen das etwas?"

„Die Zeugen sind glaubwürdig?"

„Den beiden Kollegen zufolge, die sie befragt haben, eindeutig ja. Die Beschreibungen der Person oder der Personen war präzise, Zweifel gab es da bei den Zeugen nicht. Aber kann ja eigentlich nicht sein, dass die gleiche, oder ist es dann womöglich dieselbe Person, zweimal an unterschiedlichen Stellen und in unterschiedliche Richtungen gehend gesehen wird. Man könnte sagen, dass der Kollege Brand und ich verwirrt sind. Der schwarze Peter liegt jetzt bei Ihnen. Mehr haben wir aktuell übrigens nicht, sämtliche anderen Befragungen waren ergebnislos. Auch die der Jogger und Hundebesitzer hat bisher nichts gebracht, obwohl ich die Idee eigentlich ganz gut finde. Ich hoffe, dass wir heute die noch fehlenden Anwohner antreffen und morgen früh dann den Abschlussbericht vortragen können. Die beiden Protokolle zu den Personensichtungen habe ich Ihnen vorhin schon gemailt. Bis morgen."

„Steffen, rüberrollen, ich habe eine neue Information. Wir müssen alle gemeinsam mal denken."

„Als ob wir dafür bezahlt werden."

Eine Minute später saß das gesamte Team des LKA 117 im mittleren Büro beisammen und lauschte den Ausführungen von Abbo Reichel. Keiner konnte sich einen Reim auf die beiden Sichtungen machen. Als einziges Ergebnis von mehr als einer vollen Stunde Diskussion wurde vereinbart, dass Loredana Schmittke und Julia Rochow die beiden Zeugen erneut befragen sollten. Immerhin wurden beide über die in den Protokollen vermerkten Handynummern sofort erreicht und es konnten Termine für den Nachmittag vereinbart werden.

Ein ziemlich ratloses Team machte sich auf den Weg in die Kantine.

Mittwoch, 11. Juli 2018, 13.15 Uhr

„Praktisch, dass ihr hier alle zusammensitzt, dann kann ich euch gleich mal kurz berichten, mit was für einem Mist man sich als Kriminalrat beschäftigen muss." Mit diesen Worten setzte sich Oliver Scholz an den Tisch des Teams LKA 117.

„Die Wirtschaftssenatorin hat bei unserer Polizeipräsidentin angerufen und offensichtlich auf ziemlich wichtig und dringend gemacht. Da scheinen wohl alle Politiker gleich zu sein, egal, zu welcher Partei sie gehören. Jedenfalls hat die Chefin dann gleich bei mir angerufen und nach dem aktuellen Stand gefragt, die Details haben sie aber überhaupt nicht interessiert. Ich hatte eher den Eindruck, dass sie einfach mal loswerden wollte, mit was für blöden und überflüssigen Anrufen sie genervt wird. Viel besser war ihr Anruf aber auch nicht. Jedenfalls kam von ihr kein ‚dringend, wichtig' oder ähnliches, immerhin! Für euch also nur noch einmal zur Kenntnis, dass dieser Fall auch von politischer Seite aufmerksam verfolgt wird, mehr aber auch nicht. Habt ihr eigentlich etwas Neues?"

Es war jetzt Abbo Reichels Aufgabe, über die beiden Personensichtungen zu berichten und über die damit aus Sicht des gesamten Teams verbundenen Mysterien. „Schmitti und Julia fahren gleich nach Tegel und werden sich die Aussagen von den beiden Zeugen noch einmal bestätigen lassen, vielleicht gibt es da irgendwelche Widersprüche, Ergänzungen oder was auch immer. Im Moment sind wir jedenfalls ratlos. Die Befragung der Co-Geschäftsführerin der statimPAY war auch nicht so richtig hilfreich, die behalten wir aber weiter auf dem Schirm. Ich denke, wir werden sie uns noch einmal vorknöpfen, auch wenn sie mit ziemlicher Sicherheit nicht als Täterin in Betracht kommt." Er ergänzte diese Information noch um ihr Alibi, auch wenn das noch nicht endgültig bestätigt war, und um ihre Aussage zum Tauchen beziehungsweise Schwimmen. „Irgendwie habe ich bei der aber trotzdem ein komisches Gefühl, ganz sauber ist da nicht alles. Ich weiß bloß noch nicht, was da nicht stimmt. Zur statim-PAY und deren Umfeld haben wir die Kollegen aus dem Wirtschaftsdezernat um Unterstützung gebeten. Um 15.00 Uhr sollen wir eine erste Einschätzung bekommen. Meinen Vater habe ich dazu auch außerhalb des Protokolls befragt, der war genau mit diesem Thema und der statimPAY dienstlich beschäftigt. Ich bin gespannt, ob seine Auskünfte und die aus dem Wirtschaftsdezernat übereinstimmen."

Mittwoch, 11. Juli 2018, 15.00 Uhr

„Hallo Kollegen, mein Name ist Eva Lindemann, aus dem Wirtschaftsdezernat. Sind Sie Steffen Tietz?"

„Nein, das ist der Kollege da drüben, mein Name ist Abbo Reichel. Die anderen Kollegen sind alle unterwegs, Sie müssen also mit uns beiden vorlieb nehmen."

„Nicht weiter tragisch, ich habe so oder so noch nicht allzu viel. Jedenfalls noch nichts Handfestes oder Greifbares, dafür jede Menge Gerüchte, Anschuldigungen und ähnliches. Ich bin mir aber ziemlich sicher, dass wir innerhalb der nächsten Tage einiges an Informationen zusammenstellen können, was im Bedarfsfall auch gerichtsfest ist. Aktuell, aber wie gesagt, noch nicht verifiziert, nur soviel: Bei der statimPAY ist mehr Schein als Sein, die wirtschaftlichen Verhältnisse scheinen nicht so zu sein, wie man das vielleicht erwarten könnte. Wir brauchen auf jeden Fall noch etwas mehr Zeit, um richtig durchzublicken. Wenn wir soweit sind, melde ich mich, versprochen. So, das hat jetzt keine fünf Minuten gedauert, aber mehr Informationen habe ich derzeit leider nicht."

Damit und mit einem kurzen Gruß war sie auch schon wieder verschwunden.

„Mal sehen, was da noch kommt. Die wirtschaftlichen Verhältnisse scheinen echt interessant zu sein. Die Prinzersdorf sollten wir uns aber erst dann noch einmal vornehmen, wenn wir konkretere Informationen haben. Aktuell bringt das meines Erachtens nichts. Trotzdem will ich morgen noch einmal in das Büro der statimPAY fahren und mit den Mitarbeitern sprechen. Als Vorwand nehme ich einfach die Bestätigung des Alibis. Die Informationen meines Vaters gingen übrigens in die gleiche Richtung, definitiv mehr Schein als Sein."

„Meine Recherchen haben bisher auch nichts anderes ergeben, ich mache da mal weiter und stelle dir für morgen einiges zusammen, als Grundlage für die Befragung der Mitarbeiter. Und dann muss ich noch den allseits beliebten Statusbericht schreiben."

Mittwoch, 11. Juli 2018, 15.25 Uhr

„Puh, jetzt weiß ich, was Thomas mit deinem Fahrstil meinte. Obwohl, seiner ist zwar auch chaotisch, aber bei dir fühle ich mich als Beifahrer ehrlich gesagt etwas sicherer als bei ihm."

„Hah, das musst du ihm unbedingt sagen. Er glaubt mir immer nicht, dass die Fahrsicherheitstrainings etwas bringen. Tun sie aber doch, und wenn es nur so wie bei dir ist, nämlich dass sich die Beifahrer wohler fühlen."

„Lieber erst einmal nicht, sonst habe ich gleich Minuspunkte bei ihm."

„Das verträgt der schon, er ist hart im Nehmen. So, wir fangen mal bei dem Kleingärtner an, wie war noch sein Name?"

„Michael Törner, da steht schon Törner am Zaun."

25 Minuten, zwei Kaffee und zwei Stücke Bienenstich, gerade frisch von Frau Törner gebacken und noch leicht warm, später, waren sie genau so schlau wie bei ihrer Ankunft. Mehr oder weniger wortwörtlich hatte Michael Törner die Angaben aus dem Protokoll wiederholt sowie ausdrücklich bestätigt, dass er sich sowohl zur Uhrzeit als auch zur Personenbeschreibung absolut sicher sei. Da der Blick von der Terrasse des Holzhäuschens der Törners auf die Humboldtinsel und auf das Haus Nummer 39 völlig frei war und offensichtlich nur selten Fußgänger dort unterwegs waren, hatten Loredana Schmittke und Julia Rochow keinerlei Zweifel an seinen Aussagen.

Die Befragung von Joachim Habermaß beim direkt nebenan liegenden Tegeler-Kanu-Verein verlief ähnlich. Die Angaben des Protokolls wurden ebenfalls fast wortgetreu wiederholt und auch hier hatten Loredana Schmittke und Julia Rochow keinerlei Anlass, an diesen Aussagen zu zweifeln.

Donnerstag, 12. Juli 2018, 9.00 Uhr

Um Punkt 9.00 Uhr saß das komplette Team im mittleren Büro zusammen, ergänzt um die beiden POM Marco Erdmann und Linus Bauer, Kriminalrat Oliver Scholz und die beiden Staatsanwälte Bodo Harbauer und Mandy Friedrich. Immerhin blieb ihnen die Anwesenheit von Timo Thoms erspart. Bevor Oliver Scholz die Besprechung eröffnen konnte, ging die Tür auf und Sascha Hesse betrat den Raum: „Ah, ich bin wenigstens nicht der einzige in schnieker Uniform. Wir drei machen schon etwas mehr her als ihr Zivilisten", und deutete dabei auf die beiden Polizeiobermeister. „Am Dienstag konnte ich nicht zu eurer Besprechung kommen, wir hatten leichte Probleme mit einem polnischen Schubverband beziehungsweise dem völlig besoffenen Schiffsführer und seinem ebenso besoffenen Steuermann. Sinnigerweise mehr oder weniger direkt vor unserer Wache. Zum Glück hatten er oder sein Steuermann, so genau wissen wir das nicht, die Maschine abgewürgt. Aber auch antriebslos ist so ein Schubverband eine echte Gefahr, zumal an dieser Stelle kurz vor der Spandauer Schleuse. Und dann auch noch ganz schön viel Verkehr auf dem Wasser. Wir mussten den Kahn mit sage und schreibe acht Leuten entern und die beiden Suffköpfe erst einmal festsetzen, die haben sich massiv gewehrt. Einer meiner Leute hat dabei eine Platzwunde am Kopf davongetragen. Wenigstens konnten wir die Maschine wieder starten und haben den Schuber am Hohenzollernkanal sicher festmachen können. So einen Einsatz hatten wir schon seit Jahren nicht mehr – und das war jetzt kein Seemannsgarn. Eigentlich wollte ich euch nur kurz von unserem Einsatz am Montag und Dienstag berichten. Außerdem habe ich mir gedacht, dass ich mir mal eure Räumlichkeiten hier im LKA ansehen kann. Schöner als unsere sind die aber auch nicht, wir haben auf jeden Fall die bessere Aussicht. Aber das wollt ihr sicherlich nicht wissen. Ich hatte Thomas am Dienstag schon am Telefon mitgeteilt, dass wir bei unserer Suche nach der Tatwaffe erfolglos waren. Auch unser neues Spielzeug hat da nichts gebracht. Aber vielleicht gibt es noch eine Möglichkeit. Einer meiner Leute meinte, dass die Firma Aquatec Harpoon kurz vor ihrer Pleite ein ganz neues Modell herausgebracht hat, das weitgehend aus Titan und Kunststoff besteht. Wenn eure Mordwaffe ausgerechnet so ein Teil war, konnten wir die natürlich mit dem Magneten nicht finden. Und jetzt die gute Nachricht, wir verlegen unsere routinemäßige Tauchübung an die Humboldtinsel und suchen morgen alles noch einmal ab. Irgendwo muss das Scheißding doch sein. Ist das ein Angebot?"

Das sekundenlange Schweigen wurde als erstes von Oliver Scholz unterbrochen: „Wir haben ja wirklich noch nichts greifbares. Auch wenn wir uns natürlich nicht sicher sein können, ob die Harpune wirklich von Aquatec Harpoon ist, freuen wir uns natürlich, wenn Ihre Kollegen die Übungen für sinnvolle Zwecke nutzen. Bisher wissen wir nur, dass der Pfeil von dieser Firma war, aber passen die nicht eventuell auch auf andere Harpunen?"

„Keine Ahnung", ließ sich Steffen Tietz vernehmen. „Das haben wir bisher nicht überprüft, wird aber noch geklärt."

„Gut, was haben wir sonst noch? Berichten Sie beide doch bitte mal von den Anwohnerbefragungen."

„Die beiden mysteriösen Personensichtungen hatten wir schon weitergegeben und wenn ich es richtig verstanden habe, haben Sie sich die Zeugenaussagen noch einmal bestätigen lassen. Alles sehr merkwürdig. Ansonsten haben wir leider nichts. Wir haben insgesamt 287 Anwohnerbefragungen durchgeführt, nicht erreicht haben wir 35, aber ehrlich gesagt gehe ich davon aus, dass wir uns die eigentlich sparen können. Bei den Wohnungen in den Hochhäusern gegenüber kann ich auch nachvollziehen, dass da keiner etwas gesehen hat. Zum Hafen und damit zum Tatort gehen nur Fenster der Küchen und Bäder, keine Wohnräume. Außerdem waren sehr viele zur fraglichen Zeit gar nicht zu Hause. Das trifft noch mehr auf die Häuser und Wohnungen auf der Humboldtinsel zu, da waren zur Tatzeit nur wenige noch im Haus. Aber immerhin haben uns viele der direkten Anwohner bestätigt, dass so gut wie niemand die Straße zu

Fuß entlangläuft. Und wenn, dann würde das ziemlich auffallen. Die beiden Personensichtungen sind damit auch unter diesem Aspekt meines Erachtens glaubwürdig, aber nicht weniger mysteriös. Offensichtlich haben der Kollege Erdmann und ich den Täter nur ganz knapp verpasst. Mann, wenn ich mir das vorstelle, wir hätten einen Mörder direkt nach der Tat verhaften können. Die Befragung der Jogger und Hundebesitzer hat leider auch nichts gebracht, außer der Erkenntnis, dass viele von denen jeden Tag zur gleichen Uhrzeit die gleiche Strecke entlanglaufen oder –gehen. Echt langweilig."

Steffen Tietz übernahm die Berichterstattung zu den Erkenntnissen über die statimPAY und insbesondere die Befragung von Frau Prinzersdorf, wobei er sich einen Hinweis auf das Adelsaufhebungsgesetz vom 3. April 1919 nicht verkneifen konnte.

„Abbo und Thomas hatten bei ihrem ersten Besuch dort am Montag auch einen zwiespältigen Eindruck, aber das war wohl eher ein Bauchgefühl, jedenfalls kein Grund für die Beantragung eines Durchsuchungsbeschlusses."

Bodo Harbauer und Mandy Friedrich blicken sich kurz an, bevor Mandy Friedrich antwortete: „Das sehen wir auch so. Bei der derzeitigen Lage haben wir keine Chance, einen Durchsuchungsbeschluss für die statimPAY zu bekommen. So einen Antrag würde uns jeder Richter durchaus zu Recht um die Ohren hauen. Wenn die aber mauern sollten oder wir neue Erkenntnisse haben, kann das ganz schnell ganz anders aussehen."

„Dann brechen wir hier einmal ab. Schmitti und ich fahren zur statimPAY, ohne vorherige Anmeldung. Zumindest werden wir uns das Alibi der Prinzersdorf bestätigen lassen und mal sehen, ob Gespräche mit den Mitarbeitern etwas bringen. Ihr könnt ja inzwischen noch einmal darüber nachdenken, was wir mit den beiden Personensichtungen anfangen können und auch mal überlegen, wer oder welche Personengruppen als Täter in Betracht kommen. Irgendwo müssen wir ja schließlich weitermachen."

94

Donnerstag, 12. Juli 2018, 11.35 Uhr

„Eigentlich wollte ich mit dir die U-Bahn benutzen, dann hättest du gleich wieder ein prickelndes Stück Berlin kennengelernt. Der U-Bahnhof Kottbusser Tor ist für mich fast ein rotes Tuch, echt eklig, inklusive des gesamten Umfeldes. Bei dem Scheißwetter heute fand ich aber ein Auto besser. Und dann noch fast vor der Tür ein freier Parkplatz, Glück muss man haben."

Dieses Mal öffnete sich die Stahltür in der zweiten Etage des zweiten Hinterhofes sofort beim ersten Klingeln, wieder automatisch mit einem leichten Surren. Wie am Montag saß hinter dem Empfangstresen die gleiche Person mit leuchtend lila Haaren und großflächigen und ziemlich offen zur Schau gestellten Tätowierungen. Aufgedreht wirkte sie aber nicht, eher im Gegenteil.

„Ah, wieder die Kripo, nur heute in anderer Besetzung", so wurden sie begrüßt.

„Na, heute kein abzuwehrender Angriff eines Kollegen?"

„Nee, die Stimmung hier ist ziemlich gedrückt, kein Wunder. Keiner weiß, wie es weitergehen soll und Katharina lässt sich weder blicken noch hören. Erstaunlich, dass Sie sich das mit dem Kickern gemerkt haben."

„Wir sehen alles, wir hören alles und noch besser, wir merken uns auch alles. Jedenfalls alles, was wir protokollieren."

„Echt jetzt, oder wie? Haben Sie das protokolliert, dass wir hier gekickert haben?"

„Nee, keine Sorge, so weit geht es nun doch nicht. Aber wir haben noch ein paar Fragen. Können Sie feststellen, wer wann die Räume hier betreten und wieder verlassen hat? Uns interessiert, wer am letzten Montag ab ca. 9.00 Uhr hier war."

„Klar geht das, wir sind schließlich ein technologieorientiertes Unternehmen", kam es fast ein wenig schnippisch, „ich bringe Sie mal zu Tobias, also Tobias Patzelt, der kann Ihnen unser System genau erläutern. Folgt mir einfach." Damit war sie fast wieder bei dem hier offensichtlich üblichen Du angekommen und sprang förmlich hinter ihrem Tresen hervor. Dieses Mal ging es

95

links herum in die Weite der Räumlichkeiten, die Optik und Aufteilung war aber identisch mit der, die Abbo Reichel bereits am Montag verwundert zur Kenntnis genommen hatte. Einzig und alleine ein großer und fast leerer Glaskasten mit überschlägig einem Dutzend blauer und sehr vintage wirkenden Turnmatten war abweichend zu dem, was er bisher hier gesehen hatte. Neben der Glastür zu diesem Glaskasten hingen mehrere DIN A 4-Zettel mit handschriftlichen Eintragungen und ein mit einem Bindfaden festgebundener Kugelschreiber. Durch Abbo Reichels Kopf ging noch: 'sehr altertümlich, die Turnmatten, fast wie damals in der Schule und die Zettel wirken auch retro'.

Direkt hinter dem Glaskasten bremste die Kickerspielerin abrupt ab und deutete auf insgesamt acht Schreibtische, die dicht an dicht standen, belegt war jedoch nur einer.

„Der da, das ist Tobias Patzelt, der kann Ihnen weiterhelfen. Kickern kann er aber nicht, hat am Montag gegen mich verloren und ist deswegen in unserer internen Rangliste noch weiter abgerutscht." Offensichtlich war das ziemlich ernst und bedeutend gemeint, jedenfalls verzog sie dabei keinen Mundwinkel. „Tobias, Besuch von der Polizei, sieh zu, wie du mit denen klarkommst", damit war sie verschwunden.

„Keine Sorge, gegen Sie liegt nichts vor, nicht einmal der Verdacht auf Rauschmittelmissbrauch, auch wenn es hier leicht nach Cannabis zu riechen scheint. Das ist übrigens meine Kollegin Loredana Schmittke, mein Name ist Abbo Reichel, beide vom LKA Berlin, aber Mordkommission und nicht vom Rauschgiftdezernat. Damit zeigte er ihm seinen roten Dienstausweis und deutete mit einem freundlichen Lächeln an, dass ihn der Cannabisgeruch nicht interessieren würde. „Laut Ihrer Empfangsdame können Sie für uns feststellen, wer am letzten Montag ab 9.00 Uhr hier im Büro war. Frau Prinzersdorf hat uns gegenüber angegeben, dass sie schon so gegen 8.30 Uhr vor Ort war und wohl auch einige wenige andere Mitarbeiter, die das bezeugen könnten."

Man sah Tobias Patzelt die Erleichterung an, dass der Besuch der beiden Polizeibeamten offensichtlich nicht ihm galt.

„Klar kann ich das, wir haben hier ein erstklassiges Zugangssystem, da wird alles ganz genau erfasst und gespeichert, auch für die Arbeitszeiterfassung. Alles natürlich vollelektronisch und auf die Sekunde genau, ein perfektes System. Vorne am Eingang und auch an den beiden Nebeneingängen kommt man nur herein, wenn die Tür per Irisscan freigegeben wird, die dazu passenden Personendaten und die Uhrzeit werden selbstverständlich gespeichert. Die Erfassung der Arbeitszeiten ist nicht ganz so futuristisch", fuhr er enthusiastisch fort, „das geht per Fingerabdruck an den einzelnen Arbeitsplätzen. Damit meldet sich jeder an oder ab, wird in der gleichen Datenbank erfasst."

„Na ja, so futuristisch erscheint mir die Zugangssteuerung per Irisscan nicht, in einem dieser uralten James Bond Filme, noch einem mit Sean Connery, hatten sie das auch schon. Und wenn ich mich hier so umsehe", damit deutete Abbo Reichel auf die Zettel und den Kugelschreiber am Glaskasten, „gibt es hier auch ganz oldschool-mäßig tatsächlich noch Papier."

„Hm."

„Dann seien Sie doch bitte so nett und schauen in Ihrer futuristischen Datenbank nach, wer am Montag um 9.00 Uhr hier war."

Ohne weiteren Kommentar hackte Tobias Patzelt auf seiner Tastatur herum und verkündete nach wenigen Sekunden: „Katharina, also Frau von Prinzersdorf, hat um exakt 8.31 Uhr und 17 Sekunden über den vorderen Nebeneingang unsere Räume betreten und sich um 8.34 Uhr und 3 Sekunden am Arbeitsplatz 67 angemeldet. Das ist übrigens der hier mir gegenüber. Ich selbst war laut der Datenbank kurz danach hier, genau um 8.44 Uhr und 12 Sekunden durch den Haupteingang und hier angemeldet um 8.46 Uhr und 56 Sekunden. Ich kann mich noch erinnern, dass ich mich darüber gewundert habe, dass Katharina vor mir da war, das kommt eher selten vor."

„Nutzt sie immer den gleichen Schreibtisch?"

„Nein, jeder sucht sich einen freien Arbeitsplatz. Da ist nichts festgelegt. Die meisten, wie ich auch, haben allerdings mehr oder weniger ihre Stammplätze. Katharina geht aber gerne jeden Tag an einen anderen Schreibtisch. Ob sie uns damit besser überwachen will oder eher Abwechslung braucht, keine Ahnung. Ansonsten waren vor 9.00 Uhr nur noch sieben andere Mitarbeiter da, die meisten kommen erst so gegen 10.00 Uhr oder noch später. Die sieben sind jetzt übrigens auch da. Ich kann Ihnen die Liste mit den Namen und den genauen Zeitangaben ausdrucken. Den Ausdruck müssen Sie sich allerdings vorne am Empfang bei Jessica abholen, sie kann Sie dann auch gleich zu den Kollegen führen, wenn Sie die noch sprechen wollen. Jessica ist übrigens auch die Hüterin und Herrin des einzigen Druckers, den wir hier in der Firma haben, sozusagen das papierlose Büro fast in Reinform."

„Ganz so rein ist die Reinform aber wohl doch nicht", damit deutete Abbo Reichel wieder auf die Zettel und den Kugelschreiber am Glaskasten.

„Lassen Sie das bloß nicht Katharina hören, das ist ihr Heiliger Gral. Sie glauben gar nicht, wie stolz sie war, als diese uralten und steinharten Turnmatten angeliefert worden sind. Jeden Arbeitstag gibt es ab 14.00 Uhr immer abwechselnd Yogaübungen und Entspannungstraining mit qualifizierten Trainerinnen. Wenn Sie mich fragen, liegt bei beiden die Qualifikation hauptsächlich in der Optik, aber ich bin wahrscheinlich nicht der Maßstab. Mein Freund ist nämlich auch Yogatrainer, und wenn ich mir das Herumgehopse im Glaskasten ansehe, wird mir ganz komisch. Meine männlichen Kollegen sind aber immer total begeistert, jedenfalls die Heterofraktion. Die Zettel sind auch Katharinas Idee. Sie meinte, das würde besser zu den Turnmatten passen als eine Lösung per App. Außerdem ginge es schneller und jeder kann auf Anhieb sehen, ob überhaupt Plätze frei sind. Das stimmt auch, manchmal ist Papier tatsächlich gar nicht so schlecht. Jedenfalls ist das alles eher retro. Dazu passt auch ganz gut, dass die Turnmatten ansonsten gerne für ein Nickerchen genutzt werden. Das heißt aber hochoffiziell bei uns Powernapping. Den inoffiziellen Begriff finde ich aber viel besser, da heißt das dann Rodeltraining. Halt wegen auf dem Rücken liegen und sich virtuell in die Kurven legen und dabei dann einschlafen."

Auf dem Weg zurück zum Empfang meinte Abbo Reichel: „Es ist immer wieder erstaunlich, wie ein dezenter Hinweis auf einen eher lächerlichen Gesetzesverstoß die Leute zum Reden bringt. Gut, dass Cannabis ziemlich penetrant riecht. Und nicht wundern, wenn die Kollegen dir irgendwann mal stecken, dass ich eine absolute Aversion gegen Drogen habe und da durchaus ausrasten kann. Die bezieht sich aber auf die echt harten Sachen. Bei passender Gelegenheit erkläre ich dir mal den Hintergrund. Joints finde ich zwar auch nicht gut, aber das ist eine andere Hausnummer als Koks, Heroin oder Cristal Meth. Joints werden so oder so irgendwann legalisiert und verfolgt wird das Ganze hier in Berlin eh nicht."

„Ich merke mir das mit dem Rodeltraining mal, klingt gut. Mein Mann spricht immer von Liegendmeditation, Rodeltraining klingt aber noch besser."

Die angekündigte Liste lag schon ausgedruckt bereit und die Empfangsdame hatte die betroffenen sieben Mitarbeiter zum Rapport an ihren Tresen bestellt. Alle sieben bestätigten die Zeitangaben, aber nur drei konnten mit Sicherheit sagen, dass sie Katharina Prinzersdorf auch tatsächlich vor 9.00 Uhr gesehen hatten. Das von ihr angegebene Alibi konnte damit aber trotzdem eindeutig als bestätigt gelten. Keiner der sieben hatte auch nur ansatzweise eine Idee, wer Balthasar Maria Hansmann hätte umbringen können. Rivalen und Konkurrenten, die allerdings Wettbewerber genannt wurden, gab es selbstverständlich, aber das sei nicht nur in der Finanzbranche so. Gründe für einen Mord sehe man aber nicht. Zudem waren sich die befragten Mitarbeiter sicher, dass Katharina die Geschäfte unverändert fortführen würde.

„Immerhin können wir damit die Prinzersdorf von unserer noch nicht vorhandenen Liste der Hauptverdächtigen streichen, wir sind also genau so schlau wie vorher", meinte Loredana Schmittke während der Rückfahrt. „Glaubst du, dass die Kollegen beim Nachdenken Erfolg hatten?"

„Nee, wäre mal was Neues. Aber im Ernst, ich habe mir auch schon den Kopf zerbrochen, aber nicht wirklich eine Idee. Weder

99

die Ehefrau noch die ehemalige Freundin und jetzige Geschäfts-partnerin können es gewesen sein. Wir werden uns mit beiden noch einmal unterhalten müssen. Feinde, Rivalen oder weiß der Geier, irgendetwas muss es doch geben. Ansonsten können wir unsere Hoffnungen nur auf die Recherchen zur wirtschaftlichen Lage der statimPAY durch das Wirtschaftsdezernat setzen, oder Steffen findet etwas oder unsere Polizeitaucher finden die Waffe und die hat dann auch noch Fingerabdrücke drauf."

„Genau, und die sind dann auch noch in unserer Datenbank vorhanden."

„Träumen darf man doch, oder?"

„Aber nicht während der Fahrt, pass lieber auf, da vorne steht alles."

Statt der üblichen Fahrtzeit für die Strecke von Kreuzberg bis Schöneberg von knapp 20 Minuten brauchten sie mehr als eine Stunde. Die gesamte Strecke entlang des Landwehrkanals war ein einziger Stau, die Alternativstrecken aber laut den Angaben des Navi auch nicht vielversprechender.

Donnerstag, 12. Juli 2018, 14.17 Uhr

Leicht genervt betrat Abbo Reichel sein Büro. Nicht nur die Autofahrt hatte ihn genervt, sondern auch noch der Kollege vom Fuhrpark, der meinte, ihn zum x-ten Mal darauf hinweisen zu müssen, dass das Fahrtenbuch in allen Punkten vollständig und dann auch noch leserlich auszufüllen sei.

Immerhin konnte ihn Steffen Tietz mit tendenziell positiven Informationen versorgen: „Ellen hat vorhin angerufen, die haben sich den Pfeil noch einmal im Labor genau angesehen und zur Aquatec Harpoon recherchiert. Das ist wohl nicht so ganz einfach, die Firma gibt es seit 20 Jahren nicht mehr und da ist das Internet nicht so richtig ergiebig. Es deutet aber alles darauf hin, dass deren Pfeile auch nur in die eigenen Harpunen passen. Muss wohl irgendwie mit dem Schusskanal und der Form der Pfeile zusammenhängen, habe ich aber nicht so ganz kapiert. Immerhin habe ich jetzt die Kontaktdaten des ehemaligen Inhabers, ihn aber telefonisch nicht erreicht. Mal sehen, ob er sich auf meine E-Mail hin meldet, die habe ich gerade abgeschickt. Das Labor hat am Pfeil einen winzig kleinen Farbrest gefunden, in rot. Genau an der Stelle, an der die Pfeilspitze auf dem Schaft sitzt, schon etwas merkwürdig. Leider aber so winzig, dass man nicht feststellen konnte, was das genau für eine Farbe ist. Hilft uns also erst einmal nicht weiter. Aber womöglich dann, wenn wir die Waffe finden." In dem Moment klingelte sein Schreibtischtelefon mit dem für Behördentelefone der mindestens vorletzten Generation üblichen und nervtötenden Ton.

Das Gespräch verlief ziemlich einseitig, von Steffen Tietz waren nur mehrfach ‚aha‘, ‚hm‘, ‚wenn Sie mir das so sagen, wird es wohl so sein‘ und zum Schluss ein ‚Danke‘ zu hören.

„Wir wissen jetzt immerhin, dass die Pfeile von Aquatec Harpoon tatsächlich ausschließlich in deren Harpunen passen. Hängt wohl wirklich mit dem Schusskanal und der Form der Pfeile zusammen. Hab ich zwar immer noch nicht kapiert, wird dann aber so sein. Das war nämlich der Inhaber eines Tauchsportshops, der auch Harpunen verkauft, früher auch die von

101

Aquatec Harpoon. Das waren wohl die besten, aber auch die teuersten. Er meinte noch, dass so ein Ding als Mordwerkzeug trotzdem ziemlich billig sei, selbst das teuerste Modell hätte damals keine DM 200,-- gekostet. Und wenn wir die Waffe finden und verdammt viel Glück haben, könnten wir sogar den Käufer ermitteln. Aquatec hat als einziger Hersteller immer eine Seriennummer eingeprägt und die meisten Händler haben nach seinem Kenntnisstand beim Verkauf diese Nummer auf der Rechnung mit angegeben. Wenn er die Waffe verkauft haben sollte, kann er uns aber leider nicht weiterhelfen. Er ist mit seinem Laden erst vor zwei Jahren umgezogen und hat deswegen alle Unterlagen entsorgt, die älter als 10 Jahre waren. Blöd für uns. Immerhin brauchen wir nur noch nach einer Harpune von Aquatec Harpoon suchen und nicht nach welchen von anderen Firmen, das ist doch schon ein gewaltiger Fortschritt."

„Ob wir mit diesem gewaltigen Fortschritt die Wirtschaftssenatorin und den Thoms ruhigstellen können? Ich weiß nicht so recht. Morgen komme ich übrigens später. Isabelle und ich haben einen Notartermin um 9.00 Uhr, keine Ahnung, wie lange so etwas dauert. Unsere Teambesprechung sollten wir dann erst um 13.00 Uhr machen. Eventuell haben ja unsere Polizeitaucher bei ihrer Übung bis dahin etwas gefunden."

Freitag, 13. Juli 2018, 8.52 Uhr

„Irgendwie komme ich mir komisch vor, so ein Notartermin hat irgendwie etwas Endgültiges."

„Endgültig war der Termin am 7. Mai. Du erinnerst dich? Bis dass der Tod euch scheidet und so. Ein Haus kann man wieder verkaufen, mich nicht."

„Trotzdem irgendwie komisch. Außerdem geht es um ganz schön viel Geld und viel Arbeit mit dem Haus. Und Freitag, der 13. ist auch nicht gerade das optimale Datum."

„Quatsch." Damit schob Isabelle Berntsen Abbo Reichel durch die Tür des Hauses Brandenburgische Straße 38, in dem die Kanzlei Artelt & Partner residierte. „Nun hab dich nicht so, immerhin ist der Notar ein Bekannter deiner Eltern und du bist mit seiner Tochter zusammen im Kindergarten gewesen. Da wird der wohl einen vernünftigen Kaufvertrag aufgesetzt haben. Der Preis für das Haus stimmt, liegt doch auch nach Auffassung des Gutachters aus Tabeas Firma am unteren Ende, und finanziell geht es uns nach dem Umzug sogar besser als vorher. Wenn die Umbaukosten nicht völlig aus dem Ruder laufen, ist die monatliche Rate um einiges niedriger als die Miete für meine Wohnung."

„Unsere Wohnung."

„Blödmann."

„Wir sind auch auf Eheverträge, Scheidungen und Scheidungsfolgenvereinbarungen spezialisiert, wenn ihr da Bedarf haben solltet......"

Von Abbo Reichel nicht so recht wahrgenommen, hatten sie bereits die Kanzlei betreten und der Notar Klaus Artelt hatte zumindest den Rest ihres Gespräches mitbekommen und den Kommentar mit einem ziemlichen Grinsen abgegeben.

„Kommt rein, euer Verkäufer ist schon seit einer Viertelstunde da. Der hat mir ausführlich erläutert, warum er das Haus relativ günstig veräußern will. Sein Gutachter und der von euch waren wohl zeitgleich im Haus und haben sich da ein wenig

103

abgesprochen. Das Betreuungsgericht hat auch keine Bedenken geäußert, also alles im grünen Bereich."

Eine Stunde später standen sie mit dem Verkäufer Tim Frehse vor der Kanzlei, als dieser vorschlug: „Das hat ja alles gut geklappt, ich freue mich, dass das Haus in gute Hände kommt und meine Mutter scheint ja auch mit Ihnen als Käufer mehr als einverstanden zu sein. Hat sie mir jedenfalls in einem ihrer inzwischen wenigen lichten Momente gesagt. Wollen wir noch kurz auf einen Kaffee in das Aux Delices Normands gehen, das ist gleich da drüben. Guter Kaffee und verdammt leckerer Kuchen."

„Schade, Blaubeer-Sahne gibt es hier nicht, aber das Angebot sieht auch nicht schlecht aus", meinte Isabelle Berntsen, bevor sie sich nach langem Überlegen für ein Stück Blaubeertarte entschied.

„Wann wollen Sie eigentlich mit den erforderlichen Umbauarbeiten loslegen?"

„So schnell wie möglich. Mein Bruder und seine Freundin sind ja vom Fach, die haben schon alles weitgehend geplant und auch sonst einiges in die Wege geleitet. Allerdings müssen meine Frau und ich die Pläne prüfen und sehen, ob wir damit einverstanden sind. Ehrlich gesagt, hatten wir dazu noch keine Zeit. Wir sind gerade erst vor einer Woche aus den Flitterwochen zurückgekommen und zur Begrüßung am Montag gab es gleich wieder einen Mordfall."

„Aber wenigstens nicht in Frohnau und auch nicht ganz so unappetitlich wie bei dem Fall am Casinoturm. Bei dem neuen Fall konnten wir die Leiche ganz normal aufschnippeln, untersuchen und wieder zunähen."

Bei diesen Worten von Isabelle Berntsen blieb Tim Frehse sein Kuchen buchstäblich im Halse stecken, so dass Abbo Reichel ihm heftig auf den Rücken klopfen musste. Anschließend erklärte er ihm, dass seine Ehefrau Rechtsmedizinerin sei und dass zwar bei den Umbauarbeiten im Haus die Aufteilung des Dachgeschosses in zwei kleine Arbeitszimmer vorgesehen sei, Isabelle ihm aber versprochen habe, dass sie dort oben nur Büroarbeiten erledigen wolle.

Isabelle Berntsen ergänzte noch lachend: „Für die Zinksärge wäre das Treppenhaus auch zu eng. Im Institut in Moabit haben wir da schon mehr Platz. Ich glaube auch nicht, das Homeoffice bei den Untersuchungen so gern gesehen würde. Nee, muss echt nicht sein."

Freitag, 13. Juli 2018, 11.30 Uhr

„Ging wohl doch schneller als gedacht. Na ja, was soll auch beim Kauf eines Hauses lange dauern, macht man halt mal so eben nebenbei, oder?" Steffen Tietz' leicht neidisch klingende Bemerkung wurde von Abbo Reichel geflissentlich übergangen. „Wir sind auch nicht weiter als gestern oder vorgestern oder vorvorgestern. Warten wir mal ab, ob die Taucher etwas finden. Euer Flottillenadmiral, so hat er sich jedenfalls am Telefon gemeldet, er hatte wohl Thomas am Apparat erwartet, meinte vorhin, dass sie mit den Tauchübungen um 10.00 Uhr anfangen wollten. Er meldet sich sofort, wenn die Taucher und Taucherinnen etwas finden. Das mit den Taucherinnen hat er übrigens ganz merkwürdig betont. Wir haben hier vorhin zum x-ten Mal zu den Personensichtungen nachgedacht, ist aber wieder nichts herausgekommen. Und eine schöne Tabelle mit möglichen Verdächtigen haben wir auch zusammengestellt. Die ist zwar nur absolutes Blabla, wird aber wenigstens nachher dem Thoms zeigen, dass wir nicht nur dumm herumsitzen. Der hat sich nämlich für die Besprechung angekündigt."

Freitag, 13. Juli 2018, 12.55 Uhr

„Meine Damen, meine Herren, wir können anfangen", tönte Timo Thoms ohne jegliche Begrüßung bei Betreten des mittleren Büros, in dem sich bereits das komplette Team des LKA 117 versammelt hatte.

Genervt antwortete Abbo Reichel: „Schlechte Kinderstube, keine Begrüßung und auch noch zu früh anfangen wollen. Wir hatten 13.00 Uhr als Beginn festgelegt und dann fangen wir auch erst um 13.00 Uhr an. Punkt."

Timo Thoms war sichtlich überrascht über diese Ansage, verkniff sich aber immerhin weitere Kommentare. Es war ihm sichtlich unangenehm, dass es tatsächlich fünf Minuten dauerte, bis Thomas Kablow die Besprechung offiziell eröffnete. Fünf Minuten, in denen alle Mitarbeiter wort- und regungslos den Ausgang dieser kleinen Machtdemonstration abwarteten.

„So, Kollegen, es ist auf die Sekunde genau 13.00 Uhr, jedenfalls dann, wenn meine Armbanduhr richtig geht. Wie ihr seht, haben wir heute Herrn Thoms als Ehrengast. Das nützt aber auch nichts, viel haben wir bisher nicht. Ich fasse nur noch einmal kurz zusammen: Sowohl die Ehefrau Antonia Hansmann als auch die Geschäftspartnerin Katharina Prinzersdorf können wir als Tatverdächtige mit an Sicherheit grenzender Wahrscheinlichkeit ausschließen. Frau Hansmann schließen wir aufgrund der Tatumstände aus; wenn nicht gerade die Taucher die Tatwaffe noch genau vor dem Haus finden, bleibe ich dabei. Die Wahrscheinlichkeit der Täterschaft tendiert meines Erachtens gen Null. Bei Frau Prinzersdorf ist alles noch eindeutiger. Zum Tatzeitpunkt war sie unzweifelhaft in Kreuzberg in ihrer Firma, bestätigt durch die Anmeldeprotokolle und mehrere Zeugenaussagen. Schade eigentlich, Ehefrauen, ehemalige Freundinnen und Geschäftspartner sind eigentlich immer die richtigen Verdächtigen, stimmt's, Herr Thoms?"

Eine Antwort bekam er erwartungsgemäß nicht, dafür erschien in diesem Augenblick Oliver Scholz mit einem entschuldigenden Schulterzucken und setzte sich neben Julia Rochow.

107

Leise flüsternd wurde er von ihr über den bisherigen Verlauf der Besprechung informiert, die Reaktion war ein für alle eindeutiges Augenrollen.

Thomas Kablow fuhr fort: „Laut der KTU ist es denkbar, dass unsere Harpune aufgrund der Materialbeschaffenheit nicht mit den üblichen Mitteln gefunden werden konnte. Unsere Kollegen von der Wasserschutzpolizei sind deswegen genau in diesem Moment dabei, das gesamte Hafenbecken rund um den Tatort und das Tegeler Fließ auf der Rückseite der Straße noch einmal abzusuchen. Dankenswerterweise werden die Kollegen ihre Tauchübungen dort im Modder vornehmen. Hoffentlich geht keiner von denen dabei verloren. Eine Rückmeldung bekommen wir auf jeden Fall noch heute. Wir wissen inzwischen auch, dass es sich aller Wahrscheinlichkeit nach um eine Harpune von Aquatec Harpoon handelt und die Dinger sind mit einer Seriennummer versehen. Wenn wir das Teil also irgendwo finden, besteht zumindest eine geringe Chance, den Käufer zu finden. Aber wie gesagt, nur eine geringe Chance, wir dürfen nicht vergessen, dass die Harpune mindestens 20 Jahre alt ist. Die Personensichtungen hatten wir schon gestern angesprochen, auch heute sind wir dazu nicht schlauer. Das einzige Neue ist die Übersicht hier", und zeigte damit auf einen großen Papierbogen, der an die Glaswand zum Flur geklebt war, „da haben wir mal unsere Ideen zu möglichen Tätern notiert. Wenn ich ehrlich bin, ist das aber auch alles ziemlicher Murks. Konkreter wird das wohl erst, wenn die Kollegen aus dem Wirtschaftsdezernat die Verhältnisse der statimPAY genauer durchleuchtet haben. Vielleicht ergeben sich daraus irgendwelche Ansatzpunkte. Aber das kann dauern, die Kollegen haben eh ‚Land unter'."

„Da kann sich doch der Kollege Thoms für uns in die Bresche werfen und mit der Macht aus dem Polizeipräsidium den Kollegen der Wirtschaft die notwendige fachliche Unterstützung zukommen lassen. Herr Thoms, was halten Sie davon?"

Mit dieser Frage von Abbo Reichel hatte er anscheinend nicht gerechnet, jedenfalls sprang er auf und verließ den Raum, dabei leise, aber deutlich vernehmbar murmelnd: „Das alles wird noch

Konsequenzen haben, das lasse ich nicht auf sich beruhen." Die von ihm nicht wahrgenommenen Reaktionen waren drei Mal Schulterzucken und drei Mal wegwerfende Handbewegungen. Freunde hatte er sich hier wirklich nicht gemacht und aus seinen bisherigen Niederlagen gegen das LKA auch nichts gelernt.

„Ups, man darf offenbar nicht einmal um Unterstützung bitten."

„Abbo, ich weiß ja, dass ihr hier alle den nicht ausstehen könnt und ich kann das nachvollziehen. Aber bitte trotzdem künftig etwas diplomatischer. Ich versuche, ihn euch vom Hals zu halten, mir übrigens auch, aber ärgert ihn nicht unbedingt. Das würde es uns allen leichter machen. Wie gesagt, ich versuche ihn uns vom Hals zu halten und ich habe die berechtigte Hoffnung, dass das klappen wird."

Damit verließ auch Oliver Scholz das Büro und Thomas Kablow meinte: „Da wir sowieso nichts haben und alle etwas genervt sind, machen wir doch einfach Schluss für heute. Freitag um eins macht jeder seins. Ist zwar laut meiner Uhr genau 13.27 Uhr, also etwas zu spät, aber immer noch früh genug für ein nicht ganz so kurzes Wochenende – einverstanden? Der Wetterbericht verspricht auch ein Ende der Regenfälle, also raus mit euch und ab ins Wochenende. Montag schauen wir weiter." In dem Moment klingelte sein Handy und er hob den Arm als Zeichen, dass alle noch einen Moment warten sollten. Das Telefonat war allerdings sehr kurz. „Nichts, jedenfalls nichts für uns. Das war Sascha, seine Leute haben sich durch den Modder gewühlt. Keine Harpune gefunden, dafür noch eine Pistole, dieses Mal eine Glock 17. Die ist schon unterwegs zu Ellen ins Labor. Komisch, dass sie die nicht schon am Montag gefunden haben. Deren neues Spielzeug ist vielleicht nicht so richtig ausgereift. Und im Tegeler Fließ haben sie doch tatsächlich ein weiteres Dampfbügeleisen gefunden, echt irre. Das Wochenende ruft jetzt endgültig, also noch einmal, raus mit euch."

Widerspruch gab es nicht und damit war das Büro fünf Minuten später leer, lediglich Abbo Reichel saß noch an seinem Schreibtisch und griff zum Telefonhörer.

„Hallo Hilko, hier ist dein älterer und damit per Definition vernünftigerer Bruder. Habt ihr beide morgen früh Zeit? Dann seid ihr zum Frühstück auf der Dachterrasse eingeladen und könntet uns beiden eure Umbaupläne im Detail zeigen. Ich fahre auch gleich auf dem Nachhauseweg in meiner alten Wohnung vorbei und schleppe die Balkonmöbel runter. Ihr braucht also nicht auf dem Fußboden sitzen, ist das ein Angebot?

Sonnabend, 14. Juli 2018, 10.00 Uhr

„Pünktlich wie die Maurer, heißt das nicht so in Deutschland? Ihr seid doch sozusagen vom Fach, da müsst ihr ja wohl pünktlich sein", so wurden Hilko Reichel und Tabea Raschke von Isabelle Berntsen begrüßt.

„Wenn ich mir den Terrassentisch ansehe, müssen wir nachher das Sichten der Pläne ins Wohnzimmer verlegen, Tabea hat alles groß im Maßstab 1:10 ausgedruckt, das passt nicht auf unseren mickrigen Tisch. Also schon einmal notieren für die To-do-Liste: Terrassenmöbel kaufen."

Rund 90 Minuten später saßen sie zu viert um den großen runden Esstisch vor den ausgebreiteten Plänen, erst Erdgeschoss, dann erste Etage und zum Schluss das Dachgeschoss.

„Wir fangen mal mit den grundlegenden Maßnahmen an. Tabea und ich wollen übrigens euer Umbauprojekt als Grundlage für unsere Masterarbeiten nehmen. Da genau euer Hausmodell in den 1970er- und 1980er-Jahren dutzendfach in Berlin gebaut wurde, passt das gut, Anpassung an heutige Anforderungen des Wohnens, Energiesparmaßnahmen und und und. Der gesamte Umbau wird also detailliert dokumentiert und wir übernehmen die komplette Bauleitung."

Am späten Nachmittag war Isabelle Berntsen und Abbo Reichel klar, dass sie irgendwann zwar ein ziemlich modernes Haus nach den neuesten Standards haben, das Ganze aber auch noch mit viel Arbeit verbunden sein würde. Immerhin waren fast alle ihnen unterbreiteten Umbauvorschläge abgesegnet worden, aber in den nächsten Wochen mussten Fliesen, Sanitärelemente, eine neue Küche und noch so einiges andere ausgesucht werden.

Sonntag, 15. Juli 2018, 15.15 Uhr

„Sag mal, warum wolltest du eigentlich unseren Sonntagsspaziergang ausgerechnet hier in Tegel machen?"

„Ist doch schön hier und das Eis eben war doch auch nicht schlecht. Und wenn das Wetter nach Tagen des Regens endlich halbwegs vernünftig ist, kann man doch mal am Tegeler See entlang spazieren. So als Neuberliner sozusagen."

„Erzähl keine Märchen, du führst etwas im Schilde, ich kenne dich doch."

„Ja ja, dir kann man wirklich nichts vormachen. Komm, wir gehen mal auf die Brücke, dann zeige ich dir das Haus. Siehst du da drüben, in dem vierten Haus, der hinteren Hälfte, da ist mein erster Berliner Mord passiert. Schon fast eine Woche her und wir haben nichts, absolut nichts."

Drei Minuten später und 20 Meter weiter: „Ich glaub es nicht, ich glaub es einfach nicht." Mit diesen Worten griff sie zu ihrem Handy und rief bei der Polizei an, vor lauter Aufregung über die Notrufnummer 110. Immerhin schaffte sie es, dem Kollegen in der Telefonzentrale begreiflich zu machen, dass sie sofort und auf der Stelle Kollegen für eine Tatortsicherung und die KTU benötigen würde. Ihr Mann schaute ihr nur leicht irritiert zu, vermied es aber, überflüssige Fragen zu stellen. Erfahrungsgemäß würde er zu gegebener Zeit alles Notwendige und auch das nicht so Notwendige erfahren.

„Planänderung, wir gehen nicht weiter spazieren, wir bleiben hier stehen und genießen den Blick auf den See, ist doch auch ganz nett."

„Und nicht so anstrengend."

Zwanzig Minuten später tauchten zwei uniformierte Polizeibeamte auf, es waren Marco Erdmann und Linus Brand, die Loredana Schmittke von der Besprechung am Donnerstag bereits kannte. „Ist ja witzig, dass ausgerechnet Sie beide heute Dienst haben oder ist die Personaldecke der Berliner Polizei so dünn?"

„Dünn ist die schon, aber wir sind heute gemäß dem laufenden 5-Jahres-Plan halt dran und bei dem Wetter ist Streife laufen

112

nicht die schlechteste Option. Was gibt's denn eigentlich. Laut der Durchsage per Funk soll ein Tatort gesichert werden. Ich sehe aber nichts."

„Vorsicht, nicht zu nahe an das Gitter treten. Sehen Sie sich mal das Schloss an, das sieht mir funkelnagelneu aus und direkt darunter sehe ich einige kleine Metallspäne. Wenn mich nicht alles täuscht, hat hier jemand das Schloss aufgebohrt und ein neues eingebaut. Das könnte einiges erklären, hoffe ich jedenfalls. Einfach erst einmal niemand hier direkt heranlassen, die komplette Brücke absperren halte ich aber für übertrieben, bei dem Betrieb hier würde das auch reichlich Ärger geben. Die Kollegen von der Spurensicherung sind informiert, die müssten eigentlich bald auftauchen."

Weitere fünfzehn Minuten später hielt direkt vor der Minigolfanlage auf der östlichen Seite der Brücke ein VW-Bus der Spurensicherungsgruppe des LKA. „Sorry für die Verspätung, aber der uns erst zugeteilte Wagen ist gleich am Tempelhofer Damm verreckt, mit dem sind wir nur 200 Meter weit gekommen. Der da", und der Kollege zeigte auf den VW-Bus jenseits der Brücke, „ist unser neuestes Modell, noch nicht einmal 10 Jahre alt und dementsprechend fahrtüchtig. Diese scheiß Sparmaßnahmen, das geht immer nach hinten los und wir müssen darunter leiden. Dann zeigt uns mal, was ihr hier habt."

Brummelnd zogen sich die beiden Kollegen ihre weißen Einweganzüge, Schuhüberzieher und Nitrilhandschuhe über und knieten vor dem massiven Gitter, sich dabei leise unterhaltend, dafür umso wilder gestikulierend.

„Tja, nach dem erstem Eindruck gehen wir davon aus, dass die Metallspäne von einem Schloss stammen, genaueres erst später, das müssen wir im Labor untersuchen. Auf jeden Fall und ohne Zweifel sind das Späne, die beim Bohren entstehen. Das Schloss im Gitter wirkt so, als ob es hier noch nicht lange eingebaut ist, würde also passen. Aufbohren, neues rein und fertig. Genaueres zum Schloss könnten wir nur sagen, wenn wir es aufbohren, mitnehmen und untersuchen. Oder wir besorgen uns den passenden Schlüssel. Oder, und das geht wahrscheinlich

113

am besten und schnellsten, mein Kollege hier betätigt sich mal als Einbrecher und führt uns seine Fingerfertigkeit beim Schlösserknacken vor. Da ist der echt gut. Aber warten wir mal noch ab, ich habe nämlich auf der Fahrt hierher meinen Schwager angerufen, der ist Leiter des Gartenbauamtes Reinickendorf. Die haben in ihrem Amt einen Schlüssel für das Gitter. Er wollte gleich los in sein Büro am Eichborndamm und mit dem Schlüsselbund herkommen. Ein echt einsatzfreudiger Beamter, genau wie wir alle hier auch", fügte er grinsend hinzu. „Ist sich nicht zu schade für einen Einsatz am heiligen Sonntag."

Der angekündigte Schlüsselbund war ziemlich umfangreich und fast alle Schlüssel mit einem Schildchen versehen. Der einzige Schlüssel mit der Aufschrift ‚Hafenbrücke Tegel - Sechserbrücke' sah alt und benutzt aus, passte aber erwartungsgemäß nicht. Daraufhin wurden auch alle anderen Schlüssel ausprobiert, aber ebenfalls ohne das Gitter aufzubekommen. „Ehrlich gesagt habe ich keine Ahnung, wann jemand von uns zuletzt dieses Gitter geöffnet hat, das kann schon Jahre her sein. Ich weiß nicht einmal, warum der Schlüssel überhaupt bei uns gelandet ist, wir haben mit der Brücke eigentlich nichts zu tun. Das ist sowieso Zufall, dass mein Schwager wusste, dass wir den Schlüssel haben. Wir hatten wie jedes Jahr im Januar im Rahmen unserer Inventur alle Schlüssel erfasst, natürlich auch den hier. Alles schön in einer Tabelle notiert, wie es sich gehört. Wir haben uns dann noch wie jedes Jahr über diesen Schlüssel gewundert, genau wie über einen anderen, der laut dem Schildchen zu einem Durchgang am Beyschlagtunnel an der Autobahn A 111 gehört. Kein Mensch weiß, warum wir diese beiden Schlüssel haben und keiner kann sich erinnern, ob wir die jemals verwendet haben. Ein paar Tage später haben mein Schwager und ich uns bei einer Geburtstagsfeier getroffen und über das beliebte Berliner Behörden-Ping-Pong gelästert und dass wohl in diesem Rahmen die beiden Schlüssel bei uns gelandet sind."

„Und diesen Stuss habe ich mir halt gemerkt. Wissen, was die Welt nicht braucht. Jetzt aber eben doch. Immerhin wissen wir dadurch, dass der sozusagen amtliche Schlüssel nicht passt. Ich denke, wir können auf das Knacken des neuen Schlosses verzichten. Wenn ich mich nicht total täusche, ist das ein ganz neues Modell von Zeiss Ikon, der Markenname steht ja hier. Wir machen noch ein paar Fotos vom Schloss und nehmen einen Innenabdruck, dann müssten wir das eigentlich identifizieren können. Die gesammelten Ergebnisse habt ihr dann morgen im Laufe des Nachmittags."

Montag, 16. Juli 2018, 14.15 Uhr

Abbo Reichels Schreibtischtelefon klingelte und er meldete sich formvollendet.

„Gar nicht so einfach, zu Ihnen vorzudringen. Ich hatte Ihre Telefonnummer nicht, aber mir immerhin Ihren Namen gemerkt. Hier Ronny Maier von der Hausgeräte-Service GmbH. Sie erinnern sich? Sie hatten mich am letzten Mittwoch angerufen, wegen des Mordes in Tegel. Da hatte ich nichts für Sie. Jetzt aber. Ich glaube, ich habe die Mordwaffe, die liegt in meinem Werkstattwagen."

„Wie, die liegt in Ihrem Wagen?"

„Ja, sagte ich doch. Ich hatte Ihnen doch erzählt, dass ich den Wagen gleich nach dem Einsatz bei Herrn Dittmer in die Werkstatt von Renault gebracht habe. Irgendein Teil für die Reparatur fehlte, der Wagen ist erste heute fertig geworden, ich habe ihn vorhin abgeholt. Ich wollte dann routinemäßig wie jeden Tag prüfen, ob alle notwendigen Ersatzteile und Werkzeuge da sind. Sie müssen wissen, die Wagen werden von unterschiedlichen Monteuren genutzt und manche meiner Kollegen sind da nicht so sorgfältig und füllen manchmal nicht alles wieder nach. Das ist dann schon blöd, wenn man beim Kunden ist und ein Teil fehlt, da kontrolliere ich lieber einmal zu viel als zu wenig. Hätte ich mir aber auch sparen können, mir ist dann eingefallen, dass ich selbst den Wagen zuletzt genutzt hatte. Jedenfalls lag in dem rechten Regal eine lange schwarze Tasche, die war am Mittwoch definitiv nicht da. Das wäre mir aufgefallen. Ich habe mir erst nichts weiter dabei gedacht und sie geöffnet. Das Ding darin sieht aus wie eine Harpune, jedenfalls so, wie ich sie im Internet gesehen habe. Nach Ihrem Anruf am Mittwoch habe ich mir nämlich einige Berichte im Internet zu dem Mord in Tegel angesehen."

„Bitte nichts mehr anfassen. Wo sind Sie denn? Wir kommen gleich und überprüfen das."

„Ich stehe bei Ihnen vor dem Haus, aber im Halteverbot. Nicht, dass ich noch von Ihren Kollegen einen Strafzettel bekomme." Drei Minuten später standen Steffen Tietz und Abbo Reichel auf dem Bürgersteig, der weiße Renault Trafic mit der Aufschrift ‚Hausgeräte-Service GmbH' stand tatsächlich direkt vor dem LKA und Ronny Maier daneben.

„Ich habe mir gedacht, dass es ganz sinnvoll ist, gleich bei Ihnen vorbeizukommen, dann können Sie das Ding sofort an sich nehmen und untersuchen. Außerdem habe ich meinen nächsten Auftrag gleich um die Ecke, in der Kurfürstenstraße."

„Das wird erst einmal nichts, wir werden die Kollegen von der Spurensicherung anrufen, die müssen aber vom Tempelhofer Damm anfahren, wird also einen Moment dauern, die Untersuchung mit Sicherheit auch. Ich kann aber gerne Ihren Chef anrufen, dass er den Wagen und auch Sie für heute entbehren muss."

„Das wird den nicht begeistern, nachdem die Karre schon ein paar Tage ausgefallen ist."

Die negativen Reaktionen hielten sich aber in ausgesprochen überschaubaren Grenzen, nachdem Abbo Reichel dem Chef von Ronny Maier klar machen konnte, dass sowohl der Firmenwagen als auch der Mitarbeiter im Rahmen einer Mordermittlung unentbehrlich waren.

Dreißig Minuten später war auch die Spurensicherung mit einem ihrer VW-Busse vor Ort und parkte direkt hinter dem Renault Trafic. Genau rechtzeitig, um gleich einen leicht übereifrigen uniformierten Kollegen in einem mehrminütigen Gespräch davon zu überzeugen, dass beide Fahrzeuge hier durchaus berechtigterweise im Halteverbot standen.

„So, das wäre erledigt. Dann können wir uns an die Arbeit machen. Ich denke, wir brauchen hier vor Ort maximal 90 Minuten. Ihr könnt uns in Ruhe arbeiten lassen, wir kommen zu euch hoch, wenn wir fertig sind. Einverstanden?" Die Frage war anscheinend rein rhetorischer Natur, jedenfalls drehte sich der Mitarbeiter der Spurensicherung bereits zu seinem VW-Bus um und holte daraus einen großen Alukoffer. „Bevor ihr abhaut, wir brauchen noch den Autoschlüssel. Und eure Raumnummer, sonst finden wir euch nachher nicht." Grinsend fügte sein Kollege noch hinzu: „Den dürft ihr nicht allzu ernst nehmen. Klar finden wir euch, wir sind doch von der Polizei. Und im Übrigen hätten wir dann Ärger mit unserer Chefin, die hält große Stücke auf euch." Damit übernahm er den Schlüssel von Ronny Maier und deutete per Handzeichen an, dass er und sein Kollege an die Arbeit gehen wollten.

„Dann lasst uns mal nach oben gehen. Herr Maier, von Ihnen benötigen wir sowieso eine detaillierte Aussage und Ihre Fingerabdrücke. Einen Kaffee haben wir für Sie auch und ein paar Kekse werden sich bestimmt ebenfalls auftreiben lassen." Auf den etwas irritierten Gesichtsausdruck von Ronny Maier ergänzte Abbo Reichel noch: „Die Fingerabdrücke benötigen die Kollegen nur, um sicherzustellen, dass wir Ihre von den hoffentlich vorhandenen des Täters unterscheiden können. Anschließend werden Ihre Dateien sofort wieder gelöscht."

„So, jetzt haben wir erst einmal Ihre Fingerabdrücke, den versprochenen Kaffee gibt es gleich auch. Erzählen Sie uns doch bitte mal ganz genau, was am Montag und heute vorgefallen ist, den gesamten Ablauf im Detail. Wir nehmen das Gespräch auf, das erleichtert uns nachher das Schreiben des Protokolls. Einverstanden?"

„Kein Problem, ich habe ja nichts zu verbergen. Also, ich war am Montag gegen 9.20 Uhr beim Herrn Dittmer, ein Garantiefall für einen Miele Geschirrspüler. War ein ganz simpler Fall, der Einsatz hat maximal 15 Minuten gedauert, das müsste auch alles so auf dem Auftragszettel stehen. Das hatte ich Ihnen letzte Woche auch schon gesagt."

„Stimmt, das passt alles. Auch auf dem Auftragszettel sind die Uhrzeiten so angegeben. Sie haben offenbar unsere Kollegen nur knapp verpasst. Wo hatten Sie denn Ihren Werkstattwagen geparkt und wie kann denn die Tasche in den Wagen gekommen sein? Hatten Sie den nicht abgeschlossen?"

„Die Straße ist da ja ziemlich eng und ich habe erst beim Vorbeifahren gesehen, in welches Haus ich muss. Wenden konnte ich erst am Ende der Straße, ich glaube, da war ein Spielplatz, jedenfalls ging es vorher nicht. Geparkt habe ich dann links am Straßenrand, halb auf der Straße und halb in der Botanik. Jedenfalls so, dass man noch problemlos vorbeikonnte. Ich glaube, dass ich eher auf der Höhe des nächsten Hauses gestanden habe, meine jedenfalls, dass ich eher ein paar Meter zurück- als vorgelaufen bin. Beschwören kann ich das aber nicht. Ich brauchte dann ein Ersatzteil und bin nach einigen Minuten wieder zurück zum Wagen, habe das passende Teil dann auch gefunden und montiert. Es kann durchaus sein, dass ich dabei die Hecktür nicht geschlossen habe, die Montage des Steckers ging ganz schnell und wer klaut in so einer Gegend schon etwas aus einem Handwerkerwagen. Außerdem kommt da doch keiner lang. Aber beschwören kann ich das nicht. Ehrlich gesagt mache ich das mal so, mal so, einfach nach Bauchgefühl und spontan. Passiert ist bisher noch nie etwas, das ist jetzt Premiere und dann gleich so."

„Wenn ich Sie richtig verstanden habe, ist es nicht unwahrscheinlich, dass Ihr Wagen, wenn auch vermutlich nur einen kurzen Moment, offen vor dem Haus gestanden hat. Der Mörder hatte also die Gelegenheit, die Tasche mit der Harpune ins Auto zu legen. Blöd für uns, dass Sie den Wagen dann für einige Tage in die Werkstatt gebracht haben."

„Sieht so aus, ja. Blöd ist auch, dass Renault den Wagen durch die Waschanlage gefahren hat, so ein bisschen als Entschädigung für die lange Reparaturdauer. Ihre Kollegen werden damit kaum Fingerabdrücke finden."

„Na ja, wenn die Hecktüren offen waren, gibt es da sowieso keine Fingerabdrücke."

Das Gespräch mit Ronny Maier war damit beendet und passenderweise erschienen genau in diesem Moment die beiden Kollegen der Spurensicherung.

„Ist doch gar nicht so einfach, euch zu finden. Die Raumnummerierung in diesem verwinkelten Bau ist total bescheuert. Wenn uns der Kollege am Eingang das nicht so halbwegs vernünftig beschrieben hätte, würden wir hier immer noch herumgeistern. Wir haben übrigens in beiden Fahrzeugen Zettel hinter die Windschutzscheibe gelegt, dass die Wagen da berechtigterweise stehen. Nicht, dass wieder jemand Übereifriges vorbei-

119

kommt. Wir sind doch tatsächlich noch von zwei Leuten des Ordnungsamtes Schöneberg belästigt worden. Haben die nichts Besseres zu tun, als ausgerechnet vor dem LKA Verkehrssünder aufzuschreiben oder sie sind der Meinung, dass ihr das selbst nicht könnt. Oder noch besser, sie halten euch für nicht ausreichend qualifiziert. Haha. Apropos qualifiziert, wir sind's natürlich. Fingerabdrücke haben wir an der Hecktür, an der Schiebetür auf der Beifahrerseite, beide aber nur auf der Innenseite, und in Fragmenten auf dem Zipper der Tasche gefunden. Die können wir gleich mit denen abgleichen, die ihr ja vom Fahrer genommen habt. Ihr habt doch wohl hier einen Zugang zur Datenbank. Unsere haben wir jedenfalls eingespielt. Hier ist übrigens der Autoschlüssel, den brauchen wir nicht mehr."

Das konnte Steffen Tietz natürlich nicht auf sich beruhen lassen und meinte: „Klar haben wir einen Zugriff darauf und wir können sogar damit umgehen, die Fingerabdrücke von Herrn Maier sind ebenfalls längst eingespielt. Gebt mir mal eure Ordnernummer, dann lasse ich den Abgleich gleich laufen."

Während Abbo Reichel Ronny Maier zum Ausgang brachte, lief der Abgleich der Fingerabdruckdateien. Das Ergebnis lag bei seiner Rückkehr vor, als Steffen Tietz gerade verkündete: „Erwartungsgemäß positiv, also negativ."

Auf die irritierten Blicke der beiden Kollegen der Spurensicherung hin ergänzte er: „Alles Fingerabdrücke von Herrn Maier, das hatten wir auch nicht anders erwartet. Alles andere wäre auch zu schön gewesen. Herr Maier hat uns nämlich berichtet, dass ihm der Wagen bei Renault frisch gewaschen übergeben wurde. Die wollten wohl ein wenig gutmachen, dass die Reparatur so lange gedauert hat. Und nach dem wenigen, was wir bisher vom Täter wissen, konnten wir uns kaum vorstellen, dass der so dusselig ist und irgendwo Fingerabdrücke hinterlässt."

„Siehst du Henri, die Chefin hatte Recht. Die Kollegen im LKA haben durchaus Humor, positiv ist negativ und so." An Abbo Reichel und Steffen Tietz gerichtet, ergänzte er noch: „Sorry, wir haben uns noch gar nicht vorgestellt, das da ist Henri

Franke, mein Name ist Samuel Richter. Ich habe eben mit der Chefin telefoniert, also mit Ellen, Ellen Nessmer, die ist ganz heiß auf die Harpune. Wir sollen sie so schnell wie möglich bei ihr abliefern. Sie hat sich schon die Seriennummer durchgeben lassen. Auf jeden Fall scheint das euer Teil zu sein, ist jedenfalls ein Modell von Aquatec Harpoon. Sie ist sich sicher, dass das die Waffe zu dem Mordfall in Tegel ist, passt ja auch alles. Wir machen uns dann mal auf den Weg, den offiziellen Kram habt ihr dann ziemlich sicher morgen früh. Nur so als Vorwarnung: Nicht wundern, wenn die Chefin morgen früh zu eurer Besprechung höchstpersönlich mit den Ergebnissen auftaucht. An dem Fall hat sie anscheinend einen Narren gefressen. Ist aber auch wirklich mal was Neues, eine Harpune hatten wir noch nie als Mordwerkzeug. Ich würde mal tippen, dass das nicht nur für Berlin zutrifft, sondern auch bundesweit einmalig ist. Bestimmt ein Highlight beim nächsten Erfahrungsaustausch mit den Kollegen der anderen Bundesländer."

Steffen Tietz meinte nach dem Gehen der beiden Kollegen nur trocken: „Reicht doch, wenn die jetzt noch arbeiten müssen oder sogar wollen. Wir machen mal lieber Feierabend und informieren die anderen morgen mit den geballten Erkenntnissen."

Dienstag, 17. Juli 2018, 9.00 Uhr

„Wenn der Thoms nicht dabei ist geht es wenigstens voran. Guten Morgen allerseits. Das war jetzt übrigens nicht die einzige gute Meldung, wir haben tatsächlich einiges, aber immer der Reihe nach." So begrüßte Abbo Reichel sichtlich gut gelaunt das komplette Team des LKA 117, zu dem sich noch Oliver Scholz und Ellen Nessmer gesellt hatten. „Ellen, fang du doch bitte mal an."

„Eigentlich wollten wir euch die Ergebnisse zur Untersuchung des Schlosses gestern Nachmittag mailen, habe ich aber ehrlich gesagt in der Aufregung um die Harpune vergessen, sorry. Also der Reihe nach. Die Metallspäne stammen mit Sicherheit von einem Schloss und nach der Materialbeschaffenheit von einem uralten Schloss, wir sind uns sicher, mindestens 50 bis 60 Jahre alt. Allzu lange können die Späne da nicht gelegen haben, wir schätzen zwei bis drei Wochen. Das neue Schloss ist tatsächlich neu, laut Auskunft von Zeiss Ikon gibt es genau dieses Modell erst seit rund einem Jahr. Das waren dazu die guten Nachrichten. Die schlechte ist, dass dieses Modell über sämtliche Baumärkte vertrieben wird und nicht gerade zu den Hightech-Produkten im Programm von Zeiss Ikon zählt. Keine Chance also, irgendwie den Käufer zu ermitteln."

„Aber wenigstens können wir uns jetzt sicher sein, dass der Mörder über die Sechserbrücke verschwunden ist und dass er den Mord von langer Hand vorbereitet hat", ergänzte Thomas Kablow. „Das passt doch hervorragend zum Fund der Harpune und zu den Aussagen des Kleingärtners und des Paddlers. Ich denke, das können wir als absolut gesichert betrachten."

„Dann lass mich mal weitermachen. Die Harpune ist, wie wir schon vermutet hatten, von Aquatec Harpoon, und, wie ebenfalls vermutet, das letzte von denen entwickelte, neueste und damals teuerste Modell. Trotzdem eine echt billige Mordwaffe, hat keine DM 200,-- gekostet. Aufgrund der Materialbeschaffenheit hätten die Kollegen von der Wasserschutzpolizei das Teil mit ihrem Magneten übrigens nicht finden können, Kunststoff und Titan, da klappt das nicht. Den ehemaligen Inhaber von Aquatec Har-

122

poon habe ich gestern Abend erreicht und eine ganze Reihe interessanter Informationen bekommen. Die Firma ist übrigens nicht pleite gegangen, er hat vor 20 Jahren den Betrieb eingestellt, weil er sich wie er sagte, den wichtigen Dingen des Lebens' widmen wollte und seine Kinder den Laden auf keinen Fall übernehmen wollten. Sie hatten keine Lust, sich mit Mordwaffen abzugeben. Damit wären wir auch gleich beim richtigen Thema. Er hat vor ungefähr fünf Jahren einen Anruf aus Frankreich gehabt, dass dort eine seiner Harpunen bei einem Mord verwendet wurde. Die Details dazu hatte er nicht griffbereit, aber versprochen, das herauszusuchen und direkt an Steffen zu mailen, er hätte sich das alles irgendwo notiert. Na ja, der Gute ist inzwischen auch 85 Jahre alt, da findet man vielleicht nicht alles auf Anhieb. Die Infos zu unserer Mordwaffe wollte er dann auch liefern. Er war sich sehr sicher, dass er anhand der Seriennummer feststellen kann, an welchen Händler die Harpune geliefert wurde. Die Unterlagen sind alle noch in seinem Keller vorhanden. Klingt doch erst einmal gar nicht so schlecht. Seine Kontaktdaten sind wie alles andere auch im Protokoll vermerkt, falls ihr ihn selbst noch sprechen wollt. Fingerabdrücke oder sonstige Spuren gab es erwartungsgemäß übrigens nicht.

Mir ist dabei auch noch etwas eingefallen. Ihr könnt euch bestimmt noch erinnern, dass wir uns letzte Woche für unsere Schießübungen mit der Harpune im Forstamt Tegel ein Wildschwein quasi ausgeliehen hatten. Dabei hat uns der Revierförster berichtet, dass ungefähr 14 Tage vorher einem der Jagdpächter direkt vor dem Forstamt eine Wildsau aus einem Korb hinten am Auto gestohlen wurde, jedenfalls war die Sau weg, als er sie im Forstamt abliefern wollte. Offensichtlich werden die erlegten Tiere in offenen Körben transportiert, die auf der Anhängerkupplung montiert sind. Wohl damit die Sau das Auto nicht einsaut. Das ist mir erst wieder eingefallen, als wir die Harpune bei uns im Labor hatten, schöner Mist. Ihr solltet auf jeden Fall mal nachhaken. Vielleicht hat der Mörder ja genau wie wir Schießübungen mit einem Wildschwein veranstaltet. Klingt zwar unwahrscheinlich, ist aber auch nicht völlig auszuschließen, oder was meint ihr?" Ohne eine weitere Antwort abzuwarten, vielleicht auch um von ihrem Fauxpas abzulenken, fuhr sie gleich fort: „Die beiden Pistolen haben wir natürlich auch untersucht. Mit der Glock 17 konnten wir eure Kollegen des Dezernats LKA 112 erfreuen. Die haben jetzt nachgewiesenermaßen eine der Waffen der Schießerei in der Sonnenallee vom vorletzten Wochenende vorzuliegen. Wir wollen mal hoffen, dass das denen etwas nützt, aber immerhin ist nicht einmal die Seriennummer weggeschliffen worden. Ganz anders bei der Makarow, da ist die Seriennummer leider sehr professionell entfernt worden. Dafür wissen wir jetzt, dass es unter unseren Kriminellen auch echte Scherzkekse gibt. Als neue Seriennummer wurde nämlich 007 eingeprägt. Und es könnte sein, dass diese selbst verliehene Lizenz zum Töten ausgenutzt worden ist. Verwendet wurde die Waffe definitiv, es fehlen drei Patronen im Magazin und der Lauf weist eindeutige Spuren auf. Allerdings fehlt uns noch die passende Leiche dazu. Aber Scherz beiseite. Die Waffe haben wir natürlich untersucht und die Markierungen des Laufes und der Patronen mit allen verfügbaren Datenbanken abgeglichen, aber keinen Treffer erzielt. Wenn ihr also mal über eine Leiche mit einer Kugel im Kopf stolpern solltet..... Wir haben alle Daten im System hinterlegt und damit unseren Job erledigt, der schwarze Peter liegt wieder bei euch. Oder eher zwei, ein Peter für die Harpune und ein zweiter Peter für die Makarow."

Immer noch gut gelaunt meinte Abbo Reichel: „Mit dem Suchen und Finden der Makarow-Leiche warten wir aber bitte ab, bis wir diesen Fall hier geklärt haben. Gut, dass der Thoms nicht da ist, sonst hätte ich für diese Aussage gleich wieder eine Rüge kassiert", und fügte deutlich leiser hinzu: „Und vielleicht nicht einmal zu Unrecht."

„Lasst uns doch mal zusammenfassen und notieren, was wir jetzt alles haben und wie wir weiter vorgehen wollen", ergänzte Thomas Kablow. „Schmitti, kannst du schreiben?"

Gespielt empört antwortete sie: „Eigentlich nur den Kehrwochenplan, aber dafür sogar in Hochdeutsch."

124

„Waffe, haben wir gefunden. Ob uns das was nützt, werden wir noch sehen. Da werden wir die Rückmeldung von Aquatec Harpoon abwarten müssen."

Julia Rochow meinte: „Immerhin wurde der Mörder gesehen und hektisch scheint er nach der Tat nicht gewesen zu sein. Das deutet für mich ebenso wie die Aktion mit dem Schloss darauf hin, dass wir uns ziemlich sicher sein können, dass das Ganze von langer Hand vorbereitet worden ist. Wir müssen die Witwe auf jeden Fall fragen, ob der Herr Hansmann immer zur gleichen Zeit auf die Terrasse gegangen ist. Das würde dann auf jeden Fall passen."

„Genau, und wenn das der Fall ist, muss der Mörder doch das Haus längere Zeit beobachtet haben. Das könnte doch aufgefallen sein", kam es jetzt von Aylin Yildirim.

„Ich befürchte, dass man das Haus und die Angewohnheiten ziemlich einfach beobachten kann, ohne dass das irgendjemandem auffällt. Wenn ich an den Trubel am letzten Sonntag denke, sehe ich da schwarz. Jede Menge Spaziergänger, Leute mit Hunden, Jogger und sowohl auf der Brücke als auch auf der dem Haus gegenüberliegenden Hafenseite nicht gerade wenige Angler. Also ehrlich, wenn ich den hätte ausspionieren wollen, wäre mir das echt leicht gefallen, selbst als Neuberlinerin."

„Da muss ich dir leider zustimmen, das sehe ich genauso. Aylin und Julia, ihr fahrt noch einmal nach Tegel und vernehmt die Witwe. Gewohnheiten ihres Mannes, eventuelle Feinde, das übliche Programm. Vielleicht ist ihr ja noch etwas eingefallen. Und fragt sie auch nach ihren Taucherfahrungen und denen ihres Mannes. Sie kann es ja nicht gewesen sein, aber womöglich hängt die Tatwaffe irgendwie mit einem Ereignis aus seiner Vergangenheit zusammen, was weiß ich. Und wenn ihr schon in Tegel seid, anschließend bitte mal ins Forstamt und den Revierförster nach diesem verschwundenen Wildschwein befragen. Thomas und ich werden uns die Prinzersdorf noch einmal vorknöpfen, unangemeldet und bei ihr zu Hause. Überraschungsbesuche können durchaus erfolgreich sein."

125

„Aha, ich darf also nicht wieder den bösen Bullen spielen, schade", meinte Steffen Tietz. „Aber ich bin mit meinen Recherchen zur statimPAY auch noch nicht fertig, da kann Schmitti mich unterstützen. Mal sehen, ob wir etwas ausgraben können."

Jetzt ließ sich auch Oliver Scholz erstmalig vernehmen: „Gut, dann macht das so. Haltet mich bitte auf dem Laufenden."

Dienstag, 17. Juli 2018, 11.35 Uhr

„Noch ein bisschen mehr Schwung und die Kollegen der Wasserschutzpolizei können uns aus dem Wasser fischen", kommentierte Aylin Yildirim das ausgesprochen schwungvolle und mit einer abrupten Bremsung versehene Einparken des silberfarbenen VW Golf auf einem der schräg angeordneten Parkplätze neben dem Haus Humboldtinsel 49.

„Die würden eh zu spät kommen. Wenn ich nicht so gut fahren könnte und wir tatsächlich im Wasser landen würden, müsstest du dich schon selbst retten. Aber zwischen dem Wasser und uns stehen noch ein paar Betonpoller, die wirken recht solide."

Vor der Haustür stehend wies Julia Rochow auf das Namensschild neben dem Klingelknopf hin, von Hansmann stand dort. „Das sollten wir auch mit ansprechen," damit drückte sie die Klingel. Auf den nicht zu überhörenden melodischen Gong hin öffnete sich die Tür nach wenigen Sekunden. Eine ziemlich gefasst und wenig überrascht wirkende Antonia Hansmann stand in der Tür und deutete ihnen mit einer Handbewegung an, dass sie ihr folgen sollten. Erst auf der Terrasse sagte sie: „Sie haben bestimmt noch weitere Fragen und ich weiß es absolut zu schätzen, dass sie mich letzte Woche weitgehend in Ruhe gelassen haben. Was kann ich Ihnen anbieten? Bei der Hitze heute ist wohl Wasser am besten, oder?"

„Wasser ist gut, und ja, wir haben noch einige Fragen an Sie. Sie können sich sicherlich vorstellen, dass da im Laufe der Ermittlungen einiges auftaucht, was geklärt werden muss. Meine Kollegin Yildirim und ich haben einen ganzen Fragenkatalog."

Während der kurzen Abwesenheit von Antonia Hansmann verständigten sich Julia Rochow und Aylin Yildirim per Blickkontakt über die Aufgabenverteilung. Ausschließlich für die Show zog Julia Rochow bei der Rückkehr von Antonia Hansmann ein lederbezogenes und wichtig wirkendes Notizbuch aus ihrer Handtasche und begann, darin herumzublättern, während drei Gläser mit Mineralwasser gefüllt wurden.

„Frau Hansmann, warum steht auf Ihrem Klingelschild von Hansmann. Laut Melderegister führen Sie kein ‚von'."

Irritiertes, aber auch irgendwie verständnisvoll wirkendes Schweigen war die Folge, bevor als Antwort kam: „Sie haben Recht, wir heißen nur Hansmann. Balthasar stammt aus einer alten adligen Familie, aber in Österreich sind Adelstitel aufgrund irgendeines bescheuerten Gesetzes, so jedenfalls seine Aussage, nicht zulässig. Fürs Geschäft ist das ‚von' aber wohl hilfreich und er hat es ausgiebig dafür genutzt. Frau von Prinzersdorf übrigens auch. Mir war es eigentlich egal, hatte mich aber daran gewöhnt, ohne allzu viel darüber nachzudenken. Mehr kann ich Ihnen dazu nicht sagen."

„Wir haben inzwischen auch die Waffe gefunden, eine Harpune. Haben Sie oder Ihr verstorbener Mann eine irgendwie geartete Verbindung zum Tauchen? Uns fehlt im Augenblick die Phantasie, was zu dieser sehr ungewöhnlichen Tatwaffe geführt haben könnte."

„Keine Ahnung, ehrlich nicht. Absolut nicht. Ich wüsste nicht, dass Balthasar jemals tauchen war, ich auf jeden Fall nie. Wassersport ja, aber Tauchen, nein!"

„Das Boot hier vor der Terrasse, das lag letzte Woche doch nicht hier?"

„Ja, das habe ich erst gestern wieder aus der Werft an der Scharfen Lanke abgeholt, das Bugstrahlruder hat immer wieder ausgesetzt und Balthasar hatte das Boot vor zwei Wochen deswegen zur Reparatur gebracht. Das hat mich ziemlich geärgert, weil ich das schöne Wetter Anfang Juli damit nicht für mein Wasserskitraining nutzen konnte. Sie müssen wissen, dass ich immer noch der Nationalmannschaft angehöre und regelmäßig auf dem Tegeler See trainiere. Das war auch einer der Gründe dafür, dass wir dieses Haus hier gekauft haben, obwohl der Ausblick ja nun wirklich nicht so toll ist", damit wies sie auf die gegenüberliegenden Hochhäuser. Die Bayliner Ciera 8 haben wir deswegen auch gekauft, die ist für das Training schnell genug. Aber zusätzlich geeignet für Familienausflüge mit unseren Zwillingen."

„Sie sind damit also regelmäßig auf dem Wasser?"

„Ja, mehr oder weniger täglich. Wissen Sie, wenn man Leistungssport betreibt, lässt sich das nicht vermeiden. Das ist auch einer der Gründe dafür, dass die Zwillinge werktags bei der Tagesmutter sind. Am Wochenende ist immer Balthasar das Boot gefahren, während der Woche einer meiner Trainer aus dem Wassersportclub. Für den Fall, dass Sie meine Angaben nachprüfen möchten, ich starte immer noch unter meinem Geburtsnamen von Tonkwitz. Das hat sich irgendwie so ergeben. Übrigens ist da das ‚von' echt, aber leider verarmter Landadel. Und echt, weil die Familie seit dem Ende des 7-jährigen Krieges 1763 preußisch und damit deutsch ist."

„Haben Sie eine Idee, warum ausgerechnet eine Harpune als Mordwaffe verwendet wurde? Irgendwelche Ereignisse in der Vergangenheit, was auch immer."

„Nein", damit verfiel sie in ein leichtes Schluchzen.

„Ist Ihr Mann regelmäßig zur gleichen Uhrzeit auf die Terrasse gegangen? Kann das jemand gewusst haben?"

„Montag bis Freitag, immer um genau 9.15 Uhr."

„Wie jetzt?"

„Genau, wie ich es gesagt habe, Montag bis Freitag um 9.15 Uhr. Um 9.15 Uhr habe ich die Kinder wie jeden Werktag zu ihrer Tagesmutter in der Gabrielenstraße geschickt. Seit ein paar Wochen machen sie das ganz alleine, vorher habe ich sie hingebracht. Und sobald die Kinder aus dem Haus waren, ist Balthasar auf die Terrasse gegangen und hat seine Zigarette des Tages geraucht. Immer nur eine am Tag und nie eine am Wochenende. Immer eine von diesen besonders stinkenden Gauloises ohne Filter. Bei Wind und Wetter. Seit wir hier wohnen. Vorher hat er nie geraucht. Warum auch immer er damit angefangen hat. Ich habe zwar diverse Male gefragt, aber nie eine Antwort bekommen. Immerhin hat er aber so geraucht, dass die Kinder das nicht mitbekommen haben."

„Eine letzte Frage noch. Frau Prinzersdorf und Ihr Mann...."

Bevor Julia Rochow den Satz beenden konnte, antwortete Antonia Hansmann: „Ja, die beiden waren seit dem Studium liiert.

Bis ich, wie sagt man so schön, dazwischenkam. Es klingt zwar vielleicht ein bisschen blöd, aber das ist unkompliziert abgelaufen. Katharina und Balthasar hatten sich ein wenig auseinandergelebt und mehr oder weniger nur noch auf einen Anlass für die private Trennung gewartet, und der war dann halt ich. Geschäftlich hat das überhaupt nichts geändert. Sagen Sie mal, verdächtigen Sie etwa mich?"

„Da kann ich Sie beruhigen, das ist nicht der Fall. Aber Sie müssen bitte verstehen, dass wir alle möglichen und auch die eher unwahrscheinlichen Ansätze verfolgen müssen. Sie haben uns auf jeden Fall sehr weitergeholfen, wenn Ihnen noch irgendetwas einfällt, rufen Sie uns bitte an."

Damit verließen Julia Rochow und Aylin Yildirim das Haus und machten sich auf den kurzen Weg zum Forstamt Tegel.

Dienstag, 17. Juli 2018, 11.55 Uhr

Thomas Kablow parkte den Dienst-Golf vorschriftsmäßig direkt gegenüber dem Haus Kuno-Fischer-Str. 14 ein.

„Noble Wohngegend, irgendwie schon etwas anderes als das Haus am Tegeler Hafen. Die Gegend hier am Lietzensee ist wirklich nicht schlecht und auch deutlich zentraler", meinte er und deutete auf das hochglanzpolierte riesige Messingschild mit den Klingelknöpfen. „Und hier heißt es auch nicht Hinterhaus sondern Seehaus. Eigentlich schon ein bisschen lächerlich, oder?"

Auf dem Klingelschild war tatsächlich die Unterteilung Vorderhaus, Seitenflügel und Seehaus angegeben. Aber immerhin stand dafür die Tür offen. Thomas Kablow und Abbo Reichel konnten feststellen, dass nicht nur die Wohnlage nobel war, auch der Eingangsbereich und das Treppenhaus im Seehaus wirkten entsprechend.

Erwartungsgemäß stand auf dem Klingelschild in der vierten Etage von Prinzersdorf, was Abbo Reichel nicht daran hinderte, Sturm zu klingeln. Nach wenigen Sekunden wurde die Tür aufgerissen und eine sichtlich genervte, aber nicht sonderlich überrascht wirkende Katharina Prinzersdorf deutete ihnen wortlos an, ihr zu folgen.

Im riesigen Wohnzimmer mit Blick über den Lietzensee angekommen sagte sie: „Nehmen Sie bitte Platz, nur noch ein paar Minuten und ich stehe Ihnen zur Verfügung." Damit griff sie nach einer auf dem Couchtisch liegenden Fernbedienung und es erklang Klaviermusik aus den raumbeherrschenden riesigen Lautsprechern.

Wenige Minuten später erklangen die Schlussakkorde und das begeisterte Klatschen des Publikums aus der Lautsprecheranlage.

„Nicht übel, wirklich nicht übel", meinte Abbo Reichel, „das Köln Konzert klingt über solch eine Anlage noch um einiges besser als über meine."

Leicht irritiert sagte Katharina Prinzersdorf, die unbemerkt den Raum betreten hatte: „Erstaunlich, Sie kennen Keith Jarrett?"

131

„Auch wenn es Sie vielleicht wundert, aber selbst Polizisten haben durchaus etwas für Kultur übrig. Ich habe Keith Jarrett sogar schon live gehört, das Konzert in der Philharmonie muss aber inzwischen auch schon wieder fast 10 Jahre her sein. Aber mein Kollege und ich sind nicht gekommen, um uns mit Ihnen über Jazz im Allgemeinen oder Keith Jarrett im Speziellen auszutauschen, wir haben noch ein paar Fragen zu Herrn Hansmann und zur statimPAY AG. Und wenn Sie bitte für uns beide etwas Kaltes zu trinken hätten. Wir wären Ihnen sehr dankbar."

Ohne ein weiteres Wort verschwand Katharina Prinzersdorf in Richtung Küche und Abbo Reichel konnte dem mit der aktuellen Situation offenbar überforderten Thomas Kablow andeuten, dass er das weitere Gespräch führen würde.

Aus der Küche war das leise Klirren von Gläsern zu hören, bevor Katharina Prinzersdorf mit einem Tablett mit drei wassergefüllten Gläsern erschien und auf einem Sessel Platz nahm. „So, meine Herren, was kann ich denn für Sie tun? Ich nehme an, dass Sie Fragen an mich haben."

Abbo Reichel stand wortlos auf, nahm sich eines der Gläser und ging zur Panoramascheibe, die einen weiten Ausblick über den Lietzensee bot. Mehrere Minuten stand er dort bewegungslos, die Atmosphäre im Raum wurde von Minute zu Minute spannungsgeladener, aber keiner sprach ein Wort.

Endlich drehte sich Abbo Reichel um, ging auf Katharina Prinzersdorf zu und baute sich fast schon bedrohlich vor ihr auf. Leise, fast zu leise, sprach er zu ihr: „So, Frau Prinzersdorf, jetzt bitte ehrliche Antworten ohne lange herumzulamentieren und ohne gleich nach Ihrem Rechtsanwalt zu rufen. Wenn Sie allerdings darauf bestehen, können und wollen wir Sie an dessen Hinzuziehung nicht hindern. Ach ja, vorab für Sie zur Beruhigung: Es besteht keinerlei Verdacht gegen Sie, Ihr Alibi für den Todeszeitpunkt wurde sowohl von Ihrem EDV-System als auch von mehreren Ihrer Mitarbeiter bestätigt. Nicht bestätigt wurden allerdings nach ersten Recherchen Ihre Angaben zur wirtschaftlichen Lage der statimPAY AG. Auch wenn wir diese Angaben noch nicht endgültig überprüfen konnten, gehen wir nach aktuellem Stand davon aus, dass die Firma eher ein Fall für den Konkursverwalter als ein Unicorn ist."

Katharina Prinzersdorf verfiel wieder in die bereits bekannte Schnappatmung, aber bevor sie den Mund aufmachen konnte, legte Abbo Reichel erst richtig los: „Wenn ich mich hier so umsehe, habe ich auch erhebliche Zweifel an Ihren Aussagen zur wirtschaftlichen Ausgestaltung der Partnerschaft zwischen Herrn Hansmann und Ihnen. Die Aufteilung der Firmenanteile nehme ich Ihnen jedenfalls nicht ab, jedenfalls nicht, dass Ihnen weniger als Herrn Hansmann gehört. Ich bin zwar kein Experte für Luxusausstattungen von Häusern und Wohnungen, aber alleine der Wert der Stereoanlage und der Möblierung dürfte höher sein als manches Reihenhaus kostet. Vom Wert der Wohnung mal ganz abgesehen. Das Haus von Herrn Hansmann am Tegeler Hafen ist mit Sicherheit auch nicht gerade von Armut geprägt, aber nach meiner Einschätzung ist der Wert Ihrer Wohnung um einiges höher. Wir beide erwarten jetzt von Ihnen eine Erklärung, und zwar auf der Stelle."

Zur Schnappatmung kam eine fast ungesund zu nennende rote Gesichtsfarbe hinzu. Katharina Prinzersdorf sprang auf, riss dabei ihr Wasserglas um und brüllte: „Sie verlassen sofort meine Wohnung. Das wird ein Nachspiel haben, ich werde mich über Sie beide an höchster Stelle beschweren. Dass weitere Gespräche nur noch im Beisein meines Rechtsanwaltes stattfinden werden, dürfte selbst Ihnen klar sein."

Thomas Kablow murmelte leise: „Wieso über mich beschweren, ich habe doch kein einziges Wort gesagt."

Erst als sie beide den vorderen Flur zur Straße betraten, lachte Abbo Reichel schallend und sichtlich befreit auf.

Kopfschüttelnd fragte Thomas Kablow: „Was war denn das jetzt für eine Nummer? Woher kanntest du das Klaviergeklimpere und den Wert ihrer Stereoanlage und der Einrichtung? Und vor allem, was hat uns das Ganze gebracht, außer einer Beschwerde?"

„Keine Sorge, eine Beschwerde halte ich für ausgesprochen unwahrscheinlich. Die Dame wird die Füße schön still halten, die

133

hat mit absoluter Sicherheit Dreck am Stecken, auch wenn sie den Hansmann nicht umgebracht hat. Ich glaube, die haben wir ganz schön aus der Reserve gelockt – und das bedeutet für uns, sie wird Fehler machen. Was auch immer für welche, aber Fehler der Gegenseite sind für uns immer gut. Damit dürfte deine letzte Frage beantwortet sein. Und zu deinen anderen Fragen, das Köln Konzert von Keith Jarrett stammt aus dem Jahr 1975 und ist so ziemlich das Beste, was jemals auf einem Flügel gespielt wurde. Da du ja offensichtlich Kunstbanause bist, kann ich dir gerne mal die CD ausleihen oder du nutzt Spotify. Live habe ich ihn tatsächlich vor einigen Jahren in der Philharmonie gehört, mein Vater hat damals meine Brüder und mich mitgeschleppt. Leider gibt es dieses Konzert nicht auf CD. Was die Stereoanlage und die Einrichtung betrifft muss ich gestehen, dass das mehr oder weniger ein Schuss ins Blaue war, aber er scheint getroffen zu haben. Ich bin mir allerdings ziemlich sicher, dass beides zusammen einen nicht geringen 6-stelligen Betrag gekostet haben dürfte. Wenn ich mich nicht irre, war die Anlage von Burmester, die kostet alleine ohne die Boxen schon mehr als wir im Jahr netto verdienen. Wir beide zusammen übrigens."

„Ich merke schon, falsche Herkunft und falscher Beruf. Aber was soll's. Wenn wir uns beeilen, bekommen wir immerhin noch in der Kantine etwas zu essen. Und dann mal sehen, was die anderen herausbekommen haben."

Dienstag, 17. Juli 2018, 12.30 Uhr

Nach wenigen Metern auf der Ruppiner Chaussee wies Julia Rochow mit der rechten Hand auf das Schild ‚Durchfahrt verboten, frei nur für Anlieger und BVG'. „Bevor du meckerst, wir dürfen das, wir sind nämlich die Polizei."

„Da steht aber nur was von Anliegern und BVG", antwortete Aylin Yildirim grinsend. „Außerdem interessieren dich irgendwelche Schilder doch sowieso nicht. Hoffen wir mal lieber, dass der Förster auch da ist und nicht irgendwo im Wald herumirrt."

Wenige hundert Meter weiter bog Julia Rochow schwungvoll auf den Zufahrtsweg zum Forstamt Tegel ab und parkte den Wagen quer vor dem geschlossenen Gatter. Immerhin war es nicht abgeschlossen, so dass sie das Gelände problemlos betreten und an der Haustür klingeln konnten.

Sekunden später öffnete sich die Tür. „Sie wissen schon, dass Sie erstens in der Mittagszeit stören, zweitens hier nicht mit dem Auto hinfahren dürfen und drittens nicht so dämlich unsere Einfahrt blockieren können."

„Wissen wir alles, stört uns aber nicht. Wir dürfen das, wir sind nämlich von der Polizei." Damit hielten ihm Julia Rochow und Aylin Yildirim ihre roten LKA-Ausweise gleichzeitig vor die Nase.

„Gute Antwort, hatte ich noch nicht. Dann kommen Sie mal mit in mein Büro. Mein Name ist übrigens Lars Urban, ich bin hier der verantwortliche Revierförster. Kommen Sie etwa wegen des gestohlenen Wildschweins? Wird ja auch Zeit, dass sich mal jemand darum kümmert, selbst wenn Michael keine Anzeige erstatten wollte." Damit öffnete er eine der Türen, die vom düsteren Flur in ein großes Büro mit dutzenden von Geweihen an den Wänden und einer antiquiert wirkenden und ebenfalls düsteren Büroeinrichtung führte.

„Sieht ja alles ziemlich waldschratmäßig aus", entfuhr es Julia Rochow.

135

„Sie sind hier auch bei Waldschrat und Kollegen", antwortete Lars Urban lachend. „Aber ehrlich gesagt, hat mich noch nie jemand offen so bezeichnet."

„Sorry, ist mir herausgerutscht."

Immer noch lachend: „Macht nichts, passt ja durchaus. Vollbart, länger nicht beim Friseur gewesen und die grünen Klamotten. Da fällt mir siedendheiß ein, dass meine Frau mich schon seit Tagen nervt, dass ich endlich einen Termin beim Friseur machen soll, muss ich mir gleich notieren, sonst vergesse ich es wieder. Aber was kann ich denn für Sie tun? Ach, erst einmal einen Kaffee kochen, einverstanden?" Damit öffnete er einen hohen Schrank, hinter dessen Tür eine riesige und glänzende Espressomaschine stand. „Sie sehen, auch Waldschrate gehen mit der Zeit und haben das neueste und schickste Equipment. Haben Sie im LKA bestimmt nicht."

„Nee, echt nicht. Unser Neid ist Ihnen gewiss." Und an Aylin Yildirim gewandt: „So ein Teil müssen wir uns fürs Büro auch zulegen."

„So die Damen, zwei Cappucini und dann können wir ja zum Anlass Ihres Besuches kommen. Letzte Woche Montag waren Ihre Kollegen hier, haben sich bei uns ein Wildschwein ausgeliehen und reichlich ramponiert wieder zurückgebracht. Soweit ich gehört habe, war das für Sie hilfreich. Und Spaß gemacht hat es Ihren Kollegen wohl auch, habe ich jedenfalls gehört. Schießübungen mit einer Harpune auf ein Wildschwein, ist schon krass. Jedenfalls hatte ich Ihren Kollegen gegenüber erwähnt, dass ungefähr 14 Tage vorher einer unserer Jagdpächter bei uns ein Wildschwein abliefern wollte, es ihm aber angeblich direkt hier vor unserem Forsthaus gestohlen wurde. Ich habe das damals nicht so richtig ernst genommen und eher gedacht, dass er das Schwein auf dem Weg hierher verloren hat. Sie müssen wissen, dass die Wildschweine üblicherweise in einem Korb transportiert werden, der hinten am Auto auf der Anhängerkupplung montiert ist. Da kann es theoretisch schon passieren, dass so ein Vieh mal verloren geht. Sie haben doch selbst gemerkt, in was für einem miesen Zustand die Ruppiner Chaussee ist, Schlaglöcher gibt es da reichlich. Obwohl, dann hätte ja jemand das Schwein finden müssen und uns bestimmt informiert. Offenbar habe ich mir darüber nicht so sehr den Kopf zerbrochen und das Thema erst einmal wieder verdrängt, jedenfalls bis letzte Woche Montag. Näheres kann ich Ihnen aber auch nicht sagen, da sollten Sie sich direkt an Michael Langenschulte wenden, das ist der Jagdpächter, dem das passiert ist."

"Kein Problem, dann hätten wir gerne die Daten des Herrn Langenschulte. Werden die geschossenen Wildschweine generell bei Ihnen abgeliefert und was passiert dann mit denen?"

„Die Adresse und Telefonnummer suche ich Ihnen gleich heraus. Und ja, von den Jagdpächtern werden die Wildschweine eigentlich fast immer hier bei uns abgeliefert. Wer hat schon zu Hause die Möglichkeit, eine Sau zu zerlegen und dann auch noch zu lagern. So ein Viech ist nicht gerade klein und leicht. Außerdem habe ich immer den Eindruck, dass die meisten nicht so sonderlich gerne Wild essen. Aber wie gesagt, dass ist nur mein subjektiver Eindruck. Hier im Forstamt haben wir die Möglichkeit, die Wildschweine professionell zu zerlegen und gekühlt oder gefroren zu lagern. Außerdem bieten wir jeden Dienstagnachmittag Wildverkauf für Jedermann an, da ist teilweise ganz schön großer Andrang. Wenn Sie noch einen Moment bleiben, können Sie sich selbst davon überzeugen, wenn Sie wollen. Sie können aber auch jetzt schon ein Stück Wildschwein oder Reh erwerben. Sozusagen von Beamtenseele zu Beamtenseele. Oder noch besser: von Waldschrat zu dem Unwort mit ‚B'."

„Eigentlich kein schlechtes Angebot, aber wir sind im Dienst und müssen noch den Jagdpächter befragen. Aber wir werden den Tipp mal an unseren Kantinenkoch weitergeben."

Wieder im Auto sitzend, auf dem Weg zum Jagdpächter, meinte Aylin Yildirim: „Warum eigentlich nicht, den Tipp können wir wirklich mal an den Kantinenkoch weitergeben. Der neue scheint ja für Veränderungen aufgeschlossen zu sein. Laut Google Maps sind es bis zum Silberhammerweg übrigens nur gut fünf Minuten. Mal sehen, ob wir wieder Glück haben und den Herrn Langenschulte erwischen."

Dienstag, 17. Juli 2018, 13.55 Uhr

„Der wird wohl zu Hause sein, jedenfalls steht da in der Einfahrt ein Geländewagen mit einem Korb hinten auf der Anhängerkupplung und wenn ich mich nicht gerade eben verguckt habe, ist da jemand nach hinten in den Garten verschwunden."

„Scheint echt ein Glückstag zu sein. Drei Versuche und drei Mal jemanden angetroffen."

Julia Rochow parkte den Dienstwagen mehr oder weniger vorschriftsmäßig am Straßenrand direkt vor dem Haus Silberhammerweg 97 und beide betraten das Grundstück. Ergebnis war, dass sofort ein laut bellender und dabei mit dem Schwanz wedelnder schwarz-weißer Hund auf sie zustürmte.

„Keine Sorge, das ist reine Angeberei. Er liebt Menschen, und wenn die ihm dann auch noch ein paar Streicheleinheiten zukommen lassen…. Wenn Sie jetzt aber ein Wildschwein oder ein Reh wären, hätten Sie ein Problem." Direkt hinter dem Hund war ein älterer, sympathisch wirkender Herr aufgetaucht.

„Entschuldigen Sie bitte die Störung, Aylin Yildirim und Julia Rochow vom Landeskriminalamt Berlin. Wir haben ein paar Fragen an Sie. Herr Urban vom Forstamt Tegel meinte, dass Sie uns weiterhelfen können. Ihnen soll vor ungefähr drei Wochen ein Wildschwein direkt vor dem Gelände gestohlen worden sein. Wenn wir es richtig verstanden haben, aus diesem Korb hier an Ihrem Auto."

„Das ist zwar richtig, aber ich habe Lars, also Herrn Urban, doch ausdrücklich gesagt, dass er das Thema vergessen soll. Lohnt sich doch nicht, deswegen irgendwelchen Aufwand zu betreiben. Haben Sie denn nichts Wichtigeres zu tun, als sich um verschwundene Wildschweine zu kümmern, und dann sogar noch die Kripo?"

Aylin Yildirim übernahm die Antwort: „Ehrlich gesagt übernehmen die uniformierten Kollegen Diebstahlanzeigen und auch bei denen kann ich mir durchaus vorstellen, dass die nicht unglücklich sind, wenn manche erst gar nicht erstattet werden. Ist oft sowieso nur für die Statistik. Wir ermitteln in einem Mordfall und unter Umständen könnte Ihr Wildschwein dabei eine gewisse Rolle spielen."

„Na, dann kommen Sie mal mit nach hinten auf die Terrasse. Im Schatten plaudert es sich bei der heutigen Hitze bestimmt angenehmer. Nehmen Sie bitte schon einmal Platz, ich hole uns noch etwas Kaltes zu trinken. Ich nehme mal an, dass Ihnen Wasser recht ist, Bier wäre im Dienst unangemessen und außerdem fahren Sie bestimmt mit dem Auto wieder zurück auf Ihre Wache."

„Genau, Alkohol im Dienst ist ein no go, Wasser aber natürlich sehr gerne. Können Sie uns dann bitte ....."

Weiter kam Sie nicht, da Michael Langenschulte loslegte: „Wirklich ein Mordfall? Wahrscheinlich können oder dürfen Sie mir aus ermittlungstaktischen Gründen, so heißt es doch immer in den Fernsehkrimis, keine Einzelheiten nennen. Aber egal, ich habe gleich mein Handy mitgebracht, da habe ich alle Termine genau eingetragen." Damit wischte er mehrfach auf dem Display herum und verkündete dann: „Da hab ich's. War am 23. Juni, einem Sonnabend. Ich kann mich noch genau erinnern, war nämlich Sauwetter, haha. Schon auf dem Hochsitz habe ich mir frühmorgens fast den Hintern abgefroren, aber dann immerhin diese mehr oder weniger halbstarke Wildsau geschossen. Dafür, dass es eigentlich schon fast Sommer war, war es jedenfalls ganz schön kalt und geregnet hat es fast den ganzen Tag. Spaß gemacht hat die Jagd an dem Tag jedenfalls nicht, das können Sie mir glauben. Ich habe das Viech dann wie üblich in den Korb hinten am Auto gepackt und bin dann gleich von meiner Jagd ins Forstamt gefahren."

„Wo genau haben Sie denn Ihre Jagd?"

„Ich habe das Jagen 1104 gepachtet, das ist zwar schon in Brandenburg, genauer gesagt in Stolpe, gehört aber zu den Berliner Forsten und wird vom Forstamt Tegel betreut. Wenn Sie sich in der Gegend auskennen, Sie fahren in Frohnau in der Verlängerung des Lichtungsweges über den ehemaligen Mauerstreifen hinweg und dann kommt gleich nach zweihundert Metern links vom Weg meine Jagd."

139

„Werden wir mal unserem Chef sagen, der stammt aus Frohnau und kennt das bestimmt. Aber weiter, es ist also üblich, dass Sie als Jäger das Wild dann im Forstamt abliefern?"

„Jetzt bitte nicht lachen, aber ich bin laut Definition meiner Frau Teilzeitvegetarier und Wildschwein schmeckt mir so oder so nicht. Reh schon eher, aber auch nicht oft. Was soll man dann also mit einem ganzen Tier. Die Jungs im Forstamt zerlegen das alles sehr schön und verkaufen dann das Fleisch. Also ich gehöre jedenfalls zu den Jägern, die ihr erlegtes Wild immer dort abliefern. Wenn meine Frau mal etwas Reh haben möchte, nehme ich halt ein schönes Teil von dort mit. Das klappt alles ganz gut. Ich war so gegen 10.00 Uhr am Forstamt, die Zufahrt war natürlich wie immer verriegelt und verrammelt und ich habe das Auto vor dem Gelände stehen gelassen. Lars saß wie üblich um diese Zeit bei seinem zweiten Frühstück und meinte, er hätte auch für mich noch ein Brötchen übrig. Außerdem musste er natürlich wie immer mit seiner Monster-Espressomaschine angeben. Ich glaube, die liebt er noch mehr als seinen Wald. Ihnen hat er doch bestimmt auch einen Cappuccino angeboten."

Aylin Yildirim und Julia Rochow nickten bloß und Michael Langenschulte fuhr fort: „Ich denke, wir haben bestimmt mehr als eine halbe Stunde in seinem Büro gesessen und gequatscht. Irgendwann sind wir dann aufgestanden und nach draußen gegangen, es hat da zum Glück nur noch ganz leicht geregnet. Lars hat dann zuerst im Nebengebäude die Tür zum Schlachtraum und danach die Zufahrt geöffnet. Ich bin dann mit dem Auto direkt vor die Tür gefahren, Lars ist um das Auto gegangen und hat mich gefragt, wo denn das Wildschwein sei. Der Korb war tatsächlich leer, aber anhand von Blutspuren war klar erkennbar, dass ich keine Halluzinationen hatte, wie Lars mir halb im Spaß unterstellt hat. Das Schwein war weg. Auf den Schreck hin sind wir wieder ins Büro gegangen und haben erst einmal einen Schnaps getrunken, aber einen ganz kleinen. War ja noch ziemlich früh und ich musste noch mit dem Auto nach Hause fahren. Ist mir noch nie passiert und auch Lars konnte sich nicht erinnern, dass schon jemals irgendwelches Wild so einfach verschwunden ist. Er wollte die Polizei anrufen, aber das habe ich ihm ausgeredet, mir war das irgendwie zu blöd. Wie gesagt, ich kann mit den Viechern sowieso nichts anfangen. Hat Lars denn nun Anzeige bei Ihnen erstattet oder warum sind Sie eigentlich hier?"

Julia Rochow erläuterte ihm in groben Zügen, warum und weswegen sie Kenntnis von dem Diebstahl erhalten hatten und nähere Informationen benötigen würden. Ein Leuchten ging durch das Gesicht von Michael Langenschulte bevor er fortfuhr: „Das ist ja ein Ding, meine Wildsau könnte eine Rolle in einem Mordfall spielen. Das glaubt einem ja kein Mensch. Wenn ich so etwas in einem Krimi lesen würde, würde ich denken: ‚Was für ein Quatsch.‘ Aber die Realität sieht wohl anders aus. Jedenfalls war die Sau weg, der Cappuccino ausgetrunken und auch der Schnaps. Ich weiß nicht einmal mehr, was für einer das war, aber so wie ich Lars kenne, war es bestimmt ein Ramazotti. Ich bin dann nach Hause gefahren und das war's. Mehr kann ich Ihnen dazu nicht sagen."

„Doch, doch, da fällt mir noch einiges ein, was wir gerne von Ihnen wüssten", insistierte Julia Rochow. „So etwas dürfte doch kaum zufällig passieren. Wie oft kommt es denn vor, dass Sie oder auch andere Jäger Wild im Forstamt abliefern? Sind das immer die gleichen Zeiten? Wer kann davon wissen? Ist es üblich, dass das Auto mit dem Wild längere Zeit vor dem Forstamtgelände steht? Was wiegt denn so ein Wildschwein? Ist es nicht ziemlich schwer umzuladen? Wie schätzen Sie die ‚Gefahr‘ aus Tätersicht ein, dass er dabei beobachtet werden könnte? Sie sehen, Fragen über Fragen."

„Uih, ich sehe, Sie haben sich wirklich Gedanken gemacht. Sie haben Recht, ich kann mir kaum vorstellen, dass jemand mal so eben im Vorbeigehen ein Wildschwein klaut, wozu auch? Das müsste schon jemand sein, der es auch zerlegen kann, und wer kann das schon? Aus Spaß klaut doch wohl kaum jemand ein Wildschwein. Und fachgerecht zerlegen können das eigentlich nur Fleischer und wir Jäger, aber sonst? Also kein Zufall, glaube ich jedenfalls nicht. Wie oft und wann liefert man Wild im Forstamt ab? Gute Frage. Feste Zeiten gibt es da eigentlich nicht. Halt immer dann, wenn man etwas geschossen hat. Für mich kann ich sagen, dass es immer vormittags ist, aber es gibt da keine Regelmäßigkeit. Auf jeden Fall bin ich mir ziemlich sicher, dass die Autos der Jäger mit dem Wild hinten im Korb recht häufig für einige Zeit vor der Einfahrt stehen. Lars und auch seine Kollegen und Mitarbeiter lassen die Einfahrt nie offen stehen. Es ist wohl früher häufig vorgekommen, dass irgendwelche Idioten dort geparkt haben. Ist ja auch logisch, dass man, wenn man zu einer Wanderung aufbricht, nicht auch noch die 200 Meter vom Parkplatz aus laufen kann. Die Leute sind manchmal einfach dermaßen dämlich und dreist, unglaublich. Und Lars schmeißt eigentlich immer seine Espressomaschine an, das dauert dann halt ein wenig. Ich kann mir schon vorstellen, dass man das im Bedarfsfall auskundschaften kann, man muss halt nur ausreichend Geduld haben. Wanderer und Spaziergänger kommen natürlich einige dort vorbei, aber eher am Wochenende und bei besserem Wetter als am 23. Juni. So ganz schnell dürfte das mit dem Umladen auch nicht gehen, so ein Vieh wiegt mindestens 50 Kilogramm, eher mehr. Und man muss das Auto auch erst einmal holen. Ich kann mich jedenfalls nicht erinnern, dass dort ein Auto stand, als ich angekommen bin. Die Zufahrt zum Forstamt ist ja eigentlich gesperrt, da fällt ein fremdes Auto schon auf. Meinen Sie etwa, dass speziell ich beobachtet worden bin oder war das Zufall?"

„Ehrlich gesagt, keine Ahnung. Aber ich gehe eher davon aus, dass es ausschließlich um das Wildschwein ging und nicht um Sie. Eine Ergänzungsfrage aber noch, und dann lassen wir Sie in Ruhe: Wer weiß, dass Sie Jäger sind und im Forstamt Ihr erlegtes Wild abliefern?"

„Als Jäger wird man von verschiedenen Seiten immer mal wieder auf die Blöde angemacht. So von wegen ‚die armen Tiere‘ und manchmal wird man sogar als Mörder bezeichnet. Kommt zwar nur selten vor, aber trotzdem macht das keinen Spaß. Werbung macht man also nicht unbedingt dafür, dass man Jäger ist. Aber übersehen kann man es auch nicht. Sie haben ja selbst den

Korb am Auto gesehen und wenn man mit dem Auto in den Wald fährt, fällt das auch auf. Freunde und Verwandte wissen es natürlich und ich bin mir ziemlich sicher, dass viele Nachbarn im weiteren Umkreis es ebenfalls wissen. Wie gesagt, so ganz unauffällig ist es nicht."

Auf der Rückfahrt ins LKA fragte Julia Rochow: „Sind wir jetzt eigentlich schlauer oder war das alles für die Katz?"

„Mein Eindruck ist immer mehr, dass der Täter das Ganze von langer Hand vorbereitet hat, irgendwie passt das alles zusammen. Mal abwarten, wie die anderen das sehen. Und wenn wir Glück haben, nimmt der Kantinenkoch unseren Tipp mit dem Wild an und wir haben demnächst etwas Abwechslung auf dem Speiseplan. Wäre doch wenigstens auch ein schöner Erfolg. Ich habe übrigens Hunger und für die Kantine ist es viel zu spät. McDonald's oder Burger King?"

„Egal. Hauptsache ungesund."

Dienstag, 17. Juli 2018, 16.53 Uhr

Das gesamte Team des LKA 117 war wieder in den Räumen in der Keithstraße versammelt und hatte die bisherigen Ergebnisse des Tages ausgetauscht, als der Rechner von Abbo Reichel mit einem Pling den Eingang einer neuen E-Mail verkündete.

„Ach du Scheiße", entfuhr es Abbo Reichel, nachdem er die E-Mail geöffnet hatte. „Das sind die Informationen von Aquatec Harpoon, von diesem ehemaligen Inhaber Greg Gorman. Fünf Seiten Text und fast ein Dutzend Anhänge. Macht ihr mal Feierabend, ich sehe mir das Ganze in Ruhe an und morgen früh müssen wir sowieso in der allseits beliebten großen Runde berichten.

Mittwoch, 18. Juli 2018, 8.47 Uhr

„Ich glaube, wir sind inzwischen auf einem guten Weg", damit begrüßte Thomas Kablow das schon vollständige Team des LKA 117. „Wir warten aber trotzdem bis 9.00 Uhr. Nicht, dass wir uns noch eine Rüge einfangen, weil wir zu früh angefangen haben und der Thoms oder sonst wer unbedingt teilnehmen will."

„Der Thoms hat's mitgehört und schon jetzt schlechte Laune", ließ sich Timo Thoms von der offenen Tür her vernehmen, konnte sich dabei aber ein leichtes Grinsen nicht verkneifen. „Die Herren Harbauer und Scholz sind unterwegs und Frau Friedrich habe ich auch schon eben auf dem Flur gesehen."

Ungerührt meinte Thomas Kablow: „Die schlechte Laune wird Ihnen gleich vergehen, wir haben nämlich einiges an neuen Informationen." Fünf Minuten später waren die genannten da und Thomas Kablow ergriff wieder das Wort: „Es ist zwar immer noch vor 9.00 Uhr, aber da alle da sind, fangen wir an. Wir sind uns inzwischen absolut sicher, dass der Mord an Hansmann von langer Hand vorbereitet und alles andere als spontan war. Aber eins nach dem anderen und Abbo zum Schluss. Wenn ich es richtig verstanden habe, hat er ganz aktuelle Informationen zur Tatwaffe, die uns weiterhelfen könnten."

Eine Stunde später waren alle über die bisherigen Ermittlungsergebnisse informiert. Selbst Timo Thoms nickte anerkennend und meinte: „Ich stimme Ihren Schlussfolgerungen zu. Das war alles gut geplant und ausgekundschaftet und damit definitiv kein Spontanmord. Herr Reichel, wie sieht es mit Ihren Informationen zur Tatwaffe aus?"

„Gar nicht so schlecht, obwohl es natürlich noch besser sein könnte. Leider gibt es keine Informationen, wer die Waffe gekauft hat, wäre ja auch zu schön gewesen. Aber von Anfang an: Der Herr Gorman hat wirklich eine vorbildliche Buchführung und noch alle alten Unterlagen in seinem Keller gefunden. Er hat mir für unsere Tatwaffe den Lieferschein und die Rechnung inklusive Zollunterlagen für den Export aus den USA und den

Import nach Deutschland gemailt. Nützt uns allerdings nicht viel, da es den Berliner Importeur und Händler nicht mehr gibt. Mit dem ehemaligen Inhaber habe ich gestern Abend noch telefoniert. Seine Firma ist vor knapp fünf Jahren in Konkurs gegangen und er hat mir ausdrücklich bestätigt, dass er alte Unterlagen immer sofort nach Ablauf der handelsrechtlichen Aufbewahrungsfristen vernichtet hat. An den Verkauf vor mehr als 20 Jahren kann er sich nicht erinnern, er meinte nur, dass man das wohl auch kaum von ihm erwarten könne, zumal sich die Harpunen von Aquatec Harpoon laut seiner Aussage damals wie geschnitten Brot verkauft haben. Das ist also eine Sackgasse.

Aber eine andere vielleicht nicht unwichtige Information hat Herr Gorman mir noch geliefert. Er hat mir eine Anfrage der französischen Polizei von vor rund fünf Jahren zu einem ähnlich gelagerten Mordfall und seine Antwort ebenfalls als Anhang zu seiner E-Mail geschickt. Ich habe deswegen noch ein längeres Telefonat mit ihm geführt. Netter Mensch übrigens, wollte erst einmal seine ziemlich eingerosteten Deutschkenntnisse an mir ausprobieren. Er war nämlich in den 1960er-Jahren bei der Army und in diesem Zusammenhang auch kurz in West-Berlin stationiert. Nähere Informationen zu dem Fall aus Frankreich, genauer gesagt aus der Bretagne, hatte er allerdings nicht. Nur so viel, dass der Täter wohl gefasst und verurteilt wurde. Anhand der Anfrage aus Frankreich und seiner Antwort habe ich über Interpol weitere Informationen angefragt. Vielleicht bringt's ja was, wird aber erfahrungsgemäß dauern, bis wir eine Antwort bekommen."

Ungläubiges Staunen war die Reaktion. Als erste fasste sich Julia Rochow und fragte: „Bretagne sagtest du, wo genau?"

„Rennes." Nach dieser Antwort war Julia Rochow sofort im Nebenzimmer verschwunden.

„Wenn alle einverstanden sind", ließ sich jetzt Thomas Kablow vernehmen, „nutzen wir die Gelegenheit und beenden die Besprechung und klären intern, wie wir weiter vorgehen."

Nachdem Mandy Friedrich, Bodo Harbauer, Oliver Scholz und Timo Thoms das Büro verlassen hatten, folgten alle Teammitglieder des LKA 117 Julia Rochow in den Nebenraum.

Julia Rochow ließ sich nicht stören und sprach weiter, teilweise erregt, teilweise nachdenklich und teilweise ganz normal, aber auf jeden Fall in einem ziemlich perfekt klingenden Französisch mit ihrem Gesprächspartner. Auch dieser kam zwischendurch teilweise minutenlang zu Wort, bevor Julia Rochow das Gespräch endlich beendete.

„Abbo, du kannst die Anfrage über Interpol zurückziehen. Ich habe alle Informationen bekommen und die komplette Akte zum Fall kommt im Laufe des Tages als pdf. Ich habe mir gedacht, der kurze inoffizielle Dienstweg geht schneller als der offizielle. Hat ja auch geklappt."

Damit hob sie fast entschuldigend die Arme und fuhr fort: „Mein Abitur habe ich auch als Baccalauréat abgelegt und war vorher für ein Jahr als Austauschschülerin in Frankreich, genauer gesagt in der Bretagne. Meine gesamte Gastfamilie inklusive so ziemlich aller Onkel und Tanten bestand aus Bullen, einzig und alleine die jüngste Tochter, Solenn Pennec, war keine Polizistin, jedenfalls damals. Die ging mit mir zusammen in Rennes in eine Klasse und ist jetzt tatsächlich auch Polizistin. Mit ihr habe ich gerade telefoniert. An den Fall mit der Harpune konnte sie sich gut erinnern, ihr Vater hatte damals die Ermittlungen geleitet und sie hat im Rahmen ihrer Ausbildung einiges mitbekommen. Das war wohl in Rennes ein ziemlich spektakulärer Fall. Jedenfalls ein Mord mit einer Harpune von Aquatec Harpoon und wie sich später herausgestellt hat, hatte der inzwischen verurteilte Mörder mit Hilfe eines Boxsackes geübt. Gefasst hat man den übrigens aufgrund der alten Unterlagen von Herrn Gorman. Über die konnte man ermitteln, wer die Waffe gekauft hat. Der Mörder hatte sie nämlich ziemlich dilettantisch in einem Müllcontainer in der Nähe des Tatortes entsorgt. Laut den Vernehmungen war dem wohl überhaupt nicht klar, dass diese Dinger eine Seriennummer haben."

147

Nach einem kurzen Schweigen meldete sich als erster Steffen Tietz zu Wort: „Interessant, aber ob uns das wirklich weiterbringt? Wenn wir die Akte haben, kann ich überprüfen, ob das auch durch die hiesige Presse geisterte. Vielleicht hat sich unser Täter den französischen Fall als Vorbild genommen."

„Ich stimme dir zu, dass die Übereinstimmung schon merkwürdig ist, aber in unserem Fall bringt uns die Seriennummer nun wirklich nicht weiter. Wir könnten noch alle Berliner Tauchsportvereine abklappern und dort nachfragen. Aber ob sich dort jemand erinnern kann, wer vor 20 Jahren mit einer Harpune von Aquatec Harpoon hantiert hat. Zumal die sich ja angeblich wie geschnitten Brot verkauft haben sollen. Andererseits ist die Taucherszene eher überschaubar, einen Versuch ist es meines Erachtens wert. Thomas und Aylin, könnt ihr euch bitte darum kümmern? Steffen und Schmitti ermitteln weiter zu den wirtschaftlichen Verhältnissen der statimPAY. Tretet bitte den Kollegen aus der Wirtschaft auf die Füße, wir brauchen die Informationen schnell. Im Bedarfsfall macht ihr über Oliver Druck.

Wenn auch bei den Tauchsportvereinen nichts herauskommt, können wir die Waffe wohl als Sackgasse betrachten. Falls uns die Presse noch einmal auf den Geist geht, können wir denen allerdings den ähnlichen Fall aus der Bretagne als Futter für ihre Berichterstattung geben. Lenkt dann vielleicht vorübergehend davon ab, dass wir aktuell nichts Konkretes haben.

Bleibt zu hoffen, dass wir über die wirtschaftlichen Verhältnisse der statimPAY ein Motiv finden. Julia und ich werden erst einmal die Dokumentation der bisherigen Ergebnisse erledigen und danach Steffen und Schmitti unterstützen."

Mittwoch, 18. Juli 2018, 12.41 Uhr

Genervt schob Abbo Reichel die Tastatur seines PC zur Seite. „Irgendwie ist mir diese statimPAY suspekt. Im Internet findet sich zwar erstaunlich viel zu denen, aber nichts Handfestes. Jede Menge Jubelarien zum tollen Geschäftsmodell, aber auch einige kritische Kommentare, dass wohl nicht allzu viel dahinterstecken würde. Leider aber nichts Konkretes."

Bevor er gegenüber seinen Kollegen herumlamentieren konnte, erklang ‚Sweet Lucy' aus seinem Handy. Nicht einmal melden konnte er sich, so schnell kam es aus dem Hörer: „Nur zuhören bitte und keine Rückfragen. Sie brauchen doch bestimmt Informationen zur statimPAY und die kann ich Ihnen liefern. Aber nur unter der Hand und ohne Protokoll und auch nur unter vier Augen und auf neutralem Boden. Und natürlich anonym. Ich rufe in 10 Minuten wieder an und Sie nennen mir eine Uhrzeit und einen Ort für ein Treffen. Und nehmen Sie sich Zeit, ich habe viele Informationen, es wird also dauern." Damit war das Gespräch beendet. Nur wenige Sekunden später hatte Abbo Reichel alle Teammitglieder um sich versammelt und ihnen kurz berichtet. Kurz und trocken kam von Aylin Yildirim: „Die Mittagspause in der Kantine kannst du damit vergessen, also Vorschlag: 14.00 Uhr im Kaffeehaus Zeltinger in Frohnau, dann bist du wenigstens fast zu Hause. Und wir gehen jetzt essen."

Mittwoch, 18. Juli 2018, 12.51 Uhr

Exakt 10 Minuten nach dem ersten Anruf erklang wieder ‚Sweet Lucy' und wieder wurde keine Nummer im Display angezeigt.

Bevor der Anrufer sich melden konnte, sagte Abbo Reichel nur: „14.00 Uhr im Kaffeehaus Zeltinger am S-Bahnhof Frohnau."

„In Ordnung." Damit war das Gespräch beendet und Abbo Reichel machte sich per U- und S-Bahn auf den Weg.

Mittwoch, 18. Juli 2018, 13.55 Uhr

„Ah, der Herr Kommissar beehrt uns wieder mit seinem Besuch", wurde Abbo Reichel von der immer noch namenlosen Bedienung begrüßt. „Heute alleine oder kommen noch mehr von Ihrer Sorte oder etwa auch unbescholtene Bürger? Wieder ein Mord in Frohnau?"

„Die letzte Frage kann ich Ihnen aus ermittlungstaktischen Gründen nicht beantworten", antwortete Abbo Reichel grinsend, „aber ich benötige einen ruhigen Platz ohne jegliche Störung. Für zwei Personen bitte. Wahrscheinlich wird es etwas länger dauern."

Nur wenige Sekunden nachdem er sich an einen ruhigen Fensterplatz im hinteren Bereich des Kaffeehaus Zeltinger gesetzt hatte, stand Tobias Patzelt vor ihm. Fast hätte er ihn nicht erkannt, so normal sah er im Vergleich zu seinem Erscheinungsbild von vor ein paar Tagen aus, kein Hipsterbart mehr, kein Honeckerhütchen und auch die Kleidung entsprach nicht mehr dem Erscheinungsbild eines Berufsjugendlichen sondern wirkte völlig normal. Lediglich die über und über tätowierten Arme waren unverändert.

„Fast hätte ich Sie, oder waren wir beim Du, nicht erkannt."

„Das Du wäre mir lieber, auch wenn sich in den letzten Tagen viel geändert hat, nicht nur die Optik. Wenigstens wird man mich nicht erkennen, hier erst recht nicht. Bei dem, was ich dir zu erzählen habe, ist es mir wichtig, dass niemand weiß, von wem die Informationen stammen." Mit einem Grinsen fügte er hinzu: „Whistleblower leben manchmal gefährlich, sieht man ja zum Beispiel an Julian Assange."

Bevor er weiterreden konnte, stand die namenlose Bedienung vor ihnen und meinte: „Beim Herrn Kommissar brauche ich erst gar nicht zu fragen, Cappuccino und Blaubeer-Sahne. Bei Ihnen, lassen Sie mich raten: Latte Macchiato und ebenfalls Blaubeer-Sahne. Es sei denn, Sie sind ein Hipster aus Prenzlauer Berg, dann Schwarzwälder Kirsch. Nur Hipster aus Neukölln und Kreuzberg bevorzugen Blaubeer-Sahne, aber bei Ihnen tippe ich auf Kreuzberg. Ach so, Hipster bleiben Hipster, auch wenn sie auf normal machen, weil ihre Zeit als Hipster abgelaufen ist." Wie üblich, war sie verschwunden ohne eine Antwort abzuwarten.

„Was war das denn jetzt?"

„Nicht wundern, die Dame hat mehr Menschenkenntnis als der Rest der Menschheit zusammengenommen. Wir warten mal ab, bis unsere Bestellung oder wie man das auch immer nennen mag da ist und dann legst du los. Ich würde das Gespräch gerne aufnehmen, verspreche aber hoch und heilig, dass ich deinen Namen nicht dokumentieren werde."

Tobias Patzelt nickte nur, da schon der Kaffee und der Kuchen serviert wurden.

„Ich glaube, hier komme ich mal wieder vorbei, auch wenn der Laden ziemlich Alte-Tanten-mäßig ist, aber der Kuchen ist echt gut. Nach unserem Gespräch letzte Woche habe ich viel nachgedacht und einige Entscheidungen getroffen. Zum Einen werde ich in den nächsten Tagen bei der statimPAY kündigen und mir einen neuen Job suchen. Etwas Seriöseres als dieser ganze Quatsch mit Kicker, Billard und so weiter. Montag ist doch tatsächlich noch ein Bällebad wie bei IKEA geliefert worden, echt Kindergarten. Nee, da will ich nicht mehr mitmachen. Außerdem bin ich mir ziemlich sicher, dass es die statimPAY nicht mehr lange geben wird. Einiges von dem, was ich dir gleich sagen werde, wirst du vielleicht schon wissen oder ihr würdet es so oder so noch herausbekommen, einiges ist aber mit Sicherheit neu für euch, einiges sind aber auch nur Gerüchte. Überprüfen müsst ihr es dann schon selbst. Jedenfalls will ich meinen Beitrag leisten, den Mörder von Balthasar zu finden, der war ein echt feiner Kerl, sehr menschlich, auf jeden Fall im Vergleich zu Katharina. Die hat zwar eine tolle Optik, darauf komme ich später noch, ist aber ein echter Besen. Außerdem hat mir gefallen, wie du und deine Kollegin mit dem ‚Geruchsproblem' letzte Woche umgegangen seid. Ich glaube, ich kann dir vertrauen. Sagt mir jedenfalls meine minimale Menschenkenntnis", und grinste dabei erneut.

152

„Auf dem Papier gehört die statimPAY zu 30 % Balthasar und nur zu 20 % Katharina. Gerüchten innerhalb der Firma zufolge stimmt das aber nicht oder nur bedingt. Bei den jährlichen Ausschüttungen muss an sie ein wesentlich größerer Anteil überwiesen worden sein, als ihr nach den Anteilen zustehen würde. Beweisen kann ich das nicht, aber Katharina lebt auf wesentlich größerem Fuß als Balthasar. Ihr gehört nicht nur diese riesige und bestimmt wahnsinnig teure Dachgeschosswohnung am Lietzensee, sondern gerüchteweise auch noch eine Finca auf Mallorca. Angeblich sogar eine Oldtimersammlung, jedenfalls wurde sie mehrfach in verschiedenen Oldtimern gesehen. Ihr habt doch bestimmt Wirtschaftsfachleute, die das überprüfen können.

Fakt ist auf jeden Fall, dass die statimPAY eigentlich schon seit mehreren Jahren im Grunde genommen pleite ist. Die Grundidee ist eigentlich gar nicht so schlecht, aber gegen die großen Player am Markt sind wir nie so richtig zum Zuge gekommen und außerdem ist gerade die Gastronomiebranche diejenige, die nicht gerade voll auf bargeldlose Zahlungen abfährt. Mein Vater sagt immer: nur Bares ist Wahres und meint damit, dass es mit der Steuerehrlichkeit nicht so richtig gut steht. Er liegt mir schon seit langem in den Ohren, dass ich mir einen anderen Arbeitgeber suchen soll, das könne auf Dauer nicht gutgehen. Es ist in den letzten Jahren auch mehrfach vorgekommen, dass die Gehälter verspätet gezahlt wurden. Einmal so spät, dass ich echt Probleme hatte, meine Miete zu zahlen. Ich musste meinen Vater anpumpen. War echt peinlich und natürlich Wasser auf seine Mühlen. Irgendetwas muss aber passiert sein, seit Mitte letzten Jahres ist das nicht mehr vorgekommen. Gerüchteweise hat man vor längerem neue Finanzierungsquellen aufgetan, die aber angeblich nicht ganz sauber sein sollen. Man spricht davon, dass vielen älteren Leuten ihre nicht korrekt versteuerten Gelder auf einer Art Kaffeefahrt abgeschwatzt und sie zu privaten Investitionen in die statimPAY animiert wurden. Wundern würde mich das nicht, Balthasar konnte extrem überzeugend sein. Mit diesen Geldern wurden die laufenden Ausgaben der statimPAY bezahlt und auch die versprochenen Zinsen auf die Anlagebeträge. Das kann aber nur funktionieren, solange es immer neue Anleger gibt. An eurer Stelle würde ich diesen Gerüchten nachgehen, da müsste doch etwas Konkretes zu ermitteln sein. In Krimis heißt es doch immer, dass man den Mörder meistens über das Motiv erwischt. Ach so, das Ganze lief nicht über die offizielle Buchhaltung. Ich habe da nichts gefunden. Als nicht völlig unbegabter IT'ler kann man sich natürlich auch mal in den eigentlich nicht zugänglichen Finanzdateien umsehen. Und da war nichts zu finden. Ich würde mal davon ausgehen, dass es entweder bei Balthasar oder bei Katharina Informationen dazu gibt."

Bevor Tobias Patzelt weiterreden konnte, erschien die Bedienung und stellte ungefragt einen weiteren Cappuccino und einen Latte Macchiato sowie eine große Flasche Mineralwasser mit zwei Gläsern auf den Tisch und nahm das gebrauchte Geschirr mit.

Abbo Reichel griff zu seinem Handy und rief Steffen Tietz an. 10 Minuten später war dieser informiert und mit dem Auftrag versehen worden, so schnell wie möglich über die Staatsanwaltschaft Durchsuchungsbeschlüsse für die Wohnungen von Balthasar Maria Hansmann beziehungsweise eher von Antonia Hansmann und von Katharina Prinzersdorf zu beantragen. Als Letztes fügte er noch hinzu: „Sieh zu, dass du die Kollegin Lindemann von der Wirtschaft animieren kannst, die Durchsuchungen zu begleiten. Ich denke, sie sollte dann eher bei der Prinzersdorf dabei sein. Vom Bauchgefühl her verspreche ich mir da größere Erfolgschancen. Beide Durchsuchungen müssen zeitgleich erfolgen. Ich will auf keinen Fall, dass sich die beiden Damen absprechen können. Und zumindest bei der Prinzersdorf bitte mit Großaufgebot und schön auffällig. Wir wollen die mal richtig aufscheuchen. Vielleicht macht sie dann ja Fehler. Mit offenen Karten hat sie uns gegenüber jedenfalls bisher nicht gespielt."

„Nee, das hat sie wirklich nicht", ließ sich jetzt Tobias Patzelt vernehmen. „Da wäre ich gerne dabei. Aber auch Antonia hat dich angelogen. Ob das mit dem Mord zu tun hat, wage ich zwar zu bezweifeln, aber was die privaten Verhältnisse betrifft, wurdet ihr von beiden angelogen. Die hatten nämlich ein flottes Dreiecksverhältnis, also Balthasar, Antonia und Katharina."

Abbo Reichel musste in diesem Augenblick etwas irritiert geschaut haben, aber Tobias Patzelt fuhr ungebremst fort: „Ich hatte dir doch letzte Woche gesagt, dass die Räume der statimPAY rund um die Uhr zugänglich sind, jeder kann seine Arbeitszeit dann ableisten, wann er will. Außer Sonntag, da sind sämtliche Zugangsmechanismen für 24 Stunden abgeschaltet. Und wenn du tatsächlich am Sonnabend arbeitest, hast du unter Umständen ein Problem. Um Punkt 24.00 Uhr wird im gesamten Büro das Licht abgeschaltet, nur noch die Notbeleuchtung funktioniert und vor allem werden sämtliche Rechner heruntergefahren. Ohne automatische Datensicherung. Wenn du also Pech hast und nicht daran gedacht hast, ist deine Arbeit von mehreren Stunden damit weg. Ist mir selbst zu Beginn meiner Tätigkeit auch mal passiert. War schon blöd. Damit mir das nicht noch einmal passiert, habe ich mich in das Zugangssystem eingehackt und dafür gesorgt, dass ich jederzeit Zugang zum Büro und zum Rechner habe. Natürlich so, dass es keiner nachvollziehen kann. Als Anwesenheitszeiten werden dann andere dokumentiert. Im März, das genaue Datum weiß ich allerdings nicht mehr, wollte ich das erstmalig ausnutzen, weil ich mit meinen Aufgaben im Verzug war und gedacht habe, dass ich das problemlos und in Ruhe an diesem Sonntag erledigen kann. Mein Freund war wegen einer Familienfeier für das gesamte Wochenende nach Düsseldorf gefahren und ich hatte dementsprechend Zeit. Gegen 11.00 Uhr bin ich zum Paul-Lincke-Ufer geradelt und auch ohne Schwierigkeiten über den hinteren Eingang in die Büroräume gekommen. Irgendwie hatte ich ein mulmiges Gefühl, warum auch immer, ich war aber vorsichtig und habe mich ganz leise verhalten. Und das war auch gut so. Merkwürdige Geräusche waren zu hören und als ich um die zweite Ecke gehen wollte, sah ich die beiden."

Da Tobias Patzelt an dieser Stelle seinen bisherigen Redefluss abrupt unterbrach und auch nicht den Eindruck machte, dass er ohne Aufforderung weitersprechen würde, konnte Abbo Reichel nachfragen: „Du warst also nicht der Einzige, der das Zugangssystem manipuliert hat. Klingt für mich so, als ob das System doch nicht so sicher ist und bei euch jeder macht, was er will. Und wer war es und warum?"

„Tja, jetzt sind wir bei den merkwürdigen Geräuschen und beim flotten Dreier. Es waren Antonia und Balthasar, was ich aber nicht auf Anhieb gesehen habe. Antonia stand vollkommen nackt über den mittleren Schreibtisch gebeugt und Balthasar hat sie von hinten gevögelt. Leise waren sie dabei nicht gerade, das war wohl auch mein Glück. Meine Güte, wenn ich da hereingeplatzt wäre und sie hätten mich gesehen. In dem Moment kam aus Richtung des vorderen Eingangs Katharina. Sie hat sich die Vorstellung völlig ungerührt angesehen, sich ausgezogen und an den rechten Schreibtisch gestellt, ebenfalls vorgebeugt. Erst in diesem Moment habe ich eindeutig erkennen können, dass es sich bei den anderen beiden um Antonia und Balthasar handelte. Die beiden waren miteinander fertig, was auch eindeutig zu hören war. Antonia hat sich dann ziemlich breitbeinig auf den Schreibtischstuhl gesetzt und Balthasar Katharina am Nebenschreibtisch von hinten gevögelt. Antonia hat sich dabei offenbar noch selbst befriedigt, jedenfalls war die Geräuschkulisse eindeutig, von allen dreien. Ich war völlig fertig und habe mich wieder zum hinteren Ausgang geschlichen und das Gebäude schnellstens verlassen. Um das alles zu verdauen, habe ich mich dann in eine der Kneipen am Kottbusser Damm gesetzt, keine Ahnung in welche, und erst einmal zwei oder drei Biere getrunken. Und weißt du, was mir als erstes durch den Kopf gegangen ist?"

Ohne das Kopfschütteln von Abbo Reichel so richtig wahrzunehmen, fuhr er fort: „Katharina hatte ihre Kleidung sehr ordentlich zusammengefaltet und auf den Schreibisch gelegt und Antonias lagen auf einem Haufen auf dem Boden. Eigentlich irre, so etwas überhaupt wahrzunehmen. Der Anblick der beiden ‚Damen' war übrigens sehr ansehnlich und obwohl ich ja der anderen Fraktion angehöre, hat mich das Gesehene zugegebenermaßen erregt. Katharina hat mich übrigens am nächsten Tag ziemlich zusammengestaucht, weil ich mit meiner Arbeit in Verzug war. Ich konnte ihr wohl kaum sagen, dass ich es am Sonntag ja versucht hätte", fügte er anzüglich grinsend hinzu.

„Auch bei meiner nächsten Aufgabe lag ich hinter meinem eigenen Zeitplan zurück, so dass ich am darauffolgenden Sonntag wieder ins Büro gegangen bin. Und ich kann dir sagen, das erste Erlebnis war noch von der harmloseren Sorte. Gleich nach Betreten der Büroetage habe ich schon ein ziemlich heftiges eindeutiges Gestöhne gehört. Mir war sofort klar, was los ist, aber ich konnte nicht anders und habe mich herangeschlichen. Dieses Mal waren sie im Glaskasten auf den Turnmatten zugange. Balthasar lag auf dem Rücken, Katharina ritt ihn und Antonia saß auf seinem Gesicht. Meine Güte, das ging echt zur Sache. Ich muss zugeben, der Anblick von Katharina und Antonia war schon nicht schlecht. Zugeben muss ich auch, dass ich das Ganze ziemlich lange verfolgt habe, bevor ich die Räume geräuschlos wieder verlassen habe. Das Büro habe ich danach nie wieder an einem Sonntag betreten. Die Klamotten lagen übrigens wild verteilt im Glaskasten herum, ein Stapel war aber sehr ordentlich, Ich vermute mal, dass das die Sachen von Katharina waren. Würde jedenfalls zum Sonntag davor passen. Außerdem ist Katharina eigentlich in allem sehr kontrolliert. Mit dem technischen Know-how von Katharina ist es übrigens nicht so weit her, wie sie immer tut. Jedenfalls konnte ich in den Zugangsdaten ziemlich problemlos ermitteln, dass die drei seit mehr als einem Jahr jeden Sonntag dort zugange waren. Ich habe mich vorhin noch einmal in die Datei eingehackt, das ging auch nach März weiter, das letzte Mal am 8. Juli, also am Tag vor Balthasars Ermordung."

Bevor Abbo Reichel in irgendeiner Form reagieren oder Rückfragen stellen konnte, ergänzte Tobias Patzelt noch: „Meinem Part als Julian Assange der statimPAY bin ich jetzt nachgekommen, alles Weitere müsst ihr selbst klären. Vielen Dank für Kaffee und Kuchen auf Staatskosten, die Blaubeer-Sahne ist wirklich erste Sahne." Damit war er schon aufgestanden, hatte Abbo Reichel noch aufmunternd zugenickt und war verschwunden.

„Ich habe mir gedacht, Sie brauchen jetzt noch etwas Nervennahrung", damit stellte die namenlose Bedienung ein weiteres Stück Blaubeer-Sahne und einen Cappuccino vor Abbo Reichelt ab und war ebenfalls sofort wieder verschwunden.

„So, das nennt man also arbeiten. Ich hätte doch bei der Polizei bleiben sollen." Mit diesen Worten stand unvermittelt Isabelle Berntsen vor ihm und lachte so laut, dass es im gesamten Kaffeehaus Zeltinger nicht zu überhören war. Bevor er sich von seinem Schreck erholen konnte, saß sie neben ihm und küsste ihn ausgiebig. Nachdem er sich aus ihrem Klammergriff befreien konnte, stand wie von Zauberhand ein weiteres Stück Blaubeer-Sahne und ein zweiter Cappuccino auf dem Tisch.

„Jetzt wird gegessen und nicht geredet, das können wir nachher zu Hause."

„Dein Stück Torte ist aber viel größer als meins. Davon wirst du dick und fett und kugelrund."

„Blödmann. Kugelrund werde ich so oder so, auch ohne diese leckere Torte."

„Habe ich das eben richtig verstanden, Sie erwarten Nachwuchs?" Mit dieser Frage stand die Bedienung ohne jegliche Vorwarnung vor den beiden.

Endlich erwachte Abbo Reichel aus seiner Art Schockstarre über die Aussagen von Tobias Patzelt und dem unerwarteten Auftauchen seiner Ehefrau und schaltete übergangslos um in seinen Normalmodus: „Ja, und es wird ein echter Frohnauer oder eine echte Frohnauerin. Bis zum Geburtstermin am 22. Januar 2019 sind wir hoffentlich in unser Haus umgezogen."

„Da wird's sonnig, aber kalt sein", damit war die Bedienung auch schon wieder verschwunden.

„Was machst du eigentlich hier, musst du nicht arbeiten?" fragte Abbo Reichel kopfschüttelnd.

„Mario hat mich nach Hause geschickt. Er meinte, ich sehe blass aus und als Schwangere sollte ich mich schonen und erst am Montag wieder blicken lassen. Damit meinte er wohl eher, dass ich die zusätzliche Zeit nutzen soll, mich auf die Verteidigung meiner Doktorarbeit vorzubereiten, die steht ja am Montag an. Außerdem hat mich Tabea angerufen, es gibt Probleme mit dem Bauamt wegen der geplanten Dachgauben für die beiden Arbeitszimmer. Hilko und sie wollen mir das vor Ort erklären und Lösungsmöglichkeiten besprechen. Wir sind um 17.00 Uhr verabredet. Da wollte ich halt die Gelegenheit nutzen und vorher in Ruhe eine Blaubeer-Sahne genießen."

„So so, beides also ohne mich."

„Genau, ich wollte dich vor vollendete Tatsachen stellen", dabei konnte Isabelle Berntsen allerdings nicht ernst bleiben und hätte sich mit ihrem Lachen fast an der Torte verschluckt. „Dafür darfst du jetzt schon nach Hause, vorher noch einkaufen und uns dann etwas Leckeres kochen. Ich bin spätestens um 19.30 Uhr zurück. Und denk dran, nicht nur lecker, auch nahrhaft." Damit schob sie das letzte Stück der Torte in den Mund, gab ihm einen Abschiedskuss und war verschwunden.

Mittwoch, 18. Juli 2018, 17.03 Uhr

Hilko Reichel schaute demonstrativ auf seine Uhr, als Isabelle Berntsen mit dreiminütiger Verspätung ihre Vespa vor dem Haus Forstweg 99 abbremste und den Helm abnahm. Für seine Bemerkung „Und so etwas ist mit einem deutschen Beamten verheiratet und will womöglich selbst einmal deutsche Beamtin werden", fing er sich einen heftigen Ellenbogencheck von Tabea Raschke ein. Maulend ergänzte er: „Für wahre Aussagen wird man dann auch noch mit blauen Flecken bestraft. Wahr ist übrigens auch, dass wir keine Chance haben, die von uns geplanten Dachgauben für die Arbeitszimmer genehmigt zu bekommen. Das Bauamt Reinickendorf ist da knallhart. Nach deren Auffassung ist das Grundstück seit einer Änderung der Bauvorschriften für Frohnau vor einigen Jahren sowieso überbaut, da kommt eine Erhöhung der Wohnfläche auch um diese geringe Fläche keinesfalls in Frage. Tabea hat die Rechtslage gecheckt und festgestellt, dass ihr keine Chance habt, die Genehmigung zu bekommen. Wir haben aber eine Alternative gefunden, vielleicht ist die sogar besser. Auf jeden Fall wird sie günstiger. Wenn du mal aufschließen würdest, könnten wir nach oben gehen und uns das gemeinsam ansehen." Einem zweiten Ellbogencheck konnte er durch eine fast elegante Seitenbewegung knapp entgehen.

„Die Reichel-Jungs können manchmal ganz schön nerven und ernst bleiben ist auch nicht unbedingt deren Stärke, aber was nimmt man nicht alles in Kauf." Damit nahm Tabea Raschke Isabelle Berntsen den herausgekramten Schlüssel ab, schloss das Haus auf und ging wortlos in das Dachgeschoss.

Oben angekommen legte sie gleich los: „Es bleibt dabei, dass diese Wand und damit auch die Zimmertür entfernt werden, dafür gib es unverändert neu zwei schräg angeordnete Türen und eine Trennwand einmal längs durch das Dachgeschoss. Die geplanten Dachgauben können wir wie gesagt vergessen und damit auch die Schreibtische an diesen Stellen. Mit Dachflächenfenstern ergibt es keinen Sinn, die Schreibtische unter die Schrägen zu stellen. Unser neuer Vorschlag ist, dass das vorhandene

160

Fenster auf der Giebelseite entfernt wird und dafür nebeneinander zwei neue Fenster, also eines pro Arbeitszimmer, neu eingebaut werden. Ist zwar ziemlich aufwändig, geht aber. Dafür wird es an den Seiten deutlich einfacher. Statt der Gauben werden pro Zimmer mehrere Dachflächenfenster eingebaut, genau zwischen den Sparren. Ich denke pro Zimmer an vier oder vielleicht sogar fünf. Diese Fenster gibt es in diversen Standardgrößen, das wird also recht günstig und der Einbau ist ebenfalls viel einfacher und damit billiger als die ursprünglich geplanten Dachgauben. Schön hell werden die Zimmer in jedem Fall. Die Schreibtische kommen dann vor die neuen Fenster auf der Giebelseite, die Trennwand könnt ihr mit Bücherregalen vollstellen und unter die Dachflächenfenster passt bequem ein Sofa oder andere Möbel."

„Sofa ist gut, für die Meditationspausen sehr sinnvoll", warf jetzt Hilko Reichel ein.

„Quatsch! Denk lieber daran, dass Isabelle mehrere Schwestern hat, die bestimmt mal zu Besuch kommen wollen. Der Auftrag an uns war, dass die Arbeitszimmer multifunktional auch als Gästezimmer genutzt werden können."

Isabelle Berntsen sagte nichts, blickte sich lange in dem noch ziemlich großen Raum um, öffnete dann das Fenster und schaute hinaus. „Genauso machen wir es. Ihr könnt die Aufträge dafür schon erteilen. Im Kaufvertrag ist das alles entsprechend geregelt. Wir können mit den Umbaumaßnahmen schon loslegen, auch wenn die Umschreibung im Grundbuch noch nicht erfolgt ist. Die Finanzierung ist auch beantragt und Petra meinte, dass es da mit Sicherheit keine Probleme geben wird."

„Willst du das nicht noch mit Abbo abstimmen?" fragte Hilko Reichel, „Oder geht es ihm da genauso wie mir?"

„Blödmann" kam es jetzt zeitgleich von Isabelle Berntsen und Tabea Raschke und das Thema war damit erledigt.

161

Mittwoch, 18. Juli 2018, 19.25 Uhr

„Was gibt's denn zu essen?" Damit warf Isabelle Berntsen ihren Schlüsselbund auf den Schuhschrank im Flur, zog die Schuhe aus und stürmte in den Küchenbereich. „Riecht schon mal nicht schlecht, wenn's auch so schmeckt…."

„Mindestens so gut, wahrscheinlich aber noch besser. Vergiss bitte nicht, dass alle großen Köche Männer sind. Bevor du jetzt wieder dein Lieblingswort benutzt, setz dich hin und lass dich überraschen."

„Meine Wünsche hast du damit voll und ganz erfüllt, das war lecker und nahrhaft. Ich verkünde hiermit offiziell und unwiderruflich, dass Tagliatelle mit Lachssoße auf die für die Familie Berntsen/Reichel zu führende Positivliste der zugelassenen Speisen aufgenommen werden dürfen. Auch wenn der dazu passende Weißwein irgendwie fehlte, aber das muss dann halt bis zum nächsten Jahr warten."

Während sie das Geschirr abräumte, berichtete sie über das Ergebnis ihrer Besprechung mit Tabea und Hilko. Abbo Reichel nickte nur zustimmend, erwähnte aber lieber nicht, dass ihn Hilko schon ausführlich telefonisch informiert hatte.

„Tabea und Hilko haben auch gedrängelt, dass wir uns so schnell wie möglich um die Auswahl der Fliesen, Badelemente, Türgriffe und was weiß ich noch alles kümmern müssen. Sie holen uns Sonnabend früh so gegen 10.00 Uhr ab und bringen uns eine vermutlich ziemlich lange Liste mit, um was wir uns kümmern müssen. Sie wollen dann vor Ort noch einmal mit uns alle Umbaumaßnahmen besprechen. Deine Eltern kommen auch. Jetzt will ich nur noch auf das Sofa und mich von einem schnulzigen Film berieseln lassen. Du kannst mir trotzdem dabei mal erklären, was du vorhin im Kaffeehaus Zeltinger gemacht hast."

„Berieseln lassen ist in Ordnung und wenn's sein muss, von mir aus auch ein Kitschfilm. Aber nur ein Film ohne Sex, davon hatte ich heute schon genug." Bevor Abbo Reichel diese etwas gewagte Aussage erläutern konnte, hatte er von der empört blickenden Isabelle Berntsen schon ein Kissen an den Kopf geworfen bekommen.

„Blödfrau. Lass mich doch das Ganze mal erklären", damit setzte Abbo Reichel zu einer ausführlichen Schilderung seines heutigen Nachmittags an, ohne auf eine detaillierte Schilderung sämtlicher Einzelheiten zu verzichten. „Kannst du jetzt nachvollziehen, warum ich heute gerne auf einen Film mit Sexszenen verzichten möchte? Mir reicht das Kopfkino völlig."

Ehe er sich versah, hatte er schon wieder ein Kissen am Kopf.

„Einen flotten Dreier, das könnte dir so passen. Nein, nein, das gibt es nicht. Du musst dich mit mir begnügen und das dürfte auch völlig ausreichen. Schließlich haben Schwangere aufgrund der guten Durchblutung in dieser Hinsicht erhebliche Bedürfnisse. Und du weißt ja, das Ledersofa ist abwischbar."

Viel später, ohne dass der Fernseher eingeschaltet wurde, saßen sie aneinander gekuschelt auf dem Sofa, die Kleidungsstücke lagen wild verteilt davor.

Sinnierend meinte Abbo Reichel: „Meinem Informanten ist besonders aufgefallen, dass Katharina Prinzersdorf ihre Klamotten beide Male sehr ordentlich deponiert hatte, während Antonia Hansmann ihre einfach fallen gelassen hat."

„Ich würde mir die beiden auf jeden Fall vorknöpfen und massiv unter Druck setzen. Die haben euch doch nach Strich und Faden belogen und euch richtiggehend vorgeführt. Ermordet haben kann ihn ja keine von den beiden, aber irgendetwas stimmt nicht. Vielleicht kommt ihr über die beiden auf das Motiv und ihr habt doch bestimmt auch auf der Polizeischule hier in Berlin gelernt, dass man fast immer über das Motiv auf den Mörder kommt."

„Oder die Mörderin. Bitte jetzt kein Blödmann. Ich gehe ins Bett, du kannst gerne mitkommen, dann können wir weitermachen."

Donnerstag, 19. Juli 2018, 8.50 Uhr

„Wir können anfangen, es wird kein ‚hoher' Besuch erwartet. Wenn es recht ist, fange ich mal an", eröffnete Abbo Reichel die Besprechung und berichtete lange und ausführlich über sein Gespräch mit dem Whistleblower, ohne dessen Namen zu verraten. Unterbrochen wurde er nur von einigen ahs und ohs und noch mehr unsachlichen Bemerkungen.

Das Team war sich nach der Schilderung sehr schnell einig, dass bei den beiden Damen unbedingt und so schnell wie möglich eine Hausdurchsuchung erfolgen sollte. Alle hofften, dass die bereits initiierte Maßnahme vom zuständigen Richter genehmigt würde.

„Das müsste doch schon mit dem Teufel zugehen, wenn wir bei denen nichts finden", sagte Steffen Tietz. „Wir" dabei blickte er zu Loredana Schmittke herüber, „haben gemeinsam mit Eva Lindemann zur statimPAY recherchiert, aber bisher nichts handfestes ermitteln können. Es gab und gibt aber einiges an Gerüchten im Internet, dass es um die wirtschaftlichen Verhältnisse nicht sonderlich gut stehen soll. Dem stehen aber deutlich mehr Berichte entgegen, auch in namhaften Wirtschaftsblättern, die die statimPAY bejubeln. Ohne deren Bankunterlagen und damit ohne Durchsuchungsbeschluss kommen wir da kaum weiter."

„Das Thema Tauchsportvereine können wir auch abhaken", ergänzte Aylin Yildirim, „Thomas und ich haben die alle abgeklappert. Null Ergebnis, Aquatec Harpoon sagte natürlich fast allen etwas, aber Harpunen sind hier in Berlin nicht so angesagt. Erinnern konnte sich jedenfalls niemand an einen Taucher, der so ein Ding hat. Aber wenigstens haben wir ein paar nette Ecken von Berlin kennengelernt." Thomas Kablow fügte mit vollkommen ernster Miene noch hinzu: „Beim nächsten Mord würde ich gerne bei Yachtvereinen recherchieren, die haben bestimmt noch imposantere Clubhäuser."

„Bevor ihr zu sehr abdriftet", meinte jetzt Julia Rochow, „ich habe mir die französische Akte zu Gemüte geführt, hat aber eigentlich nichts Relevantes ergeben. Eine kurze Zusammenfassung auf Deutsch habe ich im Ordner zusammen mit dem französischen Original hinterlegt. Als Vorbild kann der Mord in der Bretagne aber durchaus gedient haben, auch die hiesige Presse hat damals recht ausführlich berichtet. Vor allem die Zeitungen mit den großen Buchstaben haben das ziemlich breitgetreten. Übrigens alle Zeitungen immer mit dem Hinweis auf ‚007 Feuerball', da hat wohl einer vom anderen abgeschrieben. Die Artikel sind auch im Ordner hinterlegt."

Kaum hatte sie ihren Bericht beendet, knallte die Tür auf und Mandy Friedrich und Bodo Harbauer platzten herein. Mandy Friedrich wedelte dabei aufgeregt mit ein paar Papieren. „Meine Güte, der Richter war echt schwer zu überzeugen. Aber Bodo hat ihn so lange genervt, bis wir die Durchsuchungsbeschlüsse bekommen haben. Geile Taktik, muss ich mir merken. Jetzt seid ihr dran. Ich würde wahnsinnig gerne mit dabei sein, möglichst bei der Prinzersdorf. Wäre das für euch in Ordnung?"

„Bevor du weitere Betriebsgeheimnisse aus der Arbeit der Staatsanwaltschaft verrätst, übernehme ich mal lieber. Selbstverständlich können und werden wir bei den Durchsuchungen dabei sein, ich übernehme dann halt die Hansmann. Für einen möglichst großen Überraschungseffekt und um die beiden aus der Reserve zu locken, schlage ich morgen früh um 6.00 Uhr vor. Ist zwar eigentlich nicht so ganz meine Zeit, aber was soll's. Bei der Prinzersdorf würde ich an eurer Stelle das ganz große Besteck auffahren, auf jeden Fall so auffällig wie möglich. Von der Durchsuchung bei der Hansmann verspreche ich mir weniger, da reicht es meines Erachtens auch unauffälliger. Aber das werdet ihr bis morgen schon entsprechend organisieren." Und an Abbo Reichel gerichtet, ergänzte Bodo Harbauer noch: „Dann berichte doch bitte noch über das Gespräch mit deinem Informanten."

Dieser Bitte kam Abbo Reichel nach, allerdings gegenüber den Ausführungen für sein Team in deutlich verkürzter Form. Es reichte allerdings, um bei Mandy Friedrich mehrfach eine ausgesprochen rote Gesichtsfarbe hervorzurufen.

165

„Sehr schön", kam es nur kurz und trocken von Bodo Harbauer. „Damit dürften wir ein probates Druckmittel gegenüber den beiden Damen haben. Ich bin gespannt, was die Durchsuchungen ergeben und warum sie uns so belogen haben. Wir sehen uns dann morgen früh um 6.00 Uhr jeweils vor Ort. Falls es noch Änderungen geben sollte, ihr kennt ja unsere Durchwahl."

Wenige Minuten später war das Team LKA 117 wieder unter sich und die Aufgaben wurden verteilt. Man war sich schnell einig, dass für die Durchsuchung bei Antonia Hansmann neben Bodo Harbauer lediglich zwei uniformierte Beamte sowie Thomas Kablow und Julia Rochow ausreichen würden. Die Spurensicherung wurde als entbehrlich betrachtet und konnte im Fall der Fälle noch kurzfristig herbeigerufen werden.

Ebenso schnell war man sich einig, dass der Empfehlung von Bodo Harbauer gefolgt werden sollte. Als ausreichend ‚großes Besteck' wurde festgelegt, dass neben Mandy Friedrich und Abbo Reichel auch Loredana Schmittke, Aylin Yildirim und Eva Lindemann teilnehmen sollten. Dazu sechs uniformierte Beamte in drei Streifenwagen und eine Abordnung der Spurensicherung in voller Montur. Das Ganze unter vollem Einsatz von Blaulicht und Sirene für alle Einsatzfahrzeuge. Lediglich Julia Rochow zeigte sich leicht unzufrieden, da der Einsatz in Tegel ohne Blaulicht und Sirene erfolgen sollte. Von Thomas Kablow kam noch der Kommentar: „Gut, dass die Bude am Lietzensee so groß ist. Sonst würdet ihr euch mit mehr als einem Dutzend Beamter gegenseitig auf die Füße treten. In Tegel schaffen wir die Durchsuchung auch locker zu fünft."

Entgegen aller Erfahrung war es zur Verwunderung des gesamten Teams überhaupt kein Problem, bei den beiden örtlich zuständigen Direktionen die erforderlichen Uniformierten und Einsatzfahrzeuge zugesagt zu bekommen. Für die Spurensicherung war es sowieso kein Problem, ein kurzer Anruf bei Ellen Nessmer reichte vollkommen aus. Lediglich ihre Begeisterung über die frühe Uhrzeit hielt sich in überschaubaren Grenzen.

Donnerstag, 19. Juli 2018, 12.50 Uhr

Kaum waren die Vorbereitungen für die morgigen Durchsuchungen abgeschlossen, erschien Timo Thoms im Raum, natürlich ohne vorheriges Anklopfen.

Ohne weitere Vorrede oder sogar eine Begrüßung sagte er in einem schneidenden Tonfall: „Ich habe ja schon mehrfach darauf hingewiesen, dass dieser Fall erhebliche Brisanz hat und auch von politischer Seite genau verfolgt wird. Die Wirtschaftssenatorin hat sich mal wieder bei unserer Polizeipräsidentin nach dem aktuellen Stand erkundigt. Ich habe daher entschieden, dass heute um 16.00 Uhr eine Pressekonferenz stattfindet, die ich leiten werde. Herr Scholz hat durchblicken lassen, dass er wegen eines anderen Termins unabkömmlich ist und leider nicht teilnehmen kann. Ich erwarte daher, dass Sie beide teilnehmen", und blickte dabei nacheinander Thomas Kablow und Abbo Reichel an. Ebenso erwarte ich, dass Sie mich jetzt sofort auf den aktuellen Stand Ihrer Ermittlungen bringen. Ich hoffe, dass Sie Neues zu bieten haben."

Dieser Auftritt kam so richtig gut an. Allen im Team war sofort aufgegangen, dass Timo Thoms auch keinerlei Rückendeckung bei ihrem Chef Oliver Scholz hatte, anders war die Absage zur Teilnahme an der Pressekonferenz jedenfalls nicht zu verstehen.

Ganz ruhig und ziemlich leise, aber auch sehr bestimmt und vom Tonfall her keinen Widerspruch duldend übernahm Thomas Kablow die Antwort: „Herr Thoms, das ist ja sehr schön, dass Sie so kurzfristig eine Pressekonferenz einberufen, aber eine vorherige Abstimmung wäre schon ganz sinnvoll. Wir alle, und ich betone ausdrücklich, wir alle befinden uns aktuell in intensiven Vorbereitungen für mehrere morgen früh stattfindende Durchsuchungen, von denen wir uns deutliche Fortschritte in unseren Ermittlungen versprechen. Um diese Fortschritte nicht zu gefährden, sehen wir uns nicht in der Lage, an Ihrer Pressekonferenz teilzunehmen. Wir sehen uns aus dem gleichen Grund auch nicht in der Lage, Sie über den aktuellen Stand der Ermittlungen zu informieren. Wenn Sie heute früh zur üblichen Uhrzeit hier gewesen wären, hätten Sie die Informationen problemlos persönlich bekommen, so halt nicht. Ihnen dürfte aber nicht entgangen sein, dass wir wunsch- und auftragsgemäß sämtliche Informationen im Ordner ‚Feuerball‘ hinterlegt haben. Es entspricht übrigens der üblichen Verfahrensweise im LKA, dass die Dokumentation aller relevanten Informationen zeitnah und detailliert erfolgt. Machen Sie jetzt bitte Ihre Arbeit und bereiten Sie sich auf Ihre Pressekonferenz vor. Und lassen Sie uns unsere Arbeit machen."

Damit öffnete er die Tür zum Flur und schob Timo Thoms sanft aus dem Raum, was dieser auch widerstandslos, aber mit ziemlichem Entsetzen im Gesicht geschehen ließ.

Durch die Glaswand zum Flur verfolgte das gesamte Team den Rückzug von Timo Thoms und als er nicht mehr zu sehen war, fingen alle an, hemmungslos zu lachen..

„Meine Güte, was für ein Arschloch. Aber kommen wir jetzt zu den wichtigen Dingen des Lebens und ermitteln mal, was es in der Kantine gibt. Ich gehe jede Wette ein, dass Oliver da schon auf uns wartet." Damit war Abbo Reichel aufgestanden und auf dem Weg in die Kantine, gefolgt vom restlichen Team.

Donnerstag, 19. Juli 2018, 13.15 Uhr

Mit seiner Vermutung hatte Abbo Reichel richtig gelegen. Oliver Scholz saß in der hintersten Ecke der Kantine an einem der großen Tische und aß sichtlich vergnügt, auch wenn nicht so richtig zu identifizieren war, was er eigentlich auf dem Teller hatte.

„Wenn ich eine Empfehlung aussprechen darf, nehmt die Notnahrung. Das hier ist nichts. Der Koch hat sich wohl krank gemeldet und weiß der Geier, wo die den Ersatz herbekommen haben. Currywurst und Pommes sehen aber aus wie immer."

Wenige Minuten später saß das gesamte Team entsprechend der Empfehlung ihres Chefs einheitlich mit Currywurst mit Pommes versorgt am Tisch.

Oliver Scholz deutete auf sein Handy und meinte ohne jegliche Gesichtsregung: „Der Thoms hat mich gerade angerufen und sich über euch beschwert. Euer Verhalten, insbesondere das von Thomas, sei völlig indiskutabel und ich sollte doch über Disziplinarmaßnahmen nachdenken. Wenn's das gäbe, würde ich eher über Belobigungen in der Personalakte nachdenken. Aber im Ernst, der war ziemlich ungehalten. Ich hatte aber schon vorher aus, wie es so schön heißt, gewöhnlich gut unterrichteten Kreisen aus dem Polizeipräsidium gehört, dass der Thoms ganz schön unter Druck steht und mit ziemlicher Sicherheit nicht mehr lange auf seiner Position sein wird. Man munkelt, dass die Polizeipräsidentin ihn in die Senatsverwaltung für Inneres wegloben will. Auch am Platz der Luftbrücke ist man der Meinung, dass er sich das mit der Pressekonferenz selbst eingebrockt hat und dann auch selbst auslöffeln soll. Schaut nicht so irritiert, esst lieber, sonst werden eure Pommes noch kalt."

In dem Moment klingelte sein Handy. Nachdem er das Gespräch angenommen hatte, kam nur noch mehrfach ein ‚aha', ‚jaja' und ‚ist nachvollziehbar'.

„Ihr werdet es kaum glauben, das war der Thoms. Ziemlich kleinlaut, warum auch immer. Er hätte doch genügend Zeit gehabt, sich zumindest im Groben auf den aktuellen Stand zu bringen. Jedenfalls hat er die Pressekonferenz abgesagt beziehungsweise auf unbestimmte Zeit verschoben. Als Grund will er gegenüber der Presse angeben, dass alle maßgeblichen Kommissare wegen der absolut intensiven und auch eilbedürftigen Ermittlungen unabkömmlich seien. Zugegeben hat er aber, dass er bis 16.00 Uhr kaum in der Lage wäre, die Fülle der Ermittlungsunterlagen im Detail zu sichten. Einen neuen Termin will er erst nach Rücksprache mit mir anberaumen. Die schlechte Nachricht ist aber, dass er künftig regelmäßig an den Besprechungen teilnehmen will." Mit einem Seufzer fügte er hinzu: „Was für ein Idiot. Wollen wir mal hoffen, dass die Presse das nicht in den falschen Hals bekommt und irgendwelchen Unfug veröffentlicht, vor allem nicht vorab online. Wenn ich Bodo vorhin richtig verstanden habe, habt ihr die Durchsuchungen ja für 6.00 Uhr anberaumt, da ist der Überraschungseffekt wohl garantiert."

Freitag, 20. Juli 2018, 5.57 Uhr
Berlin-Charlottenburg, Kuno-Fischer-Str. 14

Direkt vor dem Haus Kuno-Fischer-Str. 14 stand ein alter und ziemlich schmutziger Nissan Micra von undefinierbarer Farbe, an den Mandy Friedrich lehnte und quasi mit den Hufen scharrte. Aufgeregt und vergnügt zugleich beobachtete sie, wie drei Streifenwagen, zwei Zivilfahrzeuge und ein Kastenwagen der Spurensicherung vorfuhren und die gesamte Straße blockierten. Alle wie abgesprochen mit Blaulicht und Sirene. Die Sirenen waren schnell abgeschaltet, die Blaulichter flackerten allerdings weiter. Dieser Auftritt konnte niemandem im weiten Umkreis verborgen geblieben sein. Ob man die Sirenen allerdings auch im Hinterhaus beziehungsweise ,Seehaus' hatte hören können, entzog sich den Beteiligten. Die gewünschte Öffentlichkeitswirksamkeit war so erfolgreich, dass am nächsten Tag selbst die Zeitungen mit den großen Buchstaben darüber berichteten. Die groß aufgemachten und mit vielen Fotos versehenen Beiträge hatten allerdings die eher unangenehme Konsequenz, dass sie Timo Thoms auf den Plan riefen.

Die Hauseingangstür war kein Hindernis, in weniger als 10 Sekunden hatte ein Mitarbeiter der Spurensicherung sie geöffnet.

Zwei Minuten später stand Abbo Reichel mit dem Durchsuchungsbeschluss in der Hand vor der Wohnungstür von Katharina Prinzersdorf. Auf dem Klingelschild stand immer noch Katharina von Prinzersdorf, was Abbo Reichel allerdings wieder nicht daran hinderte, Sturm zu klingeln.

Es tat sich nichts, so dass Abbo Reichel erneut Sturm klingelte, bis sich endlich die Tür langsam öffnete und eine sichtlich verschlafene Katharina Prinzersdorf hinausschaute. Sie war eindeutig nicht nur verschlafen, sondern auch völlig überrascht. Bekleidet war sie mit einem offenbar nur hastig übergeworfenen seidenen Morgenmantel, der mehr offenbarte als verbarg.

,Uih', dachte Abbo Reichel, ,Tobias Patzelt hat eindeutig recht, die ist wirklich sehr ansehnlich.' Er hatte sich aber sofort wieder im Griff und sagte: „Frau Prinzersdorf, wir haben einen

Durchsuchungsbeschluss für Ihre Wohnung. Lassen Sie bitte meine Kollegen und mich unsere Arbeit erledigen." Dabei hielt er ihr den Beschluss so dicht vor die Nase, dass sie garantiert nichts lesen konnte. Er fuhr fort mit: „Als ersten Straftatbestand stellen wir fest, dass Sie offensichtlich in der Öffentlichkeit einen falschen Namen führen", und deutete damit auf das Klingelschild. Mandy Friedrich hatte sichtlich Mühe, diese Anmerkung ohne unpassenden Gesichtsausdruck zur Kenntnis zu nehmen, nahm aber den Faden auf: „Als zuständige Staatsanwältin werde ich das mit aufnehmen und der Vielzahl der zu erwartenden weiteren Anklagepunkte hinzufügen. Im Übrigen weise ich Sie darauf hin, dass Sie das Recht haben, einen Rechtsbeistand hinzuzuziehen. Das ändert aber nichts an der Tatsache, dass wir sofort mit der Durchsuchung beginnen werden." Damit winkte sie die uniformierten Kollegen und die Spurensicherung durch. „Ich würde es außerordentlich begrüßen, wenn Sie sich etwas Vernünftiges anziehen, das gebietet meines Erachtens nicht nur die Höflichkeit gegenüber meinen männlichen Kollegen. Wenn ich im Laufe der Durchsuchung schlechte Laune bekommen sollte, könnte ich Ihren Aufzug durchaus als gewollte Ablenkung meiner Kollegen und damit als Behinderung unseres Auftrags betrachten. Und es dürfte Ihnen klar sein, dass auch das strafbar ist."

Sichtlich entsetzt und immer noch völlig konsterniert nahm Katharina Prinzersdorf die Invasion ihrer Wohnung durch das Polizeiaufgebot zur Kenntnis, eine irgendwie geartete Gegenwehr war ganz offensichtlich nicht zu erwarten. Katharina Prinzersdorf drehte sich wortlos um und ging in Richtung des hinteren Teils der Wohnung, verfolgt von einer uniformierten Beamtin, die Mandy Friedrich nonverbal um Begleitung gebeten hatte.

Geschult durch eine Vielzahl vergleichbarer Durchsuchungen setzten sich die uniformierten Beamten und die Spurensicherung, verstärkt durch Loredana Schmittke, Aylin Yildirim und Eva Lindemann, in Bewegung und begannen mit der Durchsuchung der Wohnung. Nur Mandy Friedrich und Abbo Reichel beteiligten sich nicht und schauten sich lediglich wortlos aber interessiert im riesigen Wohnzimmer um.

Einige Minuten später meinte Abbo Reichel; „Das war genial, einfach nur genial."

„Danke für die Blumen, aber genial ist hier der Pinselstrich. Hast du schon einmal einen Emil Nolde so richtig aus der Nähe gesehen? Ich jedenfalls nicht. Die Dame hat Geschmack und Geld, richtig viel Geld. Eine eher selten anzutreffende Kombination. Wenn ich mich nicht völlig täusche, und ich täusche mich bei Expressionisten selten, dann sind das hier alles Originale und stellen einen Millionenwert dar. Und bevor du fragst, ja, ich kenne mich damit aus. Neben Jura habe ich auch Kunstgeschichte studiert und mein Doktortitel ist kein juristischer. Den habe ich für eine Arbeit zum Vergleich der Künstlergruppen ‚Die Brücke' und ‚Blauer Reiter' bekommen. Weiß aber außer Bodo niemand in der Staatsanwaltschaft und das sollte auch so bleiben. Wenn wir genaueres zum Wert der Bilder wissen wollen, kann ich meinen Doktorvater anrufen, der ist Experte für Expressionisten und berät Auktions- und Kunsthandelshäuser."

Bevor Abbo Reichel irgendetwas sagen konnte, hatte Mandy Friedrich schon ihr Handy gegriffen und eine offensichtlich eingespeicherte Nummer gewählt.

„Guten Morgen Herr Professor, hier Mandy Friedrich. Entschuldigen Sie bitte die sehr frühe Störung, aber wenn ich Ihnen gleich sage, um was es geht, sind Sie mir für den frühen Anruf vielleicht sogar dankbar. Meine Kollegen und ich führen gerade am Lietzensee eine Hausdurchsuchung durch und Sie werden es kaum glauben, aber hier hängen diverse Expressionisten. Ich bin mir ziemlich sicher, dass das alles Originale sind. Vielleicht nicht die Toppbilder, aber trotzdem schwer beeindruckend. Neben einem Emil Nolde, vor dem ich gerade stehe, habe ich noch Bilder von Gabriele Münter, Paula Modersohn-Becker und einigen anderen Expressionisten gesehen. Wir brauchen so schnell wie möglich eine Einschätzung, ob es sich tatsächlich um Originale handelt und eine Aussage zum Marktwert. Ach so, bevor ich es vergesse, für das Gutachten gibt es keine Bezahlung, das wäre also pro bono."

Wenige Minuten später war das Telefonat beendet und Abbo Reichel wurde über das Ergebnis informiert: „Professor Dr. Dr. Julius Hartenheimer kommt, er wird so gegen 7.30 Uhr hier sein. Er wohnt zwar ganz in der Nähe, in Neu-Westend, aber er ist furchtbar eitel und braucht eine Weile, sich in einen vorzeigbaren Zustand zu versetzen. Das ist jetzt meine Einschätzung, nicht seine Aussage. Du wirst es ja nachher sehen. Jedenfalls ist er total interessiert und gespannt auf die Bilder. Unser Gutachten bekommen wir dann mit Sicherheit sehr schnell. Ich suche gleich mal den Fotografen der Spurensicherung, der kann schon mal von sämtlichen Bildern Fotos machen und sie dem Professor für sein Gutachten zur Verfügung stellen."

Damit war sie verschwunden und tauchte kurz danach mit dem Fotografen, wie üblich bei der Spurensicherung in einen weißen Einwegoverall gekleidet, wieder auf. Nach einer kurzen Einweisung machte er sich auftragsgemäß ans Werk, offenbar nicht unglücklich über die Aufgabe, da für ihn ansonsten hier nicht allzu viel zu tun war.

„Kannst du mir bitte mal ein Paar Einweghandschuhe geben, ich will mir mal den Emil Nolde genauer ansehen." Sprachs, zog die ihr überreichten Nitril-Handschuhe über und klappte das Bild zur Seite.

„Ich hätte doch zur Polizei gehen sollen. Schade, jetzt kann ich nicht mehr überprüfen, wie lange ihr gebraucht hättet um zu erkennen, dass hinter dem Bild ein Tresor ist. Wenn man genau hinsieht, kann man erkennen, dass das Bild nicht wie üblich aufgehängt ist. Der Rahmen ist über ein Scharnier an die Wand geschraubt. Ich würde mal tippen, das man das nur dann macht, wenn man öfter mal an den Tresor heran will oder muss."

Unbemerkt hatte sich inzwischen Ellen Nessmer an die beiden herangeschlichen und meinte ganz trocken, aber wohl nicht ganz ernst gemeint: „Nee, den hätten wir nie gefunden. Aber wenn ihr ihn schon entdeckt habt, werden wir ihn mal öffnen.

Ich denke, wenigstens in dem Punkt haben wir mehr Kompetenz als ihr."

Hartes Klackern von gefährlich klingenden Absätzen hinter ihnen ließ alle drei sich umdrehen, Katharina Prinzersdorf stand vor ihnen, gefolgt von der uniformierten Beamtin, die sie einige Zeit vorher in ihr Schlafzimmer begleitet hatte. Angetan mit einem Outfit, dass einer Premierenfeier der Berlinale alle Ehre gemacht hätte, perfekt geschminkt und mit Schuhen, für deren Absätze eigentlich ein Waffenschein erforderlich gewesen wäre. Ihrem Gesichtsausdruck war zu entnehmen, dass sie ihre Arroganz und ihr Selbstbewusstsein in vollem Umfang wiedergefunden hatte. Abbo Reichel war sich aber sofort sicher, dass sie durch den gefundenen Tresor verunsichert war und nutzte diesen Eindruck sofort aus, nachdem er sie intensiv von oben bis unten gemustert hatte: „Gut, dass Sie sich wieder gefangen haben. Auf den Anklagepunkt Behinderung unserer Durchsuchung aufgrund Ihres Aufzugs können wir wohl verzichten. Obwohl, ich bin mir nicht sicher, ob Sie für diese Absätze nicht einen Waffenschein benötigen. Für Ihr Parkett dürften die auf jeden Fall nicht bekömmlich sein. Seien Sie doch bitte so nett und öffnen Sie uns den Tresor."

Bevor sie protestieren konnte, erklang hinter ihnen eine sonore und bestimmt klingende Stimme: „Das werden Sie wohl machen müssen. Leider. Ich befürchte, die Dame hier", dabei zeigte er auf Ellen Nessmer, „hat keinerlei Hemmungen, den Tresor gewaltsam zu öffnen. Damit wäre er künftig wohl kaum noch als Tresor nutzbar. Wenn ich mich kurz vorstellen darf, mein Name ist Dr. Stefan Wöllmer, ich bin der Rechtsbeistand von Frau von Prinzersdorf. Frau von Prinzersdorf wird ab sofort keine Aussage mehr machen, ohne sich vorher mit mir abzustimmen."

Das ausgesprochen schnöselige Auftreten des Rechtsanwaltes, absolut passend zu seiner Kleidung, brachte Abbo Reichel so richtig in Rage: „Prinzersdorf, ohne ‚von'. Ihnen als Rechtsanwalt dürfte das Adelsaufhebungsgesetz vom 3. April 1919 doch wohl bekannt sein. Als österreichische Staatsbürgerin ist Frau Prinzersdorf nicht berechtigt, einen Adelstitel oder ein ‚von' zu führen. Ihnen dürfte ebenfalls bekannt sein, dass es auch in Deutschland strafbar ist, einen falschen Namen zu führen. Die Klingelschilder unten am Hauseingang und an der Wohnungstür haben wir zu Beweiszwecken bereits fotografiert. Im Übrigen haben wir nicht vor, Frau Prinzersdorf heute in irgendeiner Form zu befragen oder gar zu verhören. Montag um 9.00 Uhr bei uns in der Keithstr. 30 in Schöneberg ist dafür viel besser; ich denke, Sie kennen die Adresse." An Katharina Prinzersdorf gerichtet ergänzte er noch: „Damit haben Sie viel Zeit, sich Ihre Aussagen genau zu überlegen. Stimmen Sie sich dazu mit Herrn Dr. Wöllmer ab. Bedenken Sie dann aber auch, dass weitere Falschaussagen uns gegenüber nicht unbedingt zu Ihrem Vorteil sind. Wenn Sie jetzt bitte den Tresor öffnen würden, wir möchten gerne unsere Arbeit machen."

Dr. Stefan Wöllmer deutete per Handbewegung an, dass sie dieser Aufforderung folgen sollte. Nach Eingabe einer ziemlich langen Ziffernfolge öffnete sich die Tresortür mit einem satten Klacken um einen Spalt.

„Moment", bremste Ellen Nessmer alle Beteiligten aus. „Henri, komm bitte mal her. Die Bilder kannst du auch später fotografieren, die laufen nicht weg. Erst einmal bitte den Tresor." Nachdem der nur leicht geöffnete Tresor mehrfach fotografiert wurde, öffnete sie ihn ganz und deutete ihrem Mitarbeiter an, den jetzt vollständig geöffneten Tresor ebenfalls zu fotografieren. Sie pfiff anerkennend, „Das scheint sich ja zu lohnen", und zog mehrere dicke Geldbündel aus dem Tresor. „Alles aus dem Tresor bitte auch fotografieren", damit räumte sie die Geldbündel, mehrere dünne Aktenordner, zwei USB-Sticks und ein Tütchen mit einem weißen Pulver auf den direkt vor dem Emil Nolde stehenden, vollkommen leeren und staubfreien gläsernen Tisch.

„Scheiße", ließ sich die jetzt sichtlich entnervte Katharina Prinzersdorf vernehmen.

„Ruhe bitte, Sie sagen jetzt nichts", gab Dr. Stefan Wöllmer ihr eine eindeutige Anweisung. Und an Abbo Reichel und Mandy Friedrich gerichtet: „Meine Mandantin und ich können wohl erwarten, dass wir ein Protokoll mit allen beschlagnahmten Ge-

genständen erhalten", und deutete dabei auch auf die Mitarbeiter der Spurensicherung, die gerade einen PC, ein Notebook und diverse Aktenordner und Notizhefte vorbeitrugen.

Seelenruhig antwortete Abbo Reichel: „Selbstverständlich. Was dürfen wir denn eintragen?" und deutete dabei auf das Tütchen mit dem weißen Pulver. „Ein paar Gramm Koks? Egal, zur Not reichen wir diese Angabe nach, unser Labor wird das problemlos ermitteln."

Mit einem weiteren „Scheiße" ließ sich jetzt wieder Katharina Prinzersdorf vernehmen.

Eine schnelle Bestandsaufnahme ergab, dass die Aktenordner Kaufunterlagen für eine Finca auf Mallorca, Kaufverträge für mehrere Oldtimer und mehrere ziemlich umfangreiche Adresslisten enthielten. Die Bargeldbestände wurden unter strenger Aufsicht durch Dr. Stefan Wöllmer gezählt, exakt 235.755,-- Euro, 112.340,-- Schweizer Franken, 350.000,-- US-Dollar und 520.000,-- chinesische Renminbi Yuan, dazu ein einzelner österreichischer 1.000,-- Schilling-Schein.

Mandy Friedrich tippte hektisch auf ihrem Handy herum, murmelte einiges unverständliche vor sich hin und verkündete dann: „Wow, wenn ich mich jetzt nicht total verrechnet habe, sind das insgesamt etwas mehr als 700.000,-- Euro. Den 1.000,-- Schilling-Schein habe ich dabei noch nicht einmal berücksichtigt."

Ellen Nessmer pfiff noch einmal anerkennend und meinte: „So viel hätte ich gerne auch in meinem Tresor, aber ich habe noch nicht einmal einen." Bevor sie weiterreden konnte, klingelte ihr Handy. Sie lauschte aufmerksam ohne eine einzige Rückfrage und verkündete dann: „Wir haben die Sau, äh, also das Wildschwein." Sie stockte einen Moment. „Zurück auf Start. Diese vielen Scheine haben mich wohl etwas durcheinandergebracht. Es kam gerade eine Meldung herein, dass an der Roten Chaussee zwischen Heiligensee und Frohnau ein Wildschwein beziehungsweise eher die Reste davon gefunden wurde. Ein früher Jogger hat es gefunden, gleich die 110 gewählt und die Streifenwagenbesatzung hat sofort die Spurensicherung angefordert. Ein

Wagen von uns ist schon unterwegs. Die Uniformierten meinten, dass das Wildschwein oder besser gesagt dessen Reste danach aussehen, als ob man es für Schießübungen mit einer Harpune genutzt haben könnte. Das waren wohl Kollegen, die an der Anwohnerbefragung in Tegel teilgenommen haben und eins und eins zusammengezählt haben. Jedenfalls meinten sie, dass ich mir selbst das Ganze ansehen soll. Ich bin dann mal weg. Den Rest hier schaffen meine Mitarbeiter auch ohne mich, die wissen, was sie zu tun haben. Sobald ich Näheres weiß, melde ich mich. Jetzt muss ich bloß noch klären, wie ich dahin komme. Unser Bus wird ja hier für den Abtransport des beschlagnahmten Materials benötigt."

„Kein Problem", ließ sich jetzt die uniformierte Beamtin vernehmen, die immer noch hinter Katharina Prinzersdorf stand. „Wir haben genügend Streifenwagen unten zu stehen und ich denke, dass ich hier entbehrlich bin."

Freitag, 20. Juli 2018, 5.59 Uhr
Berlin-Tegel, Humboldtinsel 49

Der dezentere Auftritt bedeutete in diesem Fall Thomas Kablow und Julia Rochow in einem zivilen VW Polo, Bodo Harbauer kam mit dem Smart seiner Frau, da er den Schlüssel seines eigenen Wagens irgendwie verbummelt hatte und er keinesfalls zu spät kommen wollte, und einem Streifenwagen mit den beiden Polizeiobermeistern Marco Erdmann und Linus Brand.

Obwohl alle absprachegemäß ohne Blaulicht und Sirene vorfuhren, wurden sie bereits von Antonia Hansmann in der geöffneten Haustür erwartet.

„Ich habe Sie eben vorfahren gesehen und sowieso damit gerechnet, dass Sie irgendwann auftauchen. Lassen Sie den mal stecken", meinte sie ergänzend, als Bodo Harbauer ihr den Durchsuchungsbeschluss präsentieren wollte. „Wie gesagt, mit Ihrem Erscheinen habe ich gerechnet und in den letzten Tagen das gesamte Haus auf den Kopf gestellt und überall nachgesehen, ob irgendwo noch Unterlagen von Balthasar sind. Aber außer den paar Aktenordnern und seinem Notebook habe ich nichts gefunden. Wirklich nicht mehr als das, was ich vermutet hatte. Ich habe alles oben im Arbeitszimmer auf seinem Schreibtisch bereitgelegt. Die beiden Mädchen schlafen noch; wenn Sie also leise sein würden, wäre ich Ihnen dankbar."

Per Blickkontakt verständigten sich Thomas Kablow und Bodo Harbauer, dass die Hausdurchsuchung damit beendet war. Die beiden Polizeiobermeister Marco Erdmann und Linus Brand erklärten sich ungefragt sofort bereit, das Notebook zur weiteren Auswertung in die Labore der Spurensicherung am Tempelhofer Damm zu bringen. Die Aktenordner wurden in den VW Polo verladen.

Antonia Hansmann wurde bei der Verabschiedung noch aufgefordert, am kommenden Montag um 12.00 Uhr zu einer Vernehmung in den Räumen des LKA in der Keithstr. 30 zu erscheinen. Nähere Einzelheiten teilte Thomas Kablow ihr nicht mit, deutete aber an, dass es aufzuklärende Unstimmigkeiten in ihren bisherigen Aussagen gab.

„Und dafür stehen wir so früh auf", kommentierte Julia Rochow die mit nicht einmal fünf Minuten rekordverdächtig schnelle ‚Durchsuchung'.

„Nicht meckern, freu dich lieber auf einen schön langen Arbeitstag im Büro", antwortete Thomas Kablow. „Aber mal ehrlich, das war doch eigentlich zu erwarten gewesen."

Freitag, 20. Juli 2018, 7.45 Uhr
Berlin-Charlottenburg, Kuno-Fischer-Str. 14

Von vor der Wohnungstür war ein heftiger Disput zu vernehmen, Einzelheiten ließen sich jedoch nicht heraushören.

„Das wird Professor Hartenheimer sein, klingt eindeutig nach einem seiner Auftritte." Ergänzend sagte Mandy Friedrich noch: „Der ist so und kann nicht anders", und an Abbo Reichel gerichtet: „Lass ihn gleich bei der Begrüßung deinen Ehering sehen, zeig ihn ganz deutlich. Der ist sowas von schwul und steht auf jüngere Männer. Du fällst ziemlich sicher unter sein Beuteschema."

Damit öffnete sich auch schon die Wohnungstür und der davor postierte Uniformierte vermeldete mit einem zerknirschten Gesichtsausdruck: „Wir haben hier ein Problem." Weiter kam er nicht, da hinter ihm ein ziemlich kleiner, aber dafür ausgesprochen auffällig gekleideter Mann in die Wohnung drängelte.

„Das Problem heißt Professor Dr. Dr. Julius Hartenheimer und ist kein Problem, sondern soll ganz im Gegenteil hier helfen, ein Problem zu lösen", ließ sich diese Person vernehmen und drängelte an den weiteren Anwesenden vorbei und blickte fasziniert auf den inzwischen wieder zurückgeklappten Emil Nolde.

Er musterte das Bild eingehend, berührte es fast mit seiner Nase und wendete sich dann an Mandy Friedrich: „Frau Friedrich, Sie haben tatsächlich viel bei mir gelernt. Ein verschwendetes Talent, Sie in der Justiz! Der Nolde jedenfalls ist echt, echter geht es nicht." Damit ließ er die Anwesenden stehen und sah sich nach und nach die anderen Bilder an.

Abbo Reichel flüsterte Mandy Friedrich zu: „Wenn es Klischees zu schwulen Kunstprofessoren geben sollte, er erfüllt sie alle."

„Junger Mann, ich bin zwar deutlich älter als Sie, verfüge aber immer noch über ein hervorragendes Hörvermögen. Auch über ein gutes Sehvermögen, Ihren Ehering habe ich wahrgenommen. Sie brauchen also keine Angst vor mir zu haben; ich nehme mal an, dass Frau Friedrich Sie vor mir gewarnt hat."

182

Dazu stieß er ein meckerndes Lachen aus. „Geben Sie mir bitte noch ein paar Minuten, dann bekommen Sie eine erste Einschätzung."

Mandy Friedrich zuckte nur entschuldigend mit den Schultern und Abbo Reichel blickte ein wenig betreten um sich. Wenig später kam Prof. Dr. Dr. Julius Hartenheimer von seinem Rundgang durch die Wohnung zurück und setzte sich unaufgefordert an den großen Esstisch, an dem bereits Katharina Prinzersdorf und Dr. Stefan Wöllmer saßen und sich leise unterhielten.

„Beeindruckend, sehr beeindruckend diese Sammlung. Alles echt, echter geht es nicht", weiter kam er nicht, da Katharina Prinzersdorf mit empörter Stimme rief: „Was glauben Sie denn? Denken Sie, ich hätte hier billige Kopien wie in einer Studenten-WG?" Weiter kam auch sie nicht, da ihr Rechtsanwalt aufgesprungen war, sie ebenfalls von ihrem Stuhl hochzog und mit ihr wortlos im Arbeitszimmer verschwand.

„Interessanter Typ! Wer war das? Eigentlich egal, es geht ja um die Bilder. Erst einmal die Kurzversion und die nur unter Vorbehalt. Für das Gutachten muss ich einiges recherchieren und ein paar Telefonate führen. Ich brauche auf jeden Fall Fotos aller Bilder. Ich denke, das Gutachten könnte bis Anfang nächster Woche fertig sein. Nur soviel vorab: Für vier von den Bildern habe ich vor einigen Jahren Expertisen für ein Auktionshaus erstellt, für den Emil Nolde, die beiden Gabriele Münter und eines der von Paula Modersohn-Becker. Bei denen kenne ich natürlich auch das Aktionsergebnis, für die anderen Bilder muss ich wie gesagt recherchieren, aber das dürfte problemlos ermittelbar sein. Nach erster Einschätzung hängen hier Bilder im mittleren einstelligen Millionenbereich. Wie von Frau Friedrich gefordert, bekommen Sie das Gutachten natürlich pro bono. Was macht man nicht alles zur Unterstützung der Hüter von Recht und Ordnung." Damit wandte er sich wieder den Bildern zu. Etwas später bemerkte Abbo Reichel, dass er sich mit Henri Franke, dem Fotografen der Spurensicherung, unterhielt. Offenbar stimmten die beiden ab, wie die erforderlichen Fotos anzufertigen waren. Jedenfalls war Henri Franke danach wieder mit seiner Kamera in der Wohnung unterwegs und machte weitere Fotos aller Bilder.

Freitag, 20. Juli 2018, 8.12 Uhr

„Ich kann mich kaum noch erinnern, wann ich das letzte Mal in einem Streifenwagen mitgefahren bin, muss schon Jahre her sein. Wenn Sie wollen, können Sie gerne noch bleiben und meinen Kollegen und mir bei der Arbeit zusehen. Ist vielleicht ein bisschen Abwechslung zu Ihrer üblichen Tätigkeit." Die so angesprochene uniformierte Polizistin, die Ellen Nessmer an den Fundort kutschiert hatte, nahm das Angebot gerne an. Beide stiegen aus dem Streifenwagen aus und gingen sofort zur Fundstelle. Ihren Einwegoverall hatte Ellen Nessmer noch von der Hausdurchsuchung am Lietzensee an, der Kollegin deutete sie an, ein wenig Abstand zu halten.

Entsprechend der ihr bereits telefonisch gegebenen Informationen lag das Wildschwein, oder eher die Überreste, ziemlich genau auf halber Strecke der Roten Chaussee. Exakt an der Stelle, an der der ehemalige Postenweg der West-Berliner Polizei und der französischen Alliierten für wenige Meter parallel zur Roten Chaussee verläuft.

Ein Streifenwagen und ein VW-Bus der Spurensicherung standen so ungünstig auf der Straße, dass sich tatsächlich ein kleiner Stau in Richtung Heiligensee gebildet hatte. Bedingt durch eine Linkskurve war die Straße an dieser Stelle etwas unübersichtlich.

„Pass auf Ellen, das ist ziemlich unappetitlich", damit wurde Ellen Nessmer von einem der beiden Mitarbeiter der Spurensicherung begrüßt, beide ebenfalls in Einwegoveralls steckend. Lachend ergänzte er: „Die beiden Jungs da vorne", und deutete auf zwei Uniformierte, die ein ganzes Stück vom Geschehen entfernt im Wald standen, „haben sich erst einmal ausgekotzt und sind jetzt scheinbar nicht mehr in der Lage, den Verkehr zu regeln."

„Den Verkehr übernehme ich, hier stinkt's mir zu sehr." Unbemerkt stand hinter ihnen die Chauffeurin von Ellen Nessmer, drehte sich um und ging zurück zur Straße.

„Puh, das stinkt ja wirklich gemein. Das Viech will ich eigentlich nicht in unserem Labor haben. Ich sehe mal zu, ob wir die Untersuchung nicht in Moabit in der Rechtsmedizin machen können. Da stinkt's sowieso und die haben bestimmt auch kein Problem mit der anschließenden Entsorgung."

Damit griff sie, vorneübergebeugt über die Reste des Wildschweins, zu ihrem Handy und rief in der Rechtsmedizin an.

„Hallo Mario, hier Ellen. Muss bei euch auch der Chef persönlich ans Telefon gehen? Ja ja, die Sparmaßnahmen. Nicht einmal für ein Sekretariat reicht es. Aber Spaß beiseite. Ich stehe hier mitten im Wald und habe ein Problem, ein echtes Problem. Wir haben die Sau oder eher deren Reste gefunden, die vom Harpunenmörder aus Tegel für seine Schießübungen verwendet wurde. Sieht für mich jedenfalls eindeutig so aus, ich habe da eigentlich keine Zweifel. Die Sau ist auf jeden Fall schon etwas länger tot und stinkt wie Sau. Ich möchte die lieber zu euch transportieren lassen und dort untersuchen als in unserem Labor. Außerdem habt ihr doch bestimmt die Möglichkeit, den Kadaver anschließend zu entsorgen."

Die anschließende Antwort von Prof. Dr. Mario Jürges war offenbar zu ihrer Zufriedenheit, jedenfalls hellte sich ihre Miene erkennbar auf.

„Wunderbar, vielen Dank. Wenn ich das hier so richtig sehe, sind meine Mitarbeiter mit ihrer Arbeit fast fertig, wir sind in ungefähr 90 Minuten bei dir."

An ihre Mitarbeiter gerichtet gab sie die Anweisung: „Packt die Sau bitte möglichst schonend ein wenn ihr hier fertig seid und bringt sie in die Rechtsmedizin nach Moabit. Die Untersuchung nehmen wir dort vor, erspart uns einiges an Sauerei im Labor. Apropos Labor, schneidet bitte mal ein Stück Fell mit den roten Farbresten ab. Das nehme ich gleich zur Untersuchung mit in unser Labor. Ich muss da sowieso vorbei und einen der Pfeile von unseren Schießübungen für die Untersuchung in Moabit holen. Mal sehen, ob mich die

Kollegin mit ihrem Streifenwagen erneut durch Berlin kutschieren kann."

Sie konnte; nach kurzer Klärung mit ihrer Direktion war sie für den restlichen Tag offiziell zur Unterstützung einer Mordermittlung abgestellt und kutschierte Ellen Nessmer erst in das Labor der Spurensicherung am Tempelhofer Damm und anschließend in die Rechtmedizin nach Moabit.

Zu ihrer Begeisterung war Ellen Nessmer sehr auskunftsfreudig und erläuterte: „Wir vermuten, beziehungsweise sind uns ziemlich sicher, dass dieses Wildschwein vom Mörder für Schießübungen verwendet wurde. Übrigens haben wir das genau so gehandhabt." Sämtliche Details inklusive dem dabei durchaus vorhandenen Spaßfaktor ersparte sie ihr nicht. „An der Roten Chaussee haben meine Mitarbeiter nur wenig gefunden. In Anbetracht des durch die Trockenheit der letzten Wochen harten Bodens gab es keine Reifenspuren, lediglich Schleifspuren bis zur Fundstelle. Ich vermute, dass das Schwein in einer großen Plane transportiert und dann darauf an den Waldrand gezogen wurde. Vielleicht haben wir ja Glück und die Analyse der Farbprobe ergibt einen Ermittlungsansatz. Wenn wir wissen, wie sich die Farbe chemisch zusammensetzt, können wir das Ergebnis mit unserer Datenbank abgleichen und bei einem Treffer sehen, wer die Farbe hergestellt hat. Und wenn dann wie gesagt etwas Glück dazukommt, ist das eine eher selten verkaufte Farbe und die Kollegen aus der Keithstraße können damit etwas anfangen. So, hier liefern wir nur die Farbprobe ab und holen einen der Pfeile. Dann geht's weiter nach Moabit. Sie können dort gerne bei der Untersuchung dabei sein, wird aber ziemlich stinken."

Nach einigen kurzen aber eindringlichen Anweisungen an eine Mitarbeiterin des Labors war sichergestellt, dass die Farbprobe noch heute untersucht und das Ergebnis an das LKA 117 gemailt wurde.

Freitag, 20. Juli 2018, 9.53 Uhr

„Die Sau war pünktlich, aber du bist es nicht", begrüßte Prof. Dr. Mario Jürges Ellen Nessmer leicht feixend. „Deine Mitarbeiter waren tatsächlich auf die Minute genau 90 Minuten nach deinem Anruf hier."

„Bevor du weiter herumfrotzelst und womöglich die junge Kollegin hier dafür verantwortlich machst, gebe ich es zu, ich habe mich mit der Zeit verschätzt. Dafür haben wir aber einen Abstecher über unser Labor gemacht und eine Farbprobe zur Analyse abgeliefert. Und einen Pfeil abgeholt. Mal sehen, ob das Ganze passt." Wieder an die uniformierte Kollegin gewandt: „Peinlich, peinlich, meine Kinderstube war anscheinend nicht sonderlich gut. Ich habe Sie immer noch nicht nach Ihrem Namen gefragt. Meiner ist Ellen Nessmer."

„Laura Fatiadis, Polizeiobermeisterin in der Direktion 2 West. Und sehr glücklich, dass ich heute für die Hausdurchsuchung eingeteilt war. In der kurzen Zeit habe ich mehr erlebt und gelernt als in den letzten zwei Jahren. Wenn ich jetzt noch bei der Untersuchung dabei sein darf....."

„Aber wehe, Sie fallen um. Das wird nur unseren Studenten zugestanden. Der Polizei aber nicht", ließ sich jetzt Prof. Dr. Mario Jürges vernehmen und stellte sich ebenfalls kurz vor. „Dann verkleiden Sie sich mal", und zeigte ihr, wo die Schürzen, Einweghandschuhe und sonstigen Utensilien waren.

„Wo ist denn eigentlich Isabelle?" fragte Ellen Nessmer. „Oder machst du so wichtige Untersuchungen wie bei unserer Sau jetzt alleine?"

„Die habe ich am Mittwoch vorzeitig nach Hause geschickt. Sah mir ein wenig blass um die Nase aus. Schwanger halt. Da habe ich ihr empfohlen, sich bis zum Wochenende auszuruhen. Ich hoffe, mein Zaunpfahl war deutlich genug und sie nutzt die Zeit noch, sich auf ihre Verteidigung der Doktorarbeit am Montag vorzubereiten, zumindest mental. Fachlich hat sie es nun wirklich nicht nötig. Genau deswegen will ich, dass sie das perfekt übersteht und ich ihr anschließend eine feste Stelle bei uns verschaffen kann."

An Laura Fatiadis gewandt ergänzte er noch: „Sie müssen uns dann assistieren, wir sind heute so dünn besetzt, dass außer mir keiner da ist. Urlaubszeit verbunden mit einigen Krankmeldungen, das ist immer wunderbar. Machen Sie sich aber darauf gefasst, dass das Ganze ziemlich unappetitlich wird." Damit zog er schwungvoll die grüne Abdeckung von der Wildsau auf dem eigentlich nur für menschliche Leichen vorgesehenen Obduktionstisch. Sofort breitete sich der sowieso schon vorhandene Gestank noch viel stärker aus.

„Puh, aber auch kein Wunder. Wenn meine Vermutung zutrifft, ist dieses arme Schwein immerhin schon fast einen Monat tot. Es wundert mich nicht, dass es dem Mörder gestunken hat und er es loswerden wollte."

„Finger weg, das ist mein Part. Gib mir lieber den Pfeil, von dem du gesprochen hast. Dann versuchen wir mal einen Abgleich mit den Wunden."

Unter der aufmerksamen Beobachtung von Ellen Nessmer und Laura Fatiadis werkelte er mit einer umfangreichen Anzahl an merkwürdig geformten Werkzeugen in und an den Resten des Wildschweines herum, zog immer wieder den Harpunenpfeil zu Vergleichszwecken heran und zog nach 30 Minuten sein Fazit: „Das Schwein ist tot und zwar seit mindestens vier Wochen und nicht sonderlich gut erhalten. War wohl zu warm gelagert." An dieser Stelle warf Ellen Nessmer an Laura Fatiadis gewandt ein: „Nicht wundern, dass ist der hier übliche Humor oder eher Galgenhumor."

„Sollte ich jetzt beleidigt sein oder dich eher ignorieren? Ich entscheide mich für ignorieren. Also weiter im Programm. Wie gesagt, die Sau, und es handelt sich um eine Sau, keinen Eber, ist schon länger tot. Auch wenn ich nicht unbedingt der Experte für Wildschweine bin, würde ich sagen, dass dieses Exemplar noch unter die Kategorie ‚halbstark' fällt. Aufgrund des Zustands ist eine 100 %-ige Aussage fast unmöglich, aber ich bin mir ziemlich sicher, dass auf dieses Schwein dutzendfach mit einem Pfeil die-

189

ser Machart geschossen wurde. Etwas anderes halte ich in Anbetracht der Verletzungen für mehr oder weniger ausgeschlossen. So werde ich das auch in mein Gutachten aufnehmen. Das werdet ihr aber erst Anfang nächster Woche bekommen, unser Sekretariat ist nämlich heute unbesetzt. So, jetzt dürft ihr mich alleine lassen. Ich muss zusehen, dass ich wenigstens einen der Hausarbeiter auftreibe, der mir den Kadaver hier wegschafft."

Nachdem sich Ellen Nessmer und Laura Fatiadis ihrer Montur entledigt hatten, verließen sie den Raum und konnten aus den Augenwinkeln noch beobachten, wie zwei Mitarbeiter der Rechtsmedizin den Obduktionstisch freiräumten.

„Sie stehen mir doch den ganzen Tag zur Verfügung, oder habe ich das falsch in Erinnerung?" fragte Ellen Nessmer. Ohne eine Antwort abzuwarten fuhr sie fort: „Dann machen wir doch mit Ihrem Erfahrungsaufbau gleich weiter. Sie fahren mich jetzt in die Keithstraße und lernen dort die Kollegen kennen, die die Mordermittlungen vornehmen. Einige kennen Sie zwar schon von der Hausdurchsuchung, aber Sie sehen dann auch gleich, wie die Informationsweitergabe erfolgt und wie man im LKA arbeitet. Ich betrachte das jetzt einfach mal als interne Fortbildung und Maßnahme zur besseren Zusammenarbeit der Direktionen und des LKA, kann ja nichts schaden. Wenn ich jetzt allerdings auf die Uhr schaue, werden wir genau dann ankommen, wenn die gerade nicht arbeiten sondern in der Kantine hocken. Da werden wir uns dann einfach mit anschließen. Gibt bestimmt was Leckereres als gut abgelagertes Wildschwein."

Freitag, 20. Juli 2018, 13.07 Uhr

Wie von Ellen Nessmer vermutet, waren die Räume des LKA 117 verwaist und das gesamte Team nebst Mandy Friedrich, Bodo Harbauer und Eva Lindemann stand an der Essensausgabe der Kantine an. Nach einer kurzen gegenseitigen Vorstellung noch in der Schlange saßen alle an einem der großen Tische, Ellen Nessmer und Laura Fatiadis als einzige mit dem vegetarischen Gericht des Tages, einem optisch nicht sonderlich gut gelungenen Eintopf.

Es wurde natürlich entsprechend gelästert. Alle anderen hatten Dorschfilet auf ihren Tellern, lediglich Julia Rochow musste auf ihres noch warten.

Leicht missmutig aber ziemlich laut brubbelte Ellen Nessmer: „Mein Bedarf an Gammelfleisch ist für heute gedeckt."

Von allen unbemerkt war der Koch aufgetaucht, um Julia Rochow ihr Dorschfilet zu bringen. Empört knallte er den Teller vor ihr auf den Tisch und echauffierte sich: „Da versucht man, hier jeden Tag etwas Anständiges auf den Tisch zu bringen, heute zum Beispiel dieses hervorragende Dorschfilet, und serviert es sogar noch am Tisch, damit sich die Damen und Herren Polizisten ja nicht zuviel bewegen müssen. Als Dank dafür wird behauptet, dass es hier Gammelfleisch gibt."

Bevor Ellen Nessmer sich von ihrem Schreck erholt hatte, setzte Laura Fatiadis zu einer Erklärung an: „Entschuldigen Sie bitte meine Kollegin, aber wir hatten heute tatsächlich mit Gammelfleisch zu tun, wenn man das denn so bezeichnen will. Aber passen würde es schon, das Schwein war schon halb verwest. Der Fisch bei den Kollegen sieht aber wirklich hervorragend aus."

„Wenigstens die Uniformierten sind vernünftig im Gegensatz zu den Banausen hier."

Bevor er weiterreden konnte, nahm Julia Rochow das Heft in die Hand und blickte dabei den Koch anhimmelnd an: „Als Banausin gebe ich Ihnen trotzdem den Tipp, sich mal mit dem Förster im Forstamt Tegel in Verbindung zu setzen. Im Zuge von

Ermittlungen waren wir Anfang der Woche vor Ort. Dort verkauft man Wildschweine und Rehe, ganz oder in Teilen, auf jeden Fall sehr frisch. Der Förster würde mit Sicherheit gerne auch an die Kantine des LKA liefern. Das wäre doch ab und zu mal eine nette Abwechslung. Ich gebe Ihnen nachher mal die Kontaktdaten." Beim letzten Satz lief sie rot an und widmete sich auffällig intensiv ihrem Essen.

Damit war das Thema offenbar beendet, der Koch ging ohne weitere Kommentare zurück in seine Küche und auch alle anderen konnten sich ihrem Essen zuwenden.

„Danke für die Rettung", meinte Ellen Nessmer an Laura Fatiadis gerichtet.

Freitag, 20. Juli 2018, 14.04 Uhr

„Na, hast du den Koch gedatet?" fragte Aylin Yildirim Julia Rochow, als diese wenige Minuten nach den anderen im Büro eintraf.

Julia Rochow lief jetzt knallrot an und antwortete: „Manchmal ist es echt scheiße, wenn man bei der Polizei arbeitet. Da bleibt wirklich nichts unentdeckt. Und ja, wir haben uns für nachher verabredet. Ich möchte deswegen auch gleich Feierabend machen, genügend Überstunden habe ich ja. Hat etwa jemand etwas dagegen?" Da innerhalb der nächsten drei Sekunden kein Widerspruch kam, ergänzte sie: „Danke, ich gehe dann in ungefähr einer halben Stunde und ich wäre euch dankbar, wenn ihr einen großen Bogen um das Café am Neuen See machen würdet." Schon wieder mit normaler Gesichtsfarbe versehen und ziemlich grinsend kam noch: „Arbeitet lieber und überlasst mir das Vergnügen."

Thomas Kablow hatte sich als erster gefangen: „Dann wäre das ja geklärt. Ich fange der Einfachheit halber mal an, außerdem geht es bei Julia und mir am schnellsten und Julia kann dann zu ihrem Date", und berichtete über die rekordverdächtig schnelle Hausdurchsuchung in Tegel. Bodo Harbauer bestätigte den Rekord und ergänzte, dass auch aus seiner Sicht eine wie er sich ausdrückte ‚echte' Durchsuchung keinen Sinn ergeben hätte. „Die Aktenordner enthalten übrigens vor allem Kontoauszüge zu mehreren Konten der statimPAY der letzten fünf Jahre. Julia und ich haben sie kurz durchgesehen und sind der Meinung, dass die statimPAY tatsächlich mehr oder weniger pleite ist. Das auch nicht erst seit gestern. Genaueres werden aber Eva Lindemann und ihre Kollegen klären, die Aktenordner sind schon weitergeleitet. Ich denke, dort liegt mehr Know-how vor. Aus der Hausdurchsuchung am Lietzensee gehen die Aktenordner zur Finca und zu den Oldtimern ebenfalls zur Bewertung an die Kollegen von der Wirtschaft. Die USB-Sticks sind schon im IT-Labor am Tempelhofer Damm." Und an Ellen Nessmer gerichtet: „Deine Mitarbeiter haben übrigens in einem Geheimfach in dem

Uraltschreibtisch im Arbeitszimmer noch drei weitere USB-Sticks gefunden. Daneben noch eine Pistole, eine Heckler & Koch, das gleiche Modell wie unsere Dienstwaffen. Dafür konnte uns Frau Prinzersdorf allerdings einen Waffenschein vorweisen. Schade eigentlich, wäre sonst ein schöner weiterer Punkt auf der Liste der Anklagepunkte gewesen. Sie war zum Schluss übrigens ziemlich kleinlaut und hat ihr Kommen am Montag ausdrücklich zugesagt." Nochmals an Ellen Nessmer gerichtet ergänzte er noch: „Ich habe gerade eine E-Mail von deinen Kollegen erhalten. Die Farbprobe vom Wildschwein ist mit sehr hoher Wahrscheinlichkeit identisch mit der vom Pfeil. Allerdings hat es keinen Treffer beim Abgleich der Daten mit eurer Farbprobendatei gegeben, das bringt uns also nicht weiter."

„Lasst mich gleich mit dem Wildschwein weitermachen", ließ sich jetzt Ellen Nessmer vernehmen. Sie berichtete dann kurz und knapp über die am Fundort der Wildschweinüberreste nicht vorhandenen Spuren und das Ergebnis der Untersuchung in der Rechtsmedizin. „Mein Fazit ist, dass wir uns jetzt zwar sicher sein können, dass der Mörder genau wie wir seine Schießübungen mit einem Wildschwein veranstaltet hat, dass uns diese Erkenntnis zumindest im Augenblick aber nicht weiterbringt."

„Falls es euch interessiert, ich habe stundenlang im Internet zur statimPAY recherchiert", kam es leicht frustriert von Steffen Tietz. „Irgendwie sind die nicht richtig zu greifen, es gibt einige wenige kritische Kommentare, die denen unterstellen, dass sie schon seit Jahren mehr oder weniger konkursreif sind, die meisten deuten aber auf das genaue Gegenteil hin. Ich habe inzwischen eine zugegebenermaßen ziemlich gewagte Theorie und habe mich schon mit der Kollegin Lindemann abgestimmt, dass ich mit ihr nachher in das Dezernat Wirtschaft gehe und wir das dort diskutieren. Vielleicht ergeben ja auch die beschlagnahmten Unterlagen und USB-Sticks irgendwelche weiteren Hinweise. Ich bin dann sozusagen erst einmal weg."

„Gut, du unterstützt dann bis auf weiteres die ‚Wirtschaft'. Die Durchsuchung bei der Prinzersdorf war auch rekordverdächtig, allerdings im Gegensatz zu der in Tegel rekordverdächtig lang. Mandy, vielleicht kannst du mal berichten", übergab Abbo Reichel das Wort an Mandy Friedrich.

Sie berichtete ausführlich über die vorläufigen Ergebnisse der Durchsuchung am Lietzensee. „Die USB-Sticks aus dem Tresor waren übrigens vollkommen leer, absolut nichts drauf. Neu und bisher offenbar unbenutzt. Interessanter erscheinen mir aber die USB-Sticks aus dem Geheimfach. Die sind nicht leer, aber dafür verschlüsselt und zwar nach dem ersten Eindruck ziemlich aufwendig. Das wird wohl eine echte Herausforderung für das IT-Labor. Sobald die etwas haben bekommen wir eine Info. Das Gutachten zu den Gemälden werden wir Anfang nächster Woche bekommen und ich gehe mal davon aus, dass die Auswertung der Aktenordner ebenfalls im Laufe des Wochenendes erfolgt", und blickte dabei zu Eva Lindemann und Steffen Tietz, die beide nur wortlos zustimmend nickten. „Bevor ihr mich mit Fragen nach dem Wert des gesamten Vermögens der Frau Prinzersdorf löchert: Ich weiß es noch nicht, würde es aber als im hohen einstelligen Millionenbereich liegend einschätzen. Näheres, sobald die Gutachten und Auswertungen vorliegen. Jedenfalls ist die Dame wesentlich vermögender als sie uns vorgespielt hat. Das Verhör am Montag möchte ich auf jeden Fall begleiten."

„Das Verhör sollten wir ausgesprochen gut vorbereiten", ließ sich jetzt Abbo Reichel vernehmen, „die Prinzersdorf wird mit Sicherheit gut vorbereitet erscheinen und ihren Rechtsanwalt Dr. Wöllmer garantiert zur Unterstützung mitbringen. Wir treffen uns am Sonntag um 16.00 Uhr hier im Büro und klären unsere Taktik, bis dahin dürften ja wohl einige Informationen vorliegen."

Zur Überraschung aller sagte Laura Fatiadis: „Ich backe dann zwei Kuchen und bringe die mit." Und mit etwas Verzögerung: „Also wenn das gewünscht ist und ich dabei sein darf. Zeitlich ist das kein Problem, Sonntag und Montag habe ich meine freien Tage."

Beim Stichwort Kuchen wurde Bodo Harbauer wieder hellwach: „Dann werde ich mal meine Kontakte zur Direktion West nutzen und zusehen, dass Frau Fatiadis vorübergehend an das

195

LKA ausgeliehen wird. Schon alleine zur Aufhellung der Stimmung durch den zugesagten Kuchen, aber das muss ich denen nicht unbedingt sagen." Und an Laura Fatiadis gewandt: „Wird schon klappen und Ihre Anwesenheit zählt dann natürlich als Arbeitszeit, das ist jetzt beschlossen und verkündet."

Freitag, 20. Juli 2018, 16.35 Uhr

„So, dann erkläre uns doch bitte mal deine gewagte Theorie", eröffnete Eva Lindemann die Besprechung in ihrem Referat, das dem LKA 3 Wirtschaftskriminalität zugeordnet war und seinen Sitz am Columbiadamm 4, direkt am Platz der Luftbrücke, hatte. „Ach so, sorry, auch bei uns ist es üblich, sich zu duzen. Ich hoffe, das ist in Ordnung. Die beiden Kollegen hier sind Nicolai Urban und Theresa Teschke, beide sind Kriminaloberkommissare und Experten im Aufspüren dubioser Finanztransaktionen. Wir drei haben den Auftrag, euch bei eurer Mordermittlung zu unterstützen."

„Klar, kein Problem, mein Name ist Steffen Tietz, also Steffen. Ich bin im LKA 117 der Schreibtischtäter, also derjenige, der meistens die Recherchen erledigt. Bei diesen Recherchen zur statimPAY hatte ich von Anfang an den Eindruck, dass die nicht richtig zu greifen sind. Einige wenige kritische Kommentare, die denen unterstellen, dass sie schon seit Jahren mehr oder weniger konkursreif sind, die meisten deuten aber auf das genaue Gegenteil hin. Die Kommentare sind auch teilweise sehr merkwürdig formuliert. Irgendwie hat mich das Ganze nicht locker gelassen und ich habe inzwischen den Verdacht, dass die statimPAY ganz bewusst und gezielt Leute angesprochen hat, die über nicht versteuerte Einnahmen in größerem Umfang verfügen. Ziel war, diese dann als Investoren zu werben. Beweisen kann ich das bisher nicht, aber ich habe die Hoffnung, dass die Auswertung der beschlagnahmten Unterlagen und der USB-Sticks entsprechende Beweise ergeben. Von einem Mitarbeiter der statimPAY haben wir auch einen passenden anonymen Hinweis bekommen."

Anerkennendes Gemurmel der drei Kollegen war die erste Reaktion, bevor Theresa Teschke das Wort ergriff: „Klingt meines Erachtens gar nicht so gewagt, sondern durchaus realistisch." An ihre Kollegen gewandt ergänzte sie: „Könnt ihr euch noch an die Spielhallengeschichte von vor vier oder fünf Jahren erinnern? Da lief das so ähnlich, es ging, wenn ich mich recht erinnere, um eine Gesamtsumme von immerhin knapp fünf Millionen Euro, alles Schwarzgelder und alles aus dem Clanmilieu. Wir müssen allerdings die Auswertung der USB-Sticks abwarten, die Aktenordner haben nach erster Durchsicht keine entsprechenden Hinweise ergeben, jedenfalls haben Nicolai und ich nichts Diesbezügliches gefunden. Interessant ist aber, dass eure Verdächtige, diese Frau Prinzersdorf, ihre Käufe komplett bar abgewickelt hat. Ist das für eine Firma, die sich dem bargeldlosen Zahlungsverkehr widmet, nicht etwas merkwürdig? Ich rede hier nicht von kleinen Beträgen. Bei der Finca auf Mallorca, die sie vor rund vier Jahren gekauft hat, handelte es sich um genau 1.450.000 Euro. Bei den Oldtimern auch immerhin noch um insgesamt 208.000 Euro. Für die Finca sind dann Umbaukosten von noch einmal fast 350.000 Euro angefallen, für die Anlage eines Swimmingpools auf der Terrasse, eine neue Einbauküche und man höre und staune, den Einbau eines Wandtresors. Also alles, was man so braucht. Aus den Rechnungen in dem Finca-Aktenordner ging aber nicht hervor, ob auch diese alle bar bezahlt wurden. Zahlungsbelege oder andere Nachweise fehlten allerdings komplett. Nicolai und ich sind zu dem Ergebnis gekommen, dass eine Hausdurchsuchung auf Mallorca sinnvoll wäre, insbesondere der Tresorinhalt würde uns interessieren." An Steffen Tietz gerichtet ergänzte sie: „Welcher Staatsanwalt ist denn für den Fall zuständig, der sollte sich darum kümmern. Erfahrungsgemäß ist das zwar meist nicht einfach, gerade die Spanier sind oft nicht sonderlich kooperationsbereit, aber einen Versuch ist es wert. Nimmst du Kontakt auf? Ach so, noch eine Ergänzung: für die Wohnung am Lietzensee haben wir keine Unterlagen gefunden, da werden wir wohl bis Montag warten müssen. Ich kann mir kaum vorstellen, dass wir jetzt noch jemand im Grundbuchamt erreichen, das sind schließlich Beamte."

Steffen Tietz nickte nur zustimmend, so dass Theresa Teschke fortfuhr: „Ansonsten schlage ich vor, dass wir jetzt Feierabend machen und uns morgen früh um 9.00 Uhr wieder hier bei uns treffen und die Aktenordner noch einmal gemeinsam sichten und die Vermögenswerte für eure Ermittlungsakte detailliert zusammenstellen. Wenn wir Glück haben, können auch die IT'ler schon etwas liefern."

Sonnabend, 21. Juli 2018, 9.00 Uhr

Wie schon am Vortag hatte Steffen Tietz beim Betreten des Gebäudes und der Räumlichkeiten des LKA 3 am Columbiadamm 3 den unangenehmen Eindruck, dass dieses Gebäude des ehemaligen Flughafens Tempelhof noch den großdeutschen Atem der Bauzeit ausatmete.

„Wenn ich ehrlich bin, gefallen mir unsere Räume in der Keithstraße besser, aber eure Espressomaschine ist eine andere Hausnummer als unsere."

„Die würden wir tauschen, wenn wir gleichzeitig die Räume tauschen, aber das wollt ihr bestimmt nicht. Als Mordkommission ist man halt zumindest gefühlt etwas Besseres", kam als Antwort von Eva Lindemann. „Für die Espressomaschine haben wir auch lange gespart, die wurde definitiv nicht aus dem Behördenbudget bezahlt. Dafür hat sich irgendein Korinthenkacker aus der zentralen Behördenverwaltung vor einiger Zeit mal darüber echauffiert, dass das Teil Behördenstrom verbrauchen würde. Als ob die tollen Kaffeemaschinen, die wir hier vorher hatten, stromlos funktioniert hätten. Aber es gibt wichtigere Probleme. Ich habe gerade mit dem IT-Labor telefoniert, die haben die Verschlüsselung noch nicht knacken können. So gut sind unsere EDV-Nerds also offenbar doch nicht. Sie haben allerdings die genial zu nennende Idee gehabt, einfach mal Frau Prinzersdorf anzurufen und sie um Hilfe zu bitten, haben sie allerdings noch nicht erreicht. Also vergnügen wir uns erst einmal ganz old-school-mäßig mit den Papierakten."

„Die Durchsuchung der Finca ist in erreichbare Nähe gerückt", berichtete Steffen Tietz. „Ich habe gestern noch mit Bodo, also mit Staatsanwalt Harbauer, telefoniert. Er kennt von irgendeiner Tagung auf europäischer Ebene den zuständigen Staatsanwalt auf Mallorca und will mit ihm Kontakt aufnehmen. Unter der Hand könnte das seiner Auffassung nach klappen."

Drei Stunden später hatten sie die Akten gemeinsam gesichtet und eine Zusammenfassung für die Ermittlungsakte geschrieben. Die bereits am Vortag genannten Vermögenswerte konnten bestätigt werden, ebenso die Tatsache, dass sowohl der Kauf der Finca als auch die Oldtimerkäufe vollständig bar bezahlt wurden.

Missmutig brummte Nicolai Urban: „Da zeigt sich mal wieder, dass Geldwäsche hierzulande kein Schwein interessiert. Selbst in irgendwelchen Bananenrepubliken können Immobiliengeschäfte kaum bar abgewickelt werden. Nur in Deutschland ist das immer noch zulässig. Kein Wunder, dass die Prinzersdorf das über einen hiesigen Notar abgewickelt hat. Der zusätzlich eingeschaltete spanische Notar war nur Erfüllungsgehilfe. Die Zahlung lief nach den Akten jedenfalls eindeutig über den hiesigen. Ich gehe jede Wette ein, dass auch die gesamten Umbaukosten bar bezahlt wurden. Vielleicht sollten wir dem mallorquinischen Finanzamt mal den Tipp geben, die Handwerker zu überprüfen. Bringt uns zwar nicht weiter, aber dem spanischen Staat vielleicht noch ein paar Steuereinnahmen. Ich wette eine Kiste Bier, dass auch die Wohnung am Lietzensee bar bezahlt wurde, auch da dürfte es um einen Betrag deutlich jenseits der Millionengrenze gegangen sein."

Bevor er sich weiter über die aus seiner, und nicht nur seiner, Sicht indiskutable Möglichkeit der Barabwicklung von Immobiliengeschäften aufregen konnte, klingelte das Telefon von Eva Lindemann.

Fünf Minuten später erklärte sie ziemlich erleichtert: „Das war das IT-Labor, sie haben Frau Prinzersdorf erreicht. Man glaubt es kaum, aber sie ist jetzt unterwegs zu denen und wird die Dateien auf den USB-Sticks öffnen. Wenn ich es richtig verstanden habe, hat der Rechtsanwalt, dieser Dr. Wöllmer, ihr dazu geraten. So nach dem Motto, wir würden die Verschlüsselung so oder so irgendwann knacken. Wenn sie sich kooperationsbereit zeigt, kann das nur zu ihren Gunsten sein. Gar nicht so dumm, der Herr Rechtsanwalt. Laut dem IT-Kollegen können wir davon ausgehen, dass wir spätestens in zwei Stunden die Dateien zur Verfügung haben. Das wird dann wohl ein langer Sonnabend oder noch eher ein langes Wochenende. Ich gehe mal zur Dönerbude am Platz der Luftbrücke und hole für alle eine

Stärkung. Wie immer volles Programm, oder? Steffen, du auch mit Knoblauchsoße?"

Bevor er antworten konnte, war sie schon verschwunden und Theresa Teschke widmete sich der Espressomaschine. „Eva ist in 10 Minuten wieder da, Zeit für einen Espresso."

Nach der Rückkehr von Eva Lindemann folgte erst einmal die berühmte gefräßige Stille, unterbrochen nur von einigen Flüchen. Unfallfrei einen Döner essen gelingt eben nicht jedem.

„Das war nicht schlecht, eigentlich wäre jetzt die richtige Zeit für ein Mittagsschläfchen", meinte Steffen Tietz anschließend. In der gleichen Sekunde kam von allen drei Rechnern im Büro das typische Pling einer eingehenden E-Mail. Die IT-ler waren mit Unterstützung von Frau Prinzersdorf schnell fertig geworden und hatten alle aufgefundenen Dateien nebst ausführlichen Erläuterungen gesandt. Laut eindeutiger Feststellung des IT-Labors waren die USB-Sticks aus dem Tresor fabrikneu und noch nie verwendet worden. Dafür waren die USB-Sticks aus dem Geheimfach ergiebiger. Alle drei enthielten identische Dateien, offenbar waren zwei als Datensicherung vorgesehen. Abschließend stand noch in der E-Mail, dass die Auswertung der Dateien jetzt Aufgabe des LKA 1 oder auch 3 sei und man seinen Auftrag als erledigt ansehe und noch ein schönes Restwochenende wünsche.

„Schön, die machen jetzt Feierabend und wir haben die Arbeit. Das Leben ist so ungerecht! Wenigstens haben sie zwischen den Zeilen mehr oder weniger eindeutig zugegeben, dass sie ohne Unterstützung von Frau Prinzersdorf wohl noch eine ganze Weile für die Überwindung der Verschlüsselung benötigt hätten. Ich würde jedenfalls die Aussage ‚An der Qualität der Verschlüsselung der Dateien durch Frau Prinzersdorf und damit ihrer IT-Qualifikation bestehen keinerlei Zweifel' so bewerten", meinte Eva Lindemann. „Ist jetzt aber auch egal, lasst uns erst einmal gemeinsam einen Blick auf die Dateien werfen und dann sehen wir weiter."

Wenige Minuten später war das intensive Betrachten der Dateien einem ungläubigen Staunen gewichen. Als erstem gelang es

Steffen Tietz sein Erstaunen in Worte zu fassen: „Das ist doch unglaublich! Sehe ich das richtig, dass die statimPAY rund 800 sogenannten Anlegern im Laufe von fünf Jahren insgesamt mehr als 250 Millionen Euro abgeschwatzt hat?"

„Si, sehe ich auch so. Das wird eine ganze Menge Arbeit, das war's dann wohl endgültig mit dem freien Wochenende", sagte jetzt Eva Lindemann und ergänzte mit Blick auf Steffen Tietz: „Gut, dass wir wenigstens zu viert sind. Ich schlage vor, dass wir Steffens Theorie der Schwarzgeldanlage als erstes verifizieren und jeder von uns vielleicht 20 Telefonate führt. Die Dateien enthalten ja praktischerweise nicht nur alle möglichen Zahlungsdaten, sondern neben den Namen und Adressen auch die jeweiligen Kontaktdaten. Auf den ersten Blick hatte ich den Eindruck, dass bei fast allen mindestens eine Telefonnummer und bei allen eine E-Mail-Adresse vorhanden ist. Wenn das erledigt ist, haben wir entweder Steffens Theorie bestätigt oder auch nicht. Morgen machen wir uns dann an die Auswertung der Zahlungen. Also an die Arbeit. Ich werde mal zur Chefin gehen und sie vorwarnen, dass wir mit ziemlicher Sicherheit ab Montag Unterstützung brauchen, dann kann sie sich schon einmal darum kümmern. Selbst wenn wir die 800 Anleger nur abtelefonieren, schaffen wir das kaum zu viert. Ehrlich gesagt glaube ich, dass wir bei vielen auf einem persönlichen Erscheinen bei uns bestehen sollten oder wir machen sogar ein paar Überraschungsbesuche. Bei den Adressen habe ich eigentlich nur welche aus Berlin und dem mehr oder weniger weiteren Umland gesehen, das wäre also machbar."

Sonnabend, 21. Juli 2018, 10.12 Uhr

Abbo Reichel und Isabelle Berntsen hatten ihr Frühstück in Anbetracht des herrlichen Sommerwetters und der noch erträglichen Temperaturen auf die Dachterrasse verlegt, trotz der immer noch provisorischen Möblierung.

Isabelle Berntsen hatte gerade den Vorschlag gemacht, dass sie sich nach dem Frühstück auf Einkaufstour zu neuen Terrassenmöbeln, schon im Hinblick auf das Haus, machen sollten, als sich Abbo Reichels Handy mit ,Sweet Lucy' meldete.

Aus dem Hörer blaffte es laut und auch für Isabelle Berntsen nicht zu überhören: „Sind Sie denn jetzt vollkommen irre geworden? Was bilden Sie sich ein? Sie hätten das im Vorfeld mit mir abstimmen müssen, warum haben Sie das nicht? Haben Sie schon die Schlagzeilen der ,Bild' und der ,BZ' gelesen? Ich hatte gerade eben dazu einen Anruf aus dem Büro der Wirtschaftssenatorin, und das an einem Sonnabend. Glauben Sie, dass das lustig war?"

Abbo Reichel hatte erhebliche Mühe, sich ein lautes Lachen zu verkneifen, die Mimik und Gestik seiner Ehefrau trugen nicht gerade dazu bei, die Contenance zu wahren. Es gelang ihm aber, sich völlig ruhig und gelassen zu melden: „Guten Morgen, mein Name ist Abbo Reichel, LKA Berlin. Mit wem habe ich das Vergnügen?"

Erneut blaffte es aus dem Hörer: „Sie wissen ganz genau, wer dran ist! Beantworten Sie lieber meine Fragen. Das wird so oder so Konsequenzen für Sie haben."

„Ach Herr Thoms, Sie sind es. Jetzt erkenne ich Ihre Stimme. Und natürlich Ihren Tonfall. Eigentlich hätte ich Sie ja sofort an Ihrer Art und Weise erkennen müssen, aber an seinem freien Tag rechnet man nicht mit dem Schlimmsten." Jetzt hatte Isabelle Berntsen erhebliche Probleme, ein lautes Lachen zu vermeiden und hielt sich den Mund zu. „Um auf Ihre Fragen zurückzukommen. Frage eins: Nein, ich bin nicht irre geworden. Frage zwei: Ich bilde mir gar nichts ein, ich mache meine Arbeit. Frage drei: Wenn überhaupt, stimme ich mich zur Vorgehensweise mit meinem Vorgesetzten ab, also Herrn Kriminalrat Oliver Scholz und mit niemand anderem. Im Übrigen der Hinweis, dass wir den beantragten Durchsuchungsbeschluss problemlos bekommen haben. Der zuständige Richter sieht die Angelegenheit offenbar wie wir. Frage vier: Ja. Frage fünf: Für Sie wahrscheinlich nicht. Aber in unserem Beruf muss man auch unangenehme Dinge ertragen. So wie ich aktuell ja auch."

Aus dem Handy klang nur noch ein Tuten, offenbar war das Telefonat beendet worden.

„Nicht irre geworden, schon immer irre gewesen, zumindest ein wenig", ließ sich jetzt Isabelle Berntsen lachend vernehmen. „Den wirst du jetzt wohl endgültig als Freund fürs Leben gewonnen haben."

Sonnabend, 21. Juli 2018, 16.57 Uhr

„Es ist jetzt fast 17.00 Uhr, mein rechtes Ohr glüht gleich und ich kann für heute keine weiteren Ausreden mehr hören. Wenn es euch auch so geht, nur noch eine kurze Zusammenfassung und dann auf in den Feierabend, morgen früh um 9.00 Uhr geht's weiter."

Dieser Ansage von Eva Lindemann folgte erst einmal zustimmendes Gemurmel, bevor Theresa Teschke als erste ihre Ergebnisse zusammenfasste: „Ich habe jetzt tatsächlich genau 20 der Anleger erreicht, bei insgesamt 28 Anrufen. Auf das Vollquatschen von Anrufbeantwortern oder Mailboxen habe ich verzichtet. Soviel vorab", fügte sie fröhlich grinsend hinzu, „ich bin mir sicher, dass die Kollegen vom Finanzamt ihre helle Freude haben werden, wenn wir ihnen die Dateien zur Verfügung stellen und dass die Bundesrepublik Deutschland sich über erhebliche Steuernachzahlungen freuen darf. Also ein echter Erfolg für das Staatswohl. Aber jetzt im Ernst: Genau die Hälfte aller Angerufenen hat vehement abgestritten, irgendetwas mit der statimPAY zu tun zu haben. Manche haben auch behauptet, den Namen überhaupt nicht zu kennen. Teilweise klang das extrem verdächtig nach ‚ich habe da zwar etwas falsch gemacht, also Steuern hinterzogen, aber ich will damit nichts zu tun haben'. Oder man hat sich einfach dumm gestellt und in zwei Fällen einfach aufgelegt. In den anderen Fällen hat man zugegeben, dort Gelder investiert zu haben und hat auch ausdrücklich betont, dass die versprochenen Zinszahlungen immer vereinbarungsgemäß erfolgt sind. Gleich bei den ersten beiden Angerufenen hat man zugegeben, dass es die Zahlungen immer in bar gegeben hat, sowohl die Investition als auch die Zinszahlungen. Da hat es wohl immer Anfang des Jahres so eine Art Klassentreffen gegeben, bei dem die Zinszahlungen geleistet wurden. Die beiden haben auch gleich zugegeben, dass sie dort Schwarzgelder angelegt haben, natürlich inklusive entsprechender Ausreden. Schon echt klasse, dass ein Unternehmen für den bargeldlosen Zahlungsverkehr die eigenen Geschäfte bar abwickelt."

Die Ergebnisse der anderen drei waren absolut identisch, so dass Eva Lindemann nur noch kurz zusammenfasste: „Ich denke, wir sind uns einig: Die Theorie von Steffen scheint zuzutreffen. Bei unseren weiteren Ermittlungen sollten wir das erst einmal als gegeben unterstellen. Ansonsten sehen wir morgen früh weiter. Wenn ihr nichts Besseres zu tun haben solltet, könnt ihr ja bis dahin überlegen, wie wir weiter vorgehen."

Sonntag, 22. Juli 2018, 9.00 Uhr

„Laut Wetterbericht soll es heute trübe bleiben, da können wir uns also genauso gut der Arbeit widmen", begrüßte Eva Lindemann gut gelaunt die anderen Kollegen. Ich habe meinen Feierabend zum Nachdenken genutzt, mein Göttergatte war mit einigen Kumpels zum Tennis verabredet, ich hatte also Zeit genug. Ich würde inzwischen auch eine Wette eingehen, dass es sich bei allen Anlagegeldern ausschließlich um Schwarzgelder handelt. Ich weiß natürlich, dass das einen erheblichen Aufwand bedeutet, aber wir sollten uns darauf einstellen, dass wir mit allen 800 Gespräche führen, hier bei uns oder auch als Überraschungsbesuch, zumindest aber telefonisch. Am sinnvollsten differenziert je nach Anlagebetrag. Was mir aber überhaupt nicht klar ist, wie die statimPAY gezielt Steuerhinterzieher ansprechen konnte." Und an Steffen Tietz gerichtet: „Ihr habt doch morgen einen Verhörtermin mit Katharina Prinzersdorf. Fragt doch mal nach. Ich bin auf ihre Antwort gespannt. Davon mal abgesehen, kann ich mir im Moment nicht vorstellen, dass diese Schwarzgeldanlagegeschichte euch bei euren Mordermittlungen weiterbringt. Die Anleger müssten doch eigentlich ganz zufrieden sein, sie haben ihr Schwarzgeld angelegt und offenbar auch regelmäßig die versprochenen Zinszahlungen erhalten. Bringt man dann den Initiator der ganzen Geschichte um? Ich denke, eher nein. Oder seht ihr das anders?"

„Die Frage wegen der gezielten Ansprache von Steuerhinterziehern notiere ich mir für das Verhör. Ich bin auch gespannt auf die Antwort. Was die Motive für den Mord betrifft, stimme ich dir zu, meine Kollegen im LKA 117 ebenso. Ehrlich gesagt, ist unsere Tabelle mit den möglichen Motiven noch ziemlich leer. Nach allem, was wir bisher wissen, haben wir den Mörder am Tatort nur um wenige Minuten, vielleicht sogar nur um ein paar Sekunden, verpasst. Aber sonst wissen wir bisher nur wenig, außer dass uns sowohl die Prinzersdorf als auch die Hansmann zu diversen Punkten belogen haben. Mal abwarten, was morgen herauskommt."

Eva Lindemann ergriff wieder das Wort: „Eine gute Nachricht habe ich aber auch noch, die Chefin hat uns ab morgen für zumindest die komplette nächste Woche Unterstützung zugesagt. Wenn alles klappt, bekommen wir fünf Leute, die uns bei der Kontaktaufnahme mit den Anlegern unter die Arme greifen. Vermutlich Frischlinge von der Polizeischule, denen wir genau erklären müssen, was und wie sie die Arbeit zu erledigen haben. Ich schlage vor, dass wir uns die Dateien noch einmal jeder für sich ansehen und" sie blickte dabei auf ihre Uhr, „um genau 11.00 Uhr absprechen, wie wir die Kontaktaufnahme organisieren."

Um exakt 11.00 Uhr stöhnte Nicolai Urban auf: „Ich kann keine Zahlen mehr sehen, mir flimmert schon alles vor den Augen. Mir scheint das Ganze aber gut organisiert und vor allem gut durchdacht zu sein. Die statimPAY hat den Anlegern zwar einen deutlich höheren Zinssatz geboten als die derzeit mehr oder weniger üblichen Nullzinsen, aber auch wieder nicht so viel, dass es auf den ersten Blick verdächtig nach Betrug aussieht. Je nach Anlagebetrag hat man zwischen vier und sechs Prozent geboten und die Zinszahlungen sind nach den Tabellen auch immer pünktlich und korrekt berechnet in der ersten Januarhälfte erfolgt. Was mir allerdings aufgefallen ist, ich habe keinen einzigen Fall gefunden, in dem eine komplette oder wenigstens teilweise Rückzahlung des Anlagebetrages erfolgt ist."

Die anderen drei bestätigten per Kopfnicken dieses Ergebnis. Theresa Teschke ergänzte noch: „Habt ihr euch den Musteranlagevertrag mal angesehen? Der besagt ganz eindeutig, dass die Anleger das Recht haben, ihre Einlage mit einer Frist von vier Wochen zum nächsten Quartalsende ganz oder teilweise zu kündigen. Der verbleibende Mindestanlagebetrag darf dabei allerdings die Grenze von 100.000 Euro nicht unterschreiten. Geregelt ist auch, dass die Rückzahlung in bar erfolgt und die Übergabemodalitäten individuell zu klären sind. Ich habe aber ebenso wie Nicolai keinen einzigen Fall gefunden, in dem davon Gebrauch gemacht worden ist. Sehr merkwürdig und auch völlig untypisch. Im Kleingedruckten steht auch, dass es sich bei der

Anlage um eine stille Beteiligung an der statimPAY AG handelt und dass der Anleger keinerlei Mitspracherechte hat. Es wird sogar korrekterweise darauf hingewiesen, dass theoretisch ein Totalverlust möglich ist. Die Frage nach der offenbar noch nie vorgekommenen Rückzahlung sollte meines Erachtens im Verhör von Katharina Prinzersdorf angesprochen werden."

Da die Erkenntnisse aus der Sichtung der Dateien bei allen identisch waren, erübrigten sich weitere Diskussionen. Ebenso schnell war man sich einig, dass die Ansprache der Anleger weitgehend telefonisch durch die zugesagten unterstützenden Mitarbeiter erfolgen sollte. Dies betraf insgesamt 674 Fälle mit Anlagebeträgen von maximal 500.000 Euro. Alle Anleger mit Beträgen bis zu einer Million Euro sollten in das Polizeipräsidium vorgeladen werden, dies betraf genau 100 Fälle und für die verbleibenden 27 Fälle mit Anlagebeträgen von teils deutlich über einer Million Euro wollte man Überraschungsbesuche vornehmen. Praktischerweise waren diese alle in Berlin beziehungsweise im unmittelbaren Umland angesiedelt. Eva Lindemann und Nicolai Urban sollten ein Team bilden und gleich am Montag beginnen. Theresa Teschke und Steffen Tietz das zweite Team. Allerdings erst ab Dienstag, da man sich schnell einig war, dass Steffens Anwesenheit beim Verhör der Prinzersdorf sinnvoll sei. Am Montag sollten die beiden die avisierten zusätzlichen Mitarbeiter in ihre Aufgaben einweisen. Auch die Adressen waren schnell aufgeteilt, so dass man nach Zusammenfassung aller Ergebnisse und Arbeitsaufträge um 13.25 Uhr die Arbeit in den Räumen des LKA 3 abschließen konnte.

Sonntag, 22. Juli 2018, 15.40 Uhr

Steffen Tietz erschien nach einem Spaziergang durch den Tiergarten schon um 15.40 Uhr in seinem Büro in der Keithstr. 30. Zu seiner Überraschung war Laura Fatiadis schon da und damit beschäftigt, ein wahres Kuchenfestmahl vorzubereiten. Nicht die angekündigten zwei, sondern sogar drei Kuchen hatte sie gebacken und war gerade dabei, aus der Teeküche Geschirr und Besteck zu holen.

„Mh, sieht lecker aus. Gut, dass ich eben bei der Pizzabude am U-Bahnhof Wittenbergplatz ein Stück Pizza gegessen habe, sonst würde ich gleich über deinen Kuchen herfallen. Ups, sorry, das du ist mir herausgerutscht. Ist hier bei uns halt üblich."

„Kein Problem, ganz im Gegenteil. Mein Name ist Laura. Trotzdem Finger weg vom Kuchen, die werden erst angeschnitten, wenn alle da sind. Aber eure tolle Espressomaschine kannst du ja schon mal anwerfen."

Steffen Tietz brummelte nur: „Du müsstest mal das Teil der Kollegen von der Wirtschaftskriminalität sehen", machte sich dann aber ans Werk und drei Minuten später saßen die beiden mit jeweils einem Espresso im mittleren Büro und warteten auf die anderen.

Als erster erschien Bodo Harbauer, schaute mit zufriedener Miene auf das Kuchenangebot und meinte: „Mein Einsatz für Sie hat sich also gelohnt", weiter kam er allerdings nicht, da Steffen Tietz ihn gleich unterbrach: „Wir haben uns auf ‚du' geeinigt."

„Auch gut, Bodo mein Name. Kannst du mir bitte mal erklären, was das für Köstlichkeiten sind."

„Ostfriesische Flockentorte, Schwarzwälder Kirsch und ein ganz einfacher Eierlikör-Gugelhupf."

Beglückt stöhnte Bodo Harbauer auf: „Da hat sich mein Einsatz wirklich gelohnt, du bist nämlich für die nächsten 14 Tage ins LKA abgeordnet. Nächste Woche erst einmal als Fahrerin für Theresa Teschke und Steffen, die müssten sonst nämlich die BVG und S-Bahn nutzen."

211

In den Gesichtern der anderen erschienen Fragezeichen, Bodo Harbauer fuhr ungerührt fort: „Wenn ich es richtig in Erinnerung habe, hat Steffen keinen Führerschein und die Kollegin Teschke darf für einen Monat die Segnungen des öffentlichen Personennahverkehrs nutzen, allerdings zwangsweise. Hat mir jedenfalls eben Frau Lindemann am Telefon erklärt. Blöd, aber ist halt so, auch Polizistinnen sind nicht unfehlbar", einen vielsagenden Blick in Richtung Julia Rochow konnte er sich dabei nicht verkneifen. „Ich habe ihr jedenfalls zugesagt, dass Laura als Fahrerin zur Verfügung steht. Um einen Streifenwagen müsst ihr euch aber selbst kümmern." An Laura Fatiadis gewandt ergänzte er noch: „Du erscheinst dann morgen bitte in Uniform und auch sonst voller Ausrüstung. Es kann meines Erachtens nicht schaden, wenn wir wenn schon nicht Angst, dann wenigstens ein wenig Schrecken bei den ‚Anlegern' verbreiten. Jetzt würde ich mich gerne dem Kuchen widmen, danach können wir die Strategie für morgen besprechen." Genießerisch hielt er seine Nase über die Schwarzwälder Kirschtorte: „Gut, dass der Thoms nicht da ist. Wir hätten sonst ein Disziplinarverfahren wegen Alkohol im Dienst am Hals. Mit Kirschwasser hast du wirklich nicht gespart, her mit einem Stück." Damit war das Kuchenbüffet sozusagen offiziell eröffnet.

Zwischen zwei Bissen Eierlikörkuchen fragte Julia Rochow an Steffen Tietz gewandt: „Warum hast du eigentlich keinen Führerschein? Ich dachte immer, ohne geht's bei uns nicht."

„Geht schon, wenn man ausschließlich Innendienst macht. Irgendwie habe ich nie die Notwendigkeit gesehen. Henriette hat einen Führerschein, aber kein Auto. Ab und zu nutzen wir mal einen Carsharing-Wagen und hier ins Büro komme ich fast immer mit dem Fahrrad, bei Sauwetter mit der U-Bahn. Aber Abbo hat mir schon nahegelegt, dass ich endlich den Führerschein machen soll. Wenn das Kind von Isabelle und ihm da ist, will er nach der Elternzeit vorübergehend mehr Innendienst schieben und ich soll dafür auch mal Außendienst machen. Na ja, ich habe gedacht, macht wirklich Sinn und mich in einer Fahrschule angemeldet. Die theoretische Prüfung habe ich schon erledigt, war ziemlich simpel. Mit den Fahrstunden fange ich demnächst an."

„Ey, super", meinte Julia Rochow, „dann habe ich schon zwei Aspiranten für individuelle und absolut lehrreiche Fahrstunden. Paul hat nämlich auch keinen Führerschein und ich habe ihm mehr oder weniger angedroht, dass es für ihn Fahrstunden auf einem Verkehrsübungsgelände gibt. Wer wäre dafür besser geeignet als ich!"

Der letzten Feststellung wurde den Gesichtsausdrücken der anderen nach nicht unbedingt Folge geleistet, man sah eher Skepsis in den Gesichtern. Julia Rochow fuhr aber unbeeindruckt fort: "Damit gibt es gemeinsame Fahrstunden für Paul und Steffen, zwei Fliegen mit einer Klappe. Wird bestimmt lustig."

„Ganz bestimmt, vor allem für dich", meinte Steffen Tietz mit einem mehr als skeptischen Unterton, bevor Aylin Yildirim fragte oder eher feststellte: „Dein Date war also erfolgreich." Thomas Kablow grinste ziemlich anzüglich: „Fahrstunden haben ja etwas mit Verkehr zu tun."

Empört erwiderte Julia Rochow: „Ich mache von meinem Aussageverweigerungsrecht Gebrauch. Außerdem sollten wir uns jetzt lieber dem Fall widmen."

Beschwichtigend antwortete Thomas Kablow: „Sorry, das war etwas unpassend, ist mir rausgerutscht. Lasst uns mal anfangen, sonst sitzen wir heute Nacht noch hier."

Eine Stunde später waren alle über die bisher vorliegenden Erkenntnisse informiert und Abbo Reichel zog ein Resümee: „Ich fasse mal kurz und knapp zusammen: Wir wissen bisher, dass weder Frau Hansmann noch Frau Prinzersdorf den Mord begangen haben können. Wir wissen aber auch, dass sie uns beide belogen haben. Beide zum Thema Verhältnis zu Herrn Hansmann, Frau Prinzersdorf zusätzlich zu den wirtschaftlichen Verhältnissen der statimPAY und zu ihren eigenen. Wenn ich Steffen richtig verstanden habe, geht das Wirtschaftsdezernat davon aus, dass es sich bei den Anlagegeldern zwar mit ziemlicher Sicherheit um Schwarzgelder handelt, aber ein Mordmotiv daraus kaum abzuleiten ist. Ich sehe das auch so. Die beiden möglichen Mordmotive," er blickte dabei in Richtung auf die Glaswand zwischen den Büroräumen, die mit einigen Tatortfotos und einer bisher sehr kurzen Tabelle der Motive dekoriert war, „Eifersucht und Geld scheinen eine Sackgasse zu sein. Ich denke, es macht Sinn, wenn Frau Prinzersdorf von Steffen und mir verhört und Frau Hansmann von Thomas und Schmitti übernommen wird. Wir sollten beide erst einmal ganz platt mit ihren Lügen konfrontieren und dann sehen, wie sie reagieren. Sie irgendwie aus der Reserve zu locken, eine andere Chance sehe ich derzeit nicht. Zu denken gibt mir auf jeden Fall der hohe Bargeldbestand. Wäre es nicht möglich, dass die Prinzersdorf den Mord in Auftrag gegeben hat? Aber mit welchem Hintergrund?"

„Ausschließen würde ich es nicht, aber ich halte es für sehr unwahrscheinlich", kam es jetzt von der bisher sehr ruhigen Loredana Schmittke. „Oder hat irgendjemand schon mal von einem Auftragsmord mit einer Harpune gehört?"

Abbo Reichel musste zugeben: „Im wahren Leben noch nicht. Und wenn ich mich recht erinnere, habe ich das auch noch nie in einem meiner vielen Krimis gelesen. Ich notiere die Idee zwar, kennzeichne sie aber ebenfalls als Sackgasse. Irgendwie müssen wir die beiden aus ihrer Reserve locken, das wäre dafür vielleicht ein Ansatz. Wenn jetzt kein Widerspruch kommt, machen wir es so. Alle anderen sitzen morgen hinter der Glasscheibe und wenn euch bei den Verhören etwas auffällt oder euch Fragen oder Antworten unvollständig erscheinen, platzt ihr herein. Mehr fällt mir im Augenblick nicht ein, vielleicht waren zwei Stücke von der alkoholschwangeren Torte doch zu viel. Echt lecker! Also bis morgen früh hier. Falls sich wider Erwarten noch Fragen für die Verhöre ergeben sollten....."

Montag, 23. Juli 2018, 9.05 Uhr

POM Müller vom Eingang meldete telefonisch das Erscheinen von Katharina Prinzersdorf und ihres Anwaltes Dr. Stefan Wöllmer: „Dringende Bitte: die beiden schnellstmöglich abholen. Die Dame ist wie beim letzten Mal ziemlich ungehalten und der Rechtsanwalt ist eher noch schlimmer."

Abbo Reichel nahm diese Aussage vergnügt auf, ging nach unten und nahm die beiden ohne jegliches Begrüßungswort in Empfang. Er deutete lediglich per Handbewegung an, dass sie ihm folgen sollten. Erst nachdem sie im Vernehmungsraum 1 angekommen und die beiden Platz genommen hatten, eröffnete Abbo Reichel mit genervtem Unterton das Verhör, erläuterte die Formalitäten und stellte Steffen Tietz vor: „Wir haben es jetzt exakt 9.10 Uhr, also zehn Minuten nach dem vereinbarten Termin."

Bevor er weiterreden konnte, blaffte Dr. Stefan Wöllmer: „Lassen Sie es mich richtig stellen, wir haben keinen Termin vereinbart. Sie beziehungsweise dieser unsägliche Staatsanwalt haben den Termin angeordnet."

Abbo Reichel jubelte innerlich, es lief exakt so, wie er es sich gewünscht hatte und blaffte zurück: „Ihren Tonfall beherrschen wir hier auch. Wahrscheinlich sogar viel besser als Sie. Nur für den Fall der Fälle der freundliche, aber ernst gemeinte Hinweis, dass wir auch anders können." Damit richtete er das Wort an Katharina Prinzersdorf: „Falls wir die Notwendigkeit für ein weiteres Verhör sehen, und nach aktuellem Stand kann ich mir das durchaus vorstellen, rate ich Ihnen, auf die Sekunde pünktlich zu erscheinen. Exakt auf die Sekunde. Anderenfalls lasse ich Sie sofort zur Fahndung ausschreiben. Was das bedeutet, kann Ihnen Ihr Rechtsanwalt erläutern."

Katharina Prinzersdorf hatte das Ganze völlig ungerührt zur Kenntnis genommen, auch auf die Ansage durch Abbo Reichel erfolgte keinerlei Gesichtsregung.

Abbo Reichel fuhr fort: „Nachdem das geklärt ist, Frau Prinzersdorf, erklären Sie uns doch bitte, warum Sie meine Kollegen und mich angelogen haben. Von dem, was Sie bisher zu Protokoll gegeben haben, stimmt nach unseren Feststellungen wenig bis gar nichts."

Erregt ging Dr. Stefan Wöllmer dazwischen: „Das ist eine impertinente Unterstellung, auf die erstens meine Mandantin nicht eingehen wird und die zweitens wohl der erste Punkt einer dringend erforderlichen Dienstaufsichtsbeschwerde gegen Sie werden wird. Das genaue Gegenteil ist korrekt, meine Mandantin hat trotz der großen Belastung durch den gewaltsamen Tod ihres Geschäftspartners alles in ihrer Macht stehende getan, Ihre Ermittlungen zu unterstützen und......"

Weiter kam er nicht, da Abbo Reichel ihn jetzt sehr ruhig, aber auch sehr bestimmt unterbrach: „Partner ist ein schönes Stichwort, vielen Dank dafür", und an Katharina Prinzersdorf gerichtet fuhr er fort, ohne weiter den Rechtsanwalt zu beachten: „Geschäftspartner ja, aber auch Sexualpartner. Sie haben behauptet, dass Sie zu Herrn Balthasar Hansmann seit mehreren Jahren nur noch eine geschäftliche Beziehung haben. Die private Beziehung sei durch das Auftauchen von Frau Antonia von Tonkwitz einvernehmlich beendet worden."

Abbo Reichel hatte das ‚von' im Geburtsnamen von Antonia Hansmann ganz bewusst sehr deutlich betont und mit seiner Aussage genau den von ihm gewünschten Effekt erzielt. Katharina Prinzersdorf explodierte förmlich. Mit hochrotem Kopf sprang sie auf, riss dabei ihren Stuhl um und rief erregt: „Das geht Sie einen Scheißdreck an, das hat mit dem Mord an Balthasar nichts, aber auch gar nichts zu tun. Nun sitzen Sie nicht so blöd herum, machen Sie etwas. Wofür bezahle ich Sie eigentlich."

Die letzten Aussagen waren offensichtlich auf ihren Rechtsanwalt gemünzt, der sich nach einer Schrecksekunde genötigt sah, einzugreifen: „Frau von Prinzersdorf", weiter kam er nicht, da Steffen Tietz erstmalig ruhig, aber bestimmt in das Verhör eingriff: „Bleiben Sie bitte beim korrekten Namen, also ohne ‚von'. Im Übrigen weise ich Sie darauf hin, dass das Führen eines falschen Namens strafbar ist und die Liste der Anklagepunkte gegen Frau Prinzersdorf verlängern wird."

Ohne darauf einzugehen, fuhr Dr. Stefan Wöllmer ungerührt fort: „Meine Mandantin wird zu diesem Thema von ihrem Aussageverweigerungsrecht Gebrauch machen."

Abbo Reichel ließ sich von dieser Einlage nicht beeindrucken, er fuhr fort: „Die Glaubwürdigkeit Ihrer bisherigen Aussagen ist jedenfalls nach den uns vorliegenden Informationen als nicht allzu hoch einzuschätzen. Wir haben sehr glaubwürdige Hinweise darauf, dass Sie gemeinsam mit Balthasar Hansmann und Antonia Hansmann ein sexuelles Verhältnis gepflegt haben, das man wohl im allgemeinen als ‚Flotten Dreier' bezeichnet. Bevor Sie sich weiter aufregen: Das interessiert weder meinen Kollegen noch mich. Viel interessanter für uns ist Ihre offensichtliche Falschaussage zu den wirtschaftlichen Verhältnissen der statim-PAY AG. Sie haben behauptet, dass die statimPAY ein sogenanntes Unicorn sei, also ein Unternehmen mit einem Wert von mehr als einer Milliarde US-Dollar darstellt. Die bei Ihnen aufgefundenen Dateien lassen für uns eher den Eindruck zu, dass Sie und Herr Hansmann verzweifelt versucht haben, durch Gelder von Privatanlegern eine Insolvenz der Firma zu verhindern."

Mi dieser Aussage war offenbar für Dr. Stefan Wöllmer wieder sicherer Boden erreicht worden, jedenfalls unterbrach er Abbo Reichel mit einem süffisanten Unterton: „Meine Mandantin hat Ihnen schon im Gespräch vor einigen Tagen dargelegt, dass Sie ganz offensichtlich über nicht allzu viel wirtschaftliches Know-how verfügen. Das haben Sie eben eindrucksvoll bestätigt. Es verhält sich komplett gegenteilig zu Ihrer unsäglichen Vermutung. Wie Sie den beschlagnahmten Dateien entnehmen können, hat die statimPAY AG Privatanlegern die Möglichkeit geboten, Gelder zu einem lukrativen Zinssatz anzulegen. Das Geschäftsmodell der statimPAY AG und die Qualität des Managements ist dabei aus Sicht dieser Privatanleger so überzeugend, dass die Anleger problemlos stille Beteiligungen ohne Einflussnahmemöglichkeit auf die Geschäfte der statimPAY AG akzeptiert haben."

An dieser Stelle stand Steffen Tietz abrupt auf, öffnete die Tür des Vernehmungsraumes und sagte: „Wenn Sie das glauben, tun Sie mit aufrichtig leid. Geschäfte in dieser Größenordnung bar abzuwickeln, lässt kaum den Schluss zu, dass es hier mit rechten Dingen zugeht. Erst recht bei einem Unternehmen, das sich der Abwicklung des bargeldlosen Zahlungsverkehrs widmet. Übrigens haben die hohen Bargeldbestände im Tresor Ihrer Mandantin bei uns einen Verdacht aufkommen lassen. Es ist im Rahmen des Möglichen, dass es sich um einen Auftragsmord gehandelt haben könnte." Den Gesichtsausdrücken von Katharina Prinzersdorf und Dr. Stefan Wöllmer war eindeutig zu entnehmen, dass der bis zu diesem Moment aus ihrer Sicht sichere Boden wieder deutlich schwankender geworden war. Bevor sie jedoch irgendetwas antworten konnten, fuhr Steffen Tietz fort: „Wir brechen das heutige Verhör an dieser Stelle ab. Rechnen Sie aber damit, dass Ihre Mandantin kurzfristig die Vorladung zu einem weiteren Verhör erhalten wird. Ihre Mandantin darf bis auf Weiteres die Stadt nicht verlassen und hat sich täglich auf dem für sie zuständigen Polizeiabschnitt 24 am Kaiserdamm 1 zu melden." An Katharina Prinzersdorf gerichtet ergänzte er: „Täglich bis spätestens 9.00 Uhr und zwar pünktlich. Die Kollegen stehen Ihnen rund um die Uhr zur Verfügung, Ihr Zeitfenster ist also zwischen 0.00 Uhr und 9.00 Uhr. Bei dem ersten Termin morgen geben Sie bitte Ihren Reisepass ab, der wird vorerst beschlagnahmt. Denken Sie bitte auch daran, dass das nächste Verhör nicht mehr so gemütlich wie heute werden wird. Pünktliches Erscheinen wird dann ebenfalls erwartet. Ich bringe Sie jetzt zum Ausgang, einen schönen Tag noch."

Als er wenige Minuten später zurück im Vernehmungsraum war, wurde er gleich von Bodo Harbauer angesprochen: „Ich habe es eben schon Abbo gesagt, eure Vorgehensweise und Wortwahl war mit Sicherheit alles andere als regelkonform und lehrbuchmäßig. Wenn eure Dozenten an der Polizeiakademie das verfolgt hätten, hätten sie die Hände über dem Kopf zusammengeschlagen. Aber ein Ziel habt ihr nach meiner Einschätzung zu 100 % erreicht, die beiden sind verunsichert und können

218

überhaupt nicht einschätzen, was wir wissen und was nicht. Es bringt uns allerdings erst einmal nicht weiter. Warten wir jetzt ab, was die Befragung der Anleger ergibt. Beim nächsten Verhör werden wir sie dann auch zu ihren Vermögensverhältnissen befragen. Ich befürchte allerdings, dass ihr Rechtsanwalt intervenieren wird."

Mehr oder weniger zu sich selbst, aber trotzdem für alle deutlich zu hören, ergänzte er noch: „Lehrbuchmäßig wäre eher gewesen, böser Bulle und guter Bulle. Nicht aber zwei böse Bullen. Hat aber funktioniert."

Montag, 23. Juli 2018, 12.00 Uhr

Um exakt 12.00 Uhr saß Antonia Hansmann im Vernehmungsraum 2, ohne Begleitung durch einen Rechtsanwalt. Thomas Kablow übernahm die Erläuterung der Formalitäten, das eigentliche Verhör wurde absprachegemäß von Loredana Schmittke übernommen. „Um es gleich vorneweg zu sagen, aktuell stehen Sie nicht unter Mordverdacht, aber das kann sich durchaus noch ändern. Wir haben eindeutige Hinweise erhalten, dass zumindest einige Ihrer bisherigen Aussagen nicht den Tatsachen entsprechen. Auf Deutsch, Sie haben uns belogen. An dieser Stelle gerade unter diesem Aspekt auch nochmals der Hinweis von uns, dass Sie jederzeit einen Rechtsanwalt hinzuziehen können und nach meiner persönlichen Einschätzung auch sollten."

Auf diese eindeutige Aussage hin reagierte Antonia Hansmann sichtlich irritiert, vermied aber eine Antwort.

„Ihre Nichtantwort interpretiere ich jetzt für das Protokoll als Ihren Verzicht auf die Hinzuziehung eines Rechtsanwaltes. Dann erklären Sie uns bitte als erstes das Verhältnis von Ihnen und Ihrem verstorbenen Mann zu Frau Prinzersdorf."

Antonia Hansmann lachte erleichtert auf: „Wenn's das ist, das kann ich Ihnen erklären. Ja, ich gebe zu, dass ich immer den Eindruck erwecken wollte, dass Balthasar und ich ein ganz normales und vielleicht auch ziemlich spießiges Eheleben geführt haben. Wissen Sie, wenn man katholisch erzogen und geprägt ist und auch der Ehemann, dann geht das eigentlich gar nicht anders. Stellen Sie sich vor, meine Eltern oder Schwiegereltern hätten davon erfahren, dass wir drei, also Balthasar, Katharina und ich….." Damit stoppte ihr Redefluss abrupt, so dass Loredana Schmittke nachhakte: „Sie wollen uns also weißmachen, dass die sogenannte Familienräson dazu geführt hat, dass Sie gegenüber unseren Kolleginnen Rochow und Yildirim am….." damit wischte sie auf dem vor ihr liegenden Tablet herum, „17. Juli die Unwahrheit gesagt haben? Wenn die uns vorliegenden Informationen stimmen, war Ihr Verhältnis offenbar alles andere als spießig. Jedenfalls würde ich die sonntäglichen Aktionen in den Räumen der statimPAY nicht als spießig oder üblich bezeichnen."

„Oh", war die einzige Reaktion.

„Ehrlich gesagt ist es uns völlig egal, was sie so getrieben haben. Viel interessanter für uns ist Ihre Falschaussage zu Ihren wirtschaftlichen Verhältnissen". Loredana Schmittke wischte erneut auf ihrem Tablet herum. „Hier habe ich es. Sie haben ebenfalls am 17. Juli die Aussage getroffen ‚Wir haben das Haus, also das Haus Humboldtinsel 49, gekauft'. Das ist eindeutig eine Falschaussage. Laut dem uns vorliegenden Grundbuchauszug ist das Haus ausschließlich auf Ihren Namen eingetragen. ‚Wir stimmt also eindeutig nicht."

Erneut lachte Antonia Hansmann erleichtert auf, wohl vor allem, weil ihr der Hinweis auf die sexuellen Eskapaden ziemlich unangenehm war: „Das kann ich ganz einfach erklären. Ja, es ist richtig, dass das Haus zumindest auf dem Papier mir alleine gehört. Aber weder Balthasar noch ich haben das als für uns relevant angesehen. Der Hintergrund ist ganz einfach der, dass es zum Zeitpunkt des Hauskaufes wohl kleinere wirtschaftliche Probleme mit der Firma gab und Balthasar für einen Millionenbetrag eine persönliche Bürgschaft gegenüber den Banken abgeben musste. Wir hatten sowieso einen Ehevertrag abgeschlossen, auf Druck seiner nervigen Eltern übrigens, und damit hätte es im Fall der Fälle keinen Zugriff der Gläubiger auf das Haus gegeben, wenn es alleine auf meinen Name läuft. So habe ich es jedenfalls immer verstanden. Um die geschäftlichen Dinge habe ich mich nie gekümmert und habe davon auch keine Ahnung. Gewundert habe ich mich nur manchmal, dass Katharina auf ziemlich großem Fuß lebt, obwohl ihr nur ein kleinerer Teil der Firma gehört. Ihre Kolleginnen haben ja gesehen, dass wir nun wirklich nicht schlecht leben, aber die Wohnung von Katharina ist schon eine andere Hausnummer. Nachgefragt habe ich aber nie und sie hat ab und zu mal durchblicken lassen, dass sie reichlich geerbt hat."

Bevor Loredana Schmittke und Thomas Kablow nachhaken konnten, ging die Tür zum Vernehmungsraum auf und Mandy Friedrich winkte die beiden heraus.

„Ihr könnt das Verhör an dieser Stelle beenden, die Angaben von ihr sind bestätigt. Steffen hat gerade eine E-Mail des Wirtschaftsprüfers der statimPAY bekommen, in der unter anderem die Bürgschaften bestätigt wurden. Zeitlich lagen die nur wenige Wochen vor dem Hauskauf, der übrigens vollständig von Balthasar Hansmann bezahlt wurde. In Anbetracht des ihm laut unseren Unterlagen gezahlten Gehaltes und der Boni passt das sogar. Im Rahmen der statimPAY taucht Antonia Hansmann tatsächlich nie auf, ihre angebliche Unwissenheit ist also durchaus glaubhaft."

„Und naiv kommt sie mir auch vor, die lebt scheinbar nur für ihre Töchter und das Wasserskifahren", meinte Thomas Kablow. „Die Mörderin kann sie so oder so nicht sein. Ich sehe es auch so, dass wir das Verhör beenden können."

Zurück im Vernehmungsraum sagte Thomas Kablow: „Sie hätten uns die Ermittlungen erleichtert, wenn Sie uns von Anfang an die Wahrheit gesagt hätten. Ihnen ist hoffentlich klar, dass das durchaus zu strafrechtlichen Konsequenzen führen kann."

Antonia Hansmann nahm das zerknirscht wirkend zur Kenntnis und nickte bestätigend mit dem Kopf.

Thomas Kablow beendete damit das Verhör und begleitete Antonia Hansmann zum Ausgang.

Montag, 23. Juli 2018, 13.15 Uhr

Im kleinen Besprechungsraum des LKA 3 am Columbiadamm 4 saßen Theresa Teschke und Steffen Tietz, vor sich Pa-
pierstapel mit den Adressdateien der Anleger und einer gerade
eben fertiggestellten Handlungsanleitung zur Verteilung an die
zugesagten Unterstützer. Theresa Teschke war also während des
Verhörs von Katharina Prinzersdorf nicht untätig geblieben, wie
Steffen Tietz zufrieden mit sich und der Welt feststellte. Er informierte sie kurz über die Ergebnisse oder eher die Nichtergeb-
nisse des Verhörs, als innerhalb von drei Minuten fünf sehr junge Polizeibeamte den Raum betraten. Die Befürchtungen hatten
sich bestätigt, alles Frischlinge von der Polizeischule, bereit für
ihren ersten richtigen Einsatz.

„Willkommen im Call-Center der Berliner Polizei, genauer
gesagt des Referats Wirtschaftskriminalität", begrüßte Theresa
Teschke die Neuankömmlinge. Erwartungsgemäß war die Reaktion bei allen fünf ein mehr oder weniger gekonnt verdecktes
Entsetzen. Wenige Minuten später war das Entsetzen einer freu-
digen Erwartung gewichen. Theresa Teschke hatte mit wenigen
Worten, dafür aber sehr deutlich und eindringlich klar gemacht,
dass die fünf ihre Arbeit im Rahmen der schriftlich vorliegenden
Handlungsanleitung eigenständig einteilen und abarbeiten sollten. Vorgabe war lediglich, dass mit erster Priorität die 100 Fälle
mit Beträgen von mehr als 500.000 Euro bis zu einer Million ab-
zutelefonieren und ein Termin für eine Befragung in den Räumlichkeiten des Polizeipräsidiums zu vereinbaren sei. Für diese
Befragungen stand ab dem morgigen Tag ein Besprechungsraum zur Verfügung und Steffen Tietz hatte eine Datei vorbereitet, in der Termine im 30 Minuten-Takt eingetragen waren. Falls
sich einzelne der Anleger weigern sollten, der Aufforderung zur
Terminvereinbarung zu folgen, sollte ihnen unmissverständlich
klar gemacht werden, dass es dann eine förmliche Vorladung
geben würde. „Macht ihnen deutlich, sehr deutlich, dass die
Befragung in diesem Fall deutlich unangenehmer werden würde
und eine Anzeige wegen Steuerhinterziehung die automatische

Folge ist. Stimmt zwar nicht, wirkt aber eigentlich immer. Ihr spielt in diesen Fällen am Telefon auf jeden Fall die Rolle ‚böser Bulle'." Nach diesen 100 Fällen sollten die restlichen 674 Anleger telefonisch befragt werden. Eindeutige Vorgabe war auch, dass sowohl die persönlichen als auch die telefonischen Befragungen immer zu zweit erfolgen sollten und sämtliche Ergebnisse als Kurzprotokolle sofort im Ordner ‚Feuerball' zu hinterlegen seien. Mehr als zwei Stunden und diverse Rückfragen später beendete Theresa Teschke die Vorbesprechung: „Wir zeigen euch jetzt noch den Besprechungsraum für die Befragungen und euren Büroraum, fünf Schreibtische inklusive Telefonen und PC mit Zugang zum Ordner mit den angesprochenen Dateien. Macht euch bitte mit allem vertraut und klärt untereinander ab, wie ihr euch die Arbeit aufteilen und wie ihr genau vorgehen wollt. Alles Weitere ist erst einmal eure Angelegenheit. Im Notfall sind Steffen und ich zwar telefonisch erreichbar, aber wirklich nur im Notfall, die Nummern findet ihr in der Handlungsanleitung. Ansonsten kommen wir beide morgen früh um Punkt 9.00 Uhr in euer Büro und ihr habt die Chance, eventuell noch offene Fragen mit uns zu klären."

Montag, 23. Juli 2018, 13.52 Uhr

„Ach, kommt ihr doch noch mal, ich warte hier schon geschlagene 10 Minuten. Aber wenn endlich jemand ein paar Sektgläser organisiert und die Flaschen hier unfallfrei öffnet, verzeihe ich euch gnädig." Die Begrüßung durch Isabelle Berntsen war schon etwas speziell, wurde aber von ihr mit einem extrem breiten Grinsen garniert. Gemütlich fläzte sie sich auf dem Schreibtischstuhl von Abbo Reichel und meinte: „Da hat mein geliebter Göttergatte doch ganz offensichtlich vergessen, dass er mich ab sofort eigentlich wieder siezen muss. Wenn ich aber sein aktuell dummes Gesicht sehe, denke ich, er darf weiter beim du bleiben. Das gilt für euch andere auch, auch ihr dürft beim du bleiben."

Mehr als irritiert blickte Abbo Reichel von Isabelle Berntsen zu den vor ihr auf seinem Schreibtisch aufgebauten vier Sektflaschen und zurück, bevor er sich mit der flachen Hand vor die Stirn schlug, seine Ehefrau aus dem Stuhl zog und sie lange und ausgiebig küsste. Rhythmisches Klatschen der anderen war die Begleitmusik.

„Darf ich euch vorstellen, das ist Dr. med. Isabelle Berntsen. Wenn ich mich nicht total irre, hat sie gerade eben ihre Doktorarbeit erfolgreich verteidigt und ist jetzt damit Doktorin. Für mich brechen jetzt noch schwerere Zeiten an, ich bin ihr damit zumindest formal intellektuell noch unterlegener."

Kopfschüttelnd und lachend meinte Isabelle Berntsen nur: „Blödmann, aber das ist korrekt. Mit summa cum laude, also gar nicht so schlecht. Dr. med. darf ich mich allerdings erst nennen, wenn meine Doktorarbeit veröffentlich ist, das ist aber eine reine Formalie. Wie sieht's mit den Sektgläsern aus?"

Julia Rochow verschwand kurz und schwenkte nach ihrer Rückkehr einen Stapel Plastikbecher: „Schlecht, Sektgläser haben wir nicht, aber jede Menge stillose und nicht gerade umweltfreundliche Plastikbecher."

Es wurde gerade fröhlich auf die bestandene Doktorarbeit angestoßen, als die Tür aufknallte und Timo Thoms mit Oliver Scholz im Schlepp das Büro betrat.

225

Mit einer mehr als grimmigen Miene blickte er erst auf Isabelle Berntsen, dann auf die Sektflaschen und dann wieder auf Isabelle Berntsen. Erregt fuchtelte er mit beiden Händen in der Luft herum, bevor er mit schneidendem Ton in völlig überzogener Lautstärke von sich gab: „Das wird ein Nachspiel haben! Alkohol im Dienst ist strengstens untersagt. Das gibt ein Disziplinarverfahren, für alle. Das gilt auch für Sie", und blickte dabei wutentbrannt auf Mandy Friedrich und Bodo Harbauer. „Und was haben Sie hier überhaupt zu suchen?" blaffte er Isabelle Berntsen an. Bevor sich irgendjemand der Anwesenden fassen konnte, stürmte er aus dem Büro, die Tür hinter sich zuknallend.

Als erster hatte sich Oliver Scholz wieder im Griff, zückte in aller Seelenruhe sein Handy und fotografierte erst die Sektflaschen auf dem Schreibtisch und dann gezielt die Etiketten mit dem nicht zu übersehenden Schriftzug ‚alkoholfrei‘. Fröhlich meinte er dann: „Jetzt bitte mal alle zusammenstellen für ein Gruppenfoto, dann das glückliche Paar und die Frau Doktor zum Schluss noch einmal alleine. Das muss schließlich alles ordnungsgemäß dokumentiert werden, allerdings nicht für die Akte Feuerball."

„Was war denn das jetzt für eine Nummer von dem Thoms?" fragte Bodo Harbauer.

„Warten wir mal ab. Wenn der sich wirklich erblödet und ein Disziplinarverfahren gegen euch alle beantragt, dürfte das der klassische Schuss ins eigene Knie werden und ich sehe eine gute Möglichkeit, den endlich loszuwerden. Der hochverehrte und allseits beliebte Herr Thoms ist vor einer halben Stunde in mein Büro gestürmt, stellt euch mal vor, an der Schreiner vorbei, und hat mich mehr oder weniger beschimpft. Wir seien alle samt und sonders unfähig, weil wir den Mörder immer noch nicht hätten, obwohl er doch vor unseren Augen den Tatort verlassen hätte. Außerdem sei es ein Unding, dass wir die Ressourcen der Direktion West und des Wirtschaftsdezernats so schamlos ausnutzen würden. Und überhaupt die Hausdurchsuchung bei Frau Prinzersdorf, ein Unding! Mindestens dreimal Unding. Er ist anscheinend auch stinksauer wegen eines Telefonats mit Abbo.

Keine Ahnung, was da genau gelaufen ist, interessiert mich aber ehrlich gesagt auch nicht. Mir jedenfalls langt es mit dem. Wenn der tatsächlich ein Disziplinarverfahren anstrengt, kann er sich auf etwas gefasst machen. Dann wird zurückgeschossen, zumindest bildlich. Jetzt aber bitte auch für mich einen Sekt, auch wenn er nur alkoholfrei ist." Man merkte Oliver Scholz immer noch an, dass er echt sauer war, auch wenn der letzte Halbsatz schon mit einem leichten Lächeln kam. Er hob den Plastikbecher und sagte: „So ein Idiot! Isabelle, trotzdem herzlichen Glückwunsch, auf dein Wohl. Von ganzem Herzen. Damit wirst du uns in der Rechtsmedizin doch hoffentlich auf Dauer erhalten bleiben. Mario muss alles daran setzen, dir eine feste Stelle zu verschaffen."

„Das macht er, hat er mir jedenfalls gesagt", antwortete sie. „Bis zum Abschluss der Facharztausbildung habe ich ja noch zwei Jahre, so lange läuft auch mein Zeitvertrag. Mario hat mir dringend empfohlen, mich um die deutsche Staatsbürgerschaft zu bewerben, dann könnte ich gleich anschließend verbeamtet werden. Da ich schon mit einem deutschen Beamten verheiratet bin, wird das hoffentlich kein Problem werden. Meine dänische Staatsbürgerschaft kann ich wohl trotzdem behalten. Zwei sind doch immer besser als eine, oder?"

In dem Moment plingte das Handy von Abbo Reichel. „Mein Handy hat mich gerade daran erinnert, dass um 17.00 Uhr ein Tisch im Ristorante Brescia für uns und die Sippschaft reserviert ist." Achselzuckend ergänzte er noch: „Da muss ich wohl irgendwann von dem Termin der Verteidigung gewusst haben. Wir sind dann mal weg. Um die Verhörprotokolle müsst ihr euch kümmern." Damit schnappte er sich Isabelle Berntsen und weg waren sie.

Montag, 23. Juli 2018, 17.05 Uhr

„Wollen wir wetten, dass mein Vater als Erstes zu unserer Verspätung einen Kommentar abgibt."

„Ich kenne ihn zwar noch nicht lange, aber ausreichend lange genug, um auf keinen Fall dagegen zu halten. Begründen sollten wir unsere Verspätung aber lieber nicht. Deine Eltern müssen ja schließlich nicht wissen, dass ihr lüsterner Sohn beim Umziehen über seine Ehefrau herfällt."

Und tatsächlich, von Bertram Reichel kam ein: „Ihr seid zu spät, geschlagene fünf Minuten. Aber der Kellner hat uns bereits Sekt gebracht und gemeint, es gäbe etwas zu feiern." Petra Reichel ergänzte noch: „Einen Grund hat er uns nicht genannt. Also raus mit der Sprache."

Isabelle Berntsen schüttelte nur den Kopf und stöhnte fröhlich grinsend auf: „Abbo hat mir ja schon des Öfteren gesagt, dass ihr allesamt anstrengend seid. Und zumindest damit hat er absolut recht. Liebe angeheiratete anstrengende Familie, ich hätte gerne auch ein Glas Sekt, allerdings alkoholfrei, dann gibt es auch eine Begründung für die Einladung."

Sekunden später stand die gesamte Belegschaft des Brescia mit Sektgläsern in der Hand neben dem Tisch. Isabelle Berntsen konnte das ihr überreichte erheben und die Neuigkeit verkünden: „Klingt vielleicht etwas komisch, aber wir stoßen jetzt auf mein Wohl an. Ich habe heute Vormittag meine Doktorarbeit erfolgreich verteidigt und darf mich jetzt Doktor nennen, fast jedenfalls. Endgültig allerdings erst dann, wenn die Doktorarbeit veröffentlicht ist. Das musste ich Abbo vorhin auch schon erklären. Bevor jemand nachfragt", damit wandte sie ihren Blick ausdrücklich an Tammo Reichel, „nein, ich werde euch nicht den Appetit verderben und Details zum Thema meiner Doktorarbeit nennen. Ihr könnt euch auch sicher so vorstellen, dass es bei Rechtsmedizinern eher für die Allgemeinheit unangenehme oder besser sogar unappetitliche Bereiche sind, mit denen wir uns beschäftigen. Jetzt kann eigentlich das Essen serviert werden. Ich habe einfach mal für uns alle das Gleiche bestellt. Beschwerden dazu werden nicht angenommen, weder von Abbo noch von mir."

Wenige Minuten später waren alle Glückwünsche überbracht, die Sektgläser leer und Teller standen auf dem Tisch. Lediglich Tammo Reichel versuchte während des Essens mehrfach erfolglos, Isabelle Berntsen nähere Informationen zu Ihrer Doktorarbeit zu entlocken.

Dienstag, 24. Juli 2018, 11.07 Uhr

Wieder einmal erklang ‚Sweet Lucy' aus Abbo Reichels Handy: „Hier Deniz Özcan, KTU IT-Labor. Ich habe etwas sehr interessantes für euch. Für uns war es aber auch unterhaltsam, muss ich ehrlicherweise zugeben. Wir haben uns die beiden USB-Sticks aus dem Tresor von Katharina Prinzersdorf noch einmal genau angesehen. Meine Kollegen und ich waren uns einig, dass es irgendwie merkwürdig ist, zwei fabrikneue, noch nie genutzte USB-Sticks in einen Tresor zu legen. Merkwürdig fanden wir auch, dass die Verpackung nicht mehr vorhanden war. Warum sollte man das machen? Kam uns ziemlich spanisch vor. Wir haben deswegen gestern und heute mit viel Aufwand alle uns zur Verfügung stehenden Möglichkeiten ausgeschöpft – und Bingo, die USB-Sticks sind nicht jungfräulich, ganz und gar nicht. Eher im Gegenteil. Da war ein echter Könner am Werk, die Dateien sind gut getarnt gewesen. Na egal, wir haben sie gefunden. Alle Dateien sind gerade eben auf euren Ordner ‚Feuerball' überspielt worden. Viel Spaß damit. Nur so als Tipp, Ordner drei ist lehrreich."

Bis auf Steffen Tietz saßen eine Minute später alle Mitarbeiter des LKA 117 um den Rechner von Abbo Reichel, als er die Ordner öffnete. Die erste Datei war offensichtlich ein Duplikat der Datei der Anlagebeträge, allerdings ergänzt um mehrere Spalten. Die zweite Datei enthielt eine sehr detaillierte Aufstellung von diversen Konten, alle offenbar bei Banken in Steuersparparadiesen. Der Knaller waren allerdings die Videodateien vom dritten USB-Stick. Das erste Video war die von Tobias Patzelt geschilderte Szene aus dem Glaskasten.

„Wow, da könnten wir doch Material gegen die Prinzersdorf haben. An die Arbeit. Schmitti und Thomas übernehmen die Datei eins, Aylin und ich die zwei und Julia die drei."

Thomas Kablow konnte sich den Kommentar: „Aha, Julia darf also das Schulungsmaterial ansehen. So als Basis für das nächste Date." nicht verkneifen. Gerade noch rechtzeitig konnte er seinen Kopf einziehen, als ein Radiergummi auf ihn zugeflogen kam.

Drei Stunden später rauchten bei allen die Köpfe und man kam überein, die bisherigen Ergebnisse auszutauschen.

„Dann fange ich mal an", meinte Julia Rochow: „Als Schulungsmaterial zumindest für mich nicht geeignet. Ich habe es lieber kuschelig zu zweit. Aber interessant." In dem Moment brachen alle anderen in Gelächter aus. „Nicht was ihr meint, lasst mich doch einfach mal ausreden. Ich habe mir alle 13 Videos jeweils drei Mal angesehen und einige interessante Gemeinsamkeiten festgestellt. Alle sind auf die Sekunde genau zwei Minuten lang. Und ich bin mir bei allen Videos absolut sicher, dass die Aufnahmen im Vorfeld genau geplant wurden. Die Spezialisten in der KTU werden das sicherlich bestätigen können. Die drei haben sich zwar immer in den Räumen der statimPAY miteinander vergnügt, aber immer an anderen Stellen. Es gibt zumindest bei den 13 Videos keine Wiederholungen. Die Kameras, es waren immer drei im Einsatz, waren exakt auf die jeweilige Location ausgerichtet. Und jetzt kommt's, das Gesicht der Prinzersdorf ist nie, wirklich nie zu erkennen. Wenn man nicht anhand anderer Merkmale weiß, dass sie es ist, ein unvoreingenommener Betrachter erkennt sie nicht. Die anderen beiden sind dafür umso besser zu erkennen. Also, wenn das nicht geplant war, fresse ich den berühmten Besen. Welchen Sinn und Zweck das Ganze haben soll, ist mir nicht so ganz klar. Einzige Idee dazu ist eigentlich nur, dass die Prinzersdorf damit in irgendeiner Form das Ehepaar Hansmann erpressen oder unter Druck setzen wollte. Vielleicht auch nur als Option für den Fall der Fälle, was für ein Fall das dann auch immer sein mag. Mehr fällt mir nicht ein. Wer also noch Anschauungsmaterial braucht, kann sich das jetzt ansehen. Ist natürlich alles streng dienstlich." Beim letzten Satz konnte sie sich ein anzügliches Grinsen nicht verkneifen und setzte noch eins drauf: „Ästhetisch sind die Videos schon, jedenfalls dann, wenn man auf so etwas steht."

„Bevor sich jetzt alle auf die Videos stürzen, bitte ich mal um Aufmerksamkeit", ließ sich jetzt Thomas Kablow vernehmen.

„Schmitti und ich haben uns die Datei eins im Detail angesehen und sind zu dem Ergebnis gekommen, dass die Prinzersdorf jeweils exakt 10 % der Anlagebeträge der stillen Beteiligungen auf ihre eigenen Konten umgelenkt hat. Das sind genau 25.350.000 Euro, ein nettes Sümmchen und als Mordmotiv vorstellbar. Wie das alles genau abgelaufen ist, konnten wir anhand der Datei aber nicht feststellen, da werden wohl die Experten aus dem Wirtschaftsreferat ranmüssen. Steffen haben wir schon informiert."

„Das passt zu Datei zwei. Insgesamt sechs Konten auf den Namen Katharina Prinzersdorf. Alle in Steuersparparadiesen. Eines in den Niederlanden, eines in Irland, zwei auf den britischen Kanalinseln und jeweils eines auf den Bahamas und den Cayman-Inseln. Das letztgenannte übrigens auf den Namen Katharina von Prinzersdorf. Alle Konten lauten auf Euro und das Guthaben betrug per Anfang Juli insgesamt 11.285.327,76 Euro. Praktischerweise sind auch für alle Konten die Kontoauszüge ab Kontoeröffnung gespeichert. Das kann man alles im Detail auswerten. Abbo hat Steffen auch schon angerufen. Der war begeistert, dass wir ihn alle nerven und meinte, dass die Kollegen von der Wirtschaft schon mit der Befragung der Privatanleger vollkommen ausgelastet seien."

Abbo Reichel ergänzte noch: „Die Prinzersdorf war sich offenbar sehr sicher, dass sie besser ist als unsere IT-Fachleute. Klassischer Irrtum würde ich sagen. Das müsste doch jetzt für einen Haftbefehl reichen. Zwar nicht wegen Mordverdacht, aber Untreue in zweistelliger Millionenhöhe ist ja wohl ausreichend. Und bei dem Vermögen im Ausland sehe ich eine erhebliche Flucht- und Verdunklungsgefahr. Mal sehen, wie Mandy und Bodo das sehen."

Dienstag, 24. Juli 2018, 17.12 Uhr

Fröhlich mit einem Papier winkend erschien Mandy Friedrich mit Bodo Harbauer im Schlepptau, auch er wirkte ziemlich zufrieden.

„Wir haben den Haftbefehl, hat nur wenige Minuten gedauert, den Richter zu überreden. Wobei, von überreden kann man eigentlich nicht sprechen. Mehr als 25 Millionen Euro unterschlagen und mehr als 10 Millionen Euro auf Auslandskonten zu bunkern, das ist schon sehr überzeugend."

„Wenn da keine Fluchtgefahr besteht", ergänzte Bodo Harbauer.

„Trotzdem würde ich sie gerne erst morgen verhaften lassen, dafür aber öffentlichkeitswirksam", meinte Abbo Reichel.

„Du hast doch nicht das vor, was ich gerade denke", fragte Mandy Friedrich.

„Ich weiß ja nicht, was du denkst, aber wenn du ausnahmsweise und ausschließlich in diesem konkreten Fall schlecht von mir denkst, dann liegst du wahrscheinlich richtig. Machen wir das dann so?"

Mandy Friedrich und Bodo Harbauer schauten sich nur kurz an und nickten dann beide zustimmend, bevor sie Abbo Reichel den Haftbefehl übergaben und das Büro schnell wieder verließen und dabei breit grinsten. Es war offensichtlich, dass Abbo Reichel die Gelegenheit nutzen wollte, gleich mehrere Fliegen mit einer Klappe zu schlagen.

„Julia und Aylin, ihr erscheint morgen bitte in Uniform und auch ansonsten in voller Montur. Brezelt euch ruhig ein wenig auf, ihr werdet mit ziemlicher Sicherheit fotografiert und gefilmt werden. Einen Streifenwagen organisiere ich bis dahin. Ich bin mir sicher, dass die Prinzersdorf morgen in ihrer Firma anzutreffen ist. Ihr seid um exakt 10.30 Uhr da und verhaftetet sie. Julia, du darfst, nein du musst mit Lichtshow und Musik fahren, der Wagen wird am Paul-Lincke-Ufer so geparkt, dass er alles blockiert und niemand übersehen kann, was passiert. Ist das mal ein Auftrag nach eurem Geschmack?"

Julia Rochows Augen glänzten vor Aufregung und Freude und auch Aylin Yildirim wirkte hocherfreut über diesen Auftrag.

„Ihr liefert die Dame anschließend in der Justizvollzugsanstalt für Frauen in der Arkonastraße 56 in Pankow ab. Da kann sie dann ausgiebig über ihr Schicksal lamentieren. Das nächste Verhör wird definitiv erst am Donnerstag stattfinden, sie soll ein bisschen Zeit haben nachzudenken. Ihr macht jetzt bitte Feierabend, ich muss noch in Ruhe ein paar Telefonate führen."

Drei Minuten später saß Abbo Reichel als einziger noch an seinem Schreibtisch und organisierte erst einmal einen Streifenwagen für die Verhaftung.

Danach führte er mit einem nicht registrierten Prepaid-Handy, dass speziell für solche Zwecke von Bianca Neumann, seiner Vorgängerin als Leiterin des LKA 117 etwas außerhalb der üblichen Behördenkriterien angeschafft worden war, mehr als ein Dutzend Telefonate. Praktischerweise waren alle erforderlichen Telefonnummern im Adressverzeichnis hinterlegt.

Zufrieden packte er das Handy über eine Stunde später wieder in die Schreibtischschublade und legte die Füße auf den Schreibtisch, nahm sie aber nach wenigen Sekunden wieder herunter. Vier Videos aus dem Ordner ‚Feuerball' später war er auf dem Weg nach Hause, immer noch zufrieden mit sich und der Welt.

Dienstag, 24. Juli 2018, 20.05 Uhr

Bevor er den Schlüssel in das Schloss der Wohnungstür stecken konnte, ging die Tür schon auf. Irritiert blickte Abbo Reichel auf Isabelle Berntsen, die sich in Schale geschmissen hatte. Ein kurzes blaues, sehr blaues, Kleid. Hervorragend passend zu ihren roten Haaren, konnte er noch denken. Weiter kam er nicht, weder mit dem Denken noch mit einer Begrüßung.

„Reichlich spät, der Herr. Dafür gibt es nur noch Nachtisch." Damit schloss sie die Wohnungstür, drehte sich um und deutete Abbo Reichel an, dass er den Reißverschluss ihres Kleides öffnen sollte. „Der Nachtisch bin übrigens ich, du darfst mich jetzt vernaschen", und zog ihn damit an die Küchentheke.

„Nicht dass du denkst, du wirst künftig jeden Abend so begrüßt. Obwohl, schlecht war das jetzt nicht", meinte sie eine Weile später. „Jetzt guck nicht so irritiert, das lag am Schulungsmaterial."

Abbo Reichel war nun vollends sprachlos und schaute wohl ziemlich merkwürdig aus der nicht mehr vorhandenen Wäsche. Isabelle Berntsen lachte schallend los. Erst als sie sich wieder beruhigt hatte, klärte sie ihn auf: „Ich war auf dem Rückweg aus dem Institut nach Hause noch bei euch in der Keithstraße und habe deinen Kollegen aus dem LKA 112 einen Obduktionsbericht gebracht und erläutert. Mario war dabei mal wieder in Höchstform und hat den so abgefasst, dass ihn kein Mensch versteht. Selbst ich musste ein paar Passagen doppelt lesen", sie lachte dabei wieder laut auf. „Als ich gehen wollte, ist mir Julia über den Weg gelaufen, du hattest gerade alle in den Feierabend geschickt. Sie hat mir dabei einen USB-Stick in die Hand gedrückt und mit verschwörerischer Miene gemeint ,Schulungsmaterial'. Mehr nicht, sie ist dann sofort verschwunden. Den USB-Stick habe ich mir hier gleich angesehen und ich muss sagen, dass der Herr Hansmann mal ziemlich lebendig war. Die beiden Damen übrigens auch. Da habe ich mir gedacht….."

Weiter kam sie nicht, da es nun an der Reihe von Abbo Reichel war, schallend zu lachen. „Ich kenne bisher nur die ersten vier Videos, aber auch die werden wir heute nicht mehr alle nachmachen können. Ich habe schließlich morgen einen anstrengenden Tag vor mir."

„Schade."

Mittwoch, 25. Juli 2018, 10.30 Uhr

Pünktlich auf die Minute bog Julia Rochow mit dem Streifenwagen von der Kottbusser Straße kommend schwungvoll und mit eindeutig überhöhter Geschwindigkeit in die Straße Paul-Lincke-Ufer ein, mit Lichtshow und Musik. Schräg gegenüber dem Gebäude mit der Hausnummer 39/40 stand ein ordnungsgemäß geparkter Streifenwagen. In der Einfahrt zu den Hinterhöfen standen zwei gelangweilt wirkende uniformierte Beamte, vor ihnen auf dem Bürgersteig zwei Kamerateams, mehrere Fotografen und diverse Reporter.

Julia Rochow parkte den Streifenwagen vor der Einfahrt so geschickt oder eher ungeschickt, dass die Straße damit halb blockiert und der Wagen keinesfalls zu übersehen war, das Blaulicht blieb an.

In aller Seelenruhe stiegen sie und Aylin Yildirim aus, nickten den beiden Kollegen freundlich zu und gingen in Richtung zweiter Hinterhof.

Im Vorbeigehen hörten sie, wie einer der beiden Kollegen zum anderen meinte: „Wow. Wenn es eine Wahl zur Miss Berliner Polizei gäbe, die beiden hätten gute Chancen."

„Siehst du, es hat sich gelohnt, sich ein wenig zu schminken. Wir wollen doch die Berliner Polizei gut repräsentieren. Wenn ich es richtig gesehen habe, standen da eben ein Fernsehteam von der RBB Abendschau und eines des ZDF. Und mindestens ein halbes Dutzend Fotografen. Da können wir uns heute Abend in den Nachrichten bewundern, morgen in den Zeitungen und wahrscheinlich schon ein paar Minuten nach der Verhaftung online." Lachend stieß sie Aylin Yildirim ihren Ellenbogen leicht in die Seite. „Du wirst sehen, wir werden berühmt. Und gleich an die Handschellen denken. Das wird ein gefundenes Fressen für die Reporter."

„Woher wissen die das denn alle? Woher wusstest du, das die hier sind?"

„Abbo hat anscheinend wirklich gute Kontakte zur Presse, jedenfalls inoffiziell. Mandy und Bodo haben ihn ja machen lassen, das war gestern doch ziemlich offensichtlich. Ich finde es jedenfalls gut so", antwortete Julia Rochow immer noch lachend und ergänzte noch: „Details sollten wir und wollen wir auch gar nicht wissen."

Die Haupteingangstür zur statimPAY AG öffnete sich gerade, als die beiden davor standen und klingeln wollten. Am Empfangstresen saß eine Mitarbeiterin und diskutierte lautstark mit einem weiteren Mitarbeiter.

Julia Rochow unterbrach die beiden mit einem sehr bestimmt und befehlsgewohnt klingenden Tonfall: „Ihre Diskussion müssen Sie für ein paar Minuten unterbrechen. Bringen Sie uns bitte zu Frau Prinzersdorf."

Sichtlich verwundert über das Erscheinen von uniformierter Polizei stand die Mitarbeiterin auf und deutete Julia Rochow und Aylin Yildirim wortlos an, ihr zu folgen.

Es ging um mehrere Ecken und Abzweigungen in den verwinkelten Räumlichkeiten, bevor sie vor einer Schreibtischgruppe anhielt und vor Frau Prinzersdorf stand: „Ähem, Besuch für dich, warum auch immer", damit drehte sie sich um und ging zu einer größeren Gruppe von Mitarbeitern der statimPAY, die sich inzwischen versammelt hatte. Offenbar war es nicht üblich, dass hier die Polizei auftauchte, eine gewisse Neugier war also vorhanden.

„Frau Prinzersdorf, wir haben einen Haftbefehl gegen Sie", damit wedelte Julia Rochow mit dem entsprechenden Papier und leierte dann den bei Verhaftungen üblichen Text herunter, laut und deutlich ergänzt um: „Wir verhaften Sie wegen des Verdachts der Untreue zu Lasten der statimPAY AG in Höhe von rund 25 Millionen Euro und des Verdachts der Anstiftung zum Mord zu Lasten von Herrn Balthasar Maria Hansmann. Aylin, bitte Frau Prinzersdorf die Handschellen anlegen."

Aylin Yildirim kam dieser Bitte sofort nach, Katharina Prinzersdorf streckte ihr bereits die Hände entgegen, so als ob ihr dies bereits mehrfach widerfahren wäre. Sie wirkte völlig geschockt, jedenfalls mehr oder weniger reglos, bis auf das Herausstrecken der Hände. Ihr wurde angedeutet, die Hände hinter den

Körper zu nehmen; die Handschellen klickten laut und vernehmlich.

Unter den Mitarbeitern war ein ziemliches Geraune entstanden, nicht wenige zückten ihre Handys, fotografierten und tippten Nachrichten ein.

Julia Rochow konnte sich nur mit Mühe ein Grinsen verkneifen und dachte: ‚Das läuft ja wie geschmiert.‘ Aylin Yildirim war sowieso während der ganzen Aktion sehr ernst geblieben.

Mit Katharina Prinzersdorf in der Mitte gingen die beiden zurück zum Eingang, interessiert verfolgt von weiteren Mitarbeitern der statimPAY AG, die allerdings im Eingangsbereich zu den Büroräumen zurückblieben. Im Treppenhaus und in den Zwischenhöfen war kein Mensch zu sehen. Im Durchgang zur Straße standen die beiden uniformierten Kollegen und reckten wortlos ihre rechten Daumen in die Höhe. Auf dem Bürgersteig und der Straße drängelten sich jetzt die beiden Fernsehteams mit den Fotografen um die besten Plätze.

Bevor auch nur eine einzige Frage gestellt werden konnte, sagte Julia Rochow zu den anwesenden Reportern: „Für Fragen wenden Sie sich bitte an die Pressestelle der Berliner Polizei. Ich kann und darf Ihnen hier an dieser Stelle keine beantworten.“ Damit setzte sie sich an das Steuer des Streifenwagens und schaltete demonstrativ zum immer noch blinkenden Blaulicht das Martinshorn an und unterband damit wirkungsvoll Fragen der Reporter.

Aylin Yildirim öffnete die hintere Tür auf der Beifahrerseite und schob Katharina Prinzersdorf sachte aber bestimmt auf die Rücksitzbank. „Bitte durchrutschen, ich schnalle Sie gleich an. Die Kollegin fährt etwas rasant. Sie wollen doch sicherlich unversehrt in ihrem Zimmer mit Vollpension ankommen.“

Katharina Prinzersdorf war immer noch vollkommen sprachlos und folgte ohne Widerspruch sofort den Anweisungen. Mit quietschenden Reifen startete Julia Rochow in Richtung Justizvollzugsanstalt für Frauen in der Arkonastraße 56.

Die Aufnahmeformalitäten für die Untersuchungshaft dauerten länger als erwartet, da Katharina Prinzersdorf weder ihren

Pass noch Personalausweis dabei hatte und ihr neben dem obligatorischen Anruf bei einem Rechtsanwalt ihrer Wahl als österreichische Staatsbürgerin auch ein Anruf in ihrer Botschaft zustand. Eigentlich wäre bei diesem Procedere die Anwesenheit von Julia Rochow und Aylin Yildirim nicht erforderlich gewesen, Abbo Reichel hatte aber im Vorfeld ausdrücklich darum gebeten.

Auf der Rückfahrt zum LKA, mit normalem Tempo und ohne Martinshorn und Blaulicht, meinte Aylin Yildirim unvermittelt: „Sag mal, hattest du auch den Eindruck, dass einige der Mitarbeiter die Verhaftung ihrer Chefin mit einer gewissen Genugtuung oder sogar Schadenfreude aufgenommen haben? Da haben nicht gerade wenige ziemlich hämisch gegrinst."

Eine Antwort erfolgte nicht, Julia Rochow hing anscheinend anderen Gedanken nach.

Mittwoch, 25. Juli 2018, 14.37 Uhr

„Schnieke seht ihr aus, ihr hättet beide gute Chancen bei der Wahl zur Miss Berliner Polizei. Wenn es denn so etwas gäbe." Diese Begrüßung kam von Thomas Kablow.

„Das haben wir heute schon einmal gehört, ist aber deswegen nicht origineller geworden", muffelte Julia Rochow zurück.

Loredana Schmittke griff ein: „Thomas hat gar nicht so unrecht, die ersten Berichte zur Verhaftung sind schon online und auf der Internetseite des RBB hat der Reporter ausdrücklich erwähnt, dass die Berliner Polizei in diesem besonderen Fall offensichtlich ihre ansehnlichsten Beamtinnen geschickt hätte. Wenn man sich die Videos dazu und auch sonst die vielen Fotos im Internet ansieht, kann man das durchaus nachvollziehen", ergänzte sie noch neidlos. „Ich würde mal sagen, das Ziel ist erreicht, öffentlichkeitswirksam war die Verhaftung auf jeden Fall. Komisch ist bloß, dass es hier bei euch in Berlin offenbar genau wie in Stuttgart undichte Stellen bei der Polizei gibt." Den letzten Satz garnierte sie noch mit einem herzhaften Lachen.

„Ein Ziel haben wir wirklich erreicht", meinte Abbo Reichel. „Bei Oliver ist schon ein Anruf aus dem Büro der Wirtschaftssenatorin eingegangen. Man hat sich sehr bestürzt über die Veruntreuung durch Frau Prinzersdorf gezeigt und versichert, dass man sich in die weitere Ermittlungsarbeit nicht einmischen würde. Ein Nervfaktor weniger. Jetzt berichtet mal, wie es abgelaufen ist."

Eine halbe Stunde später war der wechselseitig vorgetragene Bericht beendet, den Aylin Yildirim abschloss: „Der Fahrstil von Julia ist schon grenzwertig."

„Nicht meckern, bisher immer unfallfrei und beim Fahrsicherheitstraining immer die Beste", sagte Julia Rochow. „Was mir noch einfällt: Hattest du nicht während der Rückfahrt etwas zur Reaktion der Mitarbeiter gesagt? Ich habe das irgendwie nur mit halbem Ohr gehört, aber mir ist so, als ob es wichtig war."

Aylin Yildirim wiederholte damit ihren Eindruck, dass einige der Mitarbeiter die Verhaftung ihrer Chefin mit einer gewissen

Genugtuung oder sogar Schadenfreude aufgenommen und einige ziemlich hämisch gegrinst hätten.

Thomas Kablow fragte nach: „Meinst du wirklich, dass die froh waren, dass wir die Prinzersdorf aus dem Verkehr gezogen haben?"

Als Aylin Yildirim nur zustimmend nickte, ging Thomas Kablow an die Glaswand und ergänzte die bisher sehr kurze Liste der möglichen Mordmotive um ‚Hass auf den Chef'. „Vielleicht war nicht nur die Prinzersdorf unbeliebt. Vielleicht hat ja ein Mitarbeiter den Hansmann abgrundtief gehasst." Als Julia Rochow aufgeregt mit einem Autoschlüssel wedelte, ergänzte er noch: „Julia und ich fahren gleich noch einmal hin. Ruf doch bitte mal einer von euch bei denen an. Alle Mitarbeiter, die noch da sind, sollen sich zu unserer Verfügung halten. Wir sind in 20 Minuten dort", und ergänzte mit einem gequälten Blick auf Julia Rochow: „wohl eher in 10 Minuten.

Mittwoch, 25. Juli 2018, 15.53 Uhr

Weder 20 Minuten, noch 10 Minuten. Exakt 12 Minuten nach der Abfahrt bremste Julia Rochow abrupt vor der Einfahrt Paul-Lincke-Ufer 39/40, stellte Blaulicht und Martinshorn ab und parkte den Streifenwagen immerhin so, dass die Straße nur halb blockiert wurde. Mit einem Blick auf den etwas bleich wirkenden Thomas Kablow meinte sie fröhlich grinsend: „Die Streifenwagen sind übrigens serienmäßig mit Kotzbeuteln ausgestattet, du findest sie im Handschuhfach vor dir."

Leicht gequält antwortete er nur: „Die Rückfahrt aber bitte normal."

Im Empfangsbereich der statimPAY wurden sie bereits von ziemlich vielen Mitarbeitern erwartet, in den abzweigenden Gängen standen noch weitere. Insgesamt waren es nach Thomas Kablows Einschätzung mindestens 70 bis 80 Personen, also ungefähr 50 % der gesamten Belegschaft.

Einer dieser Mitarbeiter ergriff das Wort: „Unsere Führungsebene ist tot beziehungsweise verhaftet und die Teamleiter alle für mehrere Tage auf einem Teambildungsseminar. Ich übernehme jetzt der Einfachheit halber mal die Koordination. Ihr Kollege hat schon am Telefon angedeutet, um was es geht. Wir hatten zwar kaum Zeit, so schnell waren Sie hier, aber wir sind uns alle einig, aus Hass auf den Chef wird keiner von uns Balthasar umgebracht haben. Völlig undenkbar. Er war beliebt, also wirklich beliebt." Die anderen Mitarbeiter nickten zustimmend, auch einige verbale Zustimmungen gab es, bevor eine völlig unscheinbar und ziemlich spießig wirkende Mitarbeiterin sich nach vorne drängelte: „Wenn Sie mich fragen und ich denke, viele meiner Kollegen werden zustimmen, dann wäre das bei Katharina durchaus denkbar, bei Balthasar aber wirklich nicht. Katharina ist durchaus nett und normalerweise auch umgänglich, aber wenn ihr etwas nicht passt oder jemand nicht so spurt, wie sie das erwartet, dann wird es unangenehm. Sehr unangenehm. Sie hat mit ihrer Art und Weise eine ganze Reihe von wirklich fähigen Leuten vergrault und einige rüde rausgeschmissen. Beliebt ist sie jedenfalls nicht, ganz im Gegensatz zu Balthasar."

Die Aussage wurde von vielen der anderen Mitarbeiter ausdrücklich bestätigt, so dass Thomas Kablow und Julia Rochow die Befragung nach einer knappen Stunde abbrachen und sich auf den Rückweg ins LKA machten. Immerhin hatten sie noch ohne Probleme eine Liste aller Mitarbeiter bekommen, die in den letzten drei Jahren geschasst worden waren. Laut Auskunft der unscheinbaren Mitarbeiterin ausschließlich durch Katharina Prinzersdorf. Details wüsste aber nur der Human Resources Manager.

Donnerstag, 26. Juli 2018, 9.00 Uhr

Oliver Scholz eröffnete die allgemeine Dienstbesprechung: „Zuerst einmal eine erfreuliche Nachricht für alle Beteiligten. Der allseits bekannte und beliebte Herr Thoms wurde kaltgestellt und wird uns nicht mehr behelligen." Diese Aussage wurde durch Klatschen und sogar begeistertes Pfeifen unterbrochen. „Wenn ihr mich mal ausreden lasst, gibt es auch noch nähere Informationen", ließ er sich nach kurzer Unterbrechung lachend vernehmen. „Er hat tatsächlich gegen das komplette LKA 117, mich und Bodo und Mandy die Einleitung von Disziplinarverfahren verlangt, wahrscheinlich auf seine unnachahmliche Art und Weise. Das kam schon nicht sonderlich gut an. Endgültig verscherzt hat er es sich aber mit seinem Verhalten nach eurer Verhaftungsaktion. Man hat mir, wie es so schön heißt, aus gewöhnlich gut unterrichteten Kreisen zugetragen, dass Thoms völlig ausgeflippt ist und versucht hat herauszubekommen, wo bei uns die undichte Stelle ist. Dabei hat er angeblich einige Journalisten massiv unter Druck gesetzt. Die haben sich aber wie üblich auf den allgemeinen Informantenschutz berufen und sich im Gegenzug direkt bei der Polizeipräsidentin beschwert. Jedenfalls ist ihr und vor allem ihrem persönlichen Referenten der Kragen geplatzt und Herr Thoms wurde mit sofortiger Wirkung von seinen aktuellen Aufgaben entbunden. Zwischen den Zeilen habe ich vernommen, dass er wohl keine Zukunft mehr im Polizeipräsidium hat und ihm nahegelegt wurde, sich um eine Versetzung in die Senatsverwaltung für Inneres zu bemühen – subito! Nicht unwesentlich dürfte dabei aber auch die Berichterstattung über die Verhaftung gewesen sein, positive Nachrichten über uns kommen halt bei der Leitung immer gut an. Bei mir übrigens auch. Mir persönlich gefällt am Besten der Bericht in der ‚Bild', auch wenn ich das Blatt sonst eher mit leicht gemischten Gefühlen sehe. Aber diese Schlagzeile hier", damit hielt er die Zeitung für alle sichtbar in die Höhe, „gefällt mir ausgesprochen gut."

Die Schlagzeile lautete: ‚Laufsteg-Verhaftung in Kreuzberg – die schönsten Berliner Polizistinnen verhaften die schönste Mordverdächtige', dazu ein passendes großformatiges Foto. Julia Rochow und Aylin Yildirim reagierten mit unnatürlich roten Köpfen, die anderen klatschten Beifall.

„Aber im Ernst", fuhr Oliver Scholz fort, „ich finde es wirklich gut. Gute Arbeit habt ihr da abgeliefert, im wahrsten Sinne des Wortes. Die ersten Berichte über die Verhaftung waren gestern schon um kurz nach 12.00 Uhr online, ein ausführlicher Bericht war in der Berliner Abendschau und selbst in ‚Heute' und der ‚Tagesschau' gab es kurze Berichte, immer mit Julia und Aylin im Bild und der Prinzersdorf in der Mitte. Gleiches gilt für die heutigen Printausgaben der Zeitungen. Praktisch alle haben übrigens als Quelle der Gründe für die Verhaftung Zitate von Mitarbeitern der statimPAY genannt." Den letzten Satz garnierte er mit einem wissenden Grinsen. „Dass die Wirtschaftssenatorin die Prinzersdorf fallengelassen hat, wisst ihr bestimmt schon. Ist aber auch eine positive Nachricht. So, jetzt seid ihr dran mit den positiven Nachrichten."

Auf dieses Stichwort hin übernahm Abbo Reichel: „Positive Informationen haben wir schon, aber, um es gleich vorweg zu sagen, bisher weder ein handfestes Motiv, geschweige denn einen Mordverdächtigen. Immerhin haben wir inzwischen die kompletten Vermögenswerte der Prinzersdorf. Die Wohnung am Lietzensee hat sie für 1,6 Millionen Euro gekauft, das Grundbuchamt hat ziemlich lange gebraucht, um uns die Auskunft zu geben. Dafür war der Notar sehr entgegenkommend und auskunftsbereit. Von der Verhaftung seiner ehemaligen Mandantin und ihrer Untreue hatte er schon gehört und sich damit nicht mehr gewundert, dass die Kaufpreisabwicklung in bar erfolgt ist. Für die Bilder hat sie auf diversen Auktionen und bei einigen Galeristen inklusive aller Nebenkosten exakt 7.285.347,86 Euro hingelegt." An Mandy Friedrich gerichtet ergänzte er noch: „Dein Professor hat wirklich ganze Arbeit geleistet. Es hat zwar etwas länger als angekündigt gedauert, aber das Ergebnis ist perfekt. Er hat tatsächlich alle Galerien und Auktionshäuser abtelefoniert und sämtliche für uns relevanten Informationen erhalten. Der scheint gut vernetzt zu sein. Sämtliche Bilder sind nicht ganz überraschend in bar bezahlt worden." Wieder an alle gerichtet fuhr er fort: „Das ist in der Branche aber anscheinend nicht unüblich. Da scheinen genau wie im Bereich Immobilien Geldwäsche und Steuerhinterziehung eine nicht unwesentliche Rolle zu spielen."

„Das ist jetzt für mich das richtige Stichwort", übernahm Steffen Tietz. „Wir haben zwar bei weitem noch nicht alle der Anleger erreichen können und die Termine für die Vorladungen beginnen erst am kommenden Montag, aber so viel vorab: Die Kollegen im Wirtschaftsreferat und ich sind uns einig, dass es sich bei den Anlagebeträgen zumindest in den meisten Fällen, wenn nicht sogar in allen, um Schwarzgelder handelt. Eine endgültige Aussage dazu wird allerdings noch dauern, ist aber als Vorabinformation sicherlich interessant. Interessant ist auch, dass wir einige Fälle hatten, in denen die Anleger eine teilweise Rückzahlung der Beträge wollten, was ja auch in den Vertragsbedingungen so festgehalten war, die statimPAY dies aber in allen Fällen irgendwie vermeiden konnte. Man hat in diesen Fällen die Anleger mit etwas höheren Zinszahlungen quasi ruhiggestellt. Eva ist sich inzwischen sicher, dass es sich um den klassischen Fall eines Schneeballsystems handelt. Es sieht so aus, als ob immer mehr Anleger benötigt wurden, um das System am Laufen zu halten, also die Zinszahlungen für die Altanleger leisten zu können. Quasi wie ein Schneeball, der immer größer wird, wenn man ihn im Schnee rollt. Daneben hat die statimPAY für den laufenden Betrieb wesentlich mehr Geld benötigt, als sie aus ihrem eigentlichen Geschäft Einnahmen hatte. Aber auch hier gilt, alles erst einmal unter Vorbehalt, Details und eine endgültige Bewertung werden noch dauern. Ob man daraus allerdings ein Mordmotiv herleiten kann...." Den letzten Satz ließ er unvollständig. „Der Wert der Einrichtung wurde übrigens auf ungefähr 250.000 Euro geschätzt, also für die Stereoanlage, Küche, Designermöbel und die berühmten ‚Kleinigkeiten'. Wenn wir die

Vermögenswerte zusammenfassen, kommen wir auf exakt 23.132.019,62 Euro."

„Da fehlen dann ja nur noch 2,2 Millionen Euro", ließ sich jetzt trocken Thomas Kablow vernehmen. „Für einen Auftragsmord würde das ja locker reichen. Ich glaube trotzdem nicht daran. Aber immerhin wird sie wohl wegen Unterschlagung oder Betrugs einige Jahre Vollpension bekommen."

„Dann kann ich auch noch etwas positives beisteuern", sagte Bodo Harbauer. „Persönliche Kontakte sind meistens gar nicht so schlecht. Ich habe gestern den zuständigen Staatsanwalt in Palma erreicht und ihm unser Problem geschildert. Er kümmert sich um einen Durchsuchungsbeschluss für die Finca und ist sich ziemlich sicher, dass er den bekommt. Ich denke, dass wir Anfang nächster Woche mit einer Rückmeldung rechnen können."

Mit „dann machen wir wie gehabt weiter", beendete Oliver Scholz die Besprechung.

Donnerstag, 26. Juli 2018, 13.45 Uhr

Am Vortag hatte Abbo Reichel Katharina Prinzersdorf darüber informiert, dass am heutigen Donnerstag um 13.45 Uhr das nächste Verhör stattfinden würde. Ihren blasierten Rechtsanwalt ebenfalls.

Als er und Steffen Tietz den Vernehmungsraum 1 betraten, wurden Katharina Prinzersdorf gerade die Handschellen abgenommen, Dr. Stefan Wöllmer schaute dem Procedere mit einem angewiderten Gesichtsausdruck zu, bevor er sich auf einen der Stühle fallen ließ. Demgegenüber wirkte Katharina Prinzersdorf eher kleinlaut und resigniert, die Untersuchungshaft und die Fahrt von der Justizvollzugsanstalt ins LKA hatten offensichtlich ihre Spuren hinterlassen.

Nachdem Abbo Reichel das Verhör offiziell eröffnet und erneut die Formalitäten erläutert hatte, wandte er sich explizit an Katharina Prinzersdorf mit einem Blick auf seine Armbanduhr: „Schön, dass Sie heute pünktlich erscheinen konnten."

Weiter kam er nicht, da Dr. Stefan Wöllmer förmlich explodierte: „Lassen Sie gefälligst diese unverschämten Spielchen und Machtdemonstrationen. Als ob Sie meine Mandantin nicht schon genügend gedemütigt hätten. Die Verhaftung war doch von Ihnen eiskalt so geplant, dass die Öffentlichkeit das mitbekommen musste. Und die Fahrt hierher in Handschellen. Das wird für Sie Konsequenzen haben. Die Dienstaufsichtsbeschwerde gegen Sie ist schon formuliert. Ich warte nur noch ab, was sich aus dem heutigen Verhör an Ergänzungsbedarf ergibt und wie ich sehe, gibt es den. Der Haftbefehl ist sowieso lächerlich und wird der bereits beantragten Überprüfung nicht standhalten."

Eine winzige Pause zum Luftholen nutzte Abbo Reichel: „Also ich sehe eine Untreue in Höhe von mehr als 25 Millionen als nicht ganz so lächerlich an und die Erteilung eines Mordauftrages gilt im Allgemeinen in zivilisierten Kreisen erst recht nicht als lächerlich. Können Sie mir soweit folgen?"

Bevor der Rechtsanwalt irgendetwas antworten konnte, fuhr Abbo Reichel fort: „Lassen Sie uns einfach zur Sache kommen und Ihre Mandantin in unser Gespräch einbeziehen. Frau Prinzersdorf, ich komme zurück auf unser Verhör vom 23. Juli 2018. Ich hatte Ihnen am Montag gesagt, dass meine Kollegen und mich Ihr sexuelles Verhältnis zu Antonia und Balthasar Maria Hansmann nicht interessiert. Das sehen wir inzwischen völlig anders. Wissen Sie auch, warum?"

Ein Kopfschütteln von ihr war die Folge, während Dr. Stefan Wöllmer um Worte rang, sie aber nicht herausbrachte.

„Sie können sich doch bestimmt erinnern, dass wir in Ihrem Tresor zwei fabrikneue USB-Sticks gefunden haben. Und wissen Sie was, so fabrikneu waren die gar nicht. Ganz im Gegenteil, sie enthalten interessante Dateien. Sie haben wohl gedacht, dass Sie schlauer sind als unsere verbeamteten IT-Fachleute. Sind Sie aber offenbar nicht. Wie ich dem Gesichtsausdruck Ihres Rechtsanwaltes entnehme, haben Sie ihn nicht oder nur unvollständig unterrichtet. Oder liege ich hier falsch?"

Weder von Katharina Prinzersdorf noch von Dr. Steffen Wöllmer gab es eine Reaktion, so dass sich Abbo Reichel direkt an den Rechtsanwalt wandte: „Was hat Ihnen Ihre Mandantin denn zu den Gründen für den Haftbefehl erzählt? Ist Ihnen überhaupt klar, welche Beweise wir haben?"

„Ich bitte um eine kurze Unterbrechung der Vernehmung für ein vertrauliches Gespräch mit meiner Mandantin unter vier Augen."

„Es handelt sich um ein Verhör, keine Vernehmung. Aber einverstanden, Sie haben 15 Minuten."

Damit schaltete Abbo Reichel das Mikrofon ab und er und Steffen Tietz verließen den Vernehmungsraum.

Im Beobachtungsraum nebenan warteten Mandy Friedrich, Bodo Harbauer und Loredana Schmittke. „Wenn ich mir die beiden so ansehe, hat die Prinzersdorf ihren Anwalt wohl tatsächlich nicht vollständig informiert", damit verwies Mandy Friedrich auf die nur aus dieser Richtung durchsichtige Glasscheibe zum Vernehmungsraum. Wild gestikulierend redete Dr. Stefan Wöllmer auf seine Mandantin ein, die dies mehr oder weniger reglos ertrug und nur ab und zu kurz antwortete. Zu verstehen war der Dialog nicht. Erst kurz vor Ablauf der 15-minütigen Unterbrechung gab es einen längeren Redeanteil von Katharina Prinzersdorf, der von ihrem Rechtsanwalt mit einem heftigen Faustschlag auf den Tisch und einem ebenso heftigen Verdrehen der Augen quittiert wurde. Mandy Friedrichs Kommentar dazu war nur ein lapidares: „Ich würde mal sagen, dass das gut für uns aussieht."

Nach dem erneuten Betreten des Vernehmungsraumes übernahm Steffen Tietz die Gesprächsführung: „So, die 15 Minuten sind um, das Verhör wird fortgesetzt und die Aufzeichnung wieder gestartet."

„Ich habe eine Erklärung abzugeben. Meine Mandantin hat mich soeben darüber informiert, dass Sie eventuell Beweise für eine mögliche Veruntreuung zu Lasten der statimPAY haben könnten. Dies könnte den Haftbefehl in einem etwas anderen Licht erscheinen lassen. Bisher bin ich nach den Gesprächen mit meiner Mandantin davon ausgegangen, dass die mögliche Veruntreuung lediglich auf Vermutungen basiert. Fahren Sie bitte mit der Vernehmung fort."

„Verhör, es handelt sich um ein Verhör, keine Vernehmung. Machen wir da weiter, wo mein Kollege vorhin stehengeblieben ist. Frau Prinzersdorf, wir waren bei Ihrem sexuellen Verhältnis zu Balthasar und Antonia Hansmann. Sie haben uns dazu bisher belogen. Warum?"

Katharina Prinzersdorf hatte ganz offensichtlich immer noch nicht verstanden, dass es der Polizei gelungen war, die USB-Sticks aus dem Tresor zu knacken. Der Mimik ihres Rechtsanwaltes war zu entnehmen, dass er dies schon eher realisiert hatte, ohne jedoch Details zu kennen.

Steffen Tietz wiederholte: „Warum? Was haben Sie mit den Videos bezweckt."

„Scheiße! Sie kennen die Videos? Sie kennen auch die anderen Dateien?"

„Mein Kollege sagte es doch vorhin. Unsere Kollegen aus der IT sind gut, sehr gut sogar. Zurück zu meiner Frage, was haben

251

Sie mit den Videos bezweckt? Die werden Sie wohl kaum zu Erinnerungszwecken gemacht haben."

„Würden Sie mich bitte endlich darüber aufklären, um was für Videos es sich handelt und was das Ganze mit dem Haftbefehl zu tun haben soll?"

„Als Aufklärungsvideos könnte man das tatsächlich bezeichnen, aber eher in der etwas härteren Kategorie", ließ sich jetzt wieder Abbo Reichel vernehmen. „Da Ihre Mandantin Ihnen offenbar immer noch nicht alles erzählt hat, hier eine Kurzfassung. Die Dateien werden Ihnen nachher noch zur Verfügung gestellt."

Ein hartes „Nein" kam jetzt von Katharina Prinzersdorf. „Nicht die Videos."

„Gut, Sie haben Ihre Mandantin gehört. Die Videos nicht, nur die anderen Dateien. Nur so viel, die Videos, insgesamt 13 Stück, sind jeweils exakt zwei Minuten lang und sehr professionell gemacht. Sie zeigen alle Ihre Mandantin und das Ehepaar Hansmann gemeinsam bei etwas, was man gemeinhin als ‚Flotten Dreier' bezeichnet. Wie gesagt, sehr professionell gemacht, aber eindeutig ohne Wissen des Ehepaares Hansmann. Wenn Sie die Videos sehen dürften, wäre Ihnen sofort klar, warum wir zu dieser Einschätzung kommen. Wenn Ihre Mandantin das aber nicht zulässt....." An Katharina Prinzersdorf gerichtet fuhr er fort: „Erklären Sie uns endlich, was Sie mit den Videos bezweckt haben."

„Das geht Sie einen Scheißdreck an", kam aufbrausend die Antwort. Dabei verschränkte sie wie ein trotziges Kind die Arme vor ihrer Brust.

„Gut, dann kommen wir zu den anderen Dateien. Ihnen dürfte inzwischen klar sein, dass wir Ihre Untreue zu Lasten der statimPAY in Höhe von 25.350.000 Euro damit beweisen können. Wir können auch beweisen, dass Sie auf mehreren Konten in Steuersparparadiesen mehr als 11 Millionen Euro angelegt haben. Für Ihre Immobilien, die Kunst- und die Oldtimersammlung haben Sie ebenfalls mehr als 11 Millionen ausgegeben. An Bargeld haben wir rund 700.000 Euro gefunden. Da fehlen zwar noch etwas mehr als 2 Millionen, ein aufwendiger Lebenswandel und diverse Nebenkosten dürften das aber erklären. Das passt alles sehr gut zusammen. Dafür passt es nicht zu Ihrer Einkommenssituation und zu dem von Ihnen angegebenen finanziellen Hintergrund."

Einen Moment war es völlig ruhig im Vernehmungsraum, bevor Katharina Prinzersdorf resigniert klingend fragte: „Wie sind Sie an die Dateien gekommen? Das kann doch gar nicht sein. Niemand ist in der Lage, die Videodateien zu entdecken und erst recht nicht, sie zu öffnen. Niemand!" Das letzte ‚Niemand' klang wieder nach trotzigem Kind.

„Wie gesagt, unsere IT-Kollegen sind gut, sehr gut sogar. Offenbar sogar besser als Sie. Wir haben jedenfalls die Beweise für Ihre Untreue. Das reicht locker für ein paar Jahre Haft. Und Ihre Kontoguthaben und das Bargeld reichen ebenso locker für einen Mordauftrag. Ist Ihnen Herr Hansmann auf die Schliche gekommen und Sie haben ihn deswegen beseitigen lassen? Wollten Sie ihn mit den Videos erpressen?"

„Das geht Sie alles einen Scheißdreck an. Ich sage nichts mehr. Gar nichts. Auch diesem erbärmlichen Rechtsanwalt nicht. Dieses armselige Würstchen. Für die viele Kohle macht er nichts, aber auch gar nichts."

Mehr als eine Stunde später gaben Abbo Reichel und Steffen Tietz auf. Trotz diverser Wiederholungen ihrer Fragen und mehrfacher Aufforderung ihres Rechtsanwaltes zur Beantwortung verweigerte Katharina Prinzersdorf jegliche Antwort. Steffen Tietz stand auf, öffnete die Tür des Vernehmungsraumes und sagte gegenüber der auf dem Flur stehenden uniformierten Kollegin nur: „Abführen, aber in Handschellen. Zurück mit ihr in die U-Haft."

Dr. Stefan Wöllmer verließ den Vernehmungsraum ebenfalls, aber wortlos.

253

Donnerstag, 26. Juli 2018, 17.05 Uhr

Nach dem Verhör saßen das gesamte Team LKA 117, Mandy Friedrich und Bodo Harbauer im mittleren Büro zusammen. Abbo Reichel wollte gerade mit der Besprechung beginnen und auf eine Zusammenfassung verzichten, als noch Oliver Scholz erschien. Eine Kurzfassung des Verhörs ließ sich also nicht vermeiden, die von Bodo Harbauer noch wie folgt ergänzt wurde: „Selbst wenn sie weitere Aussagen vermeidet, die Beweise für die Untreue sind völlig ausreichend. Eine Verurteilung nach § 266 Strafgesetzbuch ist meines Erachtens sicher. In Anbetracht der Schadenshöhe ist die maximal mögliche Haftdauer von 10 Jahren nicht ganz unwahrscheinlich. In Untersuchungshaft werden wir sie behalten können, auch da spielt die Schadenshöhe eine erhebliche Rolle. Für eine Verurteilung wegen Anstiftung zum Mord fehlen uns allerdings jegliche Beweise. Dass sie genügend Geld dafür gehabt hat, ist dabei unerheblich. Für eine entsprechende Anklage reicht das keinesfalls."

„Ich habe auch noch eine Neuigkeit für euch", sagte Oliver Scholz. „Schön wäre natürlich, wenn wir einen Mörder präsentieren könnten. Aber was nicht ist, wird ja hoffentlich noch werden. Der Stab der Polizeipräsidentin wollte für morgen eine Pressekonferenz anberaumen. Ich konnte das gerade noch so abbiegen. Ihr habt also Glück gehabt. Ich befürchte aber, dass wir im Laufe der nächsten Woche um eine Pressekonferenz nicht umhinkommen. Der Fall schlägt immer noch hohe Wellen." An Steffen Tietz gewandt ergänzte er: „Ich habe vorhin mit Eva Lindemann telefoniert, sie hat mich informiert, dass ihr euch ausgesprochen sicher seid, dass es sich bei den Anlagebeträgen ausschließlich um Schwarzgelder gehandelt hat. Ist das korrekt?"

Steffen Tietz antwortete nur mit einem „Ja."

„Mit diesem Schlusswort beende ich die heutige Besprechung und den Arbeitstag. Die Zusammenfassung der weiteren Ermittlungsergebnisse dann morgen früh um 9.00 Uhr." Nach dieser Ansage von Abbo Reichel war das Büro wenige Minuten später leer.

Freitag, 27. Juli 2018, 9.00 Uhr

„Bevor wir uns hier alle lange aufhalten, die Besprechung können wir uns schenken und uns lieber an die weitere Arbeit machen, oder seht ihr das etwa anders? Ich habe jedenfalls noch nichts Neues und euren Gesichtern sehe ich an, dass es euch ebenfalls so geht." Mit diesen Worten eröffnete und beendete Steffen Tietz die Besprechung. Thomas Kablow und Abbo Reichel sahen sich nur kurz an und nickten zustimmend. Ein wenig resigniert klingend fügte Abbo Reichel noch hinzu: „Nächste Besprechung dann erst am Montag, wie gehabt um 9.00 Uhr. An die Arbeit."

Sonnabend, 28. Juli 2018, 11.32 Uhr

Schnaufend kam Abbo Reichel aus den Tiefen eines total ungepflegt wirkenden Busches hervorgekrabbelt. „Hier besteht wirklich Bedarf, durchzugreifen. Gib mir bitte mal die Spraydose", dies war an seinen jüngsten Bruder Tammo Reichel gerichtet, der ziemlich entspannt die Aktivitäten der restlichen Familie im Garten Forstweg 99 verfolgte. „Du brauchst übrigens nicht nur faul herumstehen, es gibt genügend zu tun."

Als Antwort erhielt er: „Mecker nicht herum, sonst kannst du das Beschneiden der Büsche und Bäume selbst machen. Papa und ich können schließlich erst aktiv werden, wenn du markiert hast, was abgesägt werden soll."

„Lass dich von dem vorlauten Kerl nicht beeinflussen, der ist in Wirklichkeit total wild darauf, dass er am Montag unter meiner strengen Aufsicht die Kettensäge benutzen darf. Alles, was du markierst, wird abgesägt. Und damit Mama beruhigt ist, natürlich mit voller Schutzmontur. Dann kommt der Junior wenigstens mal ins Schwitzen", ließ sich Bertram Reichel vernehmen.

Abbo Reichel drückte seinem jüngsten Bruder im Austausch gegen die Spraydose einen Besen in die Hand: „Du kannst Tabea mal beim Fegen der Terrasse helfen, die Terrassenmöbel sollen ab 12.00 Uhr geliefert werden. Wenn du dabei ordentlich arbeitest, darfst du dafür dann auch zu den Erstbenutzern zählen."

Zu seiner Verwunderung trabte Tammo Reichel tatsächlich mit dem Besen in der Hand die wenigen Meter zur Terrasse und betätigte sich dort. Petra Reichel hielt kommentarlos den Daumen in die Höhe.

Gut eine Stunde später sah die Terrasse ordentlich und benutzbar aus, als es an der Haustür klingelte. Bruno, der Tibet-Terrier von Abbo Reichels Eltern sauste laut kläffend zur vorderen Gartenpforte; die vor genau einer Woche ausgesuchten und bestellten Terrassenmöbel wurden geliefert. Eine weitere Stunde später standen die neuen Möbel ausgepackt auf der Terrasse, das gesamte Verpackungsmaterial war im Lieferfahrzeug verladen und die beiden Mitarbeiter der Möbelfirma wurden von Bruno letztmalig zur Gartenpforte begleitet.

„Schick", meinte Petra Reichel, „sieht wirklich schick aus. Aber jetzt hole ich den Kuchen und das Geschirr aus dem Auto und irgendjemand schließt irgendwo die Kaffeemaschine an. Pause für alle!"

Isabelle Berntsen und Abbo Reichel hatten sich für die Terrasse ihres neuen Hauses einen großen runden Tisch und insgesamt acht Stühle aus Teakholz mit Edelstahl ausgesucht, nicht gerade die günstigste Lösung. Dafür aber dauerhaft und zumindest laut Aussage des Verkäufers und der mitgelieferten Zertifikate aus kontrolliertem Plantagenanbau. Und definitiv besser und schicker als die provisorischen Möbel auf der Dachterrasse der Wohnung in Hermsdorf.

Zwischenzeitig hatte Hilko Reichel die mitgebrachte Kaffeemaschine in der noch nicht herausgerissenen alten Küche angeschlossen und Kaffee gekocht, während Bertram und Petra Reichel den Tisch gedeckt hatten.

Mit dem ersten Bissen eines Stückes Nusskuchen blickte Abbo Reichel auf die Spraydose, die auf der Außenfensterbank stand, ihn überkam dabei ein heftiger Hustenanfall: „Tammo, was ist das eigentlich für eine Farbe? Wo hast du die Spraydose her?"

„Die ist aus dem Keller zu Hause, stand da herum. Ich glaube, das ist ein Rest von Papas Vespa." Grinsend fügte er hinzu: „Letztes Jahr hat er die ein bisschen zerschrammt und dann ausgebeult und teilweise neu lackiert. Das Orange ist doch ziemlich auffällig und passend für unsere Markierungen."

„Ach du Scheiße", meinte Abbo Reichel, schnappte sich sein Handy und entfernte sich ein paar Meter von der Terrasse.

„Hallo Ellen, hier Abbo. Sorry für die Störung am Sonnabend, aber mir ist gerade eine Idee gekommen. Die Farbe von der Wildsau, könnte das auch ein Autolack oder ähnliches gewesen sein?"

Am anderen Ende der Leitung war erst einmal nichts zu hören, dann ein laut vernehmliches Schnaufen. „Ich melde mich gleich bei dir", damit war das Gespräch beendet.

Abbo Reichel saß gerade wieder am Terrassentisch, als sein Handy sich mit ‚Sweet Lucy' meldete: „Da ist geschlampt worden, ganz heftig. Ich habe eben mit dem Labor telefoniert. Die haben laut dem Prüfprotokoll tatsächlich nur einen Abgleich mit der allgemeinen Lackdatei vorgenommen, nicht mit den Autolacken. Der Kollege holt das sofort und auf der Stelle nach, ich musste nicht einmal sonderlich laut oder energisch werden. Er hat seinen Fehler sofort zugegeben. Das Ergebnis wird uns in zwei bis drei Stunden zugehen, ich melde mich dann wieder", damit war auch dieses Gespräch beendet und Abbo Reichel konnte sich endlich seinem Kuchen widmen. Die fragenden Gesichter seiner Familie ignorierte er dabei geflissentlich.

Sonnabend, 28. Juli 2018, 16.03 Uhr

Der Tisch war gerade abgeräumt und das schmutzige Geschirr wieder im Auto verstaut, als sich Abbo Reichels Handy erneut mit ‚Sweet Lucy' meldete. Der erwartete Rückruf von Ellen Nessmer.

„Du kannst dich auf den Weg ins LKA machen und eine Anfrage ans Kraftfahrtbundesamt in die Wege leiten. Es ist tatsächlich ein Autolack. Eindeutig unser Fehler. Das gibt am Montag ein eher unangenehmes Gespräch für den verantwortlichen Mitarbeiter. Ich hoffe, das Ergebnis bringt euch was, es ist nämlich leider eine ziemliche Allerweltsfarbe. Nennt sich Powerrot, ist von Opel und wird seit Jahren für fast alle von deren Modellen angeboten. Ich befürchte, du wirst da bei der Anfrage reichlich Treffer erhalten. Das korrigierte Gutachten mit dem Ergebnis müsste schon in eurem Ordner sein."

Zwei Telefonate später war klar, dass sein Wochenende doch noch gerettet war. Steffen Tietz und Thomas Kablow waren informiert und Thomas Kablow hatte sich sofort bereit erklärt, ins Büro zu fahren und sich um die Anfrage an das Kraftfahrtbundesamt zu kümmern. Laut eigener Aussage war ihm sowieso langweilig, da seine Freundin Svenja Eichhorn kurzfristig zu ihrer kranken Mutter nach Neuruppin gefahren war.

Sonntag, 29. Juli 2018, 11.05 Uhr

Wieder meldete sich Abbo Reichels Handy mit ‚Sweet Lucy‘: „Du sitzt doch bestimmt auf der Terrasse und frühstückst noch, oder etwa nicht? Gib's ruhig zu. Kannst du auch, schließlich machen wir hier die Arbeit. Steffen kommt gleich, der will die Datei der Opel-Besitzer mit der der Anleger abgleichen, davon versprechen wir beide uns einiges. Ansonsten wird es eher mühselig. Ich habe vorhin die Datei aller roten Opel bekommen. Frag lieber nicht, wie viele das bundesweit sind, das sind frustrierend viele. Auch wenn wir uns auf Berlin und Brandenburg beschränken, sind es immer noch mehrere tausend. Wir lassen erst einmal die kleineren Modelle weg, da würde kaum eine Wildsau hineinpassen. Also fangen wir mit dem Astra Kombi, dem Insignia und dem Zafira an, die erscheinen uns am erfolgversprechendsten. Selbst das sind nur für Berlin deutlich mehr als 1.000. Wenn wir die alle überprüfen müssen, schönen Dank. Ich melde mich, wenn Steffen da ist und den Abgleich der Dateien erledigt hat. Wir müssen aber auch davon ausgehen, dass die Datei der roten Berliner Opel nicht vollständig ist. Dienstwagen, die sonst wo angemeldet sind, nicht umgemeldete Autos oder die auf anderen Namen und in anderen Orten angemeldet sind und was weiß ich. Mal sehen, ob ich die Kollegen der Direktion Nord davon überzeugen kann, dass sie ein wenig verstärkt in der Umgebung dieses Jägers, wie hieß der noch, ach ja, Michael Langenschulte, Streife fahren und nach roten Opel Ausschau halten. Kann ja nichts schaden und dann machen die wenigstens etwas sinnvolles“, dabei lachte Thomas Kablow laut auf. „Mehr fällt mir im Augenblick nicht ein. Und genießt noch euer Frühstück. Bis später.“

Sonntag, 29. Juli 2018, 13.22 Uhr

Erneut meldete sich Abbo Reichels Handy mit ‚Sweet Lucy'. „Na, du wirst doch wohl mit dem Frühstück fertig sein. Wobei störe ich dich jetzt?"

„Fast gar nicht, Isabelle und ich sind mit Bruno, dem Hund meiner Eltern, gerade im Tegeler Forst unterwegs. Wir wollten eigentlich Richtung Alt-Heiligensee laufen, irgendwo essen gehen und dann mit dem Bus zurück."

„Gut, dann gibt es eine kleine Planänderung. Steffen hat die Dateien abgeglichen und drei Treffer in Berlin gelandet, einer davon in Heiligensee, ganz in der Nähe dieses Jägers. Da wir beide uns den Sonntag eh schon versaut haben, wollen wir jetzt die drei Treffer besuchen. Mit viel Mühe und Überzeugungskraft konnte ich dem Fuhrpark einen Zivilwagen abschwatzen, wir können gleich losfahren und wollen in Heiligensee anfangen. Da kannst du doch mit Isabelle zu Fuß hinkommen und gleich mal sehen, wie sich Steffen im Außendienst macht." Lachend fügte er noch hinzu: „Und Bruno kann seinen ersten Einsatz als Polizeihund absolvieren. Wir sind in ungefähr 30 Minuten da, die Anschrift ist Silberhammerweg 12. Bis dann."

Als Isabelle Berntsen und Abbo Reichel mit Bruno endlich vor der angegebenen Adresse auftauchten, verließen Thomas Kablow und Steffen Tietz gerade das Haus und verabschiedeten sich von einem älteren Herrn.

„Das war ein Flop", meinte Steffen Tietz, „aber immerhin ein schneller. Ein netter alter Herr und eine fast noch nettere alte Dame, der Wagen würde auch passen. Steht hier ja in der Einfahrt, ein Opel Astra Kombi in powerrot. Aber außer Steuerhinterziehung werden wir denen wohl nichts vorwerfen können, die waren nämlich zum Tatzeitpunkt bei ihrer Tochter in den USA, die Flugtickets haben sie uns gezeigt. Zu ihrer Anlage bei der statimPAY sind sie schon am Mittwoch telefonisch befragt worden, das Protokoll müsste in unserem Ordner sein. Es ging wohl um genau 200.000 Euro. Die beiden waren ziemlich entgeistert, dass Thomas und ich aufgetaucht sind, und dann auch noch an

261

einem Sonntag. Sie wollen sich gleich morgen mit ihrem Steuerberater in Verbindung setzen und die Selbstanzeige wegen Steuerhinterziehung erstatten. Die haben echt gedacht, wir kommen wegen der Steuer und haben ausdrücklich betont, dass der Herr von Hansmann so seriös und überzeugend gewirkt hätte. Und die Verzinsung von 4 % sei doch in den heutigen Zeiten mehr als anständig und ist immer pünktlich gezahlt worden. Sie hätten nie Probleme mit der Anlage gehabt. Es sei doch schrecklich, dass dieser nette Mensch ermordet worden sei, sie hätten das in der BZ gelesen." Kopfschüttelnd fügte er noch hinzu: „Erstaunlich und erschreckend, dass Selbstständige so einfach Steuern hinterziehen können und offensichtlich nie überprüft werden. Bei mir wird die Steuer jeden Monat schön vom Gehalt abgezogen. Völlig naiv sind die beiden", und schüttelte noch einmal den Kopf. „Wir nehmen uns noch die beiden anderen Fälle vor, die sind in Lichtenrade und in Lankwitz."

Montag, 30. Juli 2018, 8.35 Uhr

Als Abbo Reichel im Büro auftauchte, wurde er gleich von Steffen Tietz begrüßt: „Ich bin gerade dabei, die Protokolle der gestrigen Überprüfungen zu schreiben. Auch die anderen beiden Fälle waren ein Flop, die können es ebenfalls nicht gewesen sein. Aber immerhin haben wir alle ein wenig aufgeschreckt wegen ihrer Steuerhinterziehung. Wenn die anderen da sind, müssen wir uns abstimmen, wie wir mit den anderen roten Opel weiter vorgehen. Thomas und ich haben gestern schon eine Idee entwickelt."

„Unsere heißeste Spur ist immer noch die Wildsau", begann Steffen Tietz die Besprechung, als um kurz nach 9.00 Uhr endlich das gesamte Team versammelt war. „Ein Motiv haben wir zwar nicht, aber die roten Opel müssen wir überprüfen. Genau 1.138 Exemplare nur in Berlin." Ein Aufstöhnen der anderen war die Folge, bevor Steffen Tietz fortfahren konnte: „Realistisch ist nach Auffassung von Thomas und mir, dass es jemand gewesen sein müsste, der den Jäger kannte und wusste, wo und wann er sich die Wildsau verschaffen konnte. An einen Zufall glauben wir jedenfalls nicht. Wir sollten also zuerst die Autos in Heiligensee und in Frohnau überprüfen, also rund um den Wohnort von diesem Langenschulte und seinem Jagdrevier. Das sollten Julia, Aylin, Schmitti und Thomas jeweils zu zweit machen. Sie können dabei auch noch Ausschau nach in unserer Datei nicht enthaltenen roten Opel halten. Die Adresslisten habe ich schon ausgedruckt. Ich fahre gleich rüber zu den Kollegen vom Wirtschaftsdezernat, ab 10.00 Uhr beginnen die Befragungen der vorgeladenen Anleger."

Thomas Kablow ergänzte noch: „Aylin und ich nehmen die Liste eins und Schmitti und Julia die zwei. Julia kann sich bitte mal um zwei Zivilwagen kümmern, ich muss noch mit der Direktion Nord telefonieren, damit die in Heiligensee verstärkt Streife fahren und zusätzlich nach roten Opel Ausschau halten, die nicht auf den Listen stehen. Ich befürchte, dass könnte lang-

263

wierig werden. Da stehen fast nur Einfamilienhäuser, viele mit Garagen."

Kurz danach saß Abbo Reichel als einziger des Teams im Büro und grübelte über mögliche Mordmotive nach, bekanntermaßen immer noch der beste Ermittlungsansatz. Ohne Ergebnis. Frustriert machte er sich über die Lektüre der vielen bereits vorliegenden Protokolle der telefonischen Befragung der Anleger her, als sein Schreibtischtelefon sich mit dem nervigen Klingelton der Berliner Behördentelefone meldete, Mandy Friedrich war am anderen Ende der Leitung: „Bodo war erfolgreich, die Spanier haben gestern die Finca der Prinzersdorf aufgebrochen und durchsucht, natürlich ganz ordnungsgemäß mit Durchsuchungsbeschluss. Wir haben gerade das Protokoll bekommen, leider nur auf Spanisch, das geht noch zur offiziellen Übersetzung und dann in euren Ordner. Zum Glück haben wir hier gerade einen Assessor, der gut spanisch spricht und uns das Wichtigste vorab übersetzt hat. Interessant war der Tresor, mal wieder reichlich Bargeld, in diesem Fall genau 730.255 Euro und ein Aktenordner, der die spanischen Steuerbehörden erfreuen dürfte. Jede Menge Handwerkerrechnungen mit handschriftlichen Ergänzungen, dass die Bezahlung bar erfolgt ist. Die Kollegen vor Ort haben auch die unmittelbaren Nachbarn befragt und interessante Aussagen bekommen. Unsere hochverehrte Frau Prinzersdorf hat offenbar ihre Finca nicht nur einmal für ausschweifende Partys mit einer erheblichen Lärmbelästigung für die Nachbarn genutzt. Fakt ist, dass es alleine im letzten und in diesem Jahr deswegen mehrere Anzeigen und auch Besuche der spanischen Polizei gegeben hat, alles schön protokolliert. Und jetzt kommt der Hammer, mehrere der Gäste von Frau Prinzersdorf waren bekannte Unterweltgrößen aus Palma. Unser Haftbefehl hat damit deutlich mehr Substanz als bisher bekommen. Ein Verdacht zur Anstiftung zum Mord zu Lasten von Herrn Balthasar Maria Hansmann ist damit nicht mehr von der Hand zu weisen. Ich denke zwar, dass der Untreueverdacht in Anbetracht der Größenordnung für eine Verlängerung der Untersuchungshaft locker ausreichen wird, aber schaden wird das hier auch nicht."

Abbo Reichel ging an die Glaswand und notierte mit einem Edding:

- Auftragsmord?
- Bezahlung problemlos
- warum mit Harpune → viel zu umständlich
- Spanier
- alles Blödsinn???!

Schlauer war er damit immer noch nicht geworden.

Montag, 30. Juli 2018, 16.13 Uhr

Genervt vom Lesen der vielen Protokolle zur Anlegerbefragung wollte Abbo Reichel gerade die Arbeit für den heutigen Tag einstellen und Feierabend machen, als die anderen Teammitglieder zurückkamen.

Die Neuigkeiten waren überschaubar, die Befragung der Opel-Besitzer hatte mehr oder weniger den Erwartungen entsprochen und zu keinem Ergebnis geführt. Immerhin waren schon deutlich mehr als die Hälfte der aufgelisteten Adressen abgearbeitet worden. Zusätzlich hatten sie noch zwei weitere rote Opel gefunden, die als Dienstwagen genutzt wurden und deswegen kein Berliner Kennzeichen hatten. Allerdings ebenfalls ergebnislos.

Zum gefühlt 45. Mal versuchte Abbo Reichel den Human Resources Manager der statimPAY zu erreichen. Die gesamte Führungsebene war offenbar immer noch zum Teambildungsseminar. Er dachte, dass die statimPAY richtig gut im Verbrennen von Anlegergeldern ist, schließlich dürften die Kosten für dieses Seminar über mehr als eine Woche auf dem exklusiven Landgut Stober, dem ehemaligen Gut der Familie Borsig im Havelland, nicht gerade gering sein, als sich tatsächlich jemand meldete.

Das Ergebnis des Telefonats war aber eher unerfreulicher Natur. Ferial Abdulrahman, der Human Resources Manager, bestätigte ihm lediglich in geschliffenen Worten, dass im Laufe der Jahre insgesamt 28 Mitarbeiter wegen ‚Minderleistung' gefeuert wurden. Stolz war der Herr dabei auf die Tatsache, dass es in keinem einzigen Fall zu einer Kündigungsschutzklage vor dem Arbeitsgericht gekommen war. Immerhin bestätigte er Abbo Reichel, dass die Kündigungen bis auf eine einzige Ausnahme durch Katharina Prinzersdorf initiiert worden waren. Über die Gründe der einzigen Kündigung durch Balthasar Hansmann verweigerte er penetrant unter Berufung auf den Datenschutz eine Auskunft. Es war ihm lediglich zu entlocken, dass es sich um tiefgreifende persönliche Gründe handeln würde. Immerhin rutschte ihm versehentlich der Name des betreffenden Mitarbeiters heraus, Kevin Türmer. Damit war wenigstens etwas anzufangen, die Neugier von Abbo Reichel war jetzt erst recht angestachelt worden.

Ein letztes Telefonat wollte er heute noch führen und hatte auf Anhieb Glück: „Hallo Tobias, hier Abbo, Abbo Reichel vom LKA Berlin. Ich brauche noch einmal deine Hilfe, auch wieder inoffiziell. Es wird nichts protokolliert oder aufgezeichnet." Ein zustimmendes Grunzen ermunterte Abbo Reichel, fortzufahren: „Ich habe von Ferial Abdulrahman, eurem Human Resources Manager, die Information erhalten, dass in den letzten Jahren lediglich ein einziger Mitarbeiter durch Balthasar Hansmann gefeuert wurde. In ziemlich gestelzten Worten hat er mir klargemacht, dass er mir die Gründe nicht nennen würde. Ich hatte zwischen den Zeilen den Eindruck, als ob das so oder so nicht dokumentiert worden ist, ein Beschluss zur Herausgabe der Personalakte also nichts bringen würde. Wie sieht's aus, kannst du mir dazu etwas sagen?"

Tobias Patzelt war sofort in seinem Element: „Na, da war Ferial wahrscheinlich in seinem Element, der redet viel, sagt aber nichts. Egal, es ging sicherlich um Kevin Türmer, stimmt's?"

„Korrekt."

„Das war vor ziemlich genau zwei Jahren und machte blitzschnell die Runde in der Firma. Ich selbst war nicht dabei, aber auch wenn das, was ich jetzt sage, nur aus zweiter Hand ist, bin ich mir absolut sicher, dass es stimmt. Die Schilderungen der Kollegen waren nämlich übereinstimmend. Übrigens sind alle, die das Ganze mitbekommen haben, kurz danach ebenfalls gefeuert worden. Allerdings durch Katharina und alle wegen angeblich schlechter Leistungen. Meines Erachtens völliger Blödsinn, das waren, wenn ich mich nicht völlig falsch erinnere alles fähige Leute. Kevin wurde von Balthasar dabei erwischt, wie er sich eine Linie Koks reingezogen hat. Balthasar ist völlig ausgerastet, hat sich Kevin am Kragen geschnappt, ihn mehr oder weniger hinter sich hergeschleppt und zur vorderen Eingangstür hinausgeworfen. Kevin ist dabei die Treppe hinuntergestürzt und hat sich das Handgelenk gebrochen. Balthasar hat herumgebrüllt, dass Kevin mit sofortiger Wirkung gekündigt ist und sich nie wieder blicken lassen soll. Wie gesagt, die Schilderungen waren einheitlich und Kevin hat sich tatsächlich nie wieder in der Firma blicken lassen. Warum Balthasar allerdings so ausgerastet ist, weiß keiner. Gerüchten zufolge gab es in seiner Familie in Österreich irgendwie Drogenprobleme, aber mehr ist mir nicht bekannt."

Dienstag, 31. Juli 2018, 8.35 Uhr

Erstaunlich früh waren bis auf Steffen Tietz alle Teammitglieder im Büro. Abbo Reichel verkündete: „Ich habe vielleicht etwas, würde auf jeden Fall gut zum Motiv ‚Hass auf den Chef‘ passen. Es geht um einen gewissen Kevin Türmer, er ist der einzige Mitarbeiter der statimPAY, der durch unser Mordopfer gefeuert wurde. Grund ist angeblich, dass Balthasar Hansmann ihn beim Koksen erwischt hat, dann völlig ausgerastet ist und ihn sofort rüde aus den Büroräumen geschmissen hat. Kevin Türmer ist dabei wohl die Treppe hinabgestürzt und hat sich das Handgelenk gebrochen. Aktenkundig ist dazu nichts, wobei das mit dem gebrochenen Handgelenk ließe sich vielleicht noch ermitteln, ich halte das allerdings für überflüssig. Fakt ist aber, dass der Herr Türmer auch bei uns bisher nicht aktenkundig wurde. Ich würde mir den Herrn gerne sofort mal vorknöpfen. Er ist praktischerweise hier gleich um die Ecke gemeldet, in der Fuggerstr. 26. Wer kommt mit? Die für 9.00 Uhr angesetzte Besprechung verschieben wir erst einmal, bis wir echte Neuigkeiten haben."

Loredana Schmittke meldete sich am schnellsten: „Ich bin noch nicht ganz munter, da kann ein kurzer Spaziergang nicht schaden."

Knapp 20 Minuten später standen sie vor dem Haus Fuggerstr. 26, einem gutbürgerlich wirkenden Gründerzeithaus unweit des Wittenbergplatzes und des KaDeWe.

„Puh, hattest du nicht gesagt, es ist gleich um die Ecke," schnaufte Loredana Schmittke. „Ausnahmsweise hat der Wetterbericht heute mal recht, die haben bis zu 35 Grad angesagt. Mir ist jetzt schon zu warm."

„Da hatten die Meteorologen wohl mal die richtige Glaskugel, soll durchaus vorkommen, wenn auch selten. Und ist doch gleich um die Ecke. Berlin ist halt ein bisschen größer als Stuttgart, alles ist relativ." Damit öffnete Abbo Reichel die unverschlossene Haustür und ging voran in die zweite Etage, in der sich laut dem Stillen Portier die Wohnung von Kevin Türmer befinden sollte. Er dachte noch bei sich ‚Praktisch sind diese altertümlichen Tafeln, auf denen genau verzeichnet ist, wer in welcher Etage wohnt.'

Weder auf mehrfaches Klingeln noch auf Klopfen an der Tür war eine Reaktion zu vernehmen, dafür öffnete sich die Wohnungstür daneben für einen winzigen Spalt, offenbar war von innen eine Sicherungskette angebracht.

„Den werden sie nicht erreichen, den habe ich schon seit Wochen nicht mehr gesehen, Gott sei Dank."

Loredana Schmittke zückte ihren roten Polizeiausweis und hielt ihn in den Spalt.

„Wird ja auch Zeit, dass sich die Polizei mal um den kümmert." Damit schloss sich die Tür, das Klirren der Sicherungskette war zu hören und die Tür öffnete sich wieder.

„Wie gesagt, der ist seit Wochen nicht da, jedenfalls habe ich ihn seit Wochen nicht gesehen und vor allem nicht gehört, diesen unverschämten Flegel. Was ist denn mit dem, verhaften sie ihn jetzt? Hat ihn endlich jemand angezeigt?"

Die beiden Fragen zeugten von unverhohlener Neugier der älteren, weißhaarigen, ziemlich großgewachsenen und sehr gepflegt wirkenden Dame, die Abbo Reichel spontan auf deutlich über 80 Jahre schätzte.

„Nein, weder noch, mein Kollege und ich möchten aber Herrn Türmer gerne dringend sprechen."

„Das wird nicht gehen. Wie gesagt, der ist seit Wochen nicht da."

„Wissen Sie, wie wir Herrn Türmer erreichen können oder wo er aktuell ist?"

„Nein, keine Ahnung. Mit diesem unangenehmen Menschen will ich auch nichts zu tun haben. Die Frau Mayer aus der dritten Etage meinte, dass der Herr Türmer ihr gesagt hätte, dass er in den Süden ans Meer fahren würde, sich erholen und arbeiten. Ha, als ob der arbeiten würde. Wer stellt denn so einen unangenehmen Menschen ein. Aufbrausend und anmaßend ist der, jawohl. Erstaunlich, dass die Frau Mayer überhaupt mit dem spricht. Ist bestimmt die Einzige hier im gesamten Haus." Damit drehte sie sich um, sagte noch: „Ich muss mich jetzt um meine Katzen kümmern, guten Tag noch", und schloss die Tür.

Abbo Reichel sagte nur: „Da werden wir mal die Frau Mayer befragen, was sie denn so weiß und über Herrn Türmer berichten kann." Die Tür öffnete sich noch einmal: „Junger Mann, da werden Sie kein Glück haben. Frau Mayer ist am letzten Sonnabend für zwei Wochen in Urlaub gefahren", damit war die Tür auch schon wieder geschlossen. Immerhin konnte Abbo Reichel ihr noch eine Visitenkarte zustecken.

Abbo Reichel und Loredana Schmittke sahen sich irritiert an, bevor Abbo Reichel schulterzuckend meinte: „Es ist wohl Zeitverschwendung, wenn wir hier weitere Nachbarn befragen, wir schreiben ihn zur Fahndung aus. Im Süden und am Meer klingt so, als ob wir das international machen sollten. Merkwürdig war die Dame aber schon, sonst werden wir immer hereingebeten und uns wird Kaffee und Kuchen angeboten, jedenfalls von solchen alten Damen." Als sie wieder auf der Straße waren, ergänzte er noch: „Bei der Hitze wäre mir allerdings ein Eis lieber."

„Genau, Eis ist gut und Ausschreibung zur Fahndung fast noch besser, aber nur fast. Immerhin ist er jetzt die Nummer eins auf unserer Liste der Tatverdächtigen."

„Also Rückweg über die Bayreuther Straße, da ist ein Eiscafé, ich lade dich ein. Wenn die noch nicht offen haben, gibt's nur ein Eis am Stil vom Kiosk. Was für eine Liste der Tatverdächtigen meinst du eigentlich? Bisher war die doch leer."

„Bisher ja, jetzt haben wir immerhin Kevin Türmer drauf. Zwar alles ein bisschen dünn, aber besser als nichts."

Zurück in der Keithstraße 30 setzte sich Abbo Reichel gleich an seinen Rechner und schrieb Kevin Türmer zur Fahndung aus. Währenddessen schrieb Loredana Schmittke das Protokoll zum Versuch, mit Kevin Türmer Kontakt aufzunehmen. Dabei fiel ihr auf, dass sie sich den Namen der Nachbarin nicht notiert, aber ein Handyfoto des stillen Portiers gemacht hatte. Magda Pröpel war der Name. Ihr Gedanke war noch, dass die Kombination ihres eigenen Vornamens und des Nachnamens der Nachbarin die ultimative Scheißvariante wäre.

271

Dienstag, 31. Juli 2018, 14.12 Uhr

Das Handy von Abbo Reichel meldete sich mit ‚Sweet Lucy‘, exakt in der gleichen Sekunde klingelten die Schreibtischtelefone von Thomas Kablow und Loredana Schmittke.

Am Handy von Abbo Reichel war Magda Pröpel: „Entschuldigen Sie bitte, dass ich heute früh so kurz angebunden und unhöflich gewesen bin. Das ist eigentlich überhaupt nicht meine Art. Aber dieser Herr Türmer hat uns hier im Haus alle terrorisiert und uns gedroht, dass es für uns sehr unangenehme Konsequenzen haben würde, wenn wir ihn wegen der ständigen Lärmbelästigungen und seiner obskuren Besucher bei der Hausverwaltung anschwärzen oder sogar die Polizei rufen würden. Sehen Sie bitte zu, dass Sie ihn verhaften." Damit war das Gespräch beendet.

Die Telefonate von Loredana Schmittke und Thomas Kablow dauerten erheblich länger, wurden durch viele ahas und ohohs und diverse Rückfragen unterbrochen und zeitgleich beendet.

„Willst du anfangen?" fragte Thomas Kablow.

„Woher weißt du, dass ich die schlechte Nachricht habe?" gab sie zurück, um gleich fortzufahren: „Gehen Sie zurück auf Los, heißt das nicht so bei Monopoly? Unsere lange Liste der Tatverdächtigen oder eher des Tatverdächtigen hat sich gerade geleert."

„Scheiße", entfuhr es Abbo Reichel.

„Ja, Scheiße. Kevin Türmer kann es definitiv nicht gewesen sein. Der sitzt seit dem 6. Juli 2018 in Griechenland in Haft, genauer gesagt auf der Insel Korfu. Wenn ich den griechischen Kollegen eben nicht völlig falsch verstanden habe, hat unser Freund im Alkohol- und Drogenrausch in einer Taverne einen Streit angefangen und seinen Kontrahenten mit einem Messer schwer verletzt. In seinem Hotelzimmer haben die griechischen Kollegen bei der Durchsuchung mehrere hundert Gramm Kokain gefunden, das dürfte eindeutig mehr als für den Eigenbedarf gewesen sein. Der Kollege meinte noch, dass der Herr Türmer sich über mehrere Jahre griechischer Gastfreundschaft

272

freuen darf. Es war übrigens nach seiner eigenen Aussage purer Zufall, dass die Fahndung über Interpol auf seinem Bildschirm aufgepoppt ist und es täte ihm leid, dass er damit unsere Mordermittlung wieder zurück auf Start gesetzt hätte."

Betretenes Schweigen war die Folge, bevor Thomas Kablow das Wort ergriff: „Dafür habe ich etwas erfreulicheres. Der Anruf kam aus dem Wirtschaftsreferat im Auftrag von Steffen. Die Kollegen dort haben die Eigentümerstruktur überprüft und sind auf ein erstaunliches Detail gestoßen. Über zig Zwischengesellschaften ist die Holding der Familie Hansmann mit einer Sperrminorität von 25 % plus einer Aktie an der statimPAY AG beteiligt. Geschäftsführer und treibender Kopf hinter der Holding ist der ältere Bruder von Balthasar, ein gewisser Taddäus Maria Hansmann. Das Ganze ist extrem verschachtelt und läuft über diverse Offshore-Gesellschaften und Strohleute. Gegenüber der statimPAY sind jedenfalls immer andere Personen aufgetreten. Laut dem Kollegen ist es nicht unwahrscheinlich, dass weder unser toter Hansmann noch die Prinzersdorf wussten, dass diese Familienholding an ihrer Firma beteiligt ist. Warum und weswegen, konnte er mir aber auch nicht erklären. Das sei jetzt unser Part. Immerhin hat er mir noch einen Ansprechpartner bei der Wiener Kripo genannt, beim dortigen Wirtschaftsreferat. Den rufe ich gleich mal an."

Mittwoch, 1. August 2018, 11.47 Uhr

„Es soll uns mal jemand vorwerfen, wir würden nicht genügend arbeiten. Gestern Nachmittag habe ich bei denen niemand erreicht, nicht mal einen Anrufbeantworter scheinen die zu haben, ist wohl zu neumodisch. Und heute früh auch nicht, erst gerade eben. Dafür hatte ich leichte Probleme, den Kollegen Wondratschek zu verstehen. Hat erst nach einer ganzen Weile mitbekommen, dass mein Österreichisch oder besser Wienerisch nicht so gut ist und sich dann bemüht, ein halbwegs verständliches Deutsch oder zumindest so etwas ähnliches zu sprechen. Ist übrigens Major, der Herr Kollege. Die Österreicher sind offenbar ziemlich militärisch organisiert. Er war dann aber sehr entgegenkommend und hat mir zugesagt, dass er sich die Holding der Familie Hansmann vornimmt und eine kurzfristige Rückmeldung versprochen. Was auch immer das bei deren Arbeitszeiten bedeuten mag."

Thomas Kablow schüttelte seinen Kopf, bevor er fortfuhr: „Ehrlich gesagt fehlt es mir an Phantasie, warum die Familie Hansmann an der Firma ihres jüngsten Sprösslings beteiligt ist und vor allem, warum sie das verschleiert. Oder hat jemand von euch eine Idee?"

Julia Rochow meinte nur: „Beim Essen kommen mir immer die besten Ideen, lasst uns heute mal früher als sonst in die Kantine gehen."

Im Aufstehen lästerte Aylin Yildirim: „Du willst doch nur wieder deinen Koch anhimmeln." Eine herausgestreckte Zunge war die einzige aber durchaus nachvollziehbare Reaktion.

Mittwoch, 1. August 2018, 12.25 Uhr

Zurück im Büro gab es von Aylin Yildirim die Aussage: „Bei mir hat es nicht funktioniert. Ich habe mich auf das Essen konzentriert und keine Idee, außer, dass ich jetzt eher einen Mittagsschlaf halten könnte."

„Büroschlaf soll doch angeblich gesund und produktivitätsfördernd sein, aber ich befürchte, dass Abbo und Thomas etwas dagegen haben. Bei mir hat es übrigens funktioniert, ich habe zumindest eine Idee zur Beteiligung der Hansmanns an der statimPAY. Das Ergebnis wäre dann der berühmte Brudermord. In jedem Fall sollte das Alibi von diesem Bruder in Österreich überprüft werden. Wenn dieser ältere Bruder der Geschäftsführer der Holding ist, dürfte er doch für das gesamte wirtschaftliche Wohlergehen der Familie verantwortlich sein. Vielleicht stand er unter erheblichem Druck aus seiner Familie, dabei erfolgreicher als sein jüngerer Bruder zu sein. Und dessen Erfolg kann man doch torpedieren, indem man sich daran beteiligt und auf irgendeine Art und Weise Einfluss nimmt, so dass die statimPAY nicht so erfolgreich ist, wie sie sein könnte. Damit hat es dann aber nicht so geklappt und er hat ihn umgebracht oder umbringen lassen. Nur so als Idee."

„Weit hergeholt, aber wir können es überprüfen lassen", antwortete Thomas Kablow. „Der österreichische Major hat mir gerade eine E-Mail geschickt, technisch sind die wohl doch nicht so hinter dem Mond. Zwar keinen Anrufbeantworter, aber immerhin sind sie mit der Kommunikation weiter als mit dem System Brieftaube. Zur Holding der Hansmanns hat er einen Rechercheauftrag erteilt. Ergebnisse gehen uns dann zu gegebener Zeit, was auch immer das heißen mag, zu. Mit Taddäus Maria Hansmann hat er für morgen Vormittag einen Termin vereinbart und bittet uns, ihm konkrete Fragen aufzuliefern. Da fällt mir doch eine ganze Menge ein, vom Alibi des Tatzeitpunktes bis zur Frage, warum die Beteiligung so verschachtelt ist. Lasst uns das mal gemeinsam zusammenstellen und dann beauftragen wir die Brieftaube nach Wien."

Eine Stunde später hatten sie gemeinsam einen ziemlich langen Fragenkatalog zusammengestellt und per E-Mail auf die weite Reise nach Wien geschickt.

Ausgesprochen mürrisch brummte Abbo Reichel: „Mir hätte das mit diesem Drogenfuzzi viel besser gefallen als die übliche Familiengeschichte."

„Mir ist es ehrlich gesagt egal, wer es war. Die Hauptsache ist doch wohl, dass wir den Mörder fassen. Und wenn es ein Brudermord gewesen sein sollte, dann ist es halt so. Aber ob es so ist….." sinnierte Thomas Kablow, als sich überraschenderweise Aylin Yildirim einschaltete: „Für die Teambildung ist es doch wichtig, dass wir uns auch auf der persönlichen Ebene gut kennen. Das muss ja nicht unbedingt so ablaufen wie bei der statimPAY, dafür dürfte bei uns auch kaum das Geld vorhanden sein." Grinsend fügte sie noch hinzu: „Obwohl, wir haben doch genügend Bargeld beschlagnahmt. Es geht aber auch günstiger und gesetzestreuer. Julia habe ich schon davon überzeugen können, dass sie ihr Date mit dem Koch zugibt. Die Verhältnisse bei Abbo, Schmitti, Steffen und mir sind auch klar, Thomas ist mit seiner Svenja doch hoffentlich auf dem besten Weg."

Das Erröten von Thomas Kablow war nicht zu übersehen und wurde wortlos als Zustimmung angesehen.

Aylin Yildirim fuhr ungerührt fort: „Abbo, jetzt will ich von dir wissen, warum du so einen Hass auf Junkies und Dealer hast. Warum bist du dann nicht im LKA 43, die sind doch für Rauschgiftdelikte zuständig? Oder gefallen dir die Räumlichkeiten am Tempelhofer Damm nicht?"

Stotternd und sichtlich irritiert antwortete Abbo Reichel: „Doch, die Büros dort sind wie unsere, vielleicht sogar ein bisschen moderner. Auf jeden Fall viel besser als gegenüber am Platz der Luftbrücke." Dann entstand eine längere Pause, die niemand zu unterbrechen wagte. „Nach der Polizeischule war ich tatsächlich im LKA 43, aber nach zwei Jahren gab es einen Einsatz, der ziemlich aus dem Ruder gelaufen ist. Ich habe einen auf frischer Tat erwischten Dealer bei der Festnahme zusammengeschlagen. Mein Glück war, dass der Dealer keine Anzeige gegen mich erstattet hat, die Kollegen auch nicht. Vertuschen brauchten sie das Ganze aber auch nicht, da es ja keine Anzeige gab. Das war eine echte Scheißsituation. Ich habe mich wie der letzte Dreck gefühlt und um meine sofortige Versetzung gebeten. Ich wollte unbedingt vermeiden, dass mir so etwas noch einmal passiert. Mein damaliger Kommissariatsleiter hat irgendwie Lunte gerochen und gemerkt, dass da irgendetwas nicht stimmt, hat aber auch dafür gesorgt, dass ich hier im LKA 11 gelandet bin."

Wieder entstand eine längere Pause, in der kein einziges Wort fiel. „Wahrscheinlich fragt ihr euch, warum das passiert ist und warum ich so ausgerastet bin. Ich kann da sagen, dass ich die Reaktion von Balthasar Hansmann gegenüber Kevin Türmer echt nachvollziehen kann, auch wenn ich natürlich den Hintergrund nicht kenne. Vielleicht klingt das nach Ausrede, aber bei mir gibt es einen Hintergrund. Kurz vor dem Abitur hat ein Junkie meine damalige Freundin umgebracht. Anne und ich waren auf einer Party, die Eltern eines Kumpels waren in Urlaub und deren Haus stand uns zur Verfügung. Ziemlich viel Alkohol, einige haben auch Joints geraucht. Viele waren so blau, dass sie nichts mehr mitbekommen haben. Filmriss. Ich auch. Irgendwann am nächsten Morgen sind alle nach und nach wieder aufgewacht. Bis auf Anne und der Junkie, die beiden waren verschwunden. Erst ein paar Stunden später, nachdem wir das Haus wieder einigermaßen auf Vordermann gebracht hatten, haben wir sie gefunden. Im Geräteschuppen hinten im Garten, beide tot, beide an einer Überdosis Heroin gestorben. Die Polizei hat dann später in der Hosentasche des Junkies eine Art Abschiedsbrief gefunden. In dem hat er geschrieben, dass er sich nicht getraut hat, sich ohne Vorbereitung den Goldenen Schuss zu setzen; er hätte schließlich nicht gewusst, wie viel Heroin er braucht. Und leiden durch eine zu geringe Dosis wollte er nicht. Da hätte er es an Anne ausprobiert. Er hat sie allen Ernstes als Versuchskaninchen genutzt. Ein echt krankes Hirn. Es hat sich dann übrigens noch herausgestellt, dass den Junkie keiner kannte, er hatte sich auf die Party eingeschlichen."

277

Betretenes Schweigen, bevor Abbo Reichel fortfuhr: „Irgendwie habe ich die nächsten Wochen und Monate überstanden und dabei auch nachgedacht, wie ich so etwas künftig verhindern kann. Statt des eigentlich geplanten BWL-Studiums habe ich mich dann bei der Polizei beworben, die haben mich tatsächlich genommen. Und dann habe ich alles darangesetzt, nach der Polizeischule bei der Drogenfahndung zu landen. Jetzt wisst ihr wenigstens die Kurzversion. Ich denke, ich gehe jetzt zu Isabelle und erzähle ihr das auch." Mit einem nicht zu deutenden Gesichtsausdruck fügte er noch hinzu: „Wäre irgendwie blöd, wenn ihr einen Informationsvorsprung hättet."

Das jetzt erneut entstehende Schweigen wurde wieder von Aylin Yildirim unterbrochen, nachdem sie sich kurz per Blickkontakt mit Thomas Kablow verständigt hatte: „Thomas und ich werden nach Klärung dieses Falls mit Oliver reden, dass wir als komplettes Team für mindestens zwei Tage für eine Teambuildingmaßnahme freigestellt werden. Es wäre doch gelacht, wenn das nicht klappen würde. Im Zuge der doch angeblich sowieso angedachten Neuerungen müsste so etwas doch möglich sein." An Abbo Reichel gerichtet ergänzte sie noch: „Danke." Weitere Wortmeldungen gab es nicht, aber zustimmendes Kopfnicken.

Donnerstag, 2. August 2018, 15.13 Uhr

Mit einem Pling signalisierte der Rechner von Thomas Kablow den Eingang einer E-Mail, in diesem Fall einer aus Wien.

„Man hat mir soeben ein Vorurteil genommen", ließ er nach kurzem Blick über die eingegangene Post verlauten, „auch Österreicher können arbeiten und sogar schnell. Selbst das Schreiben auf Deutsch beherrschen sie. Ich sehe mir mal das Ganze genauer an und um 16.00 Uhr berichte ich kurz. Irgendjemand von euch kann sich mal um die Beschaffung von Eisbechern für alle kümmern, bei der Hitze heute wäre eine kleine Abkühlung doch nicht schlecht. Ich zahle auch. Aber nur, wenn für mich ein Spaghettieis dabei ist."

Um genau 16.13 Uhr flog die Tür auf und Abbo Reichel erschien mit einer imposant wirkenden Styroporkiste. „Sorry für die Verspätung, aber die Idee mit den Eisbechern hatten noch zwei bis drei andere Berliner. Die Schlange war ganz schön lang."

Die nächsten 10 Minuten herrschte im Büro ziemliche Ruhe, unterbrochen lediglich von einigen Flüchen; in Anbetracht der Hitze ließ es sich offenbar kaum vermeiden, mit dem Eis zu kleckern.

Thomas Kablow war mit seinem Spaghettieis als erster fertig und meinte lapidar: „Deswegen esse ich auch im Winter Eis, da schmilzt es nicht so schnell und man muss sich mit dem Essen nicht so beeilen. Leider haben dann aber die meisten Eisbuden zu. Jetzt aber zu den Ergebnissen aus Wien. Ich fange mal mit der Familienholding der Hansmanns an. Die Kollegen haben praktischerweise eine schöne Grafik mitgeliefert, welche Firmen mit welchen Anteilen dazugehören. Also zum einen die ganzen Zwischengesellschaften, die offenbar nur den Zweck haben, die Eigentumsverhältnisse zu verschleiern und nebenbei auch noch Steuern zu vermeiden. Steuerehrlich scheint die Holding aber zu sein, eine Steuerprüfung im Frühjahr hat keine Auffälligkeiten ergeben. Insgesamt sind es nach den ersten Ermittlungen 24 verschiedene Gesellschaften. Zum anderen handelt es sich um die

Firmen, in denen die Holding dann letztendlich investiert hat. Das sind nach aktuellem Stand ebenfalls 24, darunter natürlich die statimPAY. Übrigens die einzige Firma aus dem Finanzsektor. Es ist aber so ziemlich alles dabei, vom Automobilzulieferer über eine Rüstungsfirma bis hin zu einem Online-Zeitungsverlag und einer Reisebürokette. Kollege Wondratschek schreibt zum Schluss noch, dass das erst einmal das Ergebnis auf die Schnelle ist, weitere Details folgen noch. Das kann aber dauern. Vor allem fehlen noch Angaben zu den Investitionsbeträgen und zu den wirtschaftlichen Ergebnissen der Anlagen. Ich denke aber, das wird alles unter die Rubrik ‚nette Infos, aber unwichtig' fallen. Entscheidend ist nämlich das Gespräch mit Taddäus Maria Hansmann – was für ein blöder Name. Die gute Nachricht ist, dass Julia tatsächlich richtig lag. Der Hansmann, also der Wiener Hansmann, hat unumwunden zugegeben, dass er über die Beteiligung den wirtschaftlichen Erfolg der statimPAY torpedieren wollte. Das ist wohl wahre Bruderliebe. Als Grund hat er angegeben, dass seine Eltern, die von den Details angeblich nichts wüssten, von ihm als ältesten Sohn erwartet hätten, dass er auch der wirtschaftlich erfolgreichste sei. Sie hätten ihn vor einigen Jahren ziemlich unter Druck gesetzt, als einige der Anlagen nicht so liefen wie erwartet. Nette Eltern! Aber was für uns entscheidend ist, den Mord an seinem Bruder kann er nicht begangen haben. Sein Alibi ist wasserdicht, wasserdichter geht es nicht. Zum Tatzeitpunkt saß er mit seiner Frau und den sechs Kindern gemeinsam mit der Familie des Wiener Polizeipräsidenten auf der Terrasse des Hotel Bauer in Venedig beim Frühstück. Direkt neben der Piazza San Marco mit Blick auf den Canal Grande. Nobel geht die Welt zugrunde. Seine Frau ist die Schwester der Frau des Polizeipräsidenten. Wondratschek deutet auch an, dass sich deswegen weitere Ermittlungen in Richtung eines Auftragsmordes eher schwierig gestalten würden. Wenn ich ehrlich bin, kann ich das gut nachvollziehen. Ich denke, in vergleichbarer Situation hätten wir hier die gleichen Probleme. Die Recherchen zur Holding laufen wohl über eher unkonventionell zu nennende Kanäle. Offenbar haben die Wiener Kollegen auch so einen wie Steffen, der es mit den Regeln nicht so ganz genau nimmt, dafür aber brauchbare Ergebnisse liefert. Ich denke, dass wir auch die Wiener Spur jedenfalls erst einmal als Sackgasse bezeichnen können."

Allgemeine Zustimmung war die Folge. Loredana Schmittke fasste lapidar zusammen: „Dann vergnügen wir uns halt die nächsten Tage mit den roten Opel. Das war schon immer mein Traum."

„Da Steffen sich noch bei den Kollegen von der Wirtschaft herumtreibt, würde ich morgen hier die Stellung halten. Schmitti will ja unbedingt weiter rote Opel suchen, da kann sie ihr Leben Julia anvertrauen. Abbo und Aylin wären dann das zweite Team. Einverstanden?"

„Gib doch zu, dass du die Vorzüge des gut klimatisierten Altbaus genießen willst, während wir in Frohnau und Heiligensee verglühen. Auch morgen sollen es weit über 30 Grad werden," warf Aylin Yildirim ein.

„Ich kenne auch da Eiscafés", meinte Abbo Reichel. „Thomas hat dann halt Pech."

Freitag, 3. August 2018, 16.15 Uhr

„Bevor wir jetzt alle ins Wochenende gehen, wenigstens noch eine kurze Zusammenfassung der aktuellen Ergebnisse, auch wenn sie wohl eher frustrierend sind und wir immer noch mehr oder weniger auf der Stelle treten." Thomas Kablow machte dazu eine ziemlich missmutige Miene.

„Wenigstens eine halbwegs gute Nachricht habe ich", ließ sich Oliver Scholz vernehmen, „die eigentlich vorgesehene Pressekonferenz ist bis auf weiteres verschoben, ohne einen neuen Termin. Merkwürdigerweise gab es in den letzten Tagen keine Nachfragen seitens der Presse, nicht einmal von den Zeitungen mit den großen Buchstaben. Offensichtlich arbeiten die sich lieber an den tropischen Temperaturen ab als an unserem Mordfall, aber das kann uns nur recht sein. Steffen, fang du doch bitte mit den Befragungen der Anleger an."

„Tja, wir, also die Kollegen von der Wirtschaft und ich, haben tatsächlich alle Anleger befragen können. Das war jetzt der positive Teil meines Berichts. Positiv ist ansonsten nur noch, dass der Staat mit nicht unerheblichen Steuernachzahlungen rechnen darf. Allen Anlegern wurde jedenfalls dringend empfohlen, eine Selbstanzeige zu erstatten. Wer's nicht macht ist selbst schuld." Dazu zuckte Steffen Tietz mit den Schultern. „Es ist jedenfalls so gut wie sicher, dass es sich bei den in der statimPAY angelegten Geldern ausschließlich um Schwarzgelder handelt, die Kollegen von der Wirtschaft werden das noch im Detail prüfen. Da wartet einiges an Arbeit auf die. Was wir allerdings nicht herausbekommen haben, ist die Frage, wie die statimPAY ermittelt hat, wer über erhebliche Schwarzgelder verfügt und dementsprechend als potenzieller Anleger in Betracht kam. Da sind die Kollegen verständlicherweise sehr interessiert, auch für künftige Fälle, und bleiben dran. Für uns aber nicht relevant. Relevant ist für uns nur, dass wir keinerlei Hinweise auf ein mögliches Mordmotiv bekommen haben. Es gab zwar einige Fälle, in denen die Anleger eine Rückzahlung ihrer Anlagebeträge verlangt haben, die statimPAY hat es aber in jedem einzelnen Fall irgendwie geschafft, das abzubiegen. Fast alle haben ausdrücklich bestätigt, dass die Zinszahlungen immer pünktlich erfolgt sind und man mit der Anlage sehr zufrieden war. Außer den bekannten Fällen gab es auch keine weiteren Anleger mit einem roten Opel, so jedenfalls die Ergebnisse der Befragungen. Wir könnten nur noch die Garagen aller Anleger checken, aber ob das zu einem Ergebnis führt, wage ich zu bezweifeln. Wir können uns das aber mal als letzte Option notieren."

„Um es kurz zu machen, die Überprüfung der roten Opel in Heiligensee und Frohnau war bisher weder bei Schmitti und Julia noch bei Aylin und mir erfolgreich. Aber die Hoffnung stirbt zuletzt, wir haben auf unserer Liste noch eine ganze Reihe an Adressen, die noch offen sind. Es scheinen viele Leute in Urlaub zu sein, jedenfalls haben wir diverse nicht erreicht. Immerhin haben uns fast alle, die wir erreicht haben, ohne lange Diskussionen ihre Autos überprüfen lassen. Blutspuren waren nirgends zu finden. Aylin und ich hatten nur einen Fall, in dem man uns den Zugang zum Wagen verweigert hat."

„Und, habt ihr einen Durchsuchungsbeschluss beantragt? Der dürfte ja wohl kein Problem sein," dabei blickte Thomas Kablow in Richtung von Mandy Friedrich und Bodo Harbauer.

Mandy Friedrich antwortete sofort: „Kein Thema, ich brauche nur Namen und Adresse. Reine Formsache, den Beschluss haben wir in Windeseile."

„Den Aufwand können wir uns sparen, Abbo und ich sind uns einig, dass der Besitzer als Täter nicht in Betracht kommt", ließ sich Aylin Yildirim vernehmen. „Der Typ war zwar extrem unangenehm und ich würde ihm am liebsten eine Anzeige wegen rassistischer Bemerkungen mir gegenüber verpassen, aber als Täter können wir ihn definitiv ausschließen. Als Rollstuhlfahrer kann er weder die Wildsau transportiert noch den Mord begangen haben. Aber so ein mies gelaunter und unsympathischer alter Knacker. Leute gibt's, die sollte man..... Ach lassen wir das lieber, sonst habe ich noch eine Beleidigungsklage am Hals."

„Also geht es am Montag mit der Liste der roten Opel weiter. Mit den bewährten Teams?" Auf die letzte Frage von Oliver Scholz folgte nur allgemeines Nicken und die Runde löste sich leicht frustriert auf.

Mittwoch, 8. August 2018, 9.00 Uhr

„So, erfolgreich waren wir zwar immer noch nicht, aber jeder von uns dürfte ein Fleißbienchen verdient haben. Oliver, ich hoffe, du stimmst mir zu." Als Antwort auf diese Frage von Thomas Kablow gab es erst einmal nur ein Augenrollen. Offenbar hatte Oliver Scholz nicht gerade die beste Laune, was sich Sekunden später auch bestätigte.

„Damit kann ich wohl kaum in der für heute Nachmittag 15.00 Uhr anberaumten Pressekonferenz punkten. Offenbar war es gestern mit fast 38 Grad so heiß, dass einigen Journalisten eingefallen ist, dass es noch andere Themen als die Hitzewelle gibt. Wie auch immer, es gab Anfragen im Präsidium und die Pressestelle hat den Termin für heute Nachmittag veröffentlicht. Thomas und Steffen, ihr stellt mir bitte kurz und knackig die bisherigen Ermittlungsergebnisse zusammen. Den Schwerpunkt setzen wir auf jeden Fall auf die Verhaftung der Prinzersdorf und deren Veruntreuung von Firmengeldern. Nicht außen vor lassen sollten wir auch das offensichtlich von der statimPAY initiierte Schneeballsystem. Bodo, Mandy, was meint ihr? Können wir das in der Pressekonferenz bringen?"

„Die Faktenlage ist zwar relativ klar, aber wir sollten uns auf Andeutungen beschränken. Andererseits könnte natürlich aufgrund einer entsprechenden Berichterstattung der Täter unvorsichtig werden. Mandy und ich werden mal in uns gehen und dir rechtzeitig einen Formulierungsvorschlag liefern. Die mutmaßliche Schadenssumme könnt ihr aber nennen, die ist ja weitgehend belegt. Ich bin mir sicher, dass die Presse das begierig aufnehmen wird. Womöglich wird es sie ein wenig von den im Mordfall noch nicht vorhandenen Ergebnissen ablenken. Und sonst? Wie wollt ihr jetzt weiter vorgehen?"

„Thomas und ich waren schon etwas früher im Büro und haben genau darüber nachgedacht. Eine richtig zündende Idee haben wir auch nicht, aber immerhin haben uns die Kollegen der Direktion Nord gerade vor 15 Minuten noch vier Adressen aus Heiligensee geliefert, an denen rote Opel gesichtet wurden, ohne

285

dass sie auf unserer Liste enthalten sind. Überprüft haben sie die allerdings nicht, angeblich aus Kapazitätsgründen. Na ja, immerhin waren die Streifenfahrten nicht gänzlich sinnlos. Die Überprüfung übernehmen Aylin und ich gleich nach unserer Besprechung."

„Wie ihr gehört habt, werden Aylin und Abbo trotz der brütenden Hitze das gut gekühlte Büro verlassen und sich in den hohen Norden nach Heiligensee begeben", meinte jetzt Thomas Kablow. „Schmitti und Julia, ihr nehmt euch bitte die Liste der roten Opel noch einmal vor und erweitert den Radius der anzusprechenden Autobesitzer. Wenn ihr da eine Reihenfolge festgelegt habt, klappert ihr halt die Adressen ab. Ehrlich gesagt glaube ich da nicht an einen Erfolg, aber völlig ausgeschlossen ist es eben auch nicht. Für Steffen, Laura und mich haben Abbo und ich beschlossen, dass wir uns die Aktivitäten von Balthasar Hansmann in den sozialen Medien noch einmal genau ansehen. In der Hoffnung, dass wir eventuell doch noch irgendwelche Ansatzpunkte für persönliche Feindschaften oder ähnliches finden. Außerdem müssen wir ja wie eben gehört für Oliver ein Statement vorbereiten. Also an die Arbeit."

Mittwoch, 8. August 2018, 13.25 Uhr

„Rassisten und Halbnazis sind hier in Heiligensee wohl Standard", echauffierte sich Aylin Yildirim nach der ersten erfolglos überprüften Adresse. Aber deine Replik, dass mein Deutsch deutlich besser als seins ist, war echt gut und hat ihn wenigstens dazu gebracht, seine Klappe zu halten."

„Stimmt doch eindeutig, seine Grammatik war katastrophal. Wenn du Anzeige erstatten willst, als Zeuge stehe ich dir zur Verfügung. Solche Arschlöscher kann ich nicht ausstehen. In dem Fall ist übrigens Arschloch keine Beleidigung, sondern eine rein sachliche Feststellung: nur Arschlöcher verhalten sich wie Arschlöcher. Werden leider immer mehr, also ich meine damit die Arschlöcher. Aber los, ab zur nächsten Adresse. Du fährst, das lenkt dich ab."

Schon etwas friedlicher gestimmt nahm Aylin Yildirim Platz auf dem Fahrersitz: „Wo müssen wir eigentlich hin. Ach egal, du bist jetzt mein Navi und gibst die Anweisungen. Ich verspreche auch, mich daran zu halten und nicht zu widersprechen."

„Wäre ja auch noch schöner, immerhin bin ich dein Vorgesetzter. Die nächste Adresse ist Krantorweg 30, ein gewisser Klaus Henners. Laut unseren Kollegen wurde in der Einfahrt ein roter Opel Zafira gesehen, mit einem Hamburger Kennzeichen. Zugelassen ist er seit zwei Jahren auf eine Maike Klose, geborene Henners, wohnhaft in Hamburg. Vorher war er hier in Berlin zugelassen auf die Firma Elektro-Henners GmbH. Das würde doch alles wunderbar passen, Farbe und Größe des Autos und die Adresse ist in unmittelbarer Nachbarschaft zu dem Jagdpächter, diesem Michael Langenschulte. Ich beschließe jetzt einfach mal, dass Klaus Henners unser Mann ist und wir ihn gleich verhaften." Ein Grinsen konnte er sich dabei allerdings nicht verkneifen.

Inzwischen waren sie bei der Adresse angekommen, ein Hammergrundstück mit einer sehr schmalen Zufahrt, an deren Ende eine recht groß wirkende Doppelgarage zu erkennen war.

„Mein Beschluss gilt, das ist unser Mann", erneuerte Abbo Reichel seine eben getroffene Aussage. Sonderlich ernst schien er diese Aussage aber nicht zu meinen, ebenso wie die folgende: „Bitte in die Auffahrt fahren, damit er nicht flüchten kann und die Handschellen bereithalten."

Aylin Yildirim blickte kopfschüttelnd in Richtung Beifahrersitz, ersparte sich aber eine Anmerkung, als sie in Abbo Reichels erneut breit grinsendes Gesicht blickte. Weisungsgemäß fuhr sie bis kurz vor die Garagen und zückte beim Aussteigen aus dem Wagen neben ihrem roten Dienstausweis auch ein paar Handschellen, was wiederrum von Abbo Reichel mit einem Kopfschütteln quittiert wurde. Ebenfalls seinen roten Dienstausweis zückend, klingelte er an der Haustür, die sich sofort öffnete. Es wirkte, als ob man bereits auf sie gewartet hätte. Der Hausbesitzer war offensichtlich Mitte bis Ende 60, wirkte sportlich und kein bisschen überrascht.

„Spät kommen Sie, das hat ja ganz schön lange gedauert. Ich habe schon am vorletzten Freitag gedacht, dass Sie mich verhaften werden. Mein Name ist übrigens Klaus Henners, aber das wissen Sie ja bereits. Kommen Sie bitte herein, dann können wir alles klären. Meine Reisetasche für die Untersuchungshaft ist bereits gepackt. Ich hoffe, ich habe nichts vergessen."

Aylin Yildirim und Abbo Reichel blickten sich nur kurz überrascht und verständnislos an und folgten dann Klaus Henners in das geradeaus liegende, düster und vollgestellt wirkende Wohnzimmer.

„Nehmen Sie bitte Platz. Kann ich Ihnen einen Kaffee anbieten?" An Aylin Yildirim gerichtet ergänzte er noch: „Die Handschellen können Sie wegpacken, ich werde keinen Widerstand leisten und auch keinen Fluchtversuch unternehmen. Wenn Sie wollen, können Sie mir natürlich in die Küche folgen, aber nötig ist das nicht." Damit verließ er das Wohnzimmer und wenige Sekunden später hörte man Geschirrgeklapper.

„Schick bitte mal an alle anderen eine Nachricht, dass wir mit ziemlicher Sicherheit gerade den Fall aufgeklärt haben. Oder besser gesagt, geklärt haben wir noch gar nichts, aber einen geständigen Tatverdächtigen. Vor allem soll Oliver die Pressekonferenz absagen oder verschieben oder was weiß ich. Näheres folgt zeitnah."

Aylin Yildirim war noch am Tippen, als Klaus Henners mit einem Tablett erschien. Drei Kaffeetassen, eine Thermoskanne und ein Schälchen mit Keksen.

„Zucker und Milch kann ich Ihnen nicht bieten, ich trinke meinen Kaffee immer schwarz. Ja, ich habe diesen Balthasar von Hansmann erschossen. Mit meiner uralten Harpune. Blattschuss. Habe aber auch lange dafür geübt. Hat er sich redlich verdient, hat schließlich Annegret auf dem Gewissen."

Erst nach einer längeren Pause fuhr er fort: „Wie geht es eigentlich weiter, verhören Sie mich hier oder wieder bei Ihnen am Columbiadamm? Das Gespräch dort mit Ihren jungen Kollegen war sehr nett, auch wenn sie nicht die richtigen Fragen gestellt haben."

Mehr oder weniger reflexhaft antwortete Abbo Reichel: „In der Keithstraße, die Mordkommissionen sitzt in der Keithstraße 30 in Schöneberg," und ergänzte nach ein paar Sekunden: „Da Sie ja offenbar mit uns gerechnet haben und gut vorbereitet sind, sollten wir die Vernehmung bei uns vornehmen. Ich denke, Sie haben uns viel zu erzählen, das wird wohl länger dauern. Steht Ihr roter Opel Zafira in einer der Garagen? Den würden wir uns gerne mal kurz ansehen und dann die Spurensicherung benachrichtigen."

„Ihre Kollegen werden da sicherlich etwas finden. Ich habe weder den Wagen noch die Garage sonderlich gut gesäubert. Wenn Ihre Leute so gut sind wie in den Fernsehkrimis, finden sie bestimmt Blutspuren von dem Wildschwein. Hat ja auch eine ziemliche Sauerei verursacht, aber es hat auch gut funktioniert." Damit zückte er einen Schlüsselbund, drückte ihn Aylin Yildirim in die Hand und zeigte ihr, welcher der vielen Schlüssel zur linken der beiden Garagen passte.

Keine zehn Minuten später war sie zurück und meinte: „Herr Henners hat recht, er hat nicht gut gereinigt. Sowohl im Kofferraum als auch an den Wänden und auf dem Boden lassen sich mit der UV-Taschenlampe eindeutig Blutspuren erkennen. Der Putz an der Rückwand der Garage weist auch dutzende von Löchern auf, die für mich danach aussehen, als ob sie von Harpunenpfeilen stammen könnten. Die KTU habe ich bereits benachrichtigt. Ellen und ihr Team sind spätestens in 45 Minuten hier."

„Sagte ich doch, nur oberflächlich sauber gemacht. Und die Löcher in der Wand sind natürlich von den Pfeilen. Am Anfang habe ich das Wildschwein ganz schön oft verfehlt. Bevor der Kaffee jetzt ganz kalt wird, sollten wir ihn trinken und die Kekse sind auch nicht nur zur Zierde da. Wenn Ihre Kollegen da sind, können wir gerne in die Keithstraße fahren."

Abbo Reichel schüttelte innerlich den Kopf. War dieser Klaus Henners so abgebrüht oder hatte er sich bereits im Vorfeld mit seinem Schicksal abgefunden? Das würde sich hoffentlich im Laufe des Verhörs klären. Immerhin hatten sie bereits ein Geständnis, zwar nicht aufgenommen, aber vor zwei Polizeibeamten abgegeben.

Donnerstag, 9. August 2018, 9.17 Uhr

„Herr Henners, Sie haben gestern vor meiner Kollegin Yildirim und mir bereits den Mord an Balthasar Hansmann zugegeben. Das ist jetzt das offizielle Verhör, mein Kollege Kablow wird die ganze Zeit anwesend sein und erforderlichenfalls genau wie ich Fragen stellen. Die restlichen Mitarbeiter unseres Teams verfolgen das Verhör im Nebenraum. Alles, was Sie sagen, wird aufgezeichnet und kann gegen Sie verwendet werden. Auch wenn Sie bereits gestern erklärt haben, auf einen Rechtsbeistand zu verzichten, Sie können Ihre Meinung dazu jederzeit ändern. Wir würden dann das Verhör so lange unterbrechen, bis ihr Rechtsbeistand anwesend ist. Übrigens liegen uns die ersten vorläufigen Ergebnisse der Untersuchung Ihres Wagens und Ihrer Garage vor. Ihre gestrigen Aussagen werden damit bestätigt. Ich schlage vor, dass Sie in möglichst chronologischer Reihenfolge den gesamten Ablauf von Anfang an und im Detail schildern. Herr Kablow und ich werden Sie nur dann unterbrechen, wenn wir Zwischenfragen haben. Ich gehe davon aus, dass wir mehrere Stunden benötigen; falls Sie eine Pause brauchen, ist das kein Problem."

„Gut, ich fange dann mal an. Ich denke, Sie brauchen erst einmal meine persönlichen Daten, das ist doch in den Fernsehkrimis immer so. Mein Name ist Klaus Henners, ich bin am 17. März 1951 in Berlin geboren, wohne seit mehr als 35 Jahren im Krantorweg 30 in Heiligensee, seit dem 17. März 1972 verheiratet und seit dem 4. Januar 2018 verwitwet. Das ist auch der Grund, warum ich den Herrn von Hansmann mit der Harpune erschossen habe. Der hat nämlich meine Annegret auf dem Gewissen; aber das habe ich Ihnen ja schon gestern gesagt. Wenn Ihre jungen Kollegen am Columbiadamm die richtigen Fragen gestellt hätten, hätten Sie mich schon vorletzte Woche verhaften können. Gelogen hätte ich nämlich nicht, aber so? Warum hätte ich mich stellen sollen? Das hätte ich dann auch gleich am 9. Juli machen können, wollte ich aber nicht, damals jedenfalls nicht. Inzwischen ist mir das alles ziemlich egal. War aber ganz schön knapp.

Wenn Ihre Kollegen nur ein oder zwei Minuten schneller gewesen wären, hätten sie mich erwischt. Ich hätte nie gedacht, dass die Polizei so schnell auftaucht, Hochachtung. Es war auf jeden Fall gut, dass ich für meinen Rückzug einen Plan B vorbereitet hatte. Den habe ich auch tatsächlich gebraucht. Ich war erst ein paar Häuser in Richtung Gabrielenstraße entlang gegangen, als ich in der Ferne eine Polizeisirene gehört habe. Scheiße, das kann doch gar nicht sein, habe ich mir noch gedacht und habe mehr oder weniger ohne nachzudenken die Tasche mit der Harpune in einen offenen Handwerkerwagen geworfen. Dann bin ich umgedreht und in Richtung Sechserbrücke gegangen. Auf der Brücke war niemand, es ist überhaupt nicht aufgefallen, dass ich über die Treppe auf die Brücke gekommen bin. Das war schon ganz gut, dass ich mir mit dem neuen Schloss den Zugang verschafft hatte. Von der Brücke aus habe ich noch gesehen, dass ein Streifenwagen vor dem Haus des Herrn von Hansmann anhielt und zwei Polizisten hineingingen. Bei dem Streifenwagen war übrigens weder die Sirene noch das Blaulicht an. Ich weiß nicht einmal, ob das der war, den ich gehört hatte. Aber das ist auch egal. Die von Ihren Kollegen am Columbiadamm empfohlene Selbstanzeige wegen Steuerhinterziehung habe ich letzte Woche Montag erledigt, auch wenn es wohl inzwischen belanglos sein dürfte. Zu den bei der statimPAY angelegten 950.000 Euro brauche ich Ihnen doch nichts weiter zu sagen, oder? Ihre Kollegen hatten ja alle Informationen und Daten, das ist auch genauestens protokolliert worden."

Abbo Reichel und Thomas Kablow schüttelten synchron ihre Köpfe und Klaus Henners fuhr fort: „Eigentlich sollten die 950.000 Euro oder besser gesagt die Zinsen daraus Annegret und mir einen gesicherten Lebensabend und schöne Reisen ermöglichen. Wir haben beziehungsweise hatten zwar Renten, aber sonderlich hoch sind die nicht. Meine Firma hat immer für unseren Lebensunterhalt ausgereicht, aber auch nicht für mehr. Na, jammern will ich jetzt nicht, aber so ist es. Vor ziemlich genau drei Jahren habe ich jedenfalls die Firma aufgelöst und mich sozusagen zur Ruhe gesetzt. Das mit den Reisen konnten wir aber vergessen. Nur ein paar Tage, nachdem ich die Firma endgültig geschlossen und alles abgewickelt hatte, ging es Annegret plötzlich ganz schlecht und sie musste ins Krankenhaus. Sie haben dort Bauchspeicheldrüsenkrebs diagnostiziert, das ist sowieso eine Scheißvariante – und dann auch noch in einer besonders üblen und aggressiven Art, gegen die nach Aussage der Ärzte nichts zu machen war." Klaus Henners schluckte an dieser Stelle heftig und war offensichtlich kurz davor, in Tränen auszubrechen.

„Die Details erspare ich Ihnen lieber, die sind hier auch irrelevant. Fakt ist aber, dass Annegret alle möglichen Behandlungen, teils auch sehr schmerzhafte, über sich ergehen lassen musste, aber geholfen hat nichts. Es hat alles ihr Leiden nur verlängert. Die einzige Chance wäre noch eine völlig neue Behandlungsmethode in den USA gewesen, aber als popeliger Kassenpatient darf man das natürlich selbst bezahlen. Es sei noch nicht richtig erprobt, die Erfolgsaussichten zu gering und außerdem viel zu teuer hieß es. Gekostet hätte das weit mehr als 200.000 Euro. Da ist uns die Anlage bei der statimPAY eingefallen. Ich habe mir den Vertrag genau durchgelesen und da stand auch drin, dass eine Rückzahlung mit einer Kündigungsfrist von vier Wochen zum Quartalsende möglich ist. Wir hatten keinerlei Zweifel, dass das problemlos erfolgt und damit die Behandlungskosten bezahlt werden können. Den Kontakt mit der Klinik in den USA habe ich sofort aufgenommen. Gleichzeitig habe ich bei der statimPAY angerufen und gefragt, wie die Kündigung denn ablaufen soll. Bei den Anlagegesprächen hatte Herr von Hansmann ja ausdrücklich darauf hingewiesen, dass alle Kontakte immer nur telefonisch erfolgen sollten. Ebenso, wie die Zahlungen nur bar abgewickelt wurden. Das hat auch immer ohne jegliche Komplikationen funktioniert, unsere Zinszahlungen sind pünktlich erfolgt, alles wie vereinbart. Aber eine teilweise Kündigung meiner Anlage wollte Herr von Hansmann nicht akzeptieren. Es hat ihn überhaupt nicht interessiert, dass wir das Geld dringend für die Behandlung benötigen, dass es um Leben und Tod geht. So nett und zuvorkommend wie er vorher immer war, so arrogant und herablassend und abweisend wurde er jetzt. Ich habe ihm dann im vierten oder fünften unserer Telefonate damit gedroht, mich an die Presse und die Finanzaufsicht zu wenden. Da hat er mich ausgelacht und nur gemeint, dass Steuerbetrüger sich so etwas genau überlegen sollten. Ich würde dann schließlich im Knast landen und nicht er. Im Übrigen solle ich mich nicht so aufregen, das Leben sei schließlich immer endlich, das gelte halt auch für meine Frau. Damit hat er das Telefonat abgebrochen und sich danach bei allen weiteren Anrufen verleugnen lassen. Annegret hat sich ohne die Behandlung in den USA noch mehrere Monate gequält, bevor sie dann gestorben ist. Für mich ist damals meine Welt komplett zusammengebrochen." An dieser Stelle brach Klaus Henners in Tränen aus, Abbo Reichel und Thomas Kablow sagten kein Wort.

Erst mehrere Minuten später hatte Klaus Henners sich wieder gefangen. „Um mich nach der Beerdigung und den ganzen Formalitäten nach dem Tod von Annegret abzulenken, habe ich angefangen, das Haus und vor allem die Garage und den Keller aufzuräumen. Da sammelt sich im Laufe der Jahrzehnte ganz schön viel Krempel an, das können Sie mir glauben." Ein leichtes Lächeln umspielte seinen Mund. „Fast als erstes ist mir dabei die Harpune in die Hände gefallen, die hatten wir für einen Tauchurlaub in Kroatien gekauft. Ich denke mal, das muss Ende der 1990-er Jahre gewesen sein. Das Teil hatte ich schon in eine Kiste für die Entsorgung geschmissen, als mir plötzlich eine Idee kam. Irgendwo hatte ich mal gelesen, dass der Herr von Hansmann in einem dieser protzigen und sauteuren Häuser direkt am Tegeler Hafen hinter der Sechserbrücke wohnen soll. Direkt am Wasser und Harpune, dass waren zwei Dinge, die sich bei mir irgendwie festgefressen haben. Jedenfalls habe ich die Harpune aus der Kiste wieder herausgenommen und auf meinen Schreibtisch im Arbeitszimmer gelegt. Ein paar Tage später habe ich im Internet gesucht und den Artikel über die statimPAY und Herrn von Hansmann gefunden, mitsamt seiner Adresse. Am nächsten Tag habe ich mir das Ganze von der Sechserbrücke und vom gegenüberliegenden Ufer aus angesehen und gedacht, wieso lebt dieses Arschloch eigentlich so gut und Annegret musste sterben. Zu Hause habe ich dann, ich glaube zum ersten Mal richtig, die Harpune auf meinem Schreibtisch wahrgenommen. Und ich habe gedacht, warum eigentlich nicht, warum eigentlich nicht diesen verdammten von Hansmann umbringen. Das hat sich dann bei mir in den nächsten Tagen und Wochen innerlich verfestigt und ich habe tatsächlich mit den Planungen angefangen. Aus den Planungen wurden konkrete Vorbereitungen, das Ergebnis kennen Sie ja. Eigentlich war das alles gar nicht so schwer. Wenn man einmal den Entschluss gefasst hat, jemanden umzubringen, kann man das auch. Können wir jetzt erst einmal eine Pause machen, den Rest erfahren Sie danach."

„In Ordnung, wir setzen das Verhör um 13.30 Uhr fort", stimmte Thomas Kablow sofort zu.

Exakt sechs Minuten später saß Klaus Henners wieder in seiner Zelle und das komplette LKA 117 nebst Mandy Friedrich, Bodo Harbauer und Oliver Scholz im Büro von Steffen Tietz und Abbo Reichel.

Als erster ergriff Oliver Scholz das Wort: „Das Geständnis war ja eindeutig, auch wenn noch einige Details fehlen. Das weitere Verhör wird wohl einige Stunden in Anspruch nehmen. Ich werde nicht mehr dabei sein, euch aber dafür die Pressekonferenz abnehmen." Grinsend fügte er hinzu: „Es gehört schließlich zu den ureigensten Aufgaben von Vorgesetzten, sich im Lichte der Erfolge seiner Mitarbeiter zu sonnen. Aber im Ernst, ihr seid mit Sicherheit für den restlichen Tag und eventuell sogar noch morgen mit dem Verhör beschäftigt und die Presseinfo ist für heute Nachmittag 15.00 Uhr anberaumt. Anweisung von ganz oben, man will offensichtlich endlich einen Erfolg vermelden." An Bodo Harbauer und Mandy Friedrich gerichtet, ergänzte er noch: „Den Namen werde ich natürlich nicht nennen, aber es spricht doch nichts dagegen, wenn ich einige Details erwähne. Wie zum Beispiel die Tatsache, dass es sich bei dem Täter um einen der selbst betrogenen Anleger und Steuerbetrüger handelt und unsere aufwändige und intensive Kleinarbeit letztendlich zur Ergreifung geführt hat."

Weder von Bodo Harbauer noch von Mandy Friedrich gab es Widerspruch, so dass Oliver Scholz nur noch ergänzte: „Dann ist das so beschlossen und verkündet. Ihr macht dann bitte nachher mit dem Verhör weiter und ich hätte danach gerne eine kurze Zusammenfassung des Ergebnisses. Daraus können wir morgen mit Sicherheit noch eine schöne Presseerklärung machen und herausgeben. Wenn Herr Henners die ganzen Details wie den Schlossaustausch und auch die Geschichte mit der Wildsau bestätigt, ist das doch eine schöne Story für die Presse." Damit verließ er fröhlich vor sich hin pfeifend das Büro.

„Na, der ist ja gut gelaunt", meinte Bodo Harbauer. „Aber auch durchaus verständlich, immerhin haben wir den Täter und bisher hat er uns auch eine Vielzahl eurer Ermittlungsergebnisse bestätigt. Und ich gehe jede Wette ein, die restlichen wird er uns auch noch bestätigen. Jetzt aber erst einmal in die Kantine und um 13.30 Uhr geht es frisch gestärkt weiter."

Donnerstag, 9. August 2018, 13.30 Uhr

Pünktlich auf die Minute wurde Klaus Henners wieder in den Vernehmungsraum geführt. „Ich führe dann mal meinen Monolog weiter", meinte er zur Begrüßung.

Und er hatte Recht, er fuhr mit seinen detaillierten Ausführungen fort und bestätigte ein Ermittlungsergebnis nach dem anderen. Kein einziges Mal mussten Abbo Reichel und Thomas Kablow ihn unterbrechen oder Rückfragen stellen, sein Redefluss war ununterbrochen.

Nach mehr als drei Stunden waren sie am Ende der Schilderungen angekommen und alle drei fertig, im wahrsten Sinne des Wortes.

„So, das war jetzt alles. Mehr habe ich nicht zu sagen, außer, dass es mir nicht leid tut. Ich habe von Anfang an damit gerechnet, dass Sie mich irgendwann erwischen und ich den Rest meines Lebens hinter Gittern verbringen muss. Aber das ist dann halt so."

Nachdem Klaus Henners wieder in seine Zelle gebracht war, sahen sich Abbo Reichel und Thomas Kablow nur kopfschüttelnd an, bevor Thomas Kablow das aussprach, was auch Abbo Reichel auf der Zunge lag: „So ein Verhör habe ich noch nicht erlebt. Wobei, eigentlich war es gar kein Verhör, es war tatsächlich nur ein Monolog, wenn auch ein stundenlanger. Aber was hätten wir auch fragen sollen. Es ist nichts, aber auch gar nichts an Fragen übrig geblieben. Wenn das Protokoll geschrieben und von ihm unterschrieben ist, ist der Fall endgültig und komplett erledigt. Schön, oder?"

Epilog

Dienstag, 18. Juni 2019, 10.30 Uhr

Bodo Harbauer saß auf der Terrasse seines Reihenhauses in Lichterfelde Ost und sinnierte über den letzten Fall seines Berufslebens, den Harpunenmord am Tegeler Hafen. Seit inzwischen etwas mehr als dreieinhalb Monaten konnte er seinen vorzeitigen Ruhestand genießen und freute sich auf die gemeinsamen Reisen mit seiner Ehefrau. Übermorgen sollte es mit dem neuen VW Camper losgehen, den sie gestern endlich nach fast sechs Monaten Wartezeit in Tegel hatten abholen können. Vor Aufregung waren seine Frau und er mehr als drei Stunden zu früh zur Abholung gekommen und hatten die Zeit mit einem Spaziergang überbrückt. Neben dem Humboldtschlösschen und dem dazugehörigen Schlosspark lag auch die Sechserbrücke auf ihrem Weg. Einen Blick auf den Tatort konnte und wollte er sich dabei nicht ersparen. Angenehmer war aber der Blick über den Tegeler See von der Greenwichpromenade aus, selbst die in kurzen Abständen vom Flughafen Tegel startenden Flugzeuge störten den idyllischen Ausblick kaum. Seine Frau und er saßen hier lange auf einer Parkbank, bevor sie sich auf den Weg zur Abholung ihres Campers machten, nicht ohne einen Zwischenstopp in einem der Eiscafés in der Tegeler Fußgängerzone.

Seine Gedanken an die gestrige Besichtigung des Tatortes in Tegel und den Fall an sich wurden durch die Klingel an der Haustür unterbrochen. Verabredungsgemäß und pünktlich auf die Minute erschien Mandy Friedrich zum Frühstück und vor allem zum Berichterstatten über den aktuellen Stand. Als seine Nachfolgerin hatte sie im Gegensatz zu ihm den gesamten Fall von Anfang bis zum Ende begleitet. Auch der noch nicht beendete Prozess gegen Katharina Prinzersdorf würde von ihr weiter begleitet werden.

Rita Harbauer führte Mandy Friedrich auf die Terrasse und meinte gleich zu ihr: „Denk daran, dass du zum Frühstück da bist und nicht nur zum Reden. Aber dir ist ja sowieso klar, dass es Bodo natürlich in erster Linie um die Befriedigung seiner Neugier geht."

Lachend antwortete Mandy Friedrich: „Keine Sorge, dass bekomme ich gleichzeitig hin. Meine Eltern haben sich immer darüber aufgeregt, dass ich ständig mit vollem Mund rede."

„Ich wusste doch, dass du einiges kannst. Also los, greif zu und dann erzähl mal, wie es gelaufen ist und was es sonst noch Neues gibt." Den gespielt bösen Blick seiner Ehefrau ignorierte er dabei geflissentlich.

Und Mandy Friedrich legte los: „Das Urteil vom Donnerstag der vergangenen Woche kennst du bestimmt schon aus Presse, Funk und Fernsehen. Oder nutzt du etwa auch moderne Medien?" Bodo Harbauer ignorierte diese Anspielung auf seine Weigerung zur Nutzung von Facebook und Konsorten, während Rita Harbauer zustimmend nickte.

„Egal, Klaus Henners wurde wegen Mordes verurteilt. Wegen des Motivs, Rache, und vor allem der detaillierten und langwierigen Vorbereitungen zur Tat war auch kaum ein anderes Urteil zu erwarten. Ich gehe aber davon aus, dass bei der zu erwartenden guten Führung eine vorzeitige Entlassung mehr als wahrscheinlich ist. Aber selbst dann wird er weit über 80 Jahre alt sein." Jetzt war Bodo Harbauer an der Reihe, zustimmend zu nicken.

Der Prozess gegen die Prinzersdorf wird sich noch hinziehen, aber das dürfte dir klar sein. Ich bin mir aber absolut sicher, dass es für eine mehrjährige Haftstrafe reicht, bei der Schadenshöhe auf jeden Fall. Eigentlich kann sie froh sein, dass nicht sie umgebracht wurde. Wenn Klaus Henners in dieser Hinsicht besser recherchiert hätte……" Auch hier nickte Bodo Harbauer zustimmend: „Tja, das fällt wohl unter die Rubrik ‚dumm gelaufen'. Ich stimme dir zu, dass eher die Prinzersdorf die treibende Kraft war. Aber was geschehen ist, ist nun einmal geschehen."

„Mit diesem Tobias Patzelt hatte ich übrigens in einer Verhandlungspause ein ziemlich langes und interessantes Gespräch. Das fällt aber eher unter Klatsch und Tratsch, interessiert euch das?"

Zur Abwechslung nickte jetzt Rita Harbauer, die offenbar sowieso über den gesamten Fall detailliert informiert war.

„Der arbeitet jetzt schon seit mehr als einem halben Jahr bei Vattenfall und hat mir berichtet, wie toll es dort sei. Mit einem 8-Stunden-Tag und geregelten Arbeitszeiten, dafür aber ohne solchen Unfug, O-Ton von Tobias Patzelt, wie Kicker, Billard und Bällebad in den Büroräumen. Auch sein Privatleben sei jetzt völlig verändert, vor rund einem Monat sei er bei Antonia Hansmann eingezogen und hat mir noch von dem tollen Familienleben mit ihr und den Zwillingen vorgeschwärmt. War der nicht eigentlich schwul? Antonia Hansmann arbeitet wieder in ihrem ursprünglichen Beruf als Grundschullehrerin; in Anbetracht der Lehrersituation in Berlin war es für sie offenbar überhaupt kein Problem, sofort eine Festanstellung zu bekommen. Jedenfalls scheinen die beiden glücklich zu sein. Es sei ihnen gegönnt.

Das die statimPAY im Insolvenzverfahren ist und abgewickelt wird, dürftest du ja auch aus Presse, Funk und Fernsehen erfahren haben." Ein Grinsen konnte sie sich dabei nicht verkneifen, ebenso wenig Rita Harbauer.

„Ja ja, da seid ihr euch einig", brummelte Bodo Harbauer. „Und weiter?"

„Die angelegten Schwarzgelder sind damit aller Voraussicht nach vollständig verloren, da sie als nachrangige Forderungen gelten. Ehrlich gesagt, kann ich die Anleger nicht sonderlich bedauern. Vor allem nicht, wenn man bedenkt, wie blöd nicht gerade wenige von denen sind. Wir haben ihnen nun wirklich eine goldene Brücke gebaut und die Möglichkeit zur Selbstanzeige wegen Steuerhinterziehung gegeben." Ein wenig schadenfroh klingend ergänzte sie noch: „Wie blöd muss man eigentlich sein, trotz der eindeutigen Beweislage abzustreiten, bei der statimPAY angelegt zu haben. Dann müssen sie halt damit leben, dass nicht nur das Geld weg ist, sie die hinterzogenen Steuern nachzahlen müssen und zusätzlich noch ein Strafverfahren am Hals haben. Selbst schuld. Unverändert völlig unklar ist aber weiterhin, wie es Balthasar Hansmann und Katharina Prinzersdorf gelungen war, ausschließlich Schwarzgelder für die Anlage in der statimPAY zu akquirieren. Katharina Prinzersdorf hat an allen bisherigen Prozesstagen kein einziges Wort gesagt. Auch ihrem neuen Pflichtverteidiger ist es nicht gelungen, sie zum Reden zu bringen."

„Hm", mehr sagte Bodo Harbauer nicht.

„Mit der Rubrik Klatsch und Tratsch bin ich noch nicht fertig, Julia ist mit ihrem Paul zusammengezogen. Du weißt noch, das ist der inzwischen nicht mehr ganz so neue Koch im LKA 1. Der hat sich übrigens mit dem Förster aus Tegel, auf den Namen komme ich jetzt im Augenblick nicht, angefreundet und macht aktuell seinen Jagdschein."

„Lars Urban", unterbrach sie jetzt Bodo Harbauer.

„Wenn du das sagst, wird es wohl stimmen. Dein Namensgedächtnis ist auf jeden Fall um einiges besser als meins. Wie man hört, ist Paul auf dem Schießstand sogar noch besser als Julia, das will schon etwas heißen. Und die letzte und eigentlich wichtigste Neuigkeit ist, dass es in der Kantine in der Keithstraße seit Neuestem alle paar Wochen einen ,wilden Tag' gibt. Ich muss dann immer zusehen, dass ich zufälligerweise an diesen Tagen einen Termin dort habe. Klappt aber ganz gut, die Kollegen aus dem LKA 117 mailen mir immer rechtzeitig den Speiseplan zu. Es geht doch nichts über gute Kontakte."

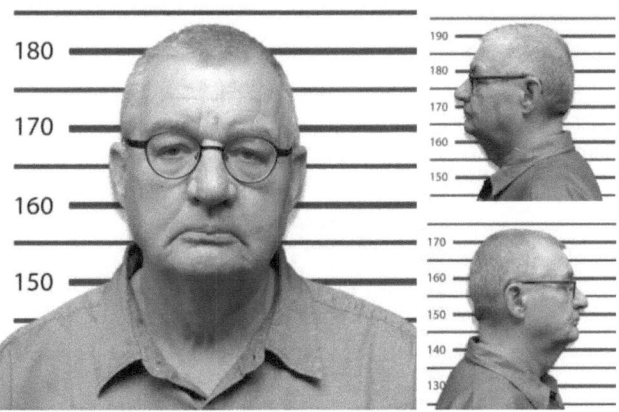

Bernhard Nentwich
Wie der Vater seines Kommissars Abbo Reichel geboren in Oldenburg i.O., zufälligerweise sogar am gleichen Tag.

Seit 1980 gelernter Berliner hat es ihn aus den damals üblichen Gründen in diese Stadt verschlagen. Seit „ewigen" Zeiten verheiratet und – je nach Sichtweise – mit drei Töchtern gesegnet oder geschlagen. Praktischerweise haben seine Töchter die gleichen Geburtsdaten wie Abbo Reichel und seine Brüder, damit kann er sich die Daten wenigstens merken. Die Töchter haben auch friesische Vornamen, damit hören die Gemeinsamkeiten aber auch auf.

Beruflich hat es ihn in eine Branche verschlagen, die heute zumindest teilweise, und das durchaus zu Recht, als kriminell bezeichnet werden kann. Er ist gelernter Banker, war aber bei der Berliner Sparkasse tätig, also bei den tendenziell eher Guten oder zumindest etwas Besseren.

Nebenbei hat er seit Jahren in verschiedenen Kanuzeitschriften eine ganze Reihe an Artikeln zu Paddeltouren veröffentlichen können, dazu auch noch entsprechende Reiseführer. Weitere Artikel in mehreren Magazinen zu allgemeinen Reisethemen sind ebenfalls veröffentlicht worden.

Nach ‚Brief aus Berlin' (ISBN 978-3-7597-8521-3) liegt jetzt mit ‚Schneeball' sein zweiter Krimi vor, weitere sind geplant. Band drei ist bereits in Arbeit.

Folge ihm auf Instagram: bernhard.nentwich